那些
好想搞懂的
韓文問題

…… 一次解決相似詞彙、
文法與發音疑問！

咖永
Chia Ying

著

EZ Korea 31

# 那些好想搞懂的韓文問題
## 一次解決相似詞彙、文法與發音疑問！

作　　　者：咖永(Chia Ying)
編　　　輯：郭怡廷
校 對 協 助：陳金巧
內 頁 排 版：簡單瑛設
視 覺 設 計：張巖
行 銷 企 劃：陳品萱

發　行　人：洪祺祥
副 總 經 理：洪偉傑
副 總 編 輯：曹仲堯
法 律 顧 問：建大法律事務所
財 務 顧 問：高威會計師事務所

出　　　版：日月文化出版股份有限公司
製　　　作：EZ叢書館
地　　　址：臺北市信義路三段151號8樓
電　　　話：(02) 2708-5509
傳　　　真：(02) 2708-6157
客 服 信 箱：service@heliopolis.com.tw
網　　　址：www.heliopolis.com.tw
郵 撥 帳 號：19716071日月文化出版股份有限公司

總 經 銷：聯合發行股份有限公司
電　　　話：(02) 2917-8022
傳　　　真：(02) 2915-7212

印　　　刷：中原造像股份有限公司
初　　　版：2021年01月
定　　　價：480元
I S B N：978-986-248-930-7

那些好想搞懂的韓文問題：一次解決相似詞彙、文法與發音疑問！/ 咖永 (Chia Ying) 著 . -- 初版 . -- 臺北市：日月文化出版股份有限公司 , 2021.01
　　面；　公分 . -- (EZ Korea；31)
ISBN　978-986-248-930-7 ( 平裝 )

1. 韓語　2. 讀本

803.28　　　　　　　　　　109017946

　　一直以來學韓文，特別是文法的部分都是用「感受」在學習，比起做出所謂的「自己的筆記」，將時間花在「感受」這件事情上，對我來說是更有效率的。我會透過許多節目、影片，觀察每一個情境的氛圍、韓國人說每一句話的語氣，以及使用某一個文法表現時的表情等等，並試著將自己代入，模仿影片中人物說話模樣。在那個當下，我並不思考任何的文法規則，我想知道的只有「他的心情如何」。

　　文法規則很多，但母語者並不是先學會規則才學會說話，換言之，這些規則其實就是母語者的情緒、文化，所以惟有真正感受到這些情緒及文化，才有可能說出、寫出正確且語感自然的韓文，而不是硬套規則的中式韓文。

　　會覺得語言困難，是因為只在外圍看著規則，找不到入口進入中心，一旦進入了，便能馬上被該語言的情緒及文化包圍，體悟到規則其實就是個自然現象這件事。我盡可能將我所「感受」到的東西文字化，加入一些不一樣的角度觀點，並以最易懂的方式描述呈現，希望能讓更多人真正貼近韓文、甚至進入韓文的中心，感受韓文的樂趣，從此在學習韓文的路上不再感到挫折。

咖永(Chia Ying)

# 本書使用說明

## Chapter 1
## 發音篇

除了基本的子母音介紹，也整理出十個發音規則，並以學習者常會碰到的疑問來帶入，幫助大家遇到問題時能馬上找到對應的規則，快速解決問題、理解規則。

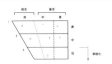

## Chapter 2
## 詞彙篇

依詞性分類，整理出三十個初學時常會遇到的相似詞，先解釋個別的意思，再以例句情境直接比較差異。

## Chapter 3 文法篇

依照使用情況與文法型態分十二大單元，共八十九項文法、三十一組易混淆文法比較。
每項文法都有一個完整的整理，包含意思、型態、例句、限制、補充等。

〈表格〉包含文法應用方式、範例與可用詞彙類型。

〈例句〉分為「原句」及「加長」，原句是根據上方〈表格〉中使用的範例單字和文法，簡單造出的句子；加長是以原句為基底，搭配各種表現將句子加長，或是將原句裡使用的單字換成同義但較高級的詞彙的句子。
初中級可以看題號旁的提示，試著造出句子，並再參考原句，掌握基本用法。中高級可以看完原句後再看加長，觀察並模仿如何將句子修飾得更漂亮，進而提升寫作力。

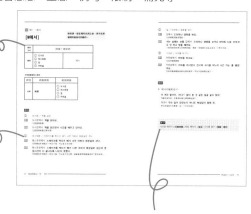

〈單字〉整理例句中出現的中高級單字，提供學習。

〈練習題〉各單元的最後附有練習題，請看中文句子寫出韓文，但無須直接翻譯，而是利用提示給的語彙及各種表現組合出正確的句子，藉由組合的過程可以更熟悉韓文結構，培養基本語感。注意提示裡有陷阱，要確認是否有弄懂文法差異唷！

〈比一比〉個別說明完同類型或相似的文法後，就會進行〈比一比〉，認識這些文法之間的差異。

附錄別冊
別冊中有「練習題解答」與「文法句型與範例整理表格」，方便大家對照解答，也能快速複習學到的文法、試著造出句子。

**目次**

Chapter

03

文法篇

**目次**

Chapter

# 1

發音篇

# 01

子母音

　　韓文字母總共有40個，21個母音和19個子音。不過哪個字母發什麼音，市面上已經有非常多好的教材可以參考，所以這裡就不說「發什麼音」的部分，我們要用其他方式來更認識韓文的子母音。以下會有一些專有名詞，但都是字面上的意思，不會很難，慢慢讀一定看得懂，且後面的音變、常見的發音問題等都會用到這一章的觀念，所以一定要有個概念。

## ・母音

　　母音指的是發音時沒有受到任何阻礙的音，分成「單母音」和「複合母音」。

**單母音：** 從發音開始到結束，嘴型和舌頭都維持在同一個位置，沒有變化，如ㅏ、ㅓ、ㅗ、ㅜ、ㅡ、ㅣ、ㅐ、ㅔ、ㅚ、ㅟ。

**複合母音：** 由半母音（ㅣ、ㅗ、ㅜ）加上單母音組合而成，發音的開始和結束嘴型和舌頭會在不同的位置上，如ㅑ、ㅕ、ㅛ、ㅠ、ㅒ、ㅖ、ㅘ、ㅙ、ㅝ、ㅞ、ㅢ。

　　把單母音在嘴巴裡的位置標出來，從側面看就會像這樣：

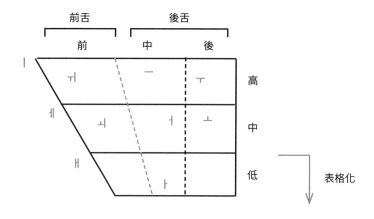

| 舌頭前後 | 前舌 | | 後舌 | |
|---|---|---|---|---|
| 嘴唇形狀／舌頭高低 | 平唇 | 圓唇 | 平唇 | 圓唇 |
| 高母音 | ㅣ | ㅟ | ㅡ | ㅜ |
| 中母音 | ㅔ | ㅚ | ㅓ | ㅗ |
| 低母音 | ㅐ | | ㅏ | |

　　母音的發音位置可以從三個基準來看。第一個基準是「舌頭的前後」，我們將嘴巴從前（上顎的最前端）到後（上顎的最後端）分成三等份，發音時舌頭會停在這三等份中的其中一個地方。以圖中粉紅色的線為基準，發音時舌頭停在前方，那個音就是前舌母音，停在中間或後面，都算是後舌母音。第二個基準是「舌頭的高低」，分成低、中、高三段位置，發音時舌頭停在高的位置，那個音就是高母音。舌頭的位置其實就是跟著下巴往下移的程度在變化，要發舌頭在低位置的低母音，下巴就一定得往下移動，舌頭才會跟著下去。第三

個基準是「嘴唇形狀」，發音時嘴唇呈現平的樣子就是平唇母音，呈現圓的樣子就是圓唇母音。

## ·子音

子音指的是發音時有受到發音器官（嘴唇、牙齦、上顎…等）阻礙的音。首先我們先看發聲的方式。韓文的子音也有「有聲音」和「無聲音」的分別。

> **有聲音**：有用到聲帶振動的音。（ㅁ、ㄴ、ㅇ、ㄹ）
> **無聲音**：沒有用到聲帶振動的音。（除了上面四個是有聲音以外，剩下的子音全是無聲音）

> ▶ 看到這裡可能會有疑問，가、다、바，唸起來聲帶都有振動呀，怎麼說是無聲音呢？這是因為子音是無法單獨發音的，一定要配上母音才能發，而母音本身就是有聲音，所以如果把子音放在初聲，不管怎麼發，聲帶都一定會振動。要判斷子音的有聲無聲，可以把它放到尾音去，就能很明顯地感覺到有沒有振動了，例如막、맏、맛、맞／맘、만、망、말，前面四個音都是尾音瞬間結束，聲帶沒有振動到，後面四個音尾音可以拉長，聲帶有振動。

有聲音有「鼻音（ㅁ、ㄴ、ㅇ）」及「流音（ㄹ）」兩種發聲方式；無聲音有「破裂音」、「摩擦音」、「破擦音」三種發聲方式，依照氣流的大小，又分成「平音」、「硬音」、「激音」。

接著看發聲的位置。把子音在嘴巴裡的位置標出來，從側面看就會像這樣：

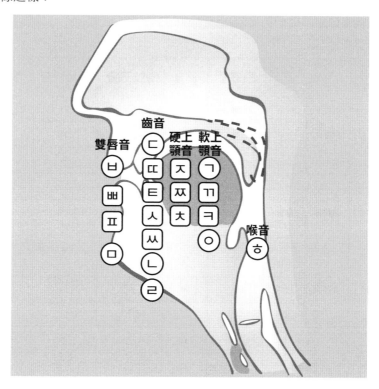

用嘴唇發音的就叫雙唇音，用上顎發音的就叫上顎音，很簡單的概念吧！那我們把子音的「發音方式」和「發音位置」綜合起來表格化，就會像這個樣子：

| 發音方式 ＼ 發音位置 | | | 雙唇音 | 齒音 | 硬上顎音 | 軟上顎音 | 喉音 |
|---|---|---|---|---|---|---|---|
| 無聲音 | 破裂音 | 平音 | ㅂ | ㄷ | | ㄱ | |
| | | 硬音 | ㅃ | ㄸ | | ㄲ | |
| | | 激音 | ㅍ | ㅌ | | ㅋ | |
| | 破擦音 | 平音 | | | ㅈ | | |
| | | 硬音 | | | ㅉ | | |
| | | 激音 | | | ㅊ | | |
| | 摩擦音 | 平音 | | ㅅ | | | |
| | | 硬音 | | ㅆ | | | |
| | | 激音 | | | | | ㅎ |
| 有聲音 | 鼻音 | | ㅁ | ㄴ | | ㅇ | |
| | 流音 | | | ㄹ | | | |

▶ ㅎ可以當作平音，也可以當作激音，沒有明確的分類。

# 02

**發音規則1**

# 한국어為什麼唸한구거？
# (連音)

　　連音指的是「前面音節的終聲（尾音）拉到後面音節的初聲去發」的現象，當要連續唸兩個音節時，「前面音節有尾音」且「後面音節沒有初聲（＝ㅇ開頭）」，就會產生連音。한국어就是一個例子，把한국的尾音ㄱ拉到後面和어一起發，就是한구거囉！以下整理在不同情況下出現的連音現象。

- **單字間**的連音：直接連音。
  **Ex** 발음[바름]、연어[여너]、분야[부냐]、폭우[포구]

- **單尾音＋助詞／語尾／接尾辭**的連音：直接連音。
  **Ex** 집에[지베]、빛이[비치]、먹은[머근]、손잡이[손자비]
  ▶ 接尾辭：接在字根或單字的後面，讓它成為另一個新的單字。例如지우개的지우為字根，개為表示工具的接尾辭。

- **單尾音＋單字**的連音：前面的尾音先代表音化後再連音。
  **Ex** 겉옷：[겉옷]→[거돋]
  　　못 와：[몯와]→[모돠]
  　　맛없다(맛이 없다)：[맏업따]→[마덥따]
  ▶ 맛있다照規則來說應該是要發成[마딛따]，但因為實際上大家都是發[마싣따]，所以[마싣따]也被認可為標準發音。

- **複合尾音＋助詞／語尾／接尾辭**的連音：複合尾音中的左邊子音當前面音節的尾音，右邊子音當後面音節的初聲，其中ㅅ須發成硬音ㅆ。
  **Ex** 없어[업써]、넋이[넉씨]、앉아[안자]、삶이[살미]、핥아[할타]、넓은[널븐]

- **複合尾音＋單字**的連音：用複合尾音的代表音去連音。
  **Ex** 넋없다[너겁따]、닭 안[다간]

# 03
**發音規則2**

# 빗、빚、빛的發音都一樣？
## （尾音／代表音化）

可以拿來當作尾音的子音總共有27個，但發音上總共只會收成7種，我們會稱這7種為「代表音」，分別為ㄱ、ㄴ、ㄷ、ㄹ、ㅁ、ㅂ、ㅇ，而其他的尾音收成這7種尾音的現象就叫「代表音化」。那為什麼會有這個現象，又為什麼是這7個音呢？直接用例子來看看吧！

## 빛이 / 빛

如果想要唸빛이[비치]，비發完後舌頭必須趕快再回到門牙後面的位置才能接著發出치的聲音，在這個情況下，我們試著將비發完後舌頭回到門牙後面的位置，但不把이發出來，這時舌頭的位置就是ㄷ的位置，所以빛會發成[빋]。

同樣的原理，不管是같아/벗어/났어/낮아/낯이，想要發後面的音，舌頭都必須回到門牙後面才發得出來，如果把後面的音都抽掉，舌頭停留的位置都是一樣的，也就是ㄷ的位置，所以尾音都會收成ㄷ的音，也就是같[간]/벗[벋]/났[낟]/낮[낟]/낯[낟]。

其他的代表音也是一樣的，像是앞에[아페]，아發完後要趕快把嘴巴閉起來，才能發出페的音，如果把後面的에拿掉，也就是嘴巴閉起後不接著發後面的音，那就跟[압]是一樣的了，所以앞尾音會收成ㅂ。

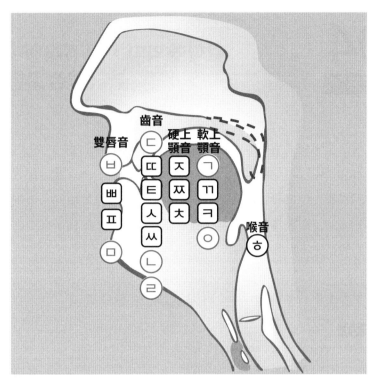

▶ 圖中粉紅色圈起的部分為代表音。

# 04

# 읽다唸익따，而不唸일따？
## （複合尾音）

　　兩個子音結合在一起用的尾音就叫做「複合尾音」，總共有11個，為ᆪ、ᆬ、ᆭ、ᆹ、ᆲ、ᆰ、ᆴ、ᆶ、ᆰ、ᆱ、ᆵ。複合尾音看起來雖然複雜，但在發音時會把它「簡單化」，也就是兩個子音中只選擇一個來發，而選擇的方式就是看「子音順序」，兩個子音中，順序在前面的那一個就是要發的音。

子音順序：가 나 다 라 마 바 사 아 자 차 카 타 파 하

**Ex**

ᆬ：ㄴ在ㅈ的前面，所以選擇ㄴ來發。

ᆹ：ㅂ在ㅅ的前面，所以選擇ㅂ來發。

但這個規則裡有兩種比較不合群的現象：

- ᆱ、ᆵ**例外**：雖然ㄹ在ㅁ和ㅍ前面，但不會選擇發ㄹ，而是發ㅁ和ㅍ。

  **Ex** 삶[삼]、읊다[읍따]

- ᆲ、ᆰ**不規則**：不規則意思就是有時候發左邊，有時候發右邊。

　　雖然在複合尾音之中ᆲ、ᆰ是不規則，但在這個不規則裡是有它自己的規則的。

- ㄼ：ㄼ大部分都是發ㄹ，只有兩種情況是發ㅂ。

  1. 밟다：밟다[밥따]、뒤밟다[뒤밥따]、짓밟다[짇빱따]

  2. 넓다衍生合成的單字。넓다本身是發[널따]，但當遇到從它衍生合成的單字時就會變成發右邊，變成[넙]，例如넓적하다[넙쩌카다]、넓적다리[넙쩍따리]。

- ㄺ：ㄺ都是發ㄱ，只有當語幹和ㄱ開頭的語尾連在一起的時候會變成發ㄹ，例如읽고[일꼬]、맑게[말께]、늙고[늘꼬]。

  ▶ 注意是語幹和ㄱ開頭的語尾碰在一起，才會有這樣的現象唷！因此如果是「닭과」的情況，닭(名詞) + 와/과(助詞)，兩者不是語幹和語尾的關係，就不適用這個規則，要發成[닥꽈]才是正確的。

  語幹：動詞、形容詞去掉다後剩下的部分。

  語尾：連在語幹後面發揮其用途的東西，例如-게、-고、-거나、아/어서、-(으)며...。

那把所有的複合尾音按照原理圈出代表音，並把上面的規則合在一起整理一下吧！

發左邊：ㄳ、ㄵ、ㄶ、ㅄ、ㄼ、ㄽ、ㄾ、ㅀ

發右邊：ㄺ、ㄻ、ㄿ

# 05

**發音規則4**

## 작년唸장년?、일년唸일련?、
## 학교唸학꾜?
## （鼻音化、流音化、規則硬音化）

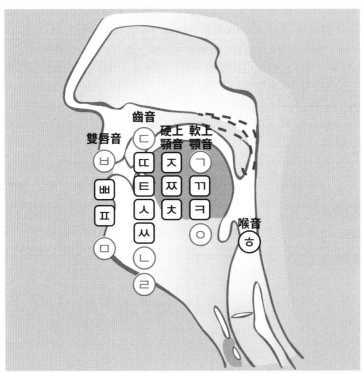

▶ 圖中粉紅色圈起的部分為代表音。

還記得前面出現過的這張圖嗎？把這張圖的7個代表音歸納成以下表格後，就可以來看「鼻音化」、「流音化」，以及「規則硬音化」會出現的原因囉！

| 發音方法 ＼ 發音位置 | 雙唇音 | 齒音、硬口蓋音 | 軟口蓋音 |
|---|---|---|---|
| 障礙音 | ㅂ | ㄷ | ㄱ |
| 鼻音 | ㅁ | ㄴ | ㅇ |
| 流音 | X | ㄹ | X |

韓文音韻中有一個「**前面音節尾音的強度不能大於後面音節開頭音的強度**」的規定，也就是「前音節強度≦後音節強度」，當違反這個規定時，就會產生變化。

後面音節開頭音

설마

前面音節尾音

強度由強到弱是「障礙音(3)＞鼻音(2)＞流音(1)」，為了方便區別強度，這裡用數字來表示強弱。

· 變化方式：

1. 將前面音節尾音的強度降一級。

　▶ 注意：自己家裡就有的東西不需要去別人家拿。舉例來說，ㅂ的強度是3，想要降成強度2，那就在自己家（雙唇音家）降，變成ㅁ，不需要跑到隔壁家去。

2. 如果前面音節尾音沒辦法降，那就把後面音節開頭音升一級。

接下來就直接用例子來練習：

鼻音化

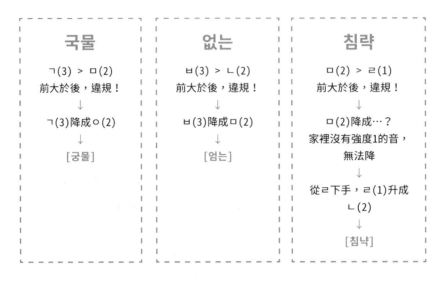

국물

ㄱ(3) > ㅁ(2)
前大於後，違規！
↓
ㄱ(3)降成ㅇ(2)
↓
[궁물]

없는

ㅂ(3) > ㄴ(2)
前大於後，違規！
↓
ㅂ(3)降成ㅁ(2)
↓
[엄는]

침략

ㅁ(2) > ㄹ(1)
前大於後，違規！
↓
ㅁ(2)降成…？
家裡沒有強度1的音，
無法降
↓
從ㄹ下手，ㄹ(1)升成
ㄴ(2)
↓
[침냑]

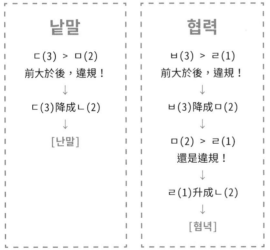

낱말

ㄷ(3) > ㅁ(2)
前大於後，違規！
↓
ㄷ(3)降成ㄴ(2)
↓
[난말]

협력

ㅂ(3) > ㄹ(1)
前大於後，違規！
↓
ㅂ(3)降成ㅁ(2)
↓
ㅁ(2) > ㄹ(1)
還是違規！
↓
ㄹ(1)升成ㄴ(2)
↓
[혐녁]

- 規則統整：

▶ ㄱ、ㄷ、ㅂ碰到ㅁ、ㄴ會變成［ㅇ、ㄴ、ㅁ］。

▶ 尾音（ㄹ除外）碰到ㄹ，ㄹ會變成ㄴ。

流音化

진리

ㄴ(2) > ㄹ(1)

前大於後，違規！

↓

ㄴ(2)降成ㄹ(1)

↓

[질리]

난리

ㄴ(2) > ㄹ(1)

前大於後，違規！

↓

ㄴ(2)降成ㄹ(1)

↓

[날리]

권력

ㄴ(2) > ㄹ(1)

前大於後，違規！

↓

ㄴ(2)降成ㄹ(1)

↓

[궐력]

- 規則統整：

▶ ㄴ-ㄹ或ㄹ-ㄴ都會變成[ㄹ-ㄹ]。

- 줄넘기[줄럼끼]、찰나[찰라]等雖然有遵守前面不大於後面的規則，但因為韓文中有個/ㄹ-ㄴ/不能連在一起的規則（從「아들+님→아드님」、「만들다+-는→만드는」這些情況的ㄹ都會脫落來看也可以發現），所以還是會發生流音化。

- 입원료[이붠뇨]、생산량[생산냥]、판단력[판단녁]等照理來說是要流音化才正確，但因為這些單字是「三個字的漢字語」，且是「住院＋費、生產＋量、判斷＋力」這樣的組成，裡面包含了獨立意思的單字，如果流音化，會讓單字的界線變得模糊，不好判別意思，所以不用流音化，而是用鼻音化去唸它。

規則硬音化

　　在看例子前我們要再看一個關於強度的規則。前面說的鼻音化和流音化是「前音節強度≦後音節強度」，但當前音節和後音節都是硬音時會有些不同，必須是「前音節強度＜後音節強度」。而強度的大小「障礙音(3)＞鼻音(2)＞流音(1)」，其中障礙音的強度是「硬音、激音(ii)＞平音(i)」。

| 학비 | 접고 | 낚시 |
|---|---|---|
| ㄱ(i) ＝ ㅂ(i) | ㅂ(i) ＝ ㄱ(i) | ㄱ(i) ＝ ㅅ(i) |
| 前沒有小於後，違規！ | 前沒有小於後，違規！ | 前沒有小於後，違規！ |
| ↓ | ↓ | ↓ |
| ㅂ(i)增強為ㅃ(ii) | ㄱ(i)增強為ㄲ(ii) | ㅅ(i)增強為ㅆ(ii) |
| ↓ | ↓ | ↓ |
| [학삐] | [접꼬] | [낙씨] |

● 規則統整：

▶ 兩個平音碰在一起，後面的平音會變成硬音。

# 06

**發音規則5**

# 할 '꺼' 야!
## (不規則硬音化)

　　上一單元說的硬音化是所有的「平音碰到平音」都適用，沒有例外，不過還有另外一種硬音化是沒有理由，有尾音的情況也符合強度規定，卻還是會把後面音節的初聲唸成硬音，這種變化叫做「不規則硬音化」，常聽到的할 거야、갈 거야就是屬於這種變化。雖然是不規則，但我們還是可以把它做個分類。

- 動詞、形容詞語幹的尾音是ㄴ、ㅁ，後面接上ㄱ、ㄷ、ㅅ、ㅈ開頭的語尾時，語尾開頭會發成硬音ㄲ、ㄸ、ㅆ、ㅉ。

  **Ex** 안다[안따]、남고[남꼬]、닮지[담찌]

  ▶ 注意像안과　밖、감과　배這種情況因為과是助詞，而非語尾，所以不會發生硬音化。

- 冠形詞型轉成語尾-(으)ㄹ後面的ㄱ、ㄷ、ㅂ、ㅅ、ㅈ會發成硬音ㄲ、ㄸ、ㅃ、ㅆ、ㅉ。

  **Ex** 할 거예요[할꺼예요]、할 수 있다[할쑤읻따]、다를 바 없다[다를빠업따]

- 尾音ㄼ、ㄾ後面的ㄱ、ㄷ、ㅅ、ㅈ會發成硬音ㄲ、ㄸ、ㅆ、ㅉ。

  **Ex** 떫다[떨따]、넓게[널께]、핥다[할따]

- 母音＋ㄱ、ㄷ、ㅂ、ㅅ、ㅈ＋母音，會發成硬音ㄲ、ㄸ、ㅃ、ㅆ、ㅉ。

  **Ex** 효과[효꽈]、사건[사껀]、시점[시쩜]

- 尾音ㄴ、ㄹ、ㅁ、ㅇ後面的ㄱ、ㄷ、ㅂ、ㅅ、ㅈ會發成硬音ㄲ、ㄸ、ㅃ、ㅆ、ㅉ。

  **Ex** 물고기[물꼬기]、비빔밥[비빔빱]、등살[등쌀]
  （比較：불고기[불고기]、감기[감기]、등산[등산]）

- 在單字是漢字語的情況下，尾音ㄹ後面的ㄷ、ㅅ、ㅈ會發成硬音ㄸ、ㅆ、ㅉ。

  **Ex** 일시[일씨]、갈등[갈뜽]、발전[발쩐]

# 07

# 我們 '가치' （一起）去？
# （口蓋音化）

　　口蓋音就是我們在「子母音」單元時提過的上顎音，兩者是相同的意思，名字不同而已。其實在實際發音中，所有的子音碰到母音ㅣ時，或是半母音ㅣ與單母音結合而成的ㅑ、ㅕ、ㅛ、ㅠ，都會產生口蓋音化的現象，例如언니、시절。可以先試著唸唸看나、사，ㄴ、ㅅ是齒音，發音時舌頭是貼著門牙的後方去發音的，但發니、시的時候，舌頭會往上向上顎貼，變成發音的起點是上顎，而不是它原本的發音位置（門牙後方），齒音變成上顎音，就是口蓋音化。不過這一種口蓋音化就連大多數的韓國人都無法輕易察覺，且沒有方法可以去將它標記出來，所以一般我們說的「口蓋音化」，指的不是這一種，而是尾音ㄷ、ㅌ＋母音ㅣ或半母音ㅣ→［ㅈ、ㅊ］，例如我們最能直接聯想到的같이[가치]就是一個標準的例子。

　　要形成口蓋音化，除了前面音節尾音是ㄷ、ㅌ，後面音節是ㅣ以外，還有一個最重要的條件，那就是後面那個字必須是沒有實質意思的助詞或接尾辭，整個口蓋音化才能成立。

▶　굳이[구지]、미닫이[미다지]、해돋이[해도지]、같이[가치]、붙이다[부치다]、햇볕이[핻뼈치]

▶　유채 밭이랑[바치랑] 해바라기 밭(油菜田與向日葵田)：
　　이랑是表示「與、和」的助詞，所以適用口蓋音化，밭이랑發成[바치랑]。

　　밭이랑[반니랑] (田壟)：
　　밭(田)＋이랑(壟)，이랑是有實質意思的單字，所以不適用口蓋音化，밭이랑發成[반니랑]。

既然 ㄷ、ㅌ＋ㅣ會變成 ㅈ、ㅊ，表示口蓋音 ㅈ、ㅉ、ㅊ本身就含有/ㅣ/的音了，這個現象還可以從以下這些地方看出來。

- 在標記外來語時，ㅈ、ㅉ、ㅊ後面不放複合母音。
  Ex 　주스、비주얼、내추럴（○）
  　　쥬스、비쥬얼、내츄럴（✗）

- 在韓文裡子音不能單獨發音，一定要「子音＋母音」才發得出來，因此在標記外來語時，碰到尾巴是子音發音的單字時，便會加入一個母音一起發，這個母音通常是/ㅡ/，例如브레이크、마스크、렌트、브랜드，但[tʃ]和[dʒ]會用/ㅣ/，像是메시지、라지、스위치、터치。

- 語幹母音是ㅏ或ㅓ結尾的單字碰到-아/어開頭的語尾，發音時因為兩個ㅏ或兩個ㅓ碰在一起，所以其中一個會脫落，例如：
  Ex 　사다＋-아요→사아요（✗）/사요（○）
  　　가다＋-았다→가았다（✗）/갔다（○）
  　　건너다＋-어요→건너어요（✗）/건너요（○）

　　가저、살이 쪄、미쳐中，ㅈ、ㅉ、ㅊ本身就含有/ㅣ/，後面又碰到複合母音ㅕ，等於是/ㅣ/＋/ㅣ+ㅓ/，兩個一樣的母音碰在一起一個會脫落，所以發音是[가저]、[사리 쩌]、[미처]。

# 08

**發音規則7**

## 안녕哈세요還是안녕阿세요？
### （ㅎ的發音）

　　ㅎ這個發音比較特別，先是在分類上沒有明確的定位（有一派認為ㅎ算是平音，有一派認為ㅎ是激音，也有一派認為ㅎ既不是平音也不是激音），在實際發音中，也常常會出現弱化的現象，所以像是一個안녕하세요，就可能會讓人有「我上次聽到的是안녕哈세요，怎麼這次聽到又變成안녕阿세요了？」這樣的狀況，學起來會感到稍微複雜，因此這裡把它獨立出來整理。

## 不是尾音的ㅎ

- 放在單字的開頭，或是雖然不是一個單字，但把它看作一個整體一起唸時，出現在開頭的ㅎ：發它原本的音[ㅎ]。

  **Ex** 허리[허리]、향수[향수]、헛웃음[허두슴]、한 마리[한마리]

- 被夾在有聲音（母音、鼻音、流音）中間的ㅎ：[ㅎ]有沒有發出來都可以，實際上也常發成介於發和不發之間的音。

  **Ex** 고향 [고향]-[고양]

  　　 영향 [영향]-[영양]

  　　 간혹 [간혹]-[가녹]

  　　 불혹 [불혹]-[부록]

  　　 안녕하세요 [안녕하세요]-[안녕아세요]

- 前面音節的尾音代表音化後是ㄱ、ㄷ、ㅂ、ㅈ，後面音節是ㅎ開頭：前面尾音跟ㅎ結合並激音化成ㅋ、ㅌ、ㅍ、ㅊ。

  **Ex** 녹화[노콰]、맏형[마텽]、입히다[이피다]、꽂히다[꼬치다]、숱하다[수타다]

- 前面音節的尾音是複合尾音，後面音節是ㅎ開頭：左邊的子音當尾音唸，右邊的子音跟ㅎ結合並激音化成ㅋ、ㅍ、ㅊ。

  **Ex** 읽히다[일키다]、넓히다[널피다]、앉히다[안치다]

- 雖然不是一個單字，但把它看作一個整體一起唸，前面音節有尾音，後面音節是ㅎ開頭：先將前面尾音代表音化後，再將它和ㅎ結合並激音化。

  **Ex** 못 해[모태]、옷 한 벌[오탄벌]

## 是尾音的ㅎ

- 尾音ㅎ碰到以ㄱ、ㄷ、ㅂ、ㅈ為開頭的語尾：兩個音會結合並激音化成ㅋ、ㅌ、ㅍ、ㅊ。

  **Ex** 좋더라[조터라]、넣고[너코]、하얗던[하야턴]

- 複合尾音ㄶ、ㅀ碰到以ㄱ、ㄷ、ㅂ、ㅈ為開頭的語尾：左邊的子音當尾音唸，右邊的子音跟ㅎ結合並激音化成ㅋ、ㅌ、ㅍ、ㅊ。

  **Ex** 많고[만코]、닳다[달타]

- 尾音ㅎ碰到以母音開頭的語尾或接尾辭：ㅎ脫落。

  **Ex** 놓아[노아]、좋으니[조으니]、많이[마니]、뚫어[뚜러]

- 尾音ㅎ、ㄶ碰到ㄴ開頭的語尾：ㅎ、ㄶ發成[ㄴ]。

  **Ex** 놓는[논는]、않는[안는]、많네[만네]

- 尾音ㅀ碰到ㄴ開頭的語尾：ㅀ發成[ㄹ]。

  **Ex** 뚫는[뚤른]、닳네[달레]

# 09

**發音規則8**

# 서울역唸成서울력？
# （ㄴ添加）

　　꽃잎、식용유為什麼是唸成[꼰닙]、[시공뉴]？서울역、부산역又為什麼不是直接連音，而是唸作[서울력]、[부산녁]呢？這就是本單元要說的「ㄴ添加」。什麼時候會出現「ㄴ添加」的現象？首先一定要具備的條件是「單字是合成詞或衍生詞」或「雖然不是一個單字，但唸的時候是把它看作一個整體一起唸」。當滿足這項條件，且前面音節是子音結尾，後面音節是이、야、여、요、유開頭時，就會產生ㄴ添加現象，變成發[니、냐、녀、뇨、뉴]。

> ▶ 名詞化詞綴「-이」和使被動詞綴「-이」不在此限制裡，即먹이、높이다雖然是「子音結尾＋이」的組成，仍不會出現ㄴ添加。

| 담요 | 한여름 | 솜이불 | 식용유 |
|---|---|---|---|
| 有尾音 + 요 | 有尾音 + 여 | 有尾音 + 이 | 有尾音 + 유 |
| ㄴ添加 | ㄴ添加 | ㄴ添加 | ㄴ添加 |
| ↓ | ↓ | ↓ | ↓ |
| [담뇨] | [한녀름] | [솜니불] | [시공뉴] |

| 내복약 | 낮익다 | 꽃잎 | 영업용 |
|---|---|---|---|
| 有尾音 + 야 | 有尾音 + 이 | 有尾音 + 이 | 有尾音 + 요 |
| ㄴ添加 | ㄴ添加 | ㄴ添加 | ㄴ添加 |
| ↓ | ↓ | ↓ | ↓ |
| [내복냑] | [낟닉따] | [꼳닙] | [영업늉] |
| 鼻音化 | 鼻音化 | 鼻音化 | 鼻音化 |
| ↓ | ↓ | ↓ | ↓ |
| [내봉냑] | [난닉따] | [꼰닙] | [영엄뇽] |

不過ㄴ添加並不是一個必然的規則，有些單字雖然符合條件，卻不會發生ㄴ添加的單字，像是첫인상[처딘상]、그림일기[그리밀기]、금요일[그묘일]、한국인[한구긴]、역이용[여기용]等等。也有些單字是加不加ㄴ都可以，例如금융[그뮹/금늉]、검열[거멸/검녈]、야금야금[야그먀금/야금냐금]、이죽이죽[이주기죽/이중니죽]。

另外，ㄴ添加只是一個發音現象，不會將它呈現在寫法上，但有個例外，表示牙齒的이和蝨子的이會把ㄴ標記出來寫成니，사랑니(智齒)、앞니(門牙)、송곳니(虎牙)、머릿니(頭蝨)、가랑니(小蝨子)都是這樣的例子。

　　前面提到「ㄴ添加」要具備的一種條件是「單字是合成詞或衍生詞」，在這邊簡單介紹何謂合成詞與衍生詞。

▶ 合成詞：由兩個具有獨立意義的詞所合起來的單字。

　　**Ex** 눈(眼睛)＋물(水)→눈물(眼淚)
　　　　색(顏色)＋다르다(不同的)→색다르다(與眾不同的)
　　　　값(價格)＋싸다(便宜的)→값싸다(廉價的)
　　　　늦다(遲、晚)＋잠(睡覺)→늦잠(懶覺、貪睡)
　　　　등(登)＋산(山)→등산(登山)

▶ 衍生詞：由「語根＋詞綴」組成的。

　　**Ex** 먹이다、씻기다、군살、머뭇거리다、긁적거리다、비틀거리다

# 10

**發音規則9**

ㄱ、ㄷ、ㅂ、ㅈ
## 放在單字開頭發音不一樣？
### （有聲音化）

　　為什麼고기、공기、부부、가게、바보這些詞第一個字跟第二個字的開頭明明是一樣的子音，聽起卻不一樣，到底哪一個才是那個子音真正的發音呢？其實只要這樣想就能很輕易地得到答案：

　　「以공기來說，第一個ㄱ在開頭，第二個ㄱ夾在ㅇ和ㅣ的中間，這樣看起來，哪一個發音有可能會受到其他因素影響呢？」

　　在沒受到外在影響的情況下，呈現出來的才會是最原始的樣貌，所以要說哪一個ㄱ有被其他因素影響，答案一定是第二個ㄱ。開頭的ㄱ沒有受到夾擊，沒有東西可以影響它，發出來的音自然就會是它最純粹、最原始的發音。那第二個ㄱ是發生什麼事，怎麼聽起來會不一樣呢？這裡就要先複習一下前面說過的「有聲音」和「無聲音」。

**有聲音**：聲帶有振動 = 在聲帶「縮緊」的狀態下發音。（所有母音、ㅁ、ㄴ、ㅇ、ㄹ）

**無聲音**：聲帶沒有振動 = 在聲帶「放鬆」的狀態下發音。（除了ㅁ、ㄴ、ㅇ、ㄹ，剩下的子音全是無聲音）

把공기五個字母拆開，並標出有聲或無聲，就可以發現以下現象：

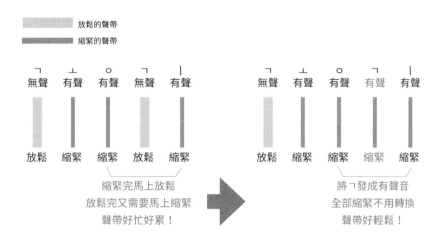

　　將無聲的ㄱ發成有聲，就是「有聲音化」，加了聲帶振動的ㄱ，聽起來就會跟它原本（放在字開頭）的音不同。

　　這裡可能還會有另一個疑問：「我問韓國朋友，他們都說兩個音是一樣的，沒有不同耶！」多數的韓國人確實不覺得他們是不一樣的音，很大的原因是因為韓文的子音是用氣的大小和音高去區分，而不是用有聲音和無聲音。例如방/빵，要區分這兩個意思時，使用的是氣的大小和音高，而非聲帶有沒有振動，在這樣的環境下，自然容易忽略掉有聲無聲的差異。（這也是為什麼韓國人在學英文發音時，容易對用有聲／無聲去區分的b/p、g/k等子音感到困難的原因。）

# 11

**發音規則10**

## 아기還是애기、먹이다還是멕이다？
## （前舌母音化）

　　日常生活中常會出現實際發音和標準發音有出入的情況，아기唸成애기、먹이다唸成멕이다、죽이다唸成쥑이다等就是其中一類。仔細觀察可以發現發音有變化的部分，後面跟的都是帶有/ㅣ/的音節，也就是說它們是受到了/ㅣ/的影響，產生了發音上的變化。這是怎麼一回事呢？

　　大家可以複習一下以下兩張在前面「子母音」單元出現過的圖表，可以看到ㅣ是最前面的音。

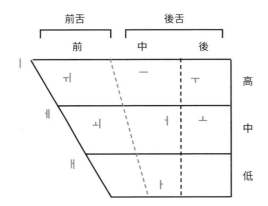

| 舌頭前後 | 前舌 | | 後舌 | |
|---|---|---|---|---|
| 嘴唇形狀 / 舌頭高低 | 平唇 | 圓唇 | 平唇 | 圓唇 |
| 高母音 | ㅣ | ㅟ | ㅡ | ㅜ |
| 中母音 | ㅔ | ㅚ | ㅓ | ㅗ |
| 低母音 | ㅐ | | ㅏ | |

　　以아기、먹이다、죽이다來看，아、먹、죽的母音ㅏ、ㅓ、ㅜ都是屬於位置在後面的音，發完位置在後面的音，要馬上跑到最前面去發/ㅣ/，覺得太麻煩太費力了，乾脆將後面位置的音往前拉，一起在前面發音，就可以不用跑來跑去，比較輕鬆省力。

| 舌頭前後 | 前舌 | | 後舌 | |
|---|---|---|---|---|
| 嘴唇形狀 / 舌頭高低 | 平唇 | 圓唇 | 平唇 | 圓唇 |
| 高母音 | ㅣ | ㅟ | ㅡ | ㅜ |
| 中母音 | ㅔ | ㅚ | ㅓ | ㅗ |
| 低母音 | (ㅐ) ← | | (ㅏ) | |

애기　　　　　　　아기

| 舌頭前後 | 前舌 | | 後舌 | |
|---|---|---|---|---|
| 嘴唇形狀／舌頭高低 | 平唇 | 圓唇 | 平唇 | 圓唇 |
| 高母音 | ㅣ | ㅟ | ㅡ | ㅜ |
| 中母音 | (ㅔ) ← | ㅚ | (ㅓ) ← | ㅗ |
| 低母音 | ㅐ | | ㅏ | |

멕이다　　　　먹이다

| 舌頭前後 | 前舌 | | 後舌 | |
|---|---|---|---|---|
| 嘴唇形狀／舌頭高低 | 平唇 | 圓唇 | 平唇 | 圓唇 |
| 高母音 | ㅣ | (ㅟ) ← | ㅡ | (ㅜ) |
| 中母音 | ㅔ | ㅚ | ㅓ | ㅗ |
| 低母音 | ㅐ | | ㅏ | |

쥑이다　　　　죽이다

　　除了這幾個單字，부스러기-부스레기、호랑이-호랭이、곰팡이-곰팽이、가랑이-가랭이、벗기다-벳기다、막히다-맥히다等也都是前舌母音化的例子。

　　不過這個發音現象並不是正式被認可的標準發音，除了-내기(如서울내기、풋내기)、-쟁이(멋쟁이、월급쟁이)、냄비、동댕이치다等少數幾個單字有被認可為標準語外，其他的都不是標準語及標準發音。

Chapter

2

詞彙篇

# 01 表示「裡面」的 안、속

(O) 이 호텔은 나가지 않아도 방 **안**에서 바다를 한눈에 조망할 수 있는 뷰
를 제공합니다.

(×) 이 호텔은 나가지 않아도 방 **속**에서 바다를 한눈에 조망할 수 있는 뷰
를 제공합니다.

這間飯店提供了在房間裡也能眺望大海的景觀。

▶ 房間就算是空的也還是房間，所以用內部可以是空的안。

---

(×) 힘든 상황 **안**에서도 웃음을 잃지 말자.

(O) 힘든 상황 **속**에서도 웃음을 잃지 말자.

在逆境裡也不要失去笑容。

▶ 「狀況」裡一定是充滿了各種元素，如果是空的就沒辦法構成一個狀況，
所以用內部必須充滿東西的속。

---

(O) 어렵지 않은 작업이니 한 시간 **안**에 끝낼 수 있어요.

(×) 어렵지 않은 작업이니 한 시간 **속**에 끝낼 수 있어요.

這不是太難的工作，一個小時內就能完成了。

▶ 안才有時間界線的意思。

---

(O) 주머니 **안**에 있다.

(O) 주머니 **속**에 있다.

在口袋裡。

▶ 兩者皆可用，但주머니 속的感覺更深，彷彿口袋是一個沒有跟外界直接接
觸的獨立空間。

# 02 表示「下面」的 아래、밑

아래：[名詞] 某物體的下方，兩物體是有一點距離的。

밑：[名詞] 某物體的正下方，且跟那個物體幾乎是貼在一起的，或是把兩個物體看作是一體。

---

（✗）　긍정적이고 활발한 성격은 항상 재미있게 살고 장난기가 많은 부모 **아래**에서 절로 갖춰진 것이다.

（O）　긍정적이고 활발한 성격은 항상 재미있게 살고 장난기가 많은 부모 **밑**에서 절로 갖춰진 것이다.

正向活潑的個性是在總是活得很有趣，喜歡開玩笑的父母下長大而成的。

▶ 孩子與父母的關係是緊密的，適合用밑。

........................................................................

（O）　입꼬리가 **아래**로 처져 있어요.

（✗）　입꼬리가 **밑**으로 처져 있어요.

嘴角往下垂。

▶ 처지다指的是「東西往下垂」，是上一下的概念，用아래會比較適合。

........................................................................

（O）　아이디어가 마르지 않는 샘물처럼 계속 솟아나오는 사장 **아래**에서 일하니까 정말 재미있겠다.

▶ 用아래時，兩個物體間是有一點距離的，所以當事人和老闆中間可能還有其他職位的人在。

（O）　아이디어가 마르지 않는 샘물처럼 계속 솟아나오는 사장 **밑**에서 일하니까 정말 재미있겠다.

▶ 用밑時，兩個物體的關係是緊密直接的，所以當事人的工作是直接接觸到老闆的。

在點子源源不絕的老闆底下工作一定很有趣吧。

# 03 表示「免費」的 무료、공짜

무료：[名詞] 不用支付費用。

공짜：[名詞] N-짜是「帶有N的性質的事物」的意思，前面接上공[空]，
指的就是憑空得到的事物，也就是不用花錢、免費的事物。

如果是提供者免費提供東西的情況，무료會更常使用；
接受免費東西的情況，공짜會更常使用。

(O)　한복 입고 오시면 무료로 입장 가능합니다.

(×)　한복 입고 오시면 공짜로 입장 가능합니다.

穿韓服來可以免費入場。

▶ 「免費入場」是金錢上的概念，所以用무료。

---

(O?)　이 컵은 내가 돈 주고 샀어. 무료가 아니야.

(O)　이 컵은 내가 돈 주고 샀어. 공짜가 아니야.

這個杯子是我花錢買的，不是免費的。

▶ 雖然兩者都可以，但因為指的是「杯子」這樣東西，所以用表示事物的공
짜會比較好。

---

(O)　에어컨과 공기청정기를 같이 구매하시면 무료로 방문 설치 해 드립니
다.

(×)　에어컨과 공기청정기를 같이 구매하시면 공짜로 방문 설치 해 드립니
다.

同時購買冷氣和空氣清淨機的話，我們會免費提供到府安裝。

▶ 這是賣家提供免費服務的情況，所以用무료。

# 04 表示「寄送」的 배달、배송

배달：[名詞] 賣家直接將物品交給買家，也因此給人的感覺是距離比較近的，常用在飲食、小區超市的配送上。

배송：[名詞] 賣家透過快遞、郵寄等方式將物品傳達給賣家，也因此給人的感覺是距離比較遠的，用在網購、國際快遞上。

**(O)** 밥 하기 귀찮아서 저녁은 **배달** 음식을 시켜 먹었다.

**(×)** 밥 하기 귀찮아서 저녁은 **배송** 음식을 시켜 먹었다.

晚上不想做飯，所以叫了外賣吃。

▶ 雖然隨著社會的發展，可以叫到比較遠的店家的食物，店家也可以透過其他業者的外送員將食物送給客人，但「外賣」的起源是向家裡附近的店家點餐，店家做好後直接送到家，所以是用배달。

.................................................................

**(×)** 이틀 전에 옷 두 벌 주문했는데 **배달** 언제 시작하는지 알고 싶어서요.

**(O)** 이틀 전에 옷 두 벌 주문했는데 **배송** 언제 시작하는지 알고 싶어서요.

我兩天前訂了兩件衣服，想知道什麼時候開始配送。

▶ 在網路上買東西，賣家會使用「貨運配送」來將物品交給買家，所以是배송。

# 05 表示「蔬菜」的 채소、야채

채소：[名詞] 種在農場裡，有人管理的蔬菜。

야채：[名詞] 1.野生的蔬菜。2.채소。

야채除了指野生的蔬菜外，還包含了채소的意思在內，

且야채給人的感覺比較現代、乾淨，所以使用範圍也更廣。

有部分的人認為야채是從日本來的詞語，應該要盡量避免使用，

所以有時在電視上會看到人是說야채，但字幕是用채소的情況。

(O)　나중에 은퇴하면 땅을 사서 **채소** 농사를 하고 싶어요.

(×)　나중에 은퇴하면 땅을 사서 **야채** 농사를 하고 싶어요.

　　　以後退休想要買塊地種蔬菜。

　　　▶ 表明是要「自己種」蔬菜，所以用채소比較合適。

................................................................

(×)　수입 **채소**는 무농약이 거의 없어 국산으로 많이 사 먹는 편이다.

(O)　수입 **야채**는 무농약이 거의 없어 국산으로 많이 사 먹는 편이다.

　　　進口蔬菜幾乎沒有沒農藥的，所以我大部分都是買國產的來吃。

　　　▶ 進口是近代的事情，在科技發達以前是很難進口的，所以通常是用感覺較
　　　　現代的야채。

# 06 表示「習慣」的 버릇、습관

> 버릇：[名詞] 一般用來指不好的習慣，且通常這個習慣是不自覺會做出來、跟身體有關聯的。
>
> 습관：[名詞] 相較於버릇，습관可以用在好的習慣上，且這個習慣是透過學習、養成而形成的。另外因為是漢字語的關係，可以給人比較正式的感覺，所以會用在敘述重要習慣的時候。

(O)　술버릇 / 잠버릇 / 말버릇
(×)　술습관 / 잠습관 / 말습관
酒品／睡癖／說話的習慣

▶ 並非經過學習，而是不自覺、下意識會做出的習慣，且說到酒品、睡癖，通常聯想到的都會是比較負面的習慣。

- - - - - - - - - - - - - - - - - - - - - - - - - - - - - - - - - - - - - - - - - - -

(O)　세 살 적 버릇 여든까지 간다.
(×)　세 살 적 습관 여든까지 간다.
三歲的習慣會持續到八十歲。

▶ 這句俗語的意義是習慣難改，特別是壞習慣，所以用的是버릇。

- - - - - - - - - - - - - - - - - - - - - - - - - - - - - - - - - - - - - - - - - - -

(O)　버릇은 버리고 습관은 기르자.
(×)　습관은 버리고 버릇은 기르자.
丟掉壞習慣，養成好習慣。

▶ 壞的習慣（버릇）要丟掉，好的習慣（습관）要養成。

- - - - - - - - - - - - - - - - - - - - - - - - - - - - - - - - - - - - - - - - - - -

(×)　수업 전에 예습하는 버릇을 들이는 게 좋다.
(O)　수업 전에 예습하는 습관을 들이는 게 좋다.
養成在上課前預習的習慣是好的。

▶ 預習是好的習慣，所以用습관。

# 07 表示「寫」的 적다、쓰다

> 적다 : [動詞] 「寫下」。將聽到的、看到的為了不要忘記而寫下來以便
> 之後參考，或是寫下來後傳給其他人。
>
> 쓰다 : [動詞] 「寫出」。有創造力的寫，或是按照某個限定的格式寫的
> 東西。

(×)　참관 수업을 듣고 난 1주 내에 강의 참관 보고서를 적어서 제출해야
　　　돼요.

(O)　참관 수업을 듣고 난 1주 내에 강의 참관 보고서를 써서 제출해야 돼
　　　요.

參觀完課堂後的一週內要寫參觀報告繳交。

▶ 報告要寫自己的心得、想法等等，是需要「創造力」的，所以用쓰다。

---

(O)　드라마를 보면서 대사를 듣고 받아적음으로써 한국어를 공부한다.

(×)　드라마를 보면서 대사를 듣고 받아씀으로써 한국어를 공부한다.

邊看電視劇邊聽台詞並寫下來，以這個方法讀韓文。

▶ 將聽到的寫下來是적다。

# 08 表示「擁有」的 갖다、가지다

갖다/가지다（[動詞] 帶有、擁有）為縮略語和原型語的關係，但갖다後面不能接母音開頭的語尾。

另外，딛다/디디다（[動詞] 踏）、건들다/건드리다（[動詞] 碰、招惹）、머물다/머무르다（[動詞] 停留）、서툴다/서투르다（[形容詞] 生疏）、서둘다/서두르다（[動詞] 急忙）也是相同的規則。

---

**（✗）** 충분히 잘하고 있으니까 자신감을 **갖아도** 돼.

**（○）** 충분히 잘하고 있으니까 자신감을 **가져도** 돼.

現在做得很好，可以有自信一點。

---

**（✗）** 너 사람 잘못 **건들었어**.

**（○）** 너 사람 잘못 **건드렸어**.

你惹錯人了。

---

**（✗）** 다리가 살짝 저려서 바닥에 **딛으면** 찌릿찌릿한 느낌이 나요.

**（○）** 다리가 살짝 저려서 바닥에 **디디면** 찌릿찌릿한 느낌이 나요.

腿有點麻掉，踩到地板有刺刺的感覺。

---

**（○）** 어디 호텔에 **머물든** 다 상관없어.

**（○）** 어디 호텔에 **머무르든** 다 상관없어.

不管住哪間飯店都無所謂。

# 09 表示「煮」的 끓이다、삶다

끓이다：[動詞]「煮」。煮完整鍋都能吃。

삶다：[動詞]「煮」。煮完後只吃裡面的料。另外也可用在非食物的東西上。

나는 칼국수를 먹을 때 면을 국물과 같이 **끓이는** 것보다 따로 **삶는** 게 더 맛있다.

我覺得吃刀削麵的時候，比起把麵和湯一起煮，另外煮的更好吃。

▶ 前面的是和湯一起煮後連湯一起吃，所以是끓이다；後面的是另外煮麵，只把麵撈出來吃，所以用삶다。

---

(O)  커피를 타기 위해 물을 **끓인다**.

(×)  커피를 타기 위해 물을 **삶는다**.

為了泡咖啡而燒水。

▶ 水燒開了就是直接整個喝，所以用끓이다。

---

(×)  수건에서 냄새 나기에 1시간 동안 끓는 물에 **끓였다**.

(O)  수건에서 냄새 나기에 1시간 동안 끓는 물에 **삶았다**.

因為毛巾有味道，所以用沸騰的水煮了一小時。

▶ 毛巾不是食物，且煮完會把水倒掉，只留下毛巾，所以用삶다。

# 10 表示「吵架」的 싸우다、다투다

싸우다：[動詞] 使用工具除了是「話」以外，也可以是其他的，所以會用在吵架、打架、戰鬥、奮戰等情況。主要目標是「把對方打倒、壓制對方讓對方起不來」。可以是一對一，也可以是一群對一群。

다투다：[動詞] 口舌之爭，使用的工具是「話」，所以通常是用在吵架、爭辯、爭取的情況。主要目標是「達到目的（證明自己的想法是對的、爭取權力或利益）」，只要達到目的即可，沒有要把對方打到起不來，可以說攻擊性沒有싸우다來得強。大部分用在一對一的情況。

(O) 형제끼리 과자 하나를 가지고 **싸우고 있다**.

▶ 可以是用「話語」來吵，也可以是有動手動腳的打架。

(O) 형제끼리 과자 하나를 가지고 **다투고 있다**.

▶ 用「話語」來吵，沒有動手動腳。
兄弟為了一塊餅乾在吵架。

- - - - - - - - - - - - - - - - - - - - - - - - - - - - - - - - - - - - - - - - - -

(O) 길 한 쪽에 득실거리는 들개들이 갑자기 **싸우기** 시작했다.

(✗) 길 한 쪽에 득실거리는 들개들이 갑자기 **다투기** 시작했다.
一群擠在路邊的狗突然打起架來。

▶ 動物不會說話，一般都是直接用身體打架，且是「一群」狗，所以用싸우다。

- - - - - - - - - - - - - - - - - - - - - - - - - - - - - - - - - - - - - - - - - -

(✗) 음악 방송 1위 후보에 오른 두 팀이 서로 1위를 **싸우고 있다**.

(O) 음악 방송 1위 후보에 오른 두 팀이 서로 1위를 **다투고 있다**.
音樂節目的優勝候選者兩隊互相在爭取第一名。

▶ 「爭取」第一名，所以用다투다。

# 11 表示「害怕」的 무섭다、두렵다

무섭다：[形容詞] 某件事物本身的特性是可怕、恐怖的，也可以表示行為
或情況的程度是很嚴重或誇張的。

두렵다：[形容詞] 因為對某件事物一無所知或是了解得不多，進而感到害
怕。重點放在「心理狀態」上，這份害怕是來自己的無知，並
不是那件事物真的很可怕。

（O）　무서운 영화
（×）　두려운 영화
恐怖的電影

▶ 這部電影的題材是恐怖的，「恐怖」就是它本身的特性，所以用무섭다。

......

（×）　너무 행복해서 오히려 무섭다.
（O）　너무 행복해서 오히려 두렵다.
因為太過幸福，反而令人害怕。

▶ 這份害怕來自於「現在很幸福，但不知道未來會如何」，也就是說因為無
法掌握未來，對於未來一無所知，因而感到恐懼，這種恐懼是來自於自己
的無知，而不是「未來」這個東西真的很可怕，所以用두렵다。

......

（O）　연휴라 차가 무섭게 막혀요.
（×）　연휴라 차가 두렵게 막혀요.
因為連假的關係車子很塞。

▶ 表示程度嚴重的是무섭다。

# 12 表示「可惜」的 아깝다、아쉽다

> 아깝다：[形容詞] 自己認為珍貴的東西遺失了，或是對有價值的東西無法
> 發揮它的用途而感到可惜。
>
> 아쉽다：[形容詞] 需要的時候不在，或是因為某樣東西不足而感到遺
> 憾、不滿足。

( ✗ ) 예전에 자주 찾아갔던 식당이 사라져서 **아까워요**.

( O ) 예전에 자주 찾아갔던 식당이 사라져서 **아쉬워요**.
以前常去的餐廳不見了，好可惜。

> ▶ 想要再去那間以前常去的餐廳，但已經不見了，也就是「需要的時候不
> 在」，所以用아쉽다。

---

( O ) 음식이 많이 남았네요. 참 **아까워요**.

( ✗ ) 음식이 많이 남았네요. 참 **아쉬워요**.
食物剩下好多，好浪費。

> ▶ 食物剩下很多，這些食物沒辦法發揮它們「被吃」的價值，所以用아깝
> 다。

---

( O ) 일을 관두려고 하는데 (투자한) 돈이 **아까워서** 때려치우지 못하고 있다.

> ▶ 如果收手，已經投資下去的錢就發揮不了它的價值，很可惜。

( O ) 일을 관두려고 하는데 (들어올) 돈이 **아쉬워서** 때려치우지 못하고 있다.

> ▶ 如果收手，就沒辦法賺到那些繼續做就能賺到的錢，很可惜。

---

( ✗ ) 아기가 너무 빨리 커서 **아깝다**.

( O ) 아기가 너무 빨리 커서 **아쉽다**.
小孩長太快了，好可惜。

> ▶ 希望小孩子長慢一點的需求沒有被滿足，所以用아쉽다。

# 13 表示「心裡不是滋味」的
## 서운하다、섭섭하다、안타깝다

서운하다：[形容詞] 因為不滿足而感到可惜、不開心。

섭섭하다：[形容詞] 因為事情不合乎自己的期待而感到心裡不是滋味。

안타깝다：[形容詞] 事情沒有按照自己的心意發展，或是看見不好的結果
或事情，進而產生擔心及可惜的心理，並對那份擔心及可惜
感到鬱悶、難受、惋惜。

서운하다與섭섭하다兩者相比，섭섭하다的不爽度更強烈，有更加積極地在表達不滿的感覺。

**(O)** 생일인데 제일 친한 친구가 선물은커녕 생일축하한다고조차 안 해 주니 **서운하다**.

**(O)** 생일인데 제일 친한 친구가 선물은커녕 생일축하한다고조차 안 해 주니 **섭섭하다**.

明明是我的生日，最好的朋友不僅沒給我禮物，連聲生日快樂也沒說，真的很傷心。

▶ 서운하다的感覺是比較輕的，雖然不爽，但講完就算了，섭섭하다是原本很期待朋友會送禮物，結果沒有，有種被期待背叛的感覺。

**(✕)** 어린 나이에 생계를 책임지며 고생하는 모습이 **서운하기만** 하다.

**(✕)** 어린 나이에 생계를 책임지며 고생하는 모습이 **섭섭하기만** 하다.

**(O)** 어린 나이에 생계를 책임지며 고생하는 모습이 **안타깝기만** 하다.

小小年紀就擔起生計，辛苦的模樣令人惋惜。

▶ 看見「小小年紀擔生計、辛苦的模樣」這件不好的事情，內心產生對這位小孩子的擔心，擔心他是否有吃飽、是否承受得了這樣的生活等等，所以用안타깝다。

# 14 表示「無聊」的 심심하다、지루하다

심심하다：[形容詞] 因為沒事做而感到無聊。

지루하다：[形容詞] 做的事情本身很枯燥乏味，讓人感到無聊。

(O)　심심할 때 할 만한 모바일 게임 하나 추천해 주세요.

(×)　지루할 때 할 만한 모바일 게임 하나 추천해 주세요.

請推薦我無聊時可以玩的手機遊戲。

▶ 必須是沒事做而感到的無聊，才會請對方推薦可以玩的遊戲，所以用심심하다。

(×)　수업이 심심하게 느껴지는지는 선생님에게 달려 있기도 하고 학생이 생각하기 나름이기도 하다.

(O)　수업이 지루하게 느껴지는지는 선생님에게 달려 있기도 하고 학생이 생각하기 나름이기도 하다.

課程會不會令人感到無聊，除了取決於老師外，也要看學生怎麼想。

▶ 不是因為沒事做而感到無聊，而是課程內容乏味，所以用지루하다。

# 15 表示「丟臉」的 부끄럽다、창피하다

부끄럽다：[形容詞] 違背倫理道德、良心，或是沒有勇氣做某件事情時，從自己身上感受到的丟臉感。

창피하다：[形容詞] 從別人的視線中感受到的丟臉感。

**（O）** 아랫사람에게 묻는 것을 **부끄러워할** 필요는 없다.

**（✕）** 아랫사람에게 묻는 것을 **창피해할** 필요는 없다.

不需要對向晚輩請教這件事感到羞恥。

▶ 覺得「向晚輩請教事情」這件事很丟臉是出自於自己的內心，可能內心覺得這有違自己的價值觀，所以感到羞愧，並非因為有人在看而感到丟臉。

........................................................................

**（✕）** 길 한복판에서 넘어졌다니 너무 **부끄러워서** 어쩔 줄 몰라 했다.

**（O）** 길 한복판에서 넘어졌다니 너무 **창피해서** 어쩔 줄 몰라 했다.

居然在路的正中央跌倒，丟臉到不知道要怎麼辦。

▶ 在路中央跌倒，很多人都在看，所以感到丟臉。

# 16 表示「涼快」的 시원하다、선선하다、서늘하다、썰렁하다、쌀쌀하다

시원하다 : [形容詞] 不冷不熱，涼得剛剛好。也能用在「心情舒坦暢快」的情況。

선선하다 : [形容詞] 天氣涼快得很舒服。

서늘하다 : [形容詞] 有相當程度的冰涼感，稍微冷的感覺。也能用在「態度冰冷」的情況（此時通常使用싸늘하다）。

썰렁하다 : [形容詞] 讓人有冷的感覺的冰冷感。也能用在「空蕩冷清」和「氣氛冷」的情況。

쌀쌀하다 : [形容詞] 天氣令人感覺到有點冷的涼。也能用在「態度冰冷」的情況（此時通常使用쌀쌀맞다）。

加入춥다一起看，冷度由強到弱為춥다＞쌀쌀하다＞썰렁하다＞서늘하다＞선선하다＞시원하다

**（O）** 날씨가 시원해서/선선해서 돌아다니기 딱 좋아요.

**（×）** 날씨가 서늘해서/썰렁해서/쌀쌀해서 돌아다니기 딱 좋아요.

天氣很涼快，剛好適合到處逛。

▶ 「剛好適合到處逛」，表示涼快的程度是剛好的、讓人感覺很舒服的，所以只有시원하다和선선하다可以。

········································································

어제 본 무서운 영화를 생각하니 간담이 **서늘해졌다.**

想到昨天看的恐怖電影還是心裡發寒。

▶ 간담이 서늘하다為慣用句「膽顫心驚」之義。

내 발언으로 인해 분위기가 **썰렁해졌다.**

我的發言讓氣氛冷掉。

▶ 形容氣氛冷的是썰렁하다。

기쁜 마음으로 결혼 소식을 알려 줬는데 **싸늘한/쌀쌀맞은** 반응을 보여서 당황했다.

原本很開心地告訴她結婚消息，結果卻得到冰冷的反應，讓我很驚慌。

▶ 形容態度用싸늘하다、쌀쌀맞다。

# 17 表示「否定」的 안、못

안：[副詞] 放在動詞或形容詞前面，用來否定那個動作或狀態。長形否定的型態為-지 않다。

못：[副詞] 放在動詞的前面，表示沒有能力，或是沒有辦法做那個動作。長形否定的型態為-지 못하다。

**(O)** 한국 음식을 좋아하는데 번데기는 **안** 먹어요.
**(O)** 한국 음식을 좋아하는데 번데기는 **못** 먹어요.
我喜歡韓國食物，但不吃蠶蛹／但不敢吃蠶蛹。

▶ 안 먹어요是自己不要去吃，是個人的意志，有可能是敢吃，只是不喜歡、不吃而已，而못 먹어요是沒有吃的能力，也就是不敢吃。

---

(回答老師問有沒有寫作業的問題)
**(✗)** 어제 일찍 자서 숙제를 **안** 했어요.
**(O)** 어제 일찍 자서 숙제를 **못** 했어요.
昨天很早睡，所以沒能做作業。

▶ 숙제를 안 했어요雖然文法上沒錯，但因為안單純是靠著自己的意志行動的，就會變成明明可以做，卻故意不做的感覺，在老師的立場聽來就會覺得這學生怎麼沒做作業還這麼理直氣壯，因此就算不是沒有能力做作業，只是因為早睡而沒做，也要用못。

---

**(✗)** 방금 샤워하고 있어서 전화 소리를 **듣지 않았다**.
**(O)** 방금 샤워하고 있어서 전화 소리를 **듣지 못했다**.
因為剛剛在洗澡，所以沒聽到電話聲。

▶ 處在一個「沒辦法」聽到電話聲的情況，而非自己不去聽，所以用못。

短形否定（안, 못 V/A）與長形否定（V/A-지 않다,-지 못하다）的差別

　　想像一下，今天有個朋友想要請你吃飯，但他不知道你對海鮮過敏，選了一間海鮮餐廳，這個時候我們會試著拒絕對方的提議。拒絕有很多種方式，可以簡短地說「我不能吃海鮮」，也可以做出很詳細的解釋，像是「真的謝謝你，不過因為我對海鮮過敏，不能吃海鮮，我們可以換一間餐廳嗎？」前者幾個字就結束，給人的感覺就比較了當直接，後者用了好幾句話在解釋，給人的感覺就比較委婉，將這個概念套到短形否定和長形否定，就可以知道它們最主要的差異就在直接與婉轉。

　　但不是所有的動詞與形容詞都是兩種否定都通用的，以大方向來說，如果動詞或形容詞是「複合語」，就比較適合與長形否定搭配。

**Ex** 값싸지 않다（O）、안 값싸다（X）
　　머뭇거리지 않다（O）、안 머뭇거리다（X）

　　不過這只是一個大方向，還是有很多的例外，像是돌아가다、잡아먹다雖然都是複合語，但還是會搭配短形否定使用。

---

※複合語

**合成語**：兩個具有獨立意思的單字合成一個新的單字，如색다르다（特殊的）、값싸다（便宜的）。

**延伸語**：由「詞根＋接辭」所合成，如먹히다（被吃）、머뭇거리다（猶豫不決）。

▶ 接辭：類似英文裡的字首字尾，單獨存在的話沒有意思，但放到語根的前面或後面能發揮功用。

# 18

## 表示「再」的 또、다시

또：[副詞] 將過去做過的事情完整複製再做一次。

다시：[副詞] 接續著做過去做過的事情、否定過去做過的事情，或是修正、將不足的部分再做一次。

（在服飾店）

다음에 또 올게요.

▶ 買了衣服，跟老闆說「下次會再來」，指的是下次再來做一樣的動作（消費）。

다음에 다시 올게요.

▶ 只是看看，沒有買衣服，或是沒有喜歡的衣服可以買，跟老闆說「下次會再來」，指的是這次消費的行為沒有達成，下次來要修正它（下次要消費）。

下次會再來。

---

**(O)** 밥 먹은 지 얼마 안 됐는데 또 배가 고프다고?

**(×)** 밥 먹은 지 얼마 안 됐는데 다시 배가 고프다고?

才剛吃過飯又肚子餓了？

▶「又肚子餓」是現在的狀態，跟過去無關，不會有需要去修正、補足「過去肚子餓」的情況發生，所以用다시會不自然。

---

**(×)** 또 생각해 봤는데 그건 아닌 것 같다.

**(O)** 다시 생각해 봤는데 그건 아닌 것 같다.

我重新思考了一下，覺得那樣好像不太對。

▶ 過去思考的內容可能有錯誤或不足的地方，所以「再思考一次」，是修正、補足的概念，所以會使用다시來表達。

# 19 表示「大概、也許」的 아마、어쩌면

아마：[副詞] 雖然還不能確定，但自己推測差不多就是那樣，相當於「大概」。常會使用強調的型態「아마도」。

어쩌면：[副詞] 雖然不確定，但自己認為可能會是那樣，相當於「也許」。

아마對事情的把握度比어쩌면高。

(O) **아마** 걔도 널 좋아할 거야.

(×) **어쩌면** 걔도 널 좋아할 거야.

他應該也喜歡你。

▶ -(으)ㄹ 것이다的把握度是偏高的，和어쩌면搭在一起會不自然。

- - - - - - - - - - - - - - - - - - - - - - - - - - - - - - - - - - - - - - - - -

(×) **아마** 내가 가장 보고 싶은 사람이 너일지도 몰라.

(O) **어쩌면** 내가 가장 보고 싶은 사람이 너일지도 몰라.

也許我最想見的是你也說不定。

▶ 自己也不是很清楚想見的人到底是誰，偏向「也許」的感覺，所以用어쩌면。

- - - - - - - - - - - - - - - - - - - - - - - - - - - - - - - - - - - - - - - - -

(O) **아마** 트릭일 수도 있으니까 너무 그 사람의 말을 안 믿는 게 좋을 것 같아.

(O) **어쩌면** 트릭일 수도 있으니까 너무 그 사람의 말을 안 믿는 게 좋을 것 같아.

這有可能是／也許是個詭計，最好不要太相信那個人的話。

▶ 依照情境、意圖，兩個意思都是合理的。

# 20 表示「快點」的 빨리、얼른、어서

> 빨리 : [副詞] 指用很短的時間去做某事、將做某事的時間縮短。如果原本以每秒完成10%的速度在做某個動作，빨리 하다就是以每秒10%以上的速度去做。
>
> 얼른 : [副詞] 不要拖拖拉拉，「立刻」去做某事。常用於命令句和勸誘句。
>
> 어서 : [副詞] 催促對方不要拖延，趕快做某事，也有高興迎接、希望對方做某事的感覺，通常用於命令句和勸誘句。也因為有「希望」的涵義，所以不能和過去式搭配使用。

(O) 1시간이 걸린다는 배달이 **빨리** 와서 놀랐다.

(×) 1시간이 걸린다는 배달이 **얼른** 와서 놀랐다.

說要花一小時的外送很快就來了，讓我嚇了一跳。

▶ 本來要花一小時，結果不到一小時就來了，也就是時間縮短，所以用빨리。

---

(O) 늦었으니까 **빨리** 마무리하고 자야겠다.

▶ 用一下子的時間把事情做個結尾。

(O) 늦었으니까 **얼른** 마무리하고 자야겠다.

▶ 不要拖拖拉拉，現在立刻把事情做個結尾。

已經很晚了，該趕快弄一弄睡覺了。

---

(O) 코로나가 **빨리** 끝났으면 좋겠다.

(O) 코로나가 **얼른** 끝났으면 좋겠다.

(O) 코로나가 **어서** 끝났으면 좋겠다.

希望COVID-19趕快結束。

▶ 因為是「希望」事情趕快結束，所以也可以用帶有迫切希望的感覺的어서。

（店家老闆）

**(?)**　**빨리** 오세요.

**(?)**　**얼른** 오세요.

**(O)**　**어서** 오세요.

　　歡迎光臨。

　▶ 「歡迎」客人進來，所以要用有高興迎接的感覺的어서。

# 21

# 表示「已經」的 벌써、이미

> 벌써:[副詞] 某件事情發生的時間點比預想中的早。
>
> 이미:[副詞] 某件事情發生後「已經」過了一段時間。

(O)　정부에서 주는 긴급재난지원금을 난 **벌써** 받았어.

　　▶ 表達已經拿到,且是比預想中的早拿到。

(O)　정부에서 주는 긴급재난지원금을 난 **이미** 받았어.

　　▶ 單純表達已經拿到。
　　我已經拿到政府發的緊急災難救助金了。

.................................................................................

(O)　꽃들이 앞다퉈 피는 봄을 더 즐기고 싶은데 **벌써** 여름이라니 참 아쉽다.

(✗)　꽃들이 앞다퉈 피는 봄을 더 즐기고 싶은데 **이미** 여름이라니 참 아쉽다.
　　還想再享受一點百花爭妍的春天,沒想到已經是夏天了,真可惜。

　　▶ 夏天來得比自己預期的還早,所以用벌써。

# 22 表示「先」的 우선、먼저

(O)　우선 고기부터 먹어 봅시다.

(O)　먼저 고기부터 먹어 봅시다.

先從肉開始吃吧。

▶ 在吃其他的東西之前先吃肉，우선和먼저都合理。

⋯⋯⋯⋯⋯⋯⋯⋯⋯⋯⋯⋯⋯⋯⋯⋯⋯⋯⋯⋯⋯⋯⋯⋯⋯⋯⋯⋯⋯⋯⋯⋯⋯⋯

(✕)　제가 제일 우선 왔아요.

(O)　제가 제일 먼저 왔어요.

我是最先到的。

▶ 表示順序上超前，所以用먼저。

⋯⋯⋯⋯⋯⋯⋯⋯⋯⋯⋯⋯⋯⋯⋯⋯⋯⋯⋯⋯⋯⋯⋯⋯⋯⋯⋯⋯⋯⋯⋯⋯⋯⋯

(O)　우선 여기까지만 하고 퇴근합시다.

(✕)　먼저 여기까지만 하고 퇴근합시다.

暫且先做到這邊，下班吧。

▶ 只有우선有「暫且」的意思。

# 23

# 表示「全部」的
## 다、모두、전부、온통

다 : [副詞] 1.將好幾樣事物視為一個集合整體，重心放在整體的全部上。
2.以反語的方式強調不可能實現的事情也能使用。
[名詞] 將好幾樣事物視為一個集合整體，重心放在整體的全部上。雖然可以當名詞用，但大多時候都只以「다다(다+이다)」或「다가 아니다」的方式來使用。

모두 : [副詞] 一個一個獨立個別的事物聚集成一個群體，指那個群體的全部。重心放在每一個獨立的事物上。
[名詞] 聚集群體的全部。

전부 : [副詞] 與다一樣是集合的概念，重心放在整體的全部上。
[名詞] 與다一樣是集合的概念，重心放在整體的全部上。和다不同的是，전부當受詞使用時也通順。

온통 : [副詞] 沒有被分割過的，完完整整地。
[名詞] 沒有被分割過的，完完整整的一整個。

(O)　가격도 디자인도 다/전부 마음에 든다.
(O)　가격도 디자인도 모두 마음에 든다.
　　　價格和設計都很滿意。

................................................................

(×)　촬영 현장 다를 보여 드리겠습니다.
(O)　촬영 현장 전부를 보여 드리겠습니다.
　　　將拍攝現場全帶給各位。
　　　▶ 다當受詞使用會不太自然。

................................................................

　　　옷이 다/전부 수박 물에 젖었다.
　　　▶ 衣服可能是一件，也有可能是好幾件。不管是一件還是好幾件，都是把它當作一整個整體去看，描述這個整體都沾到西瓜汁了。

옷이 모두 수박 물에 젖었다.

▶ 모두是獨立個別的事物聚集起來的群體，所以用모두的話，給人的感覺是衣服有好幾件，每一件都沾到西瓜汁了。

옷이 온통 수박 물에 젖었다.

▶ 온통指的事物是沒有被分割過的，所以衣服只有一件，這整件衣服都沾到西瓜汁了。

# 24 表示「很、真」的 정말、진짜

정말：[副詞] 強調程度「很」、「真的」。

　　　[名詞] 真實、無虛假的話，相反詞為거짓말。

진짜：[副詞] 強調程度「很」、「真的」。

　　　[名詞] 真偽的真，相反詞為가짜。

用來強調程度時정말和진짜都可以，但진짜的感覺更強烈。

(O)　벌써 여름이 왔는지 날씨가 정말 덥다.

(O)　벌써 여름이 왔는지 날씨가 진짜 덥다.

不知道是不是已經到夏天了，天氣很熱。

▶ 정말和진짜都可以用來強調程度。

---

(O)　나는 네가 무슨 생각을 하는지 정말이지 알 수가 없다.

(×)　나는 네가 무슨 생각을 하는지 진짜지 알 수가 없다.

我真的是不知道你到底在想什麼。

▶ 當名詞用時，정말表示的是非虛假，진짜表示的是非偽造。

---

(×)　이 반지는 정말 다이아몬드로 만든 거야.

(O)　이 반지는 진짜 다이아몬드로 만든 거야.

這個戒指是用真的鑽石做的。

▶ 是「真鑽石」，不是「假鑽石」，可以表示真偽的是진짜。

# 25 表示「一點點」的
## 약간、조금、다소

약간 : [名詞] 沒有多少。

　　　 [副詞] 沒有多少地。

조금 : [名詞] 程度或份量少，或是時間上很短。

　　　 [副詞] 很少的程度或份量，或是很短的時間。

다소 : [名詞] 程度或份量的多寡。

　　　 [副詞] 在一定的程度上。

약간與조금是差不多的，但如果指出的份量、程度是比較具體的，或是用在表示時間的情況時，조금會更自然一些。而在表達「一點點的～」時，「약간의~」比「조금의~」自然。

약간與다소相比，약간的語感是「比自己認為的基準少」，다소的語感是「和基準差不多」。

---

**(✕)**　용량이 **약간**밖에 없다.

**(O)**　용량이 **조금**밖에 없다.

　　　容量只有一點點。

　　▶ 指容量是多少，是具體的，所以用조금。

.................................................

**(✕)**　**약간**만 기다려요.

**(O)**　**조금**만 기다려요.

　　　請稍等。

　　▶ 「請對方稍等」是指請對方花時間等待，所以用可以指「時間上很短」的조금。

.................................................

**(O)**　**약간**의 문제가 생겼다. / **약간**의 시간이 필요해.

**(?)**　**조금**의 문제가 생겼다. / **조금**의 시간이 필요해.

　　　發生了一點問題。／需要一點時間。

　　▶ 약간의~會比조금의~自然。

공사 중이라 **약간** 시끄러울 수 있다.

▶ 噪音比自己的標準再少一點。

공사 중이라 **다소** 시끄러울 수 있다.

▶ 噪音跟自己的標準比起來是差不多的。吵雜程度：약간＜다소。

因為在施工中，所以可能會有點吵。

# 26 表示「終於」的
## 드디어、마침내、결국

드디어：[副詞] 經過一段時間等待，期待發生的事情終於發生。

마침내：[副詞] 歷經幾道關卡，終於將事情做個了結。

결국：[名詞] 最終。

　　　 [副詞] 事情的結尾。

드디어與마침내兩者相比，드디어有「某件事情終於發生，以這件事為開端，可以繼續往下做另一件事」的意思在，是比較開放的感覺；마침내則偏向某件事終於「結束」，是比較關閉的感覺。也因為這個差異，在一些時間是指向現在或未來的句子裡，드디어會比마침내自然。

（O）　드디어 먹는다. / 아이가 드디어 자네요.

（×）　마침내 먹는다. / 아이가 마침내 자네요.

　　　終於要吃了。／孩子終於睡了。

　　▶ 「終於要開始吃」、「孩子終於睡了(可以去做其他事了)」，有「開始」的涵義在時使用드디어會更自然。

.........................................................

드디어 우리가 이겼다.

▶ 輸了好幾局，最後終於贏了。

마침내 우리가 이겼다.

▶ 對戰了好久，終於有個結果，這個結果是我們贏了。

결국 우리가 이겼다.

▶ 兩邊一直不上不下，最後的結果是我們贏了。

終於贏了。

.........................................................

드디어 둘이 헤어졌다.

▶ 原本就很期待兩個人分手的那一天的到來，得知兩個人分手時覺得「終於分手了，真是太好了！」。

**마침내 둘이 헤어졌다.**

▶ 兩人常常吵架，連身邊的人看了都覺得累，現在兩人終於把關係結束了。

**결국 둘이 헤어졌다.**

▶ 兩人吵了一段時間，最終的結局是分手了。

兩人終於分手了。

# 27

## 表示「新」的 새、새로운

새：[冠形詞] 至今為止沒有出現過或擁有過的，是新添購的。

새로운：[形容詞冠形詞型] 除了表示不曾擁有過的，也有原本就有的東西換了個面貌、煥然一新的意思。

(O)　새해

(✗)　새로운 해

新年

▶ 時間過了就不會再回來，未來一年的時間都是全新的，和過去無關，所以用새。

----

(✗)　새해를 맞아 새 도전을 시작해 볼까 봐요.

(O)　새해를 맞아 새로운 도전을 시작해 볼까 봐요.

迎接新的一年，打算做個新的挑戰。

▶ 挑戰的意思是做出改變，可能是做跟以往不同的事情，或是過去想做但沒做過的，所以用새로운。

----

(O)　새 학기

(✗)　새로운 학기

新學期

▶ 新學期的時間在過去是沒有的，所以用새。

----

(✗)　작년에 대세였던 핸드폰이 새 디자인으로 나와 또 한 번의 붐을 일으켰다.

(O)　작년에 대세였던 핸드폰이 새로운 디자인으로 나와 또 한 번의 붐을 일으켰다.

去年很有人氣的手機以新的樣貌再次掀起熱潮。

▶ 手機本來就存在，只是換了一個新樣貌，所以用새로운。

# 28 表示「高興」的
## 기쁘다、즐겁다、신나다

기쁘다 : [形容詞] 受到外部的刺激而產生的高興感，刺激通常都是短暫的，所以這份高興感也是曇花一現的。

즐겁다 : [形容詞] 因為享受某件事情而感到愉快，這份愉快感是由內而外、細水長流的。

신나다 : [動詞] 從某件事物中感覺到趣味，心情興奮起來。

（×） 기쁜 여행 되세요.

（O） 즐거운 여행 되세요.

祝旅途愉快。

▶ 「旅行」這件事是可以享受的，且需要花時間的，不會在瞬間結束，所以用즐겁다。

---

（O） 합격했다는 소식을 들으니 기쁜 나머지 소리를 지르고 말았다.

（×） 합격했다는 소식을 들으니 즐거운 나머지 소리를 지르고 말았다.

聽到合格的消息，開心到叫出聲來。

▶ 受到「合格的消息」的刺激，瞬間產生高興感，這個高興感是從外部來的，不是自己去享受那件事而感受到的愉快感（「聽消息」也不是一件可以享受的事情），所以用기쁘다。

---

（×） 분위기가 너무 우중충하니까 기쁜 노래 틀자.

（△） 분위기가 너무 우중충하니까 즐거운 노래 틀자.

（O） 분위기가 너무 우중충하니까 신나는 노래 틀자.

氣氛太低沉了，放點來勁的音樂吧！

▶ 聽了會「來勁、讓心情興奮起來」，所以要用신나다。而第二句的즐겁다是指聽了心情好、感到愉快的音樂。

# 29 表示「特質」的 -스럽다、-답다

-스럽다：[詞綴] 接在名詞後，表示本身雖然不是那個名詞，但有接近該名詞的特質。

-답다：[詞綴] 接在名詞後，表示本身是那個名詞，也具有該名詞的特質。

---

（O）5살밖에 안 된 아이인데 생각이 깊고 **어른스럽다**.

（×）5살밖에 안 된 아이인데 생각이 깊고 **어른답다**.

明明是個才五歲的孩子，想法卻很有深度且成熟。

▶ 是五歲的孩子，不是真的大人，只是想法像大人一樣，所以用-스럽다。

---

（×）30살도 넘은 사람인데 제발 **어른스럽게** 좀 삽시다.

（O）30살도 넘은 사람인데 제발 **어른답게** 좀 삽시다.

都已經是30幾歲的人了，拜託拿出點大人的樣子吧。

▶ 超過30歲的人當然是大人，是大人就要有大人的樣子，所以用-답다。

---

（O）5년 동안 머리가 긴 생머리 스타일이었는데 이번엔 좀 **남자스러운** 걸로 바꿀까 해요.

（×）5년 동안 머리가 긴 생머리 스타일이었는데 이번엔 좀 **남자다운** 걸로 바꿀까 해요.

五年以來一直都留長直髮，這次在考慮要不要換個有男生感覺的髮型。

▶ 本身不是男生，只是想要換成比較男生感覺的髮型，所以用-스럽다。

---

（×）저는 순둥순둥한 남자보다 **남자스러운** 남자가 좋아요.

（O）저는 순둥순둥한 남자보다 **남자다운** 남자가 좋아요.

比起溫和順服的，我更喜歡man的男生。

▶ 喜歡的是「本身是男生，具有男生特質的人」，所以用-답다。

# 30 表示「不」的 아니요、아니에요

아니요 : [感嘆詞] 用在否定對方的提問時。

아니다(아니에요) : [形容詞] 用在對方說的內容是錯誤的時候。也可用在表示拒絕、不客氣、謙虛的時候。

가: 밥 먹었어?　吃飯了嗎？

나: **(O) 아니요.**

　　**(×) 아니에요.**　還沒。

　　▶「吃飯了沒？」這句話沒有對錯之分，所以用아니에요會不自然。

---

가: 이 모든 게 다 네가 한 짓이야?

　　這一切都是你做的嗎？

나: **(O) 아니.**

　　**(O) 아니야.**　不是。

　　▶單純否定對方的提問時用아니。覺得對方說的是錯的，我要否定他的話，也可以用아니야，表示「(내가 한 거) 아니야.」。

---

가: 이번 일은 정말 고마웠어요. 언니 없었으면 큰 일 날 뻔했어요.

　　這次的事情真的謝謝你，如果沒有姐姐你的話就完了。

나: **(×) 아니.** 당연한 일을 했을 뿐이야.

　　**(O) 아니야.** 당연한 일을 했을 뿐이야.

不會啦，我只是做了件該做的事情而已。

　　▶아니야才可以表示「不客氣」。

Chapter

3

文法篇

# 基本詞性介紹

　　各種詞性的意義是在學文法之前一定要先建立的基本功，很多人可能會覺得，我的記憶空間拿來裝單字、文法都快不夠了，有必要分一點心力、分一點時間給這些專有名詞嗎？我的回答是「絕對有必要」。當然，相對較艱深的專有名詞懂不懂都沒關係，或是到高級程度後，想繼續精進時再學也不遲，但弄清楚基本的幾個詞性，學起文法來會更順、更有效率唷！

## 名詞：人事物的名字

날씨（天氣）、시험（考試）、맥주（啤酒）、거실（客廳）、열정（熱情）、영상（影片）、사람（人）、소리（聲音）

## 動詞：描述人事物的動作

- 自動詞：只跟主詞有關聯的動詞。（主詞이/가＋動詞）
  비가 오다（下雨）、일찍 일어나다（早起）、비수기에 접어들다（進入淡季）、상처가 아물다（傷口癒合）、돈이 남아돌다（有閒錢）

- 他動詞：除了主詞外，跟受詞也有關聯的動詞。（主詞이/가＋受詞을/를＋他動詞）
  피자를 입에 쑤셔넣다（把披薩塞到嘴裡）、미래를 꿰뚫다（洞悉未來）、잠을 설치다（沒睡好覺）

　　※使動詞／被動詞在概念上其實和自動詞／他動詞相似，會建議直接當作一個新的單字去記，不要去管是誰的使動詞或被動詞。例如물리다就直接記「被咬」，需要用到「被咬」這個詞的時候，就直接

拿出물리다這個字來用，而不是去思考「咬是물다，물다的被動詞是물리다」。因此像是「我被蚊子咬了」，就是「我（내가）＋被咬（물리다）」，整句話就會是「내가 모기한테 물렸다.」。

## 形容詞：描述人事物的狀態

정신이 얼떨떨하다（頭昏腦脹）、숨이 가쁘다（氣喘吁吁）、인물이 훤하다（人很有精神）

## 副詞：主要用來修飾動詞、形容詞，也可以修飾名詞、冠形詞、副詞，以及整句話

티격태격 싸우다（爭吵不休）、도리어 기회가 되다（反倒變成機會）、눈을 말똥말똥 뜨다（眼睛睜得圓圓的）

## 冠形詞、冠形詞型：用來修飾名詞（包含當作名詞用的小句）

무슨 의미가 있을까?（有什麼意義呢？）、퉁명스러운 말투（沒好氣的語氣）、가시 돋친 말（帶刺的話）

## 助詞：貼在可獨立使用的成分後面，用來幫助該成分發揮自己的文法角色，或是表達更精確的意思

나는 대만 사람이다（我是台灣人）、어제부터 시작하다（從昨天開始）、삼겹살이랑 된장찌개（三層肉和大醬湯）

請試著辨別句子裡每個單字的詞性。

1. 모든 준비를 끝내고 출발할 날을 기다리고 있다.

✎ 名詞：                              自動詞：

　 他動詞：                            形容詞：

　 副詞：                              冠形詞：

　 助詞：


2. 아침에 일찍 일어나서 조식을 이용했다.

✎ 名詞：                              自動詞：

　 他動詞：                            形容詞：

　 副詞：                              冠形詞：

　 助詞：


3. 너무 졸려서 커피 한 잔 하려고요.

✎ 名詞：                              自動詞：

　 他動詞：                            形容詞：

　 副詞：                              冠形詞：

　 助詞：

單 元
**2** 　**常混淆的助詞**

**01** 은/는、이/가

## [N은/는]

> 補助詞。接在名詞之後，表示該名詞為
> 句子的主體。

| 應用<br>方式 | 詞彙＋補助詞 | |
|---|---|---|
| 範例 | ① 101타워<br>② 망고 | 는 |
| | ③ 꿈<br>④ 한국 | 은 |

可用詞彙類型＆範例

| 詞性 | 詞彙類型 | 範例詞彙 |
|---|---|---|
| 名詞 | 無尾音 | ① 101타워<br>② 망고 |
| | 有尾音 | ③ 꿈<br>④ 한국 |

### 例句

① 　101타워 / 대만을 대표하는 건물이다

原句　**101타워는 대만을 대표하는 건물이다.**
101大樓是代表台灣的建築物。

加長　대만에서 가장 높은 건물인 **101타워는** 대만을 대표하는 건물로 제일 중
요한 랜드마크라고 할 수 있다.
台灣最高的建築101大樓可以說是代表台灣最重要的地標。

② 망고 / 열대과일이다

原句 **망고는 열대과일이다.**
芒果是熱帶水果。

加長 **망고는 비타민A가 풍부하며 각종 디저트와 빙수에 어울리는 열대과일이다.**
芒果是維他命A很豐富，與各種甜點和刨冰都很搭的熱帶水果。

③ 나의 꿈 / 한국으로 어학연수를 가는 것이다

原句 **나의 꿈은 한국으로 어학연수를 가는 것이다.**
我的夢想是去韓國進修語言。

加長 **늘 그리던 나의 꿈은 한국으로 어학연수를 가서 한국 문화를 배우는 것이다.**
我一直以來的夢想是去韓國進修語言，學習韓國文化。

④ 한국 / 맛있는 음식이 많다

原句 **한국은 맛있는 음식이 많습니다.**
韓國有很多好吃的東西。

加長 **한국은 맛있는 음식이 많을뿐더러 유명한 관광지도 많습니다.**
韓國不僅有很多好吃的東西，有名的觀光景點也很多。


補充

▶ 敬語型態為께서는。

**사장님께서는 내일까지 보고서를 제출하라고 했다.**
老闆要我最晚明天交出報告。


▶ 接在沒有尾音的名詞後面時可以縮寫成「ㄴ」。

**전 한국어를 배우고 있습니다.**
我正在學韓文。

**어젠 날씨가 좋았어요.**
昨天天氣很好。


▶ 不僅可以用在主語，也可以用在受詞語、副詞語的位置。

**고기를 먹기는 하지만 많이는 못 먹어요.**
雖然吃肉，但沒辦法吃很多。

▶ 補助詞在結合使用上較自由，可接在助詞、連接語尾後面以加強語氣，例如에서는、에는、에게는、보다는、-아/어서는、-다가는。

**영화관에서는 조용히 해야 돼요.**
在電影院要安靜。

**대만에는 없고 한국에만 있는 음식은 뭐가 있을까요?**
台灣沒有，只有韓國有的食物有什麼呢？

**너에게 별 것이 아닐 수도 있지만 나에게는 소중한 거야.**
對你來說可能沒什麼，但對我來說是很重要的。

01 은/는、이/가

# [N이/가]

主格助詞。接在名詞之後,表示該名詞為句子的主語。

| 應用<br>方式 | 詞彙＋主格助詞 | |
|---|---|---|
| 範例 | ① 배<br>② 머리 | 가 |
| | ③ 동생<br>④ 연필 | 이 |

可用詞彙類型＆範例

| 詞性 | 詞彙類型 | 範例詞彙 |
|---|---|---|
| 名詞 | 無尾音 | ① 배<br>② 머리 |
| | 有尾音 | ③ 동생<br>④ 연필 |

例句

① 배 / 너무 고파서 잠이 안 오다

原句 **배가** 너무 고파서 잠이 안 와요.
肚子太餓了,導致睡不著。

加長 저녁을 굶었더니 **배가** 너무 고파서 잠이 안 와요.
餓了一頓晚餐,結果肚子太餓,導致睡不著。

② 잠을 못 자다 / 머리 / 아프다

原句 잠을 못 잤더니 **머리가** 아프다.
沒能睡好覺,所以現在頭很痛。

加長 야근에 새벽 출근에 하루 종일 잠을 못 잤더니 **머리가** 아프다.
又是加班又是清晨出門上班,一整天都沒睡覺,所以現在頭很痛。

82　常混淆的助詞 | 은/는、이/가

③　동생 / 처음으로 가족들 앞에서 울다

原句　**동생이** 처음으로 가족들 앞에서 울었다.
弟弟第一次在家人面前哭了。

加長　지금까지 눈물을 보인 적 없는 **동생이** 처음으로 군 입대를 앞두고 가족들 앞에서 울었다.
從來沒有在人前掉過眼淚的弟弟於入伍前夕第一次在家人面前哭了。

④　연필 / 부러져 버리다

原句　**연필이** 부러져 버렸다.
鉛筆斷掉了。

加長　노트 정리를 하다가 힘을 너무 쓴 나머지 **연필이** 부러져 버렸다.
在整理筆記時，不小心太用力，鉛筆斷掉了。

### 限制

▶ 與補助詞만、부터、까지結合時，須接在它們之後。

여기**까지가** 내 한계다.
這是我的極限了。

오빠**만이** 이 일을 맡을 수 있어요.
只有哥哥能做這件事。

### 補充

▶ 敬語型態為께서。

급한 용무가 있어 교수님**께서** 찾아 오셨다.
因為有急事，所以教授來找我。

▶ 若主詞是「團體」時，也可使用에서。

정부**에서** 그 정책을 시행하고 있다.
政府正在實行那項政策。

회사**에서** 주는 교통비로 대중교통을 이용한다.
用公司給的交通費搭大眾運輸工具。

**單字**

굶다：餓｜군 입대：入伍｜용무：事務、待辦的事

## • 比一比 •  N은/는 與 N이/가

　　看似複雜的은/는、이/가其實沒有我們想像中的難，它們的差異就只有一句話而已，即「**이/가強調前面，은/는強調後面。**」其他所有的規則都是以這句話為中心去衍伸出來的，只要掌握這個原則就不必再害怕它囉！先用幾個簡單的例子來認識這個原則。

### Ex1

누가 백화점에 갔어요?　誰去了百貨公司？

- 현주 씨가 백화점에 갔어요.　- 현주去了百貨公司。

▶ 重點是「誰」去了百貨公司，所以用이/가來強調前面的누구跟현주 씨，表示去百貨公司的是현주 씨，不是其他人。

현주 씨는 어디에 갔어요?　현주去了哪裡？

- 현주 씨는 백화점에 갔어요.　- 현주去了百貨公司。

▶ 重點是현주 씨「去哪裡」，所以用은/는來強調後面的地點백화점，表示현주 씨去的是百貨公司，不是其他地方。

### Ex2

선생님: 누가 대만 사람이에요?　老師：誰是台灣人？

나: 제가 대만 사람이에요.　我：我是台灣人。

▶ 老師想知道的是「誰」是台灣人，所以用이/가來強調前面的누구。回答老師「我」是台灣人，不是其他同學是台灣人，所以用이/가來強調前面的저。

선생님: 아령 씨는 일본 사람이에요?　老師：아령是日本人嗎？

나: 아니요, 저는 대만 사람이에요.　我：不是，我是台灣人。

▶ 老師想知道的是아령 씨是不是「日本人」，所以用은/는來強調後面的일본 사람。老師說錯了，我不是日本人，是「台灣人」，所以用은/는來強調後面的대만 사람。

現在對原則有了基本概念，接著來看看以這個原則為中心所衍伸出的規則吧！

1 第一次出現的資訊用이/가，重複提及時用은/는。

2 이/가用在一般陳述，은/는用在對照陳述。（은/는有對照、衍生的涵義在）

3 疑問詞어디、무엇、언제、누구通常會跟이/가一起使用。

4 對某名詞下定義，或是敘述關於它的事實時須使用은/는。

5 冠形詞型「誰的～」前面一定是用이/가。

## 1. 第一次出現的資訊用이/가，重複提及時用은/는。

我們在將任何人事物帶出場時，一定是先把焦點放在這項人事物上（用이/가強調前面的人事物），好讓對方知道它是主角。接著才會去介紹關於主角的「周邊情報」（用은/는強調後面的情報）。

**Ex**

이 근처에 맛집이 하나 있어요. 그 맛집은 음식이 맛있고 가격도 착해서 줄이 항상 길어요.

這附近有一間好吃的餐廳，那間餐廳的食物很好吃，價格也便宜，所以總是排隊排很長。

▶ 第一句的맛집因為是第一次出現，要特別強調它，讓人知道맛집這個主角登場了，所以會使用이/가。接著要介紹關於這間맛집的相關情報，所以使用은/는來強調後面的內容。

## 2. 이/가用在一般陳述，은/는用在對照陳述。（은/는有對照、衍生的涵義在）

要表達「什麼東西『如何』，什麼東西『如何』」這種對照的意思時，重點一定是在後面的「如何」。

**Ex1**

저는 매운 걸 잘 못 먹지만 동생은 잘 먹어요.

我不太能吃辣的東西，但妹妹很能吃。

▶ 當我們這樣說話時，會把重點放在「我『怎麼樣』，妹妹『怎麼樣』」，才能形成對照，所以使用은/는來強調後面的「怎麼樣」。

**Ex2**

가: 몇 살이에요?　你幾歲呢？

나: 20살이에요. 그쪽은요? (그쪽은 몇 살이에요?)
　　我二十歲，你呢？（你幾歲呢？）

가: 22살이에요.　二十二歲。

▶ 對方詢問自己的年紀，回答後，自己也想知道對方的年紀，這時會說「那你呢？」。把這句話完整說出來的話會是「那你（幾歲）呢？」。想知道的是對方幾歲，因此要用은/는來強調後面的幾歲。

**Ex3**

시간이 그리 많지가 않아요.
沒有很多時間。

▶ 單純強調時間不多。

시간이 그리 많지는 않아요. (하지만 도와줄 사람이 있어서 괜찮을 것 같아요.)
時間不怎麼多。

▶ 은/는強調後面，當它出現時，不管說話者有沒有繼續把話說完，都表示後面有其他對照、衍生的內容存在，聽的人在聽到은/는時也會知道後面的內容才是重點，進而注意去聽緊接在後的句子。

## 3. 疑問詞어디、무엇、언제、누구當主詞時，通常會跟이/가一起使用。

　　會用疑問詞來詢問，表示想知道的東西就是疑問詞本身，因此會用이/가來強調前面的疑問詞，回答時也會用이/가將答案帶出。

**Ex**

가: 그 남자는 **어디가** 좋아요?

나: 웃는 **모습이** 너무 좋아요.

가：你喜歡那個男生什麼？

나：我喜歡他笑的樣子。

가: 일하면서 **무엇이** 가장 힘든가요?

나: 고객이 던지는 말도 안 되는 질문에 대답해야 하는 **것이** 가장 힘들어요.

가：工作上什麼事情令你感到最疲憊？

나：要回答客人提出的無理問題，這點讓我感到最疲憊。

가: 누가 냉장고에 있는 케이크를 먹었어?

나: 제가 어제 배고파서 먹었어요.

가：誰吃了冰箱裡的蛋糕？

나：我昨天肚子餓就吃掉了。

가: 가방 둘 중에 어느 게 나을까요?

나: 이게 좋겠네요.

가：這兩個包包哪一個比較好？

나：我覺得這個比較好。

## 4. 對某名詞下定義，或是敘述關於它的事實時須使用은/는。

在描述某個名詞「如何（定義、相關事實）」時，會把重點放在後面的「如何」，因此要用은/는來強調後面的內容。

**Ex**

태양은 동쪽에서 뜨고 서쪽에서 진다.

太陽從東邊升起，西邊落下。

한국어는 논리적이고 재미있는 언어다.

韓文是有邏輯性、有趣的語言。

## 5. 冠形詞型「誰的～」前面一定是用이/가。

靠著冠形詞型形成的小句子都是被包在大句子裡的，必須用強調前面的이/가，整個小句子才能固定成一個範圍，若用強調後面的은/는，會讓範圍超出冠形小句，整個語意會變得不通順，所以「誰的～」、「什麼東西的～」這種小句子一定都要用이/가。

**Ex** （底線處為冠形小節）

떡갈비는 <u>내가</u> 좋아하는 음식 중의 하나다.

牛肉餅是我喜歡的食物之一。

<u>오빠가</u> 사 준 가방인 만큼 나에게 엄청 소중하다.

這是哥哥買給我的包包，對我來說很珍貴。

<u>엄마가</u> 만든 케이크는 세상에서 가장 맛있는 케이크다.

媽媽做的蛋糕是世上最好吃的。

　　還有另外一種用在N이/가 아니다、N이/가 되다這兩個句型裡的이/가。這裡的이/가並不是主格助詞，而是「補格助詞」，只是跟主格助詞長得一樣，所以很容易搞混。

　　一般只要「主語＋敘述語」就能構成一個完整的句子，但當主語有、敘述語也有，句子卻還是不完整的時候，就要有另一個東西去補充它，它才可以變成一個完整的句子，這個東西就叫做「補語」。舉例來說，「오늘은 월요일이 아니다.」，如果把월요일拿掉，就會變成오늘은 아니다，中文翻成「今天不是」。「今天不是」是什麼意思呢？這樣講沒有人聽得懂，因為它不是個完整的句子，要完整的話就要說「今天不是　　　　　(什麼東西)　　　　　」，要把這個「什麼東西」（在這裡是월요일）說出來句子才完整，「월요일」就是用來補充句子的不完整的。

　　在韓文中，名詞在句子裡的角色是會隨著連在它後面的助詞而改變的，像是加受格助詞을/를就會變成受語，加主格助詞이/가就會變成主語。這裡也是一樣的，월요일是個名詞，想要讓它變成補語來補充句子的不完整，就要用「補格助詞이/가」，加了它，월요일就會變成可以補充句子的補語，讓句子變得完整囉！

　　簡單來說，主格助詞이/가的功用是讓名詞變成主語，讓那個名詞成為句子內容的主角；補格助詞이/가的功用是讓名詞變成補語，讓那個名詞可以去補充句子的不完整，要記得它跟主格助詞이/가是不一樣的東西哦！

# [N에①]

格助詞。接在場所名詞之後，表示該場所是某事物存在的地點、位置。

| 應用方式 | 詞彙＋格助詞 | |
|---|---|---|
| 範例 | ① 위<br>② 방송<br>③ 집<br>④ 공원 | 에 |

可用詞彙類型＆範例

| 詞性 | 詞彙類型 | 範例詞彙 |
|---|---|---|
| 名詞 | 無關 | ① 위<br>② 방송<br>③ 집<br>④ 공원 |

## 例句

① 핸드폰 / 책상 위 / 있다

**原句** 핸드폰이 책상 위에 있었다.
手機在書桌上面。

**加長** 계속 찾아도 없던 핸드폰이 허무하게 책상 위에 있었다.
找了半天都沒找到的手機就空虛地躺在書桌上。

② 나 / 방송 / 나오다

**原句** 내가 방송에 나왔다.
我上電視了。

**加長** 동네에서 방송 촬영하길래 스쳐지나갔는데 다음날 내가 방송에 나왔다.
有電視台在我們社區拍攝，所以從旁邊經過了一下，結果隔天我就上電視了。

③ 불이 다 꺼져 있는 것 / 집 / 없는 것 같다

**原句** 불이 다 꺼져 있는 걸 보니 집에 없는 것 같다.
看燈都沒亮，應該是不在家。

**加長** 친구랑 한 잔 하려고 집으로 찾아 왔는데 불이 다 꺼져 있는 걸 보니 집에 없는 것 같다.
因為想跟朋友喝一杯，所以來他家找他，但看燈都沒亮，應該是不在家。

④ 시간이 남아서 잠깐 쉬다 / 공원 / 앉아 있다

**原句** 시간이 남아서 잠깐 쉬려고 공원에 앉아 있었다.
因為還有時間，所以來公園坐著休息一下。

**加長** 학원 가기 전에 시간이 많이 남아서 잠깐 쉬려고 공원에 앉아 있었다.
去補習班前還有蠻多時間的，所以來公園坐著休息一下。

**補充**

▶ 除了어디(에)、여기(에)、거기(에)、저기(에)可以省略之外，一般不會省略掉에。

회사 계세요?（×）
어디 계세요?（○）
您在哪裡？

# [N에서]

格助詞。接在場所名詞之後，表示在那個場所做後句的動作。

| 應用方式 | 詞彙＋格助詞 | |
|---|---|---|
| 範例 | ① 도서관 <br> ② 레스토랑 <br> ③ 집 <br> ④ 커피숍 | 에서 |

可用詞彙類型 & 範例

| 詞性 | 詞彙類型 | 範例詞彙 |
|---|---|---|
| 名詞 | 無關 | ① 도서관 <br> ② 레스토랑 <br> ③ 집 <br> ④ 커피숍 |

## 例句

① 　도서관 / 책을 읽다

**原句**　도서관에서 책을 읽어요.
　　　在圖書館看書。

**加長**　도서관에서 책을 읽으면서 시간을 때우고 있어요.
　　　在圖書館看書打發時間。

② 　레스토랑 / 스테이크를 먹다가 배가 너무 아파서 화장실로 가다

**原句**　레스토랑에서 스테이크를 먹다가 배가 너무 아파서 화장실로 갔다.
　　　在餐廳吃牛排吃到一半肚子痛，所以去了洗手間。

**加長**　레스토랑에서 스테이크를 먹다가 배가 너무 아파서 화장실로 갔는데 영업시간이 다 끝나도록 나오지 못했다.
　　　在餐廳吃牛排吃到一半肚子痛，所以去了洗手間，結果營業時間都要結束了還沒出來。

③　집 / 드라마나 영화를 보다

**原句**　집에서 드라마나 영화를 봐요.
在家看電視劇或電影。

**加長**　쉬는 날에는 보통 집에서 드라마나 영화를 보거나 바닥에 누워 아무것도 안 하고 멍을 때려요.
一般休假我都是在家看電視劇、電影，或是躺在地板上發呆，什麼也不做。

④　커피숍 / 커피를 마시다

**原句**　커피숍에서 커피를 마셔요.
在咖啡廳喝咖啡。

**加長**　커피숍에서 커피를 마시면서 친구와 수다를 떠느라 시간 가는 줄 몰랐어요.
在咖啡廳邊喝咖啡邊和朋友聊天，不知不覺時間就過了。

**補充**

▶ 에서可縮寫成서。

저 여자 말이야. 어디서 많이 본 것 같은 얼굴 같지 않아?
你看那個女生，不覺得好像在哪裡看過嗎？

거기서 무슨 일이 있었는지 하나도 빠짐없이 말해 줘.
把在那邊發生的事情一五一十全告訴我。

**單字**
시간을 때우다：打發時間 | 멍을 때리다：發呆 | 수다를 떨다：閒聊、嘮叨

## ● 比一比 ●                                          N에 與 N에서

　　N에與N에서雖然都是用來表示場所、地點，但兩者的概念完全不同，接在後句的動詞／形容詞也是不同的類別，稍微了解一下就可以發現其實不難區分。에是表示物體存在的位置，是一個「點」的概念，某個物體坐落在那個點上，因此後句通常會出現있다、없다、많다、남다、앉다等詞彙；에서是表示某個動作進行的地點，是一個「**大空間**」的概念，在那個空間裡做某個動作。

### Ex

여기에 앉아도 될까요?
可以坐這邊嗎？

▶ 屁股坐落在椅子上，接觸的部分是一個點，所以用에。

핸드폰은 가방 안에 있어요.
手機在包包裡。

▶ 手機坐落在包包裡，接觸的部分是一個點，所以用에。

헬스장에서 운동해요.
在健身房運動。

▶ 運動是要在一個大空間裡才能做的，用에서來表示這個空間。

　　不過有些詞彙意思上會讓에與에서兩種用法都說得通，例如살다、모이다、세우다…等。

### Ex1

나는 대만에 살고 있다.
我住在台灣。

▶ 에是「點」的概念，表示我住在台灣這個點上。

나는 대만에서 살고 있다.
我在台灣生活。

▶ 에서是表示大空間，表示我在台灣這個空間裡生活。

**Ex2**

사람들에게 공원 앞에 모이라고 했어요.

我叫人們到公園前面集合。

▶ 把公園當作一個點，往那個點聚集。

사람들에게 공원 앞에서 모이라고 했어요.

我叫人們在公園前面集合。

▶ 把公園當作一個空間，在那個空間裡做集合的動作。

**Ex3**

가게 앞에 차 세우면 안 돼요.

不能把車停在店門口。

▶ 把店家門口當作一個點，將車停到那個點去。

가게 앞에서 차 세우면 안 돼요.

不能在店門口停車。

▶ 把店家前面當作一個空間，在那個空間做停車的動作。

## 03 에②、(으)로

# [N에②]

助詞。接在場所名詞之後以表示目的地。後面須使用 가다、오다、다니다、갔다오다等具有移動性的動詞。

| 應用<br>方式 | 詞彙＋助詞 | |
|---|---|---|
| 範例 | ① 해외<br>② 병원<br>③ 편의점<br>④ 영화관 | 에 |

可用詞彙類型＆範例

| 詞性 | 詞彙類型 | 範例詞彙 |
|---|---|---|
| 名詞 | 無關 | ① 해외<br>② 병원<br>③ 편의점<br>④ 영화관 |

### 例句

① 언어 / 꼭 / 해외 / 나가야 잘 배울 수 있는 건 아니다

原句 언어는 꼭 해외에 나가야 잘 배울 수 있는 건 아니다.
語言不是一定要出國才學得好。

加長 언어는 꼭 해외에 나가야 잘 배울 수 있는 것이 아니라 자신의 의지에 달린 것이다.
語言不是一定要出國才能學得好，而是取決於自己的意志。

② 기침이 심하다 / 병원 / 가다

原句 기침이 심해서 병원에 갔다.
因為咳嗽很嚴重，所以去了醫院。

加長 어제 찬바람을 많이 맞은 탓인지 기침이 심해서 병원에 갔다.
不知道是不是因為昨天吹太多冷風，咳嗽很嚴重，所以去了醫院。

③　라면 사다 / 잠깐 / 편의점 / 오다

原句　라면 사러 잠깐 **편의점에** 왔다.
來便利商店買泡麵。

加長　라면 사러 잠깐 **편의점에** 왔다가 맛있어 보이는 과자도 같이 샀다.
來便利商店買泡麵，順便買了看起來很好吃的零食。

④　이번 주에 / 영화관 / 가려고 하다

原句　이번 주에 **영화관에** 가려고 한다.
這個星期打算去電影院。

加長　이번 주에 유명한 영화가 개봉할 예정이라 **영화관에** 가려고 한다.
這個星期有部有名的電影要上映，所以打算去電影院。

補充

▶ 若想更強調目的地，可將에換成을/를。

저는 요즘 어머니께서 편찮으셔서 매일 병원을 가요.
因為媽媽最近不舒服，所以我每天都去醫院。

회사를 다니고 있는데 월급이 쥐뿔만 해서 때려치우고 다른 일을 할까 해요.
現在在公司上班，但薪水少得可憐，所以想辭職，找別的工作。

※注意N에 가다的N只能是地點，N을/를 가다的N可以是其他名詞。

다음 달에 유럽 여행에 가요. (×)
다음 달에 유럽 여행을 가요. (○)
下個月要去歐洲旅行。

꼭두새벽에 일에 나갔어요. (×)
꼭두새벽에 일을 나갔어요. (○)
一大清早就去工作了。

## 03 에② 、(으)로

### [N(으)로]

助詞。接在場所名詞之後以表示方向。後面常使用가다、오다、올라가다、내려가다、지나가다等動詞。

| 應用<br>方式 | 詞彙＋助詞 | |
|---|---|---|
| 範例 | ① 창구<br>② 제주도 | 로 |
| | ③ 안<br>④ 공항 | 으로 |

可用詞彙類型 & 範例

| 詞性 | 詞彙類型 | 範例詞彙 |
|---|---|---|
| 名詞 | 無尾音 | ① 창구<br>② 제주도 |
| | 有尾音 | ③ 안<br>④ 공항 |

### 例句

**①**    외환 업무 / 맨 오른쪽 창구 / 가야 하다

**原句**   외환 업무는 맨 오른쪽 창구로 가셔야 합니다.
外匯業務要到最右邊的窗口辦理。

**加長**   외환 업무는 맨 오른쪽 창구로 가셔서 번호표를 뽑으시고 잠시만 기다려 주시기 바랍니다.
外匯業務請到最右邊的窗口抽號碼牌，並稍作等待。

**②**    휴가 때 / 제주도 / 놀러 가다

**原句**   휴가 때 제주도로 놀러 가요.
放假時要去濟州島玩。

**加長**   휴가 때 제주도로 놀러 가서 맛있는 음식을 먹을 거에요.
放假時要去濟州島玩，吃好吃的食物。

③　밖에 춥다 / 얼른 / 안 / 들어오다

**原句**　밖에 추우니까 얼른 **안으로** 들어오세요.
外面很冷，趕快進來吧。

**加長**　밖에 추우니까 얼른 **안으로** 들어와서 몸 좀 녹이세요.
外面很冷，趕快進來暖暖身子吧。

④　공항 / 가려면 이 버스를 타야 되다

**原句**　**공항으로** 가려면 이 버스를 타야 돼요.
去機場要搭這台公車。

**加長**　**공항으로** 가려면 이 버스를 타고 홍대역에서 지하철로 갈아타야 돼요.
去機場要搭這台公車，並在弘大站轉乘地鐵才行。

## ● 比一比 ●　　　　　　　　　　　　　N에 與 N(으)로

　　N에②也和N에①一樣，是「點」的概念，往某一個點前進；N(으)로是「方向」的概念，往某一個方向前進。簡單來說，N에表達的是一個準確的位置，單純就是表達目的地是N這個地方，而N(으)로是用來表達方向的，所以N有可能是目的地，也有可能只是一個中轉站。依照這個差異，與N에或N(으)로搭配使用的詞彙會有一些不同，整理如下。

● 에單純表示目的地，而(으)로表示的只是一個方向，所以(으)로的N可以是目的地，也可以只是經過的地方。

**Ex**

언니는 커피숍에 가자고 했어요.
姐姐說要一起去咖啡廳。

▶ 目的地是咖啡廳。

언니는 커피숍으로 가자고 했어요.
姐姐說要一起去咖啡廳。

▶ 有好幾個地方可以選擇，姐姐選擇了咖啡廳。

**Ex**

저는 타이중에 가요.
我要去台中。

▶ 台中是目的地。

저는 타이중으로 가요.
我要去台中。

▶ 台中僅是一個方向，有可能台中是最終目的地，也有可能是經過台中後才到達目的地。

● 에是表示目的地，所以句子的敘述語不可能會出現돌다（繞）、떠나다（離開）這類意思的詞彙。

**Ex**

차가 막혀서 다른 길에 돌아서 가는 게 나을 것 같아요. (×)

차가 막혀서 다른 길로 돌아서 가는 게 나을 것 같아요. (O)
因為在塞車，繞別條路走應該會比較好。

▶ 目的地不會是在要繞的那條路上，一定是繞過那條路後到達目的地，所以要用(으)
로才合理。

● N(으)로的句子不會出現도착하다、도달하다、다다르다、이르다等「抵
達、到達」意思的詞彙。

**Ex**

집에 도착하면 전화 줘. (O)
到家後打給我。

▶ 把家當作一個點，抵達這個點。

집으로 도착하면 연락해. (×)

▶ 「到家的方向後打給我（？）」方向是無法抵達的，所以不會有「N（으）로 도착하
다」這樣的句型出現。

● 一般來說N에的N不會是表示方向的名詞，不過根據前後脈絡，還是會有
可以通的時候。

**Ex**

잠시 후 열차가 진입하오니 뒤에 한걸음 물러나 주시길 바랍니다. (×)
잠시 후 열차가 진입하오니 뒤로 한걸음 물러나 주시길 바랍니다. (O)
待會列車要進站，請各位往後退一步。

▶ 在說「往後退一步」時，是把「後面」當作一個方向，而不是一個點。

마이크를 머리 위에 올려요. (O)
將麥克風放到頭上。

▶ 頭頂是一個點，把麥克風放到那個點上，麥克風和頭頂是有接觸到的。

마이크를 머리 위로 올려요. (O)
將麥克風舉到頭頂上方。

▶ 頭頂是一個方向，把麥克風往那個方向移，麥克風和頭頂沒有互相接觸到。

# [N에게]

助詞。表示N為接受動作的對象。

| 應用<br>方式 | 詞彙＋助詞 | |
|---|---|---|
| 範例 | ① 친구<br>② 엄마<br>③ 팬<br>④ 강아지 | 에게 |

可用詞彙類型＆範例

| 詞性 | 詞彙類型 | 範例詞彙 |
|---|---|---|
| 名詞 | 無關 | ① 친구<br>② 엄마<br>③ 팬<br>④ 강아지 |

### 例句

① 친구 / 줄 생일 선물을 사러 백화점에 갈 것이다

**原句** **친구에게** 줄 생일 선물을 사러 백화점에 갈 거야.
我要去百貨公司買給朋友的生日禮物。

**加長** 오늘 퇴근 후에 **친구에게** 줄 생일 선물을 사러 백화점에 가는데 같이 안 갈래?
今天下班後要去百貨公司買給朋友的生日禮物，要不要一起去？

② 엄마 / 어버이날 카네이션을 드리다

**原句** **엄마에게** 어버이날 카네이션을 드렸어요.
我送了父母節康乃馨給媽媽。

**加長** **엄마에게** 꽃집에서 어버이날 카네이션 한 다발을 사서 드렸어요.
我在花店買了一束父母節康乃馨給媽媽。

③ 연예인이라는 직업 / 힘들다 / 팬들 / 웃어야 하다

原句 연예인이라는 직업은 힘들어도 팬들에게 웃어야 한다.
藝人這個職業就是即使再累也要對粉絲展現笑容。

加長 연예인이라는 직업은 아무리 힘들어도 무대로 올라가면 괜찮은 척하면서 팬들에게 웃어야 한다.
藝人這個職業就是即使再累，只要站上舞台，就要裝作沒什麼事，對粉絲展現笑容。

④ 강아지 / 맛있는 먹이를 사 주다

原句 강아지에게 맛있는 먹이를 사 줬어요.
買了好吃的飼料給小狗。

加長 새로 입양한 강아지에게 맛있는 먹이와 장난감을 많이 사 줬어요.
買了許多好吃的飼料和玩具給新領養的小狗。


補充

▶ 口語中可換成한테使用。

한국 친구한테 중국어를 가르쳐요.
教韓國朋友中文。

▶ 나에게、저에게、너에게可以縮寫成내게、제게、네게。

오빠와 만날 수 있는 건 하늘이 내게 주신 가장 큰 선물이야.
可以遇見哥哥是上天賜給我最大的禮物。

▶ N에게的N為有情名詞（人、動物），若為無情名詞（植物、無生命的事物）則用에。

여기에 전화해 보세요.
請打電話到這裡。

꽃에 물을 줘요.
澆花。

▶ 敬語型態為께。

여쭤볼 게 있어서 교수님께 전화 드렸어요.
因為有要問的事情，所以打了電話給教授。

# [N에게서]

助詞。表示N為某個動作的根源。

| 應用方式 | 詞彙＋助詞 | |
|---|---|---|
| 範例 | ① 동료<br>② 시청자<br>③ 형<br>④ 경찰관 | 에게서 |

可用詞彙類型＆範例

| 詞性 | 詞彙類型 | 範例詞彙 |
|---|---|---|
| 名詞 | 無關 | ① 동료<br>② 시청자<br>③ 형<br>④ 경찰관 |

## 例句

① 직장 동료 / 그 이야기를 듣다

**原句** 직장 동료에게서 그 이야기를 들었다.
從同事那邊聽到消息。

**加長** 직장 동료에게서 그 이야기를 듣고 놀라움을 금치 못했다.
從同事那邊聽到那個消息，讓我感到很震驚。

② 이 드라마 / 시청자들 / 큰 사랑을 받다

**原句** 이 드라마는 시청자들에게서 큰 사랑을 받았다.
這部電視劇得到了大眾的喜愛。

**加長** 이 드라마는 돌풍을 몰며 시청자들에게서 큰 사랑을 받았다.
這部電視劇帶起熱潮，得到了大眾的喜愛。

③　지갑을 안 챙기고 오다 / 형 / 돈을 빌리다

原句　지갑을 안 챙기고 와서 형에게서 돈을 빌렸어요.
因為沒有帶錢包，所以向哥哥借了錢。

加長　꼭 사고 싶은 물건이 있는데 지갑을 안 챙기고 와서 형에게서 돈을 빌렸어요.
有想買的東西，但沒帶錢包，所以向哥哥借了錢。

④　경찰관 / 아이를 찾았다는 소식을 접하다

原句　경찰관에게서 아이를 찾았다는 소식을 접했다.
從警察那邊聽到找到孩子的消息。

加長　경찰관에게서 아이를 찾았다는 소식을 접하고 다리에 힘이 풀려 풀썩 주저앉았다.
從警察那邊聽到找到孩子的消息，雙腿癱軟坐倒在地。

### 補充

▶ 口語中可換成한테서使用。

수업을 하다가 오히려 학생한테서 좋은 아이디어를 얻을 때도 많아요.
常常上課上著上著，反而從學生那邊獲得好點子。

한국 친구한테서 한국어를 배워요.
向韓國朋友學韓文。

▶ 可省略서，變成에게/한테的型態。

그 배우는 이번 작품을 통해서 대중들에게 많은 인기를 얻었다.
那位演員透過這次的作品，從觀眾那得到了人氣。

아이들은 어른들한테 용돈을 받을 수 있어서 명절을 좋아한다.
小孩子因為可以從大人那裡拿到零用錢，所以喜歡節日。

▶ 敬語型態為께。

어머니께 전화가 와서 잠깐 받으러 나갔다 왔어요.
接到媽媽的電話而暫時出去了一下。

거래처 사장님께 추석 선물을 받았어요.
從客戶老闆那邊得到了中秋節禮物。

---

### 單字

금치 못했다：不禁、忍不住 ｜ 돌풍을 몰다：掀起熱潮、颳起旋風 ｜ 풀썩：癱軟、無力地 ｜ 주저앉다：癱坐

## ● 比一比 ●　　　　　　　　　　　　N에게 與 N에게서

　　仔細讀完N에게與N에게서各自的意思後，應該可以得知這兩個助詞正好是相反的，例如，친구에게是「對朋友、給朋友～」，친구에게서是「從朋友那邊～」。雖然方向完全相反，但에게서可以省略서，以에게的型態去使用，因而容易造成初學者的混淆。但兩個長得相似的人，我們看到也只會說長得很像，不會說兩個人是一樣的人。省略서的에게(서)也一樣，只是樣子剛好長得跟에게一樣而已，意思上是沒有重疊的，不須將兩者綁在一起思考，分別獨立去看即可。另外，從整句話的敘述語去判斷，也能清楚發現意思的不同。這邊再用幾個例子來複習一下。

### Ex1

청취자에게 선물을 준다.

給聽眾禮物（O）

從聽眾那裡給禮物（？）

▶「주다（給）」一定是「給（誰）」，所以這裡的聽眾即為接受「給」這個動作的對象。

청취자에게 사연을 받았다.

對聽眾得到投稿（？）

從聽眾那裡得到投稿（O）

▶「받다（得到）」一定是「（從～）得到」，所以這裡的에게是에게서的用法，聽眾是「得到」這個動作的根源。

### Ex2

선생님께 말씀을 드려요.

向老師稟報（O）

從老師那裡稟報（？）

▶老師是接受「稟報」這個動作的人。

선생님께 한국어를 배워요.

對老師學習韓文（？）

從老師那邊學習韓文（O）

▶「배우다（學習）」是主詞自己才能做的，沒辦法把這個動作丟給老師。老師是根源，所以是「從」老師那邊學習到韓文。

**05** 도、까지、조차、마저

## [N도]

補助詞。接在名詞後表示包含、添加、列舉，相當於中文的「也」。

| 應用<br>方式 | 詞彙＋補助詞 | |
|---|---|---|
| 範例 | ① 나<br>② 언니<br>③ 시간<br>④ 대만 | 도 |

可用詞彙類型＆範例

| 詞性 | 詞彙類型 | 範例詞彙 |
|---|---|---|
| 名詞 | 無關 | ① 나<br>② 언니<br>③ 시간<br>④ 대만 |

**例句**

① 나 / 한국어를 잘하고 싶다

**原句** 나도 한국어를 잘하고 싶다.
我也想要很會說韓語。

**加長** 나도 한국인처럼 한국어를 잘하고 싶은데 아무리 공부해도 안 되는 건 왜일까?
我也想和韓國人一樣很會說韓語，但不管怎麼讀都沒辦法，這是為什麼呢？

② 언니 / 취직할 수 있을 것이다

**原句** 언니도 취직할 수 있을 것이다.
姐姐也可以找到工作的。

**加長** 언니도 이번 시험만 합격하면 바로 취직할 수 있을 것이다.
姐姐只要這次的考試合格，也可以馬上找到工作的。

③　저녁 먹을 시간 / 없다

原句　저녁 먹을 시간도 없었다.
連吃晚餐的時間都沒有。

加長　숙제가 밀려서 저녁 먹을 시간도 없을 정도였다.
作業累積得太多了，連吃晚餐的時間都沒有。

④　대만 / 한국과 물가가 많이 차이 나지 않는 편이다

原句　대만도 한국과 물가가 많이 차이 나지 않는 편이다.
台灣也和韓國的物價差沒多少。

加長　한국인이 말하길 대만도 한국과 비교해서 물가가 많이 차이가 나지 않
는 편이다.
照韓國人說的，台灣和韓國的物價相比也差沒多少。


## 補充

▶ 可以與에、에게、하고、과/와、로等助詞結合使用。

내년에도 우리 가족이 건강하게 한 해를 보냈으면 좋겠다.
希望明年家人也都能健康。


▶ 可與副詞、連結語尾結合使用，會有更加強調的感覺。

참 오래도 쉬었다.
還休息得真是久。

나는 떡볶이를 좋아하지도 싫어하지도 않는다.
我不喜歡也不討厭炒年糕。

**05** 도、까지、조차、마저

# [N까지]

補助詞。接在名詞後表示某件事物比原本的狀況再更進一步，相當於中文的「連」。

| 應用方式 | 詞彙＋補助詞 | |
|---|---|---|
| 範例 | ① 음식<br>② 어른<br>③ 요리<br>④ 귤 | 까지 |

可用詞彙類型＆範例

| 詞性 | 詞彙類型 | 範例詞彙 |
|---|---|---|
| 名詞 | 無關 | ① 음식<br>② 어른<br>③ 요리<br>④ 귤 |

**例句**

① 이 음식 / 먹고 그만 먹어야겠다

原句 이 **음식까지만** 먹고 그만 먹어야겠다.
吃完這個就不要吃了。

加長 이제 슬슬 배부르니까 이 **음식까지만** 먹고 그만 먹어야겠다.
現在開始有點飽了，再吃完這個就不吃了。

② 어른 / 무단 횡단을 하다

原句 **어른까지** 무단 횡단을 한다.
連大人都隨便穿越馬路。

加長 어린이가 무단 횡단을 하는 걸 말리지 못할망정 **어른까지** 따라 무단 횡단을 해서 정말 창피하다.
不僅沒有阻止小孩隨便穿越馬路，連大人也跟著穿越，真的是很丟臉。

③　맥주는 기본이다 / 요리 / 맛있다

原句　**맥주는 기본이고 요리까지 맛있다.**
啤酒不用說，就連食物也很好吃。

加長　**맥주는 기본이고 요리까지 맛있어서 그 술집은 매번 사람이 넘쳐난다.**
啤酒不用說，就連食物也很好吃，所以那間酒館總是很多人。

④　아주머니 / 귤 / 다 주셨다

原句　**아주머니께서 귤까지 더 주셨다.**
阿姨還給了我橘子。

加長　**과일 단골 가게에 가서 사과를 샀더니 아주머니께서 귤까지 더 주셨다.**
去了常去的店買蘋果，結果阿姨還多給了我橘子。

---

補充

▶ 常與이렇게、그렇게、저렇게結合使用。

**이렇게까지 하지 않으면 너는 내 말 안 듣잖아.**
如果我不這樣做，你不是不會聽我的話嗎？

**꼭 그렇게까지 해야겠어?**
有必要做到那樣嗎？

**내 생각에는 꼭 저렇게까지 할 필요가 없는 것 같은데.**
我覺得沒有必要做到那樣。

---

單字

슬슬：悄悄地、輕輕地 ｜ 무단 횡단：亂穿馬路 ｜ 넘쳐나다：滿溢 ｜
단골：常光顧的店、常客

# [N조차]

補助詞。接在名詞後表示某件事物比原本的狀況再更進一步，且那件事物的存在是非常基本，以至於沒有預想到的，相當於中文的「連」。通常是用在負面的情況。

| 應用方式 | 詞彙＋補助詞 | |
|---|---|---|
| 範例 | ① 하나<br>② 비교<br>③ 기록<br>④ 상상 | 조차 |

可用詞彙類型＆範例

| 詞性 | 詞彙類型 | 範例詞彙 |
|---|---|---|
| 名詞 | 無關 | ① 하나<br>② 비교<br>③ 기록<br>④ 상상 |

**例句**

① 내 몸 하나 / 건사하지 못하다

**原句** 내 몸 **하나조차** 건사하지 못한다.
我連自己都管不好了。

**加長** 내 몸 **하나조차** 건사하지 못하는데 아기까지 키우려니까 여간 힘든 게 아니다.
我連自己都管不好了，還要養小孩，真的很累。

② 비교 / 할 수 없을 정도로 널찍하다

**原句** **비교조차** 할 수 없을 정도로 널찍하다.
寬敞到無法比較的程度。

| 加長 | 옆에 새로 생긴 아파트는 우리 집하고는 비교조차 할 수 없을 정도로 엄청 널찍하다. |
|---|---|

旁邊新蓋好的大樓很寬敞，和我們家簡直無法比較。

③ 가계부 / 기록 / 하기 힘들 정도다

| 原句 | 가계부에 기록조차 하기 힘들 정도다. |
|---|---|

連要記錄在帳簿上都很難。

| 加長 | 그간 너무 돈을 흥청망청 써서 가계부에 기록조차 하기 힘들 정도다. |
|---|---|

這段時間實在亂花了太多錢，連要記錄在帳簿上都很難。

④ 도로 주행 시험에 떨어지는 것 / 상상 / 하기 싫다

| 原句 | 도로 주행 시험에 떨어지는 건 상상조차 하기 싫다. |
|---|---|

路考沒過這種事我連用想的都討厭。

| 加長 | 원샷원킬로 운전면허증을 따겠다고 친구와 내기했으니 도로 주행 시험에 떨어지는 건 상상조차 하기 싫다. |
|---|---|

已經和朋友打賭說要一次拿到駕照，路考沒過這種事我連用想的都討厭。

### 限制

▶ 不能用在勸誘句及命令句裡。

우리 밥조차 먹읍시다. （×）

### 補充

▶ 想表達「不要說…，連…」，可以用「N은/는커녕＋N조차」。

연말에 휴무는커녕 쉬는 시간조차 없이 바빴다.
年末不要說是休假了，連休息時間都沒有，非常地忙。

---

### 單字

건사하다：管理、照料｜널찍하다：寬敞｜흥청망청：恣意盡情、揮霍（金錢、事物）｜도로 주행 시험：路考｜원샷원킬：（one shot & one kill）一次斬斷、一次解決｜내기하다：打賭

**05** 도、까지、조차、마저

# [N마저]

補助詞。接在名詞後表示某件事物比原本的狀況再更進一步，且那件事物有「剩下的最後一個」的感覺，相當於中文的「連」。

| 應用<br>方式 | 詞彙＋補助詞 | |
|---|---|---|
| 範例 | ① 가격<br>② 날씨<br>③ 자신감<br>④ 동생 | 마저 |

可用詞彙類型＆範例

| 詞性 | 詞彙類型 | 範例詞彙 |
|---|---|---|
| 名詞 | 無關 | ① 가격<br>② 날씨<br>③ 자신감<br>④ 동생 |

**例句**

① 가격 / 착하다

**原句** 가격마저 착하다.
連價格都很親民。

**加長** 이 가게의 음식은 맛있을 뿐만 아니라 가격마저 착하다.
這間店的食物不僅很好吃，連價格都很親民。

② 날씨 / 너무 좋다

**原句** 날씨마저 너무 좋았다.
連天氣都很好。

**加長** 여행 내내 너무 힐링이 되었고 날씨마저 너무 좋아서 최고의 여행이었다.
整趟旅行都很療癒，連天氣也很好，真的是最棒的旅行。

③　여드름을 보다 / 자신감 / 떨어지는 것 같다

**原句**　여드름을 보니 **자신감마저** 떨어지는 것 같다.
看著痘痘，覺得好像連自信心都沒了。

**加長**　얼굴에 있는 여드름을 보니 자꾸 거슬리고 **자신감마저** 떨어지는 것 같다.
看著臉上的痘痘，總覺得很礙眼，連自信心都好像沒了。

④　동생 / A형이다

**原句**　**동생마저** A형이다.
連弟弟都是A型。

**加長**　우리집에서 엄마 아빠는 A형이고 **동생마저** A형이며 나 혼자만 O형이다.
我們家爸爸媽媽都是A型，連弟弟也是，只有我是O型。

---

**限制**

▶ 不能與將動詞、形容詞名詞化的-기結合使用。

이 고기는 너무 두꺼워서 **삶기마저** 힘들다. (×)
이 고기는 너무 두꺼워서 **삶기조차** 힘들다. (O)
이 고기는 너무 두꺼워서 **삶기도** 힘들다. (O)
這肉太厚了，連要煮都很困難。

▶ 不能用在勸誘句及命令句裡。

다른 방법마저 생각해 보자. (×)
다른 방법도 생각해 보자. (O)
也想想其他辦法吧！

**單字**
힐링：治癒｜여드름：青春痘｜거슬리다：違逆、刺耳、礙眼

## • 比一比 •　　　　　　　N도、N까지、N조차、N마저

　　韓文最有趣的地方就在於很多語氣、心情都藏在文法裡，這組「連」的助詞就是明顯的例子之一。도是最一般的「也」，單純在某個情況上做追加；까지有把原本不在範圍內的事物拉到範圍裡的感覺，有點意外的語氣；조차表示那樣事物的存在是非常基本，以至於沒有預想到的；마저有強調「剩下的最後一個」的涵義。以「怎麼連你都丟下我了？」這句話來說，可能會有以下四種情況：

1　어떻게 너도 날 두고 가 버릴 수가 있어?

　　▶ 最一般的「也」。其他人都丟下我，你也丟下我了。

2　어떻게 너까지 날 두고 가 버릴 수가 있어?

　　▶ 有一群人丟下我，跟那群人不一樣的你竟然也丟下我。

3　어떻게 너조차 날 두고 가 버릴 수가 있어?

　　▶「你」的存在對我來說就像人需要水一樣，是非常基本、理所當然的，理所當然到我沒有想過你會丟下我。就如同「世上如果連水這麼基本的東西都沒有的話，那更不用說是飲料」一般，連你都丟下我，那還有誰不會丟下我呢？

4　어떻게 너마저 날 두고 가 버릴 수가 있어?

　　▶ 所有人都丟下我，連我「僅存的希望」，最信任的你也丟下我。連「還有誰不會丟下我？」都沒得期待，最後一個希望已經破滅了。

　　弄清楚每一種說法的語氣後，我們可以感覺到四種說法對被丟下的失望度由小到大是 도＜까지＜조차＜마저。

　　另外要特別注意的是，도、까지、마저不管情況是正面或負面的都能使用，而조차只能用在負面的情況。

**Ex**

준우 씨는 머리부터 발끝까지 귀티가 나고 눈빛조차 남다르다. （×）

준우 씨는 머리부터 발끝까지 귀티가 나고 눈빛도 남다르다. （O）

준우 씨는 머리부터 발끝까지 귀티가 나고 눈빛까지 남다르다. （O）

준우 씨는 머리부터 발끝까지 귀티가 나고 눈빛마저 남다르다. （O）

준우從頭到腳都散發出貴氣，眼神也很不凡

**單字**

귀티：貴氣

1.想要在家看電影而買了投影機。

語彙：집, 영화, 즐기다, 빔 프로젝터, 사다

語法 / 助詞 / 表現：-(으)려고, 에, 을/를, 에서, 을/를, -았/었-, -다

✎

2.那位演員完美的演技得到了大眾的好評。

語彙：그 배우, 완벽하다, 연기, 대중, 호평, 얻다

語法 / 助詞 / 表現：이/가, 에게, 들, 을/를, 에, -(으)ㄴ, 의, -았/었-, -다

✎

3.真的有必要做到那樣嗎？

語彙：굳이, 그렇게, 하다

語法 / 助詞 / 表現：도, 까지, -(으)ㄹ 필요가 있다, -(으)ㄹ까요

✎

4.兩個月後應該會轉職，到中山區上班。

語彙：두, 달, 후, 이직하다, 중산구, 출근하다, 되다

語法 / 助詞 / 表現：에, 에, (으)로, -(으)ㄹ 것 같다, -게 되다, -아/어서, -아/어요

✎

5.這家小店竟然有賣沙發，真意外。

語彙：이렇다, 작다, 정말, 소파, 가게, 팔다, 생각하다

語法 / 助詞 / 表現：조차, 마저, 에서, -(으)ㄴ, -지 못하다, -다니, -(으)ㄴ, -았/었-, 도, -다

✎

6. 我的理想型是單眼皮、聲音好聽的人。

語彙：이상형, 쌍꺼풀, 목소리, 사람, 내, 좋다, 없다
語法 / 助詞 / 表現：이/가, 은/는, 이/가, 은/는, -(으)ㄴ, -고, 이다

✎ _____

7. 雨下個不停，導致我無法回家。

語彙：추적추적, 비, 내리다, 가다, 집
語法 / 助詞 / 表現：에, 이/가, -고 있다, 못, -아/어서, -아/어요

✎ _____

8. 幸福一直在身邊，別往遠處尋找，留意日常吧。

語彙：찾다, 둘러보다, 늘, 있다, 일상 속, 옆, 잘, 행복, 멀리
語法 / 助詞 / 表現：에, 에서, 에서, 은/는, -고, -(으)니, -아/어요, -지 말다,
-아/어

✎ _____

**01** -기 위해(서)、-(으)려고、-(으)러

**[V-기 위해(서)]**

語法表現。**前句**：目的；**後句**：為了達到該目的所做出的行動。相當於中文的「為了…」。

| 應用方式 | 目的＋語法表現＋為了達到該目的所做出的行動 | | |
|---|---|---|---|
| 範例 | ① 꿈을 이루다<br>② 환자를 살리다<br>③ 지갑을 찾다 | -기 위해<br>(서) | 열심히 일을 하고 있다<br>노력하고 있다<br>지하철 분실센터에 오다 |

可用詞彙類型＆範例

| 詞性 | 詞彙類型 | 範例詞彙 |
|---|---|---|
| 動詞 | 無關 | ① 이루다<br>② 살리다<br>③ 찾다 |

**例句**

① 꿈을 이루다 / 열심히 일을 하고 있다

**原句** 꿈을 **이루기 위해** 열심히 일을 하고 있다.
為了實現夢想，努力工作中。

**加長** 세계 여행을 하는 꿈을 **이루기 위해** 밤낮없이 열심히 일을 하고 있다.
為了實現環遊世界的夢想，不分日夜努力地工作中。

②　환자를 살리다 / 노력하고 있다

原句　환자를 **살리기 위해** 노력하고 있습니다.
為了救活患者，正在努力。

加長　환자를 **살리기 위해** 밤낮으로 보살피며 노력하고 있습니다.
為了救活患者，正日夜照護努力中。

③　지갑을 찾다 / 지하철 분실센터에 오다

原句　지갑을 **찾기 위해** 지하철 분실센터에 왔다.
為了找錢包，來到了地鐵站的失物招領中心。

加長　급하게 내려온 사이에 지갑을 흘린 것 같아서 **찾기 위해** 지하철 분실센터에 왔다.
好像是在急急忙忙下車時把錢包遺落了，為了找錢包，來到了地鐵站的失物招領中心。

限制

▶ 形容詞接上「-아/어지다」變成動詞即可與此表現一起使用。

동생은 **예쁘기 위해** 치아 교정을 했어요. (×)
동생은 **예뻐지기 위해** 치아 교정을 했어요. (O)
妹妹為了變漂亮，做了牙齒矯正。

　　　▶ 不會有「為了做『漂亮的』這件事」這樣的句子，「為了做『變漂亮』這件事」的講法才合理。

▶ 前後句的主詞須相同。因為前後主詞相同，所以後句的主詞會省略不說出來。

저는 해외 여행을 **가기 위해** (친구는) 돈을 모아야 돼요. (×)
저는 해외 여행을 **가기 위해** (저는) 돈을 모아야 돼요. (O)
我為了去國外旅行，我必須存錢才行。

　　　▶ 我們在說「為了（願望），所以（付出）」這樣的句子時，主詞一定會是一樣的。以「我」來說，不會是我為了某個願望，但讓別人去付出。

▶ 如果要說為了某個人或某件事物，可以用「N을/를 위해」。

인생은 자기 자신을 위해 사는 것이지 남을 위해 사는 게 아니다.

人生是為了自己而活，而不是他人。

▶ 冠形詞型為-기 위한、을/를 위한。

언어는 마음을 전하기 위한 수단이다.

語言是用來傳達心意的工具。

매일 출근과 퇴근을 반복하는 일상 속에서 나만을 위한 소확행을 하나쯤 가지는 건 중요하다.

在每天上下班的日常中，擁有一個只屬於我的小確幸是很重要的。

**01** -기 위해(서)、-(으)려고、-(으)러

# [V-(으)려고]

連結語尾。**前句**：意圖；**後句**：帶著前面的意圖去做的動作。相當於中文的「打算…」。

| 應用方式 | 意圖＋連結語尾＋帶著前面的意圖去做的動作 | | |
|---|---|---|---|
| 範例 | ① 훌륭한 가수가 <u>되다</u><br>② 직원들과 <u>소통하다</u> | -려고 | 노래 연습을 하다<br>건의함을 만들다 |
| | ③ 한 후보자를 <u>찍다</u><br>④ 똑같은 실수를 하<u>지 않다</u> | -(으)려고 | 마음이 바뀌다<br>꼼꼼히 확인하다 |
| | ⑤ 맛있는 음식을 <u>만들다</u> | -려고 | 유학 길에 오르다 |
| | ⑥ 좋은 이름을 <u>짓다</u><br>⑦ 짐을 한꺼번에 <u>싣다</u> | -(으)려고 | 작명소를 찾아가다<br>무리하게 포장하다 |

可用詞彙類型＆範例

| 詞性 | 詞彙類型 | 範例詞彙 |
|---|---|---|
| 動詞 | 無尾音 | ① 되다<br>② 소통하다 |
| | 有尾音 | ③ 찍다<br>④ -지 않다 |
| | ㄹ尾音 | ⑤ 만들다 |
| | 不規則 | ⑥ 짓다<br>⑦ 싣다 |

**例句**

① 그는 훌륭한 가수가 되다 / 매일 노래 연습을 하다

原句 그는 훌륭한 가수가 **되려고** 매일 노래 연습을 한다.
他為了成為出色的歌手，每天都練習唱歌。

加長 그는 훌륭한 가수가 **되려고** 학교 공부에 피곤함에도 불구하고 매일 새벽까지 노래 연습을 쉬지 않고 한다.
他為了成為出色的歌手，即使因為學校課業很累，還是每天練習唱歌到深夜。

② 직원들과 소통하다 / 건의함을 만들다

原句 직원들과 **소통하려고** 건의함을 만들었다.
為了和職員們溝通，設置了意見箱。

加長 회사의 미래를 위해 직원들과 **소통하려고** 건의함을 만들어 의견을 낼 수 있게 했다.
為了公司的未來而要和職員們溝通，所以設置了意見箱，讓大家可以說出自己的意見。

③ 이번 대통령 선거에서 한 후보자를 찍다 / 마음이 바뀌다

原句 이번 대통령 선거에서 한 후보자를 **찍으려고** 했지만 마음이 바뀌었다.
這次的總統大選本來要投給某個候選人，不過後來改變心意了。

加長 이번 대통령 선거에서 한 후보자를 **찍으려고** 했지만 공약을 다시 한 번 본 후 마음이 바뀌었다.
這次的總統大選本來要投給某個候選人，不過再次看了政見後改變心意了。

④ 똑같은 실수를 하지 않다 / 꼼꼼히 확인하다

原句 똑같은 실수를 **하지 않으려고** 꼼꼼히 확인했다.
為了不犯相同的錯誤，很仔細地檢查了。

加長 전과 똑같은 실수를 **하지 않으려고** 일을 마무리 지은 후 다시 한 번 꼼꼼히 확인했다.
為了不犯和之前相同的錯誤，把事情結束後還很仔細地檢查了一次。

⑤ 맛있는 음식을 만들다 / 유학 길에 오르다

原句 맛있는 음식을 **만들려고** 유학 길에 올랐다.
為了做出好吃的食物，踏上了留學之路。

加長 누구나 만족해하는 맛있는 음식을 **만들려고** 프랑스 요리 유학 길에 올랐다.
為了做出每個人都滿足的美食，踏上了法國料理留學之路。

⑥　좋은 이름을 짓다 / 작명소를 찾아가다

原句　좋은 이름을 지으려고 작명소를 찾아갔다.
為了取個好名字，去了命名館。

加長　도저히 아기의 이름이 생각나지 않아 좋은 이름을 지으려고 유명한 작명소를 찾아갔다.
真的想不到有什麼給孩子的名字，所以為了取個好名，去了有名的命名館。

⑦　짐을 한꺼번에 싣다 / 무리하게 포장하다

原句　짐을 한꺼번에 실으려고 무리하게 포장했어요.
為了一次把行李載完，硬是全部打包了。

加長　그 많은 짐들을 왔다갔다하지 않고 한꺼번에 다 실으려고 무리하게 포장했는데 오는 도중에 터져 버려 가지고 오히려 말짱 도루묵이 됐어요.
為了一次把行李載完，硬是全部打包了，結果在來的路上破掉，反而白費功夫。


限制

▶ 前後句的主詞須相同。因為前後主詞相同，所以後句的主詞會省略不說出來。理由同-기 위해(서)的限制說明第2點。

동생이 케이크를 만들려고 (내가) 밀가루를 샀다. (×)
남편이 6시에 일어나려고 (남편이) 알람을 맞춰 놓았어요. (○)
老公為了6點起床而設了鬧鐘。

나는 교환 절차에 대해 물어보려고 (내가) 판매자에게 전화했다. (○)
我想要詢問關於換貨的流程，所以打了電話給賣家。


▶ 重點在於表示「有」某個意圖，所以後句不能使用命令句、勸誘句句型。

인기 영화를 보려고 미리 표를 예매하세요. (×)
인기 영화를 보려고 미리 표를 예매합시다. (×)

▶ 口語中常會說成-을려고、-을려구、-을라고、-을라구。

이따 마트에 **갈라구요**.
等一下打算要去超市。

슬러시를 만들어 **먹을려구** 믹서기를 샀어요.
打算做冰沙來喝，所以買了攪拌器。

▶ 可以不加後句的行動，單純只表達意圖。此時也可使用「-(으)려고 하다」
的型態。

다음 주부터 다이어트를 **하려고요**.
다음 주부터 다이어트를 **하려고 해요**.
打算下個星期開始減肥。

▶ 想更強調積極地試圖去做某事時可以使用「-(으)려고 들다」的型態。

두 사람은 만나기만 하면 **싸우려고 든다**.
兩人只要一見面就吵架。

엄마들은 저축해 준다는 핑계로 아이들의 세뱃돈을 **뺏으려고 든다**.
媽媽以幫忙存錢為藉口，想把孩子的壓歲錢拿走。

---

**單字**

건의함：意見箱｜공약：政見｜작명소：命名館｜도저히：無論如何、怎麼也｜한꺼
번에：一次｜말짱 도루묵：白費功夫、徒勞無功｜슬러시：冰沙｜믹서기：攪拌器

**01** -기 위해(서)、-(으)려고、-(으)러

# [V-(으)러]

連結語尾。**前句**：移動的目的；**後句**：為了該目的而移動。後句的動詞須使用가다、오다、다니다、들어가다等移動動詞。

| 應用方式 | 移動的目的＋連結語尾＋為了該目的而移動 | | |
|---|---|---|---|
| 範例 | ① 부침개를 사다<br>② 청첩장을 돌리다 | -러 | 시장에 오다<br>친구 집에 가다 |
| | ③ 범인을 잡다<br>④ 발을 씻다 | -(으)러 | 강남으로 출동하다<br>화장실에 가다 |
| | ⑤ 다음 달에 한국에 놀다 | -러 | 가다 |
| | ⑥ 음악회를 듣다<br>⑦ 이재민을 돕다 | -(으)러 | 문화 회관에 가다<br>강원도로 향하다 |

可用詞彙類型＆範例

| 詞性 | 詞彙類型 | 範例詞彙 |
|---|---|---|
| 動詞 | 無尾音 | ① 사다<br>② 돌리다 |
| | 有尾音 | ③ 잡다<br>④ 씻다 |
| | ㄹ尾音 | ⑤ 놀다 |
| | 不規則 | ⑥ 듣다<br>⑦ 돕다 |

**例句**

① 부침개를 사다 / 시장에 오다

原句 부침개를 **사러** 시장에 왔어요.
來市場買煎餅。

加長 부침개를 만들기 위해 밀가루와 부침가루를 **사러** 시장 안에 있는 큰 마트에 왔어요.
為了做煎餅，來市場裡的大超市買麵粉和煎粉。

② 청첩장을 돌리다 / 친구 집에 가다

原句 청첩장을 **돌리러** 친구 집에 갔다.
我去朋友家拿邀請函給他。

加長 결혼식이 한 달 정도 남았을 때쯤 청첩장을 **돌리러** 친구 집에 갔었다.
婚禮一個月前我去朋友家拿邀請函給他。

③ 경찰들은 범인을 잡다 / 강남으로 출동하다

原句 경찰들은 범인을 **잡으러** 강남으로 출동했다.
警察為了抓犯人，往江南的方向出動了。

加長 경찰들은 범인을 **잡으러** 강남으로 출동해 잠복 근무를 서고 있다.
警察為了抓犯人，往江南的方向出動，正在進行埋伏任務。

④ 발을 씻다 / 화장실에 가다

原句 발을 **씻으러** 화장실에 갔다.
去廁所洗腳。

加長 갑자기 내린 소나기에 발이 흠뻑 젖어 냄새나서 **씻으러** 화장실에 갔다.
突然下了雷陣雨，整個腳都濕了，還有味道，所以去廁所洗腳。

⑤ 다음 달에 한국에 놀다 / 가다

原句 다음 달에 한국에 **놀러** 가요.
下個月要去韓國玩。

加長 다음 달에 한국에 **놀러** 갈 예정인데 갈 만한 곳 추천해 주세요.
預計下個月要去韓國玩，請推薦我值得去的地方。

⑥ 동생이 음악회를 듣다 / 문화 회관에 가다

原句 동생이 음악회를 **들으러** 문화 회관에 갔어요.
妹妹去文化會館聽音樂會了。

加長 스타 바이올리니스트가 출연해서 동생이 그 음악회를 **들으러** 문화 회관에 갔어요.
因為有知名的小提琴家演出，所以妹妹去文化會館聽音樂會了。

⑦ 이재민을 돕다 / 강원도로 향하다

原句 이재민을 **도우러** 강원도로 향했다.
為了幫助災民，往江原道出發了。

加長 산불로 인해 피해를 입은 이재민을 **도우러** 아침 일찍 강원도로 향했다.
為了幫助因為山火而受災的難民，一早就往江原道出發了。


限制

▶ 不可與移動動詞結合。

지하철역에 **가러** 버스 정류장에 왔어요. （×）
미라 씨는 회사에 **다니러** 이 근처로 이사 왔어요. （×）

▶ 前後句的主詞須相同。因為前後主詞相同，所以後句的主詞會省略不說出來。理由同-기 위해(서)的限制說明第2點。

나는 **산책하러** (오빠가) 공원에 왔어요. （×）
라원 씨가 **꽃구경하러** (라원 씨가) 여의도에 갔어요. （○）
라원去汝矣島賞花。

▶ 前句不能與否定表現結合使用。

친구를 **안 만나러** 나왔다. （×）
　　▶ (으)러是表示移動的目的，要有目的才能移動，所以前面不可能會出現否定的型態去否定目的。

친구 **만나러** 가지 않았다. （○）
我沒有去見朋友。
　　▶ 後句可以使用否定表現。此時是對「去」做否定，表示「沒有去」做某件事，而不是對前面的目的做否定，所以合理。


單字
잠복：埋伏｜흠뻑：濕透的模樣、充分地｜바이올리니스트：（violinist）小提琴家

## • 比一比 •

## V-기 위해(서) 與 V-(으)려고

　　這兩個都是用來表示目的與意圖的文法表現，差別在於-기 위해(서)是目的＞意圖，我們在說要達到某個目的時，一定會有一個隨著這個意志而出現的動作，所以一定要有後句的內容。而-(으)려고是意圖＞目的，所以也可以單純只表達意圖，例如「야식으로 라면을 먹으려고요. （我打算宵夜要吃泡麵）」、「9시에 가려고요. （我打算9點離開）」。

　　另外，因為-기 위해(서)的目的性比較強，所以相較於-(으)려고，當所追求的目標是在比較遠的未來才可實現的情況時，用-기 위해(서)會更適合，例如「행복한 삶을 살기 위해 지속적으로 자기 계발을 해야 한다. （為了過幸福的生活，必須持續精進自己）」。

## V-(으)러 與 V-(으)려고

　　-(으)러表示的是「移動的目的」，所以後句自然只能使用移動動詞；而-(으)려고表示的是「行動的目的」，「行動」的範圍比較廣，除了包含要去哪裡做什麼（移動的目的）外，玩、吃、休息等動作也都是種行動，所以後句所使用的動詞就沒有特別的限制。

　　另外與-(으)러不同，-(으)려고的前句可以與否定表現結合，但也只限於「안」和「-지 않다」這兩種，若與「못」、「-지 못하다」結合使用則會不通順。這是因為-(으)려고是用來表示意圖的，既然有那個意圖，一定是自己有能力做的，所以不會用못、-지 못하다。

**Ex**

아이가 집에 못 가려고 떼를 쓰고 있다. （×）
아이가 집에 안 가려고 떼를 쓰고 있다. （○）
孩子不想回家，一直在耍賴。

**單字**

떼를 쓰다：耍賴

# [V-게]

連結語尾。**前句**：目的、基準；**後句**：
為了符合該目的、基準而做的動作。

| 應用<br>方式 | 目的、基準＋連結語尾＋為了符合該目的、基準而做的動作 | | |
|---|---|---|---|
| 範例 | ① 사람이 지나가다<br>② 와플을 나눠 먹다<br>③ 모두가 들을 수 있다<br>④ 아이가 춥지 않다 | -게 | 자리를 비키다<br>반으로 자르다<br>크게 얘기해 주다<br>옷을 입혀 주다 |

可用詞彙類型＆範例

| 詞性 | 詞彙類型 | 範例詞彙 |
|---|---|---|
| 動詞 /<br>形容詞 | 無關 | ① 지나가다<br>② 나눠 먹다<br>③ 들을 수 있다<br>④ 춥다 |

### 例句

① 사람이 지나가다 / 자리를 비키다

**原句** 사람이 **지나가게** 자리를 비켰어요.
讓人可以通過，讓出了位子。

**加長** 유모차를 끄는 그 사람이 **지나가게** 옆으로 자리를 비켰어요.
我往旁邊讓出了位子，好讓推嬰兒車的人可以通過。

② 와플을 나눠 먹다 / 반으로 자르다

**原句** 와플을 **나눠 먹게** 반으로 잘랐어요.
為了把鬆餅分著吃，切成了兩半。

**加長** 친구와 와플 하나 가지고 **나눠 먹게** 반으로 잘라 달라고 했어요.
為了可以和朋友分吃一個鬆餅，我要求切成兩半。

③　모두가 들을 수 있다 / 크게 얘기해 주다

**原句**　모두가 들을 수 있게 크게 얘기해 주세요.
讓所有人都能聽到，說大聲一點。

**加長**　마이크가 고장났으니까 좀 힘들더라도 모두가 들을 수 있게 크게 얘기해 주세요.
因為麥克風故障，即使有點累，也請說大聲一點，讓所有人都能聽到。

④　아이가 춥지 않다 / 옷을 입혀 주다

**原句**　아기가 춥지 않게 옷을 입혀 줘요.
讓孩子不會冷，幫她穿衣服。

**加長**　기온이 영하로 떨어졌으니 아기가 춥지 않게 따뜻한 옷을 입혀 줘야 돼요.
氣溫降到零下，必須幫孩子穿溫暖的衣服，讓她不會冷。


**補充**

▶ 可將-게換成-게끔，會有更加強調的感覺。

워킹 홀리데이 비자를 신청할 때 퇴짜 맞지 않게끔 서류를 빠짐없이 잘 준비해야 한다.
申請打工度假簽證時，要把資料準備好，不要被退回。

약속을 잊어버리지 않게끔 스케줄에 적어 놓았어요.
為了不忘記約定，把它寫在行程表裡。

▶ 可將前後句的順序調換，將-게放在句尾使用。

불 끄고 나가자. 엄마 편하게 잘 수 있게.
關燈出去吧，讓媽媽可以舒服地休息。

컴퓨터를 옮길 때 조심해야 돼요. 떨어트리지 않게.
移動電腦時要小心，不要掉了。

▶ 後句使用하다、만들다當敘述語時則為使動用法，表示「使（某人）做（某事）」。

이제 한 살이 된 아이에게 자립심을 기르기 위해 스스로 밥을 먹게 했다.
為了培養一歲的小孩的獨立意識，讓他自己吃飯。

나의 말 한마디가 어느 때는 상대방을 화나게 만들 수도 있다.

我的一句話有時會讓對方生氣。

보고서 제출시간이 다가올수록 시곗바늘 소리가 나를 촉박하게 만들었다.

越到報告的繳交時間，時鐘指針的聲音就越讓我緊張。

**單字**

유모차：嬰兒車 | 퇴짜(를) 맞다：碰壁、被退回 | 떨어트리다：掉落、失去、丟下

## 02 -게、-도록

# [V-도록]

連接語尾。**前句**：目的、基準；**後句**：
為了符合該目的、基準而做的動作。

| 應用方式 | 目的、基準＋連結語尾＋為了符合該目的、基準而做的動作 | | |
|---|---|---|---|
| 範例 | ① 편히 쉬다<br>② 시간을 낭비하지 않다<br>③ 좋은 성과를 얻을 수 있다<br>④ 음식이 부족하지 않다 | -도록 | 우리는 나가 있다<br>바로 도움을 청하다<br>최선을 다하다<br>많이 준비해 놓다 |

可用詞彙類型＆範例

| 詞性 | 詞彙類型 | 範例詞彙 |
|---|---|---|
| 動詞/<br>形容詞 | 無關 | ① 쉬다<br>② 낭비하지 않다<br>③ 얻을 수 있다<br>④ 부족하지 않다 |

### 例句

① 편히 쉬다 / 우리는 나가 있다

**原句** 편히 쉬도록 우리는 나가 있읍시다.
讓他可以好好休息，我們出去吧。

**加長** 결혼 준비 하느라 계속 바쁠 텐데 편히 쉬도록 우리는 나가 있읍시다.
準備結婚的各種東西應該很忙，讓他可以好好休息，我們出去吧。

② 시간을 낭비하지 않다 / 바로 도움을 청하다

**原句** 시간을 낭비하지 않도록 바로 도움을 청하세요.
請不要浪費時間，馬上求救。

**加長** 길을 잃어버렸을 때 시간을 낭비하지 않도록 바로 주변 사람에게 도움을 청하세요.
迷路的時候不要浪費時間，請馬上向周圍的人求救。

③　좋은 성과를 얻을 수 있다 / 최선을 다하다

原句　좋은 성과를 얻을 수 있도록 최선을 다하겠습니다.
為了得到好成果我會全力以赴。

加長　이번 프로젝트에서 좋은 성과를 얻을 수 있도록 죽는 한이 있어도 최선을 다하겠습니다.
在這次的計畫中，為了得到好成果，即使是死我也會全力以赴。

④　음식이 부족하지 않다 / 많이 준비해 놓아야 하다

原句　음식이 부족하지 않도록 많이 준비해 놓아야 한다.
讓食物不會不夠，必須準備很多。

加長　사람이 많이 오니까 음식이 부족하지 않도록 많이 준비해 놓아야 한다.
會來很多人，所以要讓食物不會不夠，必須準備很多。


### 限制

▶ 基本上都是跟動詞結合，形容詞只有一部份能結合使用。

더 많은 사람들이 참여 가능하도록 규정을 수정했다.
為了讓更多人可以參加，修正了規定。

선물 교환에서 누구도 서운하지 않도록 5000원으로 가격 제한을 설정했다.
在交換禮物中，設定了讓所有人都不會不開心，價格為5000韓元的限制。


### 補充

▶ 後句使用하다、만들다當敘述語時則為使動用法，可以表示「使（某人）做（某事）」。

아이에게 자기 방은 자기가 청소하고 정리하도록 해야 한다.
要讓小孩打掃與整理自己的房間。

선생님이 나에게 물건을 가져오도록 했다.
老師要我把東西拿來。

-게與-도록在意思上沒有什麼差別，是可以互換的，只是比起-게，-도록
有更加強調、更積極的感覺，且是比較書面、正式的用法。

**Ex**

부모는 자식이 올바른 길을 **가게** 도와 줄 뿐이다.
父母只是幫助孩子走上正確的道路而已。

부모는 자식이 올바른 길을 **가도록** 도와 줄 뿐이다.
父母只是幫助孩子走上正確的道路而已。

不過在表示「使（某人）做（某事）」時，如果某人就是對方，也就是
正在聽自己說話的那個人，就無法使用-게。

**Ex**

손을 30초 이상 **씻도록** 하세요.
請洗手30秒以上。

▶ 讓對方洗手洗30秒以上（洗手的人就是對方）。

손을 30초 이상 **씻게** 하세요.
請洗手30秒以上。

▶ 請對方去讓第三者洗手洗30秒以上（洗手的人不是對方）。

1.作為政治人物最重要的是傾聽國民的意見。

語彙：중요하다, 국민, 귀를 기울이다, 정치인, 의견, 제일, 듣다, 자세
語法 / 助詞 / 表現：-ㄴ 것, 의, (으)로서, 은/는, -아/어, -는, 에, -기 위해,
-(으)려고 하다, 이다

2.去祖墳掃墓。

語彙：벌초, 가다, 조상묘, 하다
語法 / 助詞 / 表現：을/를, 에, -(으)러, -았/었-, -다

3.讓這情況能夠早日解決，大家齊心協力，全力以赴吧。

語彙：이, 사태, 모두, 빨리, 일, 힘, 가라앉다, 하다, 합치다, 다, 하다
語法 / 助詞 / 表現：을/를, -(으)ㄹ 수 있다, -(으)ㄹ 수 있다, 이/가, 을/를, -
도록, -기 위해, -아/어(서), -는, -자

4.為了幫腔附和而開了個玩笑，結果氣氛一下子就變冷了。

語彙：농담을 치다, 순식간, 맞장구치다, 분위기, 싸하다
語法 / 助詞 / 表現：에, 이/가, -았/었더니, -아/어지다, -(으)려고, -(으)러, -
았/었-, -다

5.不要用強迫的，試著去說服，讓對方可以了解並接受。

語彙：우격다짐, 이해하다, 하다, 설득하다, 받아들이다, 잘
語法 / 助詞 / 表現：-고, (으)로, -아/어 보다, -지 말다, -게, -고, -(으)ㄹ 수
있다, -(으)려고, -아/어

**6. 愛睡覺的妹妹為了看新年日出也決定熬夜。**

**語彙：**새해, 동생, 해돋이, 밤, 하다, 잠꾸러기, 보다, 새우다

**語法 / 助詞 / 表現：**을/를, 을/를, -기 위해, -(으)러, -기로 하다, 도, 이다, -ㄴ, -았/었-, -다

<br>

單元<br>
**4**

# 理由原因類

01 -아/어서、-(으)니까、-기 때문에、-길래、-기에

## [V/A-아/어서]

連結語尾。**前句**：原因；**後句**：結果。
相當於中文的「因為…，所以…。」

| 應用<br>方式 | 原因＋連結語尾＋結果 | | |
|---|---|---|---|
| 範例 | ① 군침이 돌다<br>② 지금은 안 팔다 | -아서 | 괴롭다<br>못 살다 |
| | ③ 컴퓨터가 갑자기 꺼지다<br>④ 점심을 늦게 먹다 | -어서 | 내용이 다 날아가 버리다<br>아직 배가 안 고프다 |
| | ⑤ 머리가 너무 크다 | -아/어서 | 모자를 쓸 수 없다 |
| | ⑥ 좋은 소식을 듣다<br>⑦ 눈이 붓다 | -아/어서 | 기분이 좋아지다<br>선글라스를 쓰다 |
| | ⑧ 그 가수는 노래를 잘하다 | -여서 | 인기가 많다 |
| | ⑨ 나는 먹보이다 | N여서 | 한 달 식비가 많이 들어가다 |
| | ⑩ 백화점이 할인 행사 기간<br>이다 | N이어서 | 사람이 많다 |
| | ⑪ 큰 병이 아니다 | -어서 | 다행이다 |

可用詞彙類型＆範例

| 詞性 | 詞彙類型 | 範例詞彙 |
|---|---|---|
| 動詞／形容詞 | 語幹最後音節母音為ㅏ,ㅗ | ① 돌다<br>② 팔다 |
| | 語幹最後音節母音非ㅏ,ㅗ | ③ 꺼지다<br>④ 먹다 |
| | ㅡ脫落 | ⑤ 크다 |
| | 不規則 | ⑥ 듣다<br>⑦ 붓다 |
| | -하다 | ⑧ 잘하다 |
| 名詞 이다 | 無尾音 | ⑨ 먹보 |
| | 有尾音 | ⑩ 할인 행사 기간 |
| 아니다 | 無關 | ⑪ 큰 병이 아니다 |

**例句**

① 음식 예능은 배고플 때 보다 / 군침이 돌다 / 괴롭다

原句 음식 예능은 배고플 때 보면 군침이 **돌아서** 괴롭다.
美食綜藝如果在餓的時候看的話會流口水很難受。

加長 예능은 즐거운 마음으로 보는 건데 음식 예능은 배고플 때 보면 군침이 **돌아서** 도리어 괴롭다.
綜藝是以愉快的心去看的，但美食綜藝如果在餓的時候看的話會流口水，反而很難受。

② 지금은 안 팔다 / 못 살다

原句 지금은 안 **팔아서** 못 산다.
現在沒賣所以不能買。

加長 이 신발은 한정판이기에 지금은 안 **팔아서** 못 사는 아주 가치 높은 신발이다.
這雙鞋子是限量版，是現在沒賣所以不能買的價值很高的鞋子。

③ 컴퓨터가 갑자기 꺼지다 / 내용이 다 날아가 버리다

原句 컴퓨터가 갑자기 **꺼져서** 내용이 다 날아가 버렸다.
電腦突然自己關機，內容全沒了。

加長 컴퓨터가 갑자기 **꺼져서** 저장되지 않은 내용이 다 날아가 버려 완전 멘붕이다.
電腦突然自己關機，沒有存檔的內容全都沒了，超級崩潰。

④ 점심을 늦게 먹다 / 아직 배가 안 고프다

原句 점심을 늦게 **먹어서** 아직 배가 안 고파요.
中午晚吃了，所以肚子還不餓。

加長 회의 때문에 점심을 늦게 **먹어서** 저녁 시간 다 됐는데도 아직 배가 안고파요.
因為會議的關係中午比較晚吃，所以到了晚餐時間肚子也還不餓。

⑤ 머리가 너무 크다 / 모자를 쓸 수 없다

原句 머리가 너무 **커서** 모자를 쓸 수 없어요.
頭太大了，沒辦法戴帽子。

加長 웬만한 모자를 다 쓸 수 없을 만큼 머리가 너무 **커서** 어딜 가나 이목이집중돼요.
頭大到大部分的帽子都沒辦法戴的程度，不管去哪都很引人注目。

⑥ 좋은 소식을 듣다 / 기분이 좋아지다

原句 좋은 소식을 **들어서** 기분이 좋아지네요.
聽到好消息，心情也好起來了。

加長 친구가 서울대학교 입시에 합격했다는 좋은 소식을 **들어서** 괜스레 저또한 기분이 좋아지네요.
聽到朋友考上首爾大學的好消息，我也莫名地心情跟著好了起來。

⑦ 눈이 붓다 / 선글라스를 쓰다

原句 눈이 **부어서** 선글라스를 썼어요.
眼睛很腫，所以戴墨鏡。

加長 어제 드라마를 보면서 펑펑 울어서인지 오늘 눈이 **부어서** 설글라스를썼어요.
不知道是不是因為昨天邊看電視劇邊哭的緣故，今天眼睛很腫，所以戴墨鏡。

⑧　그 가수는 노래를 잘하다 / 인기가 많다

原句　그 가수는 노래를 **잘해서** 인기가 많다.
那位歌手很會唱歌，所以人氣很高。

加長　그 가수는 잘생긴 데다가 노래를 **잘해서** 인기가 많다.
那位歌手不僅長得帥，也很會唱歌，所以人氣很高。

⑨　나는 먹보이다 / 한 달 식비가 많이 들어가다

原句　나는 **먹보여서** 한 달 식비가 많이 들어간다.
因為是我個吃貨，所以一個月花很多伙食費。

加長　나는 먹는 걸 좋아하는 **먹보여서** 한 달 식비가 많이 들어가는 편이다.
因為我是個喜歡吃東西的吃貨，所以一個月的伙食費算花蠻多的。

⑩　지금 백화점이 할인 행사 기간이다 / 사람이 많다

原句　지금 백화점이 할인 행사 **기간이어서** 사람이 많아요.
現在是百貨公司的優惠活動期間，所以人很多。

加長　지금 백화점이 할인 행사 **기간이어서** 사람이 바글바글거리고 빠져나오기 힘들 지경이다.
現在是百貨公司的優惠活動期間，所以人很多，要出來都很難。

⑪　큰 병이 아니다 / 다행이다

原句　큰 병이 **아니어서** 다행이에요.
還好不是嚴重的病。

加長　병원에 가서 진료를 받았는데 큰 병이 **아니어서** 얼마나 다행인지 몰라요.
去醫院做了檢查，還好不是嚴重的病，真的很萬幸。

限制

▶ 前面形容詞／動詞不能與-았/었-、-겠-結合。

점심을 많이 **먹었어서** 배가 아파요. (×)
점심을 많이 **먹어서** 배가 아파요. (○)
中午吃了很多，所以肚子痛。

▶ 後句不能使用勸誘、命令句型。

날씨가 **더워서** 빙수를 먹으러 **가자**.（×）
날씨가 **더우니까** 빙수를 먹으러 **가자**.（○）
天氣很熱，我們去吃冰吧！

### 補充

▶ 可省略서，變成-아/어的型態，特別是在正式文章及書面語裡更會如此使用。

내일 출근길에는 밤새 한파 속에 눈비가 **얼어** 미끄럼 사고가 우려되고 있다.
整夜的寒流中雨雪結冰，明天上班的路怕是會發生打滑事故。

▶ 與名詞、아니다結合時，比起-아/어서，更常用-라서。

이 소고기는 **한우라서** 가격이 비싸다.
這牛肉是韓牛，所以價格很貴。

내일은 출근날이 **아니라서** 조금 더 늦게 자려고 한다.
因為明天不是上班日，所以打算晚一點睡。

▶ 常與반갑다、미안하다、죄송하다、고맙다、감사하다一起使用。

**만나서** 반가워요.
很高興見到你。

답장이 **늦어서** 죄송합니다.
晚回覆了，很抱歉。

▶ 常會出現在예를 들어서、다시 말해서、N에 있어서之類的慣用表現裡。

언어는 상상력으로 배우는 것이다. **다시 말해서** 상상력이 좋은 사람일수록 언어를 잘 배울 수 있을 가능성이 크다.
語言要用想像力來學習，也就是說，想像力越好的人，能學好語言的可能性就越大。

### 單字

군침：口水｜도리어：反而、倒是｜한정판：限定版｜웬만하다：還算可以、差不多｜괜스레：莫名地、無緣無故地｜펑펑：形容眼淚、水等液體劇烈噴湧出來的樣子或聲音

# [V/A-(으)니까]

連接語尾。**前句**：理由；**後句**：結果。
相當於中文的「因為…，所以…。」

| 應用<br>方式 | 理由＋連接語尾＋結果 | | |
|---|---|---|---|
| 範例 | ① 좋아하다<br>② 일 때문에 지금 바쁘다 | -니까 | 사귀자고 한 것이다<br>밥은 저녁에 같이 먹다 |
| | ③ 집이 넓다<br>④ 어떤 모습이라도 좋다 | -(으)니까 | 가구 배치를 원하는 대로 할 수 있다<br>다이어트를 안 해도 되다 |
| | ⑤ 우리 동생은 너 없이도 잘 살다 | -니까 | 신경을 끄다 |
| | ⑥ 많이 춥다<br>⑦ 건물이 하얗다 | -(으)니까 | 나가지 말다<br>눈에 더 잘 띄다 |
| | ⑧ 시간이 늦었다 | -으니까 | 내일 다시 오다 |
| | ⑨ 말로 설명 못하겠다 | -으니까 | 직접 찾아 보다 |
| | ⑩ 친구 사이이다 | N니까 | 이렇게 도와주는 것이다 |
| | ⑪ 팬이다 | N이니까 | 가수의 1위를 위해 모든 걸 다 하다 |
| | ⑫ 그게 아니다 | -니까 | 오해하지 말다 |

可用詞彙類型＆範例

| 詞性 | 詞彙類型 | 範例詞彙 |
|------|---------|---------|
| 動詞/<br>形容詞 | 無尾音 | ① 좋아하다<br>② 바쁘다 |
| | 有尾音 | ③ 넓다<br>④ 좋다 |
| | ㄹ脫落 | ⑤ 살다 |
| | 不規則 | ⑥ 춥다<br>⑦ 하얗다 |
| | -았/었- | ⑧ 늦다 |
| | -겠- | ⑨ 못하다 |
| 名詞<br>이다 | 無尾音 | ⑩ 사이 |
| | 有尾音 | ⑪ 팬 |
| 아니다 | 無關 | ⑫ 그게 아니다 |

**例句**

① 좋아하다 / 사귀자고 한 것이다

原句　**좋아하니까** 사귀자고 한 거지.
因為喜歡所以才說要交往的呀！

加長　나도 너 좋아하고 너도 나 **좋아하니까** 사귀자고 한 거지.
因為我喜歡你，你也喜歡我，所以才說要交往呀！

② 일 때문에 지금 바쁘다 / 밥은 저녁에 같이 먹다

原句　일 때문에 **바쁘니까** 밥은 저녁에 같이 먹자.
因為工作的關係很忙，所以飯的話，我們晚上再一起吃吧！

加長　내가 점심에 일 때문에 **바쁘니까** 밥은 점심 말고 저녁에 같이 먹자.
我中午因為工作的關係很忙，所以飯的話我們不要吃午餐，晚餐再一起吃吧！

③ 집이 넓다 / 가구 배치를 원하는 대로 할 수 있다

原句 집이 **넓으니까** 가구 배치를 원하는 대로 할 수 있어요.
因為家很大，所以家具的擺放可以按照自己想要的來擺。

加長 다음달 새로 계약해 이사가는 집이 **넓으니까** 가구 배치를 원하는 대로 할 수 있어요.
下個月要搬去的新簽約的家很大，所以家具的擺放可以按照自己想要的來擺。

④ 난 네가 어떤 모습이라도 좋다 / 다이어트(를) 안 해도 되다

原句 난 네가 어떤 모습이라도 **좋으니까** 다이어트 안 해도 돼.
不管你是什麼樣子我都喜歡，所以不用減肥。

加長 난 네가 어떤 모습이라도 **좋으니까** 무리하게 다이어트 안 해도 되고 먹고 싶은 것 마음껏 다 시켜 먹어.
不管你是什麼樣子我都喜歡，所以不用勉強減肥，把想吃的全都點來吃吧。

⑤ 우리 동생은 너 없이도 잘 살다 / 신경을 끄다

原句 우리 동생은 너 없이도 잘 **사니까** 신경 꺼라.
我弟弟就算沒有你也活得很好，你不要來管。

加長 자꾸 우리 동생 일에 상관해서 말하는 건데 너 없이도 잘 **사니까** 신경 꺼라.
你老是來干涉我弟弟的事所以我才這樣講的，他沒有你也活得很好，你不要來管。

⑥ 밖이 많이 춥다 / 나가지 말다

原句 밖이 많이 **추우니까** 나가지 말자.
外面很冷，我們不要出去吧！

加長 오늘 밖이 많이 **추우니까** 어디 나가지 말고 집에 있는 게 좋을 거 같아.
今天外面很冷，我們不要出去，待在家是最好的。

⑦ 건물이 하얗다 / 눈에 더 잘 띄다

原句 건물이 **하야니까** 눈에 더 잘 띈다.
因為建築物是白色的，所以更顯眼。

加長 강남의 많은 건물들 중에서 그 건물은 **하야니까** 도드라지게 눈에 더 잘 띈다.
在江南的眾多建築物裡，因為那棟建築物是白色的，所以更加顯眼。

⑧　시간이 늦었다 / 내일 다시 오다

原句　시간이 **늦었으니까** 내일 다시 오세요.
時間已經晚了，請明天再來。

加長　오늘은 시간이 **늦었으니까** 다시 예약하고 내일 오세요.
今天時間已經晚了，請再次預約，明天再來。

⑨　말로 설명 못하겠다 / 답은 네가 직접 찾아 보다

原句　말로 설명 **못하겠으니까** 답은 네가 직접 찾아 봐.
這不是用話語能解釋的，所以答案你自己找找看吧。

加長　중요한 내용들이 많아 말로 설명하려면 밤샐지도 모르는데 그러지 **못하겠으니까** 답은 네가 직접 찾아 봐.
重要的內容太多，要解釋的話恐怕要熬夜，這很困難，所以答案你自己去找找看吧。

⑩　친구 사이이다 / 이렇게 도와주는 것이다

原句　친구 **사이니까** 이렇게 도와주는 거지.
因為是朋友，所以才這樣幫忙。

加長　너하고 친한 **친구 사이니까** 이렇게 조건 없이도 도와주는 거지 남이면 거들떠보지도 않았어.
因為和你是很好的朋友，所以才這樣無條件地幫忙，如果是別人我根本不會理。

⑪　우리는 팬이다 / 내 가수의 1위를 위해 모든 걸 다 하다

原句　우리는 **팬이니까** 내 가수의 1위를 위해 모든 걸 다 한다.
因為我們是粉絲，所以為了我們歌手的第一名，什麼事情都會做。

加長　우리는 **팬이니까** 내 가수의 1위를 위해 투표며 스밍이며 모든 걸 다 한다.
因為我們是粉絲，所以為了我們歌手的第一名，不管是投票還是刷音源，什麼事情都會做。

⑫　그게 아니다 / 오해하지 말다

原句　그게 **아니니까** 오해하지 마.
不是那樣的，你不要誤會。

加長　걔가 널 좋아해서 그렇게 잘해 주는 게 **아니니까** 김칫국 마시지 마.
他不是因為喜歡你才對你那麼好的，你不要自以為了。

▶ 可省略까，變成-(으)니的型態。

시간이 **늦었으니** 내일 다시 올게요.
時間已經晚了，我明天再來。

▶ 可加助詞「는」來加強語氣。

그 영화는 이미 **봤으니까는** 다른 걸 보자.
= 그 영화는 이미 **봤으니깐** 다른 걸 보자.
那部電影已經看過了，我們看別的吧。

---

**單字**

배치：配置、安排｜도드라지다：突出｜거들떠보다：理會、瞟一眼｜스밍：
(streaming) 刷榜｜김칫국 마시다：源自於「떡 줄 사람은 생각도 않는데 김칫국부
터 마신다（給年糕的人都沒想到要給，自己就先喝起泡菜湯了）」，表示自以為、
自作多情

**01** -아/어서、-(으)니까、-기 때문에、-길래、-기에

# [V/A-기 때문에]

語法表現。**前句**：原因、理由；**後句**：結果、反應、事實。相當於中文的「因為…，所以…。」

意思與V/A-아/어서相同，差別只在V/A-기 때문에帶出的感覺是更加清楚分明的。

| 應用方式 | 原因、理由＋語法表現＋結果、反應、事實 | | |
|---|---|---|---|
| 範例 | ① 요즘 바쁘다<br>② 자막 없이 알아듣고 싶다 | -기 때문에 | 자주 만날 수 없다<br>한국어를 배우기 시작하다 |
| | ③ 거기 세 번이나 갔다 | | 이번에는 다른 곳으로 가고 싶다 |
| | ④ 혼자이다 | N기 때문에 | 좋은 점도 많다 |
| | ⑤ 한국인이다 | N이기 때문에 | 매운 음식을 잘 먹는 것이다 |
| | ⑥ 전문가가 아니다 | -기 때문에 | 더 많이 알아보고 결정해야 하다 |

可用詞彙類型＆範例

| 詞性 | 詞彙類型 | 範例詞彙 |
|---|---|---|
| 動詞 /<br>形容詞 | 無關 | ① 바쁘다<br>② 알아듣고 싶다 |
| | -았/었- | ③ 가다 |
| 名詞<br>이다 | 無尾音 | ④ 혼자 |
| | 有尾音 | ⑤ 한국인 |
| 아니다 | 無關 | ⑥ 전문가가 아니다 |

**例句**

① 요즘 바쁘다 / 자주 만날 수 없다

**原句** 요즘 **바쁘기 때문에** 자주 만날 수 없어요.
因為最近很忙，所以不能經常見面。

**加長** 남자 친구가 요즘 너무 **바쁘기 때문에** 자주 만나기는커녕 연락도 힘들어요.
男朋友最近很忙，所以不要說是經常見面，連聯絡都很困難。

② 드라마를 볼 때 자막 없이 알아듣고 싶다 / 한국어를 배우기 시작하다

**原句** 드라마를 볼 때 자막 없이 알아듣고 **싶기 때문에** 한국어를 배우기 시작했다.
因為想要沒字幕也能聽懂韓劇，所以開始學韓語。

**加長** <태양의 후예>를 계기로 한국 드라마를 볼 때 자막 없이 알아듣고 **싶기 때문에** 한국어를 배우기 시작했다.
自從看了《太陽的後裔》，我就因為想要沒字幕也能聽懂韓劇，所以開始學韓語。

③ 거기 세 번이나 갔다 / 이번에는 다른 곳으로 가고 싶다

**原句** 거기 세 번이나 **갔기 때문에** 이번에는 다른 곳으로 가고 싶다.
那個地方已經去過三次了，這次想去別的地方。

**加長** 외국에 유학 가 있을 때 거기 세 번이나 **갔기 때문에** 이번에는 안 가 본 다른 곳으로 가고 싶다.
去國外留學的時候已經去過那個地方三次了，所以這次想要去沒去過的地方。

④ 혼자이다 / 좋은 점도 많다

**原句** **혼자이기 때문에** 좋은 점도 많아요.
因為是一個人而有的好處也是很多的。

**加長** 여러 커플들을 보면 많이 부럽기도 하지만 **혼자이기 때문에** 좋은 점도 많아요.
看到情侶們雖然也是會羨慕，但因為是一個人而有的好處也是很多的。

⑤ 한국인이다 / 그렇게 매운 음식을 잘 먹는 것이다

**原句** **한국인이기 때문에** 그렇게 매운 음식을 잘 먹는 거야.
因為是韓國人，所以才那麼會吃辣的食物。

**加長** 내가 매운 걸 못 먹는 게 아니라 네가 **한국인이기 때문에** 그렇게 매운 음식을 잘 먹는 거야.
不是我不會吃辣，而是因為你是韓國人，所以才那麼會吃辣的食物。

⑥　전문가가 아니다 / 더 많이 알아보고 결정해야 하다

原句　전문가가 **아니기 때문에** 더 많이 알아보고 결정해야 한다.
因為不是專家，所以更要多了解再做決定。

加長　전문가가 **아니기 때문에** 차를 살 때 더 많이 알아보고 신중하게 결정해
야 한다.
因為不是專家，所以買車的時候更要多了解，慎重地做決定才行。

限制

▶ 後句不能使用勸誘句、命令句。

고생했기 때문에 이제 마음 편히 쉬어라. （×）
고생했으니까 이제 마음 편히 쉬어라. （○）
你辛苦了，現在起好好休息吧。

補充

▶ 如果要說因為某人／某事，可以用「N 때문에」。注意「N 때문에」與
「N이기 때문에」的意思不同。

아이 **때문에** 놀이기구를 많이 못 탔다.
▶ 因為小孩的關係，所以沒玩到很多遊樂設施。（可能是因為要照顧小孩之
類的。）
아이**이기 때문에** 놀이기구를 많이 못 탔다.
▶ 因為是小孩，所以沒玩到很多遊樂設施。（很多遊樂設施是小孩不能玩
的。）

▶ 可以用「-기 때문이다」的型態將原因放到句尾，此時常與「왜냐하면」搭
配使用。

한국어를 배우는 이유는 한국 드라마를 자막 없이 알아듣고 **싶기 때문이다.**
學韓語的理由是因為想要沒字幕時也能聽懂韓劇。

한국어를 배우고 있다. **왜냐하면** 한국 드라마를 자막 없이 알아듣고 싶기 때
문이다.
我正在學韓語。因為想要沒字幕時也能聽懂韓劇。

-아/어서、-(으)니까、-기 때문에、-길래、-기에

# [V/A-길래]

連結語尾。**前句**：與個人意圖無關的理由；**後句**：話者做出的行動。相當於中文的「因為⋯，所以只好⋯。」

| 應用方式 | 與個人意圖無關的理由＋連結語尾＋話者做出的行動 | | |
|---|---|---|---|
| 範例 | ① 옷이 너무 예쁘다<br>② 딸기가 썩어 가다 | -길래 | 보자마자 사다<br>딸기잼으로 만들다 |
| | ③ 핸드폰이 고장났다 | | 친구보고 대신 전화해 달라고 하다 |
| | ④ 아직 어린이이다 | N길래 | 잘 타일러서 돌려보내다 |
| | ⑤ 사이트에서 봤던 사장님이다 | N이길래 | 더 긴장되다 |

可用詞彙類型＆範例

| 詞性 | 詞彙類型 | 範例詞彙 |
|---|---|---|
| 動詞 /<br>形容詞 | 無關 | ① 예쁘다<br>② 썩어 가다 |
| | -았/었- | ③ 고장나다 |
| 名詞<br>이다 | 無尾音 | ④ 어린이 |
| | 有尾音 | ⑤ 사장님 |

**例句**

① 옷이 너무 예쁘다 / 보자마자 사다

**原句** 옷이 너무 **예쁘길래** 보자마자 샀어요.
因為衣服實在太漂亮了，讓我一看到就買了下來。

**加長** 길거리를 지나가다 옷이 너무 **예쁘길래** 보자마자 홀린 듯이 지갑을 꺼내 계산하고 샀어요.
經過那條街時，因為衣服實在太漂亮了，讓我一看到就不自覺地拿出錢包結帳買了下來。

② 딸기가 썩어 가다 / 딸기잼으로 만들다

**原句** 딸기가 썩어 **가길래** 딸기잼으로 만들었어요.
因為草莓快要壞了，所以我把它做成草莓醬。

**加長** 냉장고에 있던 딸기가 색도 변해 가는 데다가 썩어 **가길래** 딸기잼으로 만들었어요.
冰箱裡的草莓顏色都變了，也快壞了，所以我把它做成草莓醬。

③ 핸드폰이 고장났다 / 친구보고 대신 전화해 달라고 하다

**原句** 핸드폰이 **고장났길래** 친구보고 대신 전화해 달라고 했어요.
手機壞了，所以請朋友幫忙打電話。

**加長** 핸드폰을 실수로 떨어뜨렸는데 **고장났길래** 친구보고 대신 교수님께 전화해 달라고 했어요.
不小心把手機摔到地上壞了，所以請朋友幫忙打電話給教授。

④ 아직 어린이이다 / 잘 타일러서 돌려보내다

**原句** 아직 **어린이길래** 잘 타일러서 돌려보냈어요.
因為還是小孩子，所以好好地勸導後就讓他走了。

**加長** 빵을 훔친 사람을 잡기 위해 경찰까지 불렀는데 잡고 보니 아직 **어린이길래** 잘 타일러서 돌려보냈어요.
為了抓到偷麵包的人還叫了警察，但抓到後發現還是個小孩子，所以好好地勸導後就讓他走了。

⑤ 사이트에서 봤던 사장님이다 / 더 긴장되다

**原句** 사이트에서 봤던 **사장님이길래** 더 긴장됐어요.
因為是在網路上看過的老闆，所以更加緊張了。

**加長** 면접관이 회사 사이트에서 봤던 **사장님이길래** 더 긴장돼 죽는 줄 알았어요.
因為面試官是我在公司網站上看過的老闆，所以更加緊張，緊張到以為我要死了。

▶ 前句的理由必須是非自願性、沒有意圖性的。

보습력이 더 좋은 렌즈를 쓰고 **싶길래** 원래 쓰던 것을 버리고 새로 샀어요. (×)
렌즈가 변기에 **떨어졌길래** 어쩔 수 없이 버리고 새로 샀어요. (○)
因為隱形眼鏡掉到馬桶裡，所以只好丟掉，再買一副新的。

> ▶ -길래所闡述的理由是與個人意圖無關的。「想用保濕度更好的隱形眼鏡」
> 這個理由是出自於自己的意願，所以不能用-길래。

▶ 前句是非自願性的理由，所以主詞通常是第二或第三人稱。

친구가 밥을 사 **준다길래** 따라갔어요.
朋友說要請我吃飯，所以我就跟他走了。

▶ 後句是個人因為前句的理由而做出的行動，所以一定會是「第一人稱＋一個已經完成的動作」的組成，也就是過去式（-으려고 하다例外，可以使用）。

뒤에서 누가 따라오는 것 **같길래** (나는) 경찰서로 **들어갔다**.
後面好像有人在跟蹤我，所以我就進了警察局。

▶ 後句因為是自己做出的動作，所以不會出現勸誘句、命令句的句型。

동생이 엄마한테 **혼났길래** 우리 가서 **위로해 주자**. (×)
동생이 엄마한테 **혼났는데** 우리 가서 **위로해 주자**. (○)
妹妹被媽媽罵了，我們去安慰她吧。

▶ 使用疑問句句型時，後句主詞須是第一人稱的限制會消失。

마트가 얼마나 **멀길래** 아직도 집에 안 들어오는 걸까요?
超市是有多遠，到現在還沒回家？

▶ 使用疑問句句型時，後句須是一個動作的限制會消失（即可以使用形容詞）。

오늘 무슨 **날이길래** 기분이 이렇게 좋으세요?

今天是什麼日子，讓你心情這麼好？

▶ 使用疑問句句型時一定要搭配무엇、얼마나等疑問詞。

이게 **뭐길래** 이렇게 비싸요?

這到底是什麼東西，怎麼這麼貴？

**單字**
홀리다：迷惑、吸引 | 타이르다：勸導、教誨 | 훔치다：偷竊

**01** -아/어서、-(으)니까、-기 때문에、-길래、-기에

# [V/A-기에]

連結語尾。**前句**：與個人意圖無關的理由；**後句**：因為前面的理由而做出的行動，或是產生的情況。相當於中文的「因為…，所以…。」

屬於比較書面的用法，不太會用在口語裡。

| 應用方式 | 與個人意圖無關的理由＋連結語尾<br>＋因為前面的理由而做出的行動，或是產生的情況 | | |
|---|---|---|---|
| 範例 | ① 비가 많이 <u>오다</u><br>② 날씨가 <u>춥다</u><br>③ 비타민D가 부족해지기 <u>쉽다</u> | -기에 | 우산을 챙겨 오다<br>배달을 시켜 먹다<br>보충제를 먹는 것이 좋다 |
| | ④ 살이 너무 <u>쪘다</u> | | 다이어트를 하려고 하다 |
| | ⑤ 세상에 역병이 돌고 있어도 <u>살아가겠다</u> | | 회사에 안 나갈 수가 없다 |
| | ⑥ 음악이 <u>전부다</u> | N기에 | 포기할 수 없다 |
| | ⑦ <u>공인이다</u> | N이기에 | 말과 행동을 조심해야 하다 |
| | ⑧ <u>쉬운 문제가 아니다</u> | -기에 | 내 마음대로 결정할 수 없다 |

可用詞彙類型＆範例

| 詞性 | 詞彙類型 | 範例詞彙 |
|---|---|---|
| 動詞 /<br>形容詞 | 無關 | ① 오다<br>② 춥다<br>③ 쉽다 |
| | -았/었- | ④ 찌다 |
| | -겠- | ⑤ 살아가다 |

| 名詞 이다 | 無尾音 | ⑥ 전부 |
|---|---|---|
| | 有尾音 | ⑦ 공인 |
| 아니다 | 無關 | ⑧ 쉬운 문제가 아니다 |

**例句**

① 비가 많이 오다 / 우산을 챙겨 오다

**原句** 비가 많이 **오기에** 우산을 챙겨 왔어요.
因為雨下很大，所以帶了雨傘來。

**加長** 집에서 출발하려고 할 때 비가 많이 **오기에** 우산을 챙겨 왔어요.
從家裡要出發的時候，因為雨下很大，所以帶了雨傘來。

② 날씨가 춥다 / 배달을 시켜 먹다

**原句** 날씨가 **춥기에** 배달을 시켜 먹었다.
因為天氣很冷，所以叫了外賣來吃。

**加長** 점심 먹으러 나왔다가 날씨가 **춥기에** 집에 다시 들어와 배달을 시켜 먹었다.
出來吃午餐時發現天氣很冷，所以便再回家叫外賣來吃。

③ 직장인들은 비타민D가 부족해지기 쉽다 / 보충제를 먹는 것이 좋다

**原句** 직장인들은 비타민D 부족해지기 **쉽기에** 보충제를 먹는 것이 좋다.
上班族很容易缺乏維他命D，所以要吃補充劑。

**加長** 사무실에서 일하는 직장인들은 햇빛을 보는 시간이 짧아 비타민D 부족 증상을 보이기 **쉽기에** 따로 보충제를 먹는 것이 좋다.
在辦公室裡工作的上班族因為見到陽光的時間很短，很容易出現缺乏維他命D的症狀，所以要另外吃補充劑。

④ 살이 너무 쪘다 / 다이어트를 하려고 하다

**原句** 살이 너무 **쪘기에** 다이어트를 하려고 한다.
因為胖太多了，所以打算要減肥。

**加長** 한동안 체중 관리를 게을리하다가 오랜만에 체중을 재 보니 살이 너무 **쪘기에** 깜짝 놀라서 다이어트를 하려고 한다.
對於管理體重懈怠了一陣子，久違地量一下體重，發現胖太多了，嚇了一大跳，所以打算要減肥。

⑤ 　세상에 역병이 돌고 있어도 살아가겠다 / 회사에 안 나갈 수가 없다

原句 　세상에 역병이 돌고 있어도 **살아가야겠기에** 회사에 안 나갈 수가 없다.
就算傳染病正流行，也還是要活下去，所以不能不去上班。

加長 　세상에 역병이 돌고 있음에도 불구하고 **살아가야겠기에** 밖을 나가는 것이 정말 낭떠러지 위에서 외줄을 타는 것마냥 위험하지만 회사에 안 나갈 수가 없다.
即使傳染病正流行，也還是要活下去，所以雖然出門就像在懸崖上走鋼絲般危險，也不能不去上班。

⑥ 　음악이 전부다 / 포기할 수 없다

原句 　음악이 **전부기에** 포기할 수 없다.
音樂是我的全部，所以無法放棄。

加長 　나에게 있어서 음악이 **전부기에** 누가 뭐라고 해도 포기할 수 없다.
對我來說音樂就是全部，不管別人說什麼，我都無法放棄。

⑦ 　공인이다 / 말과 행동을 조심해야 하다

原句 　**공인이기에** 말과 행동을 조심해야 한다.
因為是公眾人物，所以要小心言行舉止。

加長 　누구나 다 아는 **공인이기에** 공식 자리에서는 물론이고 밖에서도 말과 행동을 조심해야 한다.
因為是眾所皆知的公眾人物，所以不僅是在正式場合，在外面也要小心言行舉止。

⑧ 　쉬운 문제가 아니다 / 내 마음대로 결정할 수 없다

原句 　쉬운 문제가 **아니기에** 내 마음대로 결정활 수 없다.
因為不是簡單的問題，所以我無法擅自決定。

加長 　쉽사리 단정을 지을 수 있는 문제가 **아니기에** 내 마음대로 결정할 수 없고 가족들과 상의해야 한다.
因為這不是能輕易下定論的問題，所以我無法擅自決定，必須和家人商量。


限制

▶ 大多時候前句和後句的主詞會不相同。

이번 면접이 좋은 회사에 들어갈 수 있는 **기회이기에** (<u>나는</u>) 열심히 준비하고 있다.
這次的面試是能進入好公司的機會，所以我很認真在準備。

▶ 後句是因為前句的關係而做出的行動，或是產生的狀況、事實，所以不會出現勸誘句、命令句的句型。

그 식당은 다들 맛집이라고 **하기에** 우리도 먹어 보러 가자. （×）
그 식당은 다들 맛집이라고 **하니까** 우리도 먹어 보러 가자. （〇）
大家都說那間餐廳是好吃的店，所以我們也去吃吃看吧！

**單字**

재다：**測量** | 게을리하다：**懈怠** | 공인：**公眾人物** | 쉽사리：**輕易、容易**

## V/A-아/어서 與 V/A-(으)니까

這兩個文法的差異其實在剛剛的個別解說裡已經有答案了，-아/어서帶出的是「原因」，-(으)니까帶出的是「理由」。原因是客觀的，理由是主觀的，但我們一般不太會去區分原因和理由的差別，所以若要解釋這兩個文法間的差異，這並不是一個好方法。我們可以從另一個角度來感受-아/어서與-(으)니까的微妙之處。這兩個文法差在看事情的「視野」不同，-아/어서的視野比較窄，-(으)니까的視野比較寬。

**Ex**

비가 많이 와서 길이 미끄러워요.
因為下雨，所以路很滑。

▶ 說話的人把視野集中在自己眼前。單純表達因為下雨所以路很滑，沒有要把聽者拉進來的意思。

비가 많이 오니까 가지 말자.
雨下很大，我們還是別去吧！

▶ 說話的人與聽者有共同的視野，共享著相同的情報。覺得下雨這件事是你我都知道的，有把聽者拉進來的意圖，用中文來說就是「下雨了（你也知道啊），所以不要去。」這樣的感覺。

不過在-(으)니까的情況中，聽者到底有沒有跟說話的人享有共同的視野與情報並不是肯定的，只是說話的人自己那樣覺得，所以才會有「-(으)니까描述的是主觀的理由」的說法。

另外，要向對方提議，或是請對方做什麼事情時一定要使用-(으)니까。看到這裡先別緊張，覺得怎麼那麼麻煩，還要記文法限制，其實只要稍微聯想一下，用感受的方式去理解就可以囉！以「시간이 없으니까 빨리 가세요.」為例，在相同的視野下才能請對方做某件事，所以要叫對方快點走，就表示對方必須和自己有相同的視野，說話的人不能自顧自地集中在自己

的視野裡，且通常我們在催促人的時候，會帶有「難道你不知道沒時間了嗎？」、「你明明知道沒時間了還拖拖拉！」這樣的想法，所以在說「沒有時間了，快點走吧！」這句話的時候，會有一點「沒時間了（你也知道啊），快點走吧！」這樣的語氣在，因此要用-(으)니까。

　　最後，把這個視野差異拿來記一個小規則，就可以完全收服這組難纏的文法比較囉：「**-아/어서的視野比較窄，所以前面只容得下原型；-(으)니까的視野比較寬，所以前面可以是過去式-았/었-或未來式-겠-。**」

　　要注意的是，有時候雖然文法正確，但不符合文化、禮節，聽起來還是會不自然。例如老師問為什麼遲到，想要回答因為睡過頭所以遲到時，如果說「늦잠을 잤으니까 지각했어요.」，會變成「我就睡過頭了（老師你也知道啊！）所以遲到了。」這樣的語氣。除非是想跟老師對槓，不然在自己做錯事的狀況下，應該不會用這樣的態度回老師的話，所以這裡要用「늦잠을 자서 지각했어요.」比較適當。

## V/A-아/어서 與 V/A-길래

　　-아/어서是最一般的表達原因的方式，-길래通常都可以換成-아/어서，但因為-길래帶出的原因是「非自願、非自己的意圖」的，所以使用-길래來描述原因時，會有一種「將自己置身事外」的感覺。

**Ex**

지나가다가 핫도그가 맛있어 보여서 하나 사 먹었다.
路過時覺得熱狗看起來很好吃，所以就買來吃了。

▶ 單純描述熱狗看起來很可口所以買來吃。

지나가다가 핫도그가 맛있어 보이길래 하나 사 먹었다.
路過時覺得熱狗看起來很好吃，所以就買來吃了。

▶ 除了描述熱狗看起來很可口所以買來吃外，還帶有一種把「熱狗看起來很可口」這個原因講得事不關己的感覺。類似**「不是我想要買來吃，而是它看起來很好吃，一副叫我買它的樣子，我沒辦法就只好買了。」**這樣的感覺。

## V/A-길래 與 V/A-기에

　　相較於-기에，-길래有很多文法限制，所以-기에適用的情況會比-길래多，也就是說-길래一定能替換成-기에，但-기에不一定能替換成-길래。

**Ex**

**지금까지 잘해 왔기에 앞으로도 잘 해낼 수 있을 거라 믿는다.**
到現在為止都做得很好，我相信往後一定也能搞定的。

▶ 不符合「非自願理由＋已完成的個人行動」，不能換成-길래。

**벚꽃 축제를 한다기에 지난 주에 다녀왔다.**
因為說是有櫻花慶典，所以上星期去了。

▶ 符合「非自願理由＋已完成的個人行動」，可以換成-길래。

## 02 -는 바람에、-(으)ㄴ/는 탓에、-는 통에、-느라고

> 語法表現。**前句**：突發的、沒有預想到的事件；**後句**：負面的結果（通常，非絕對。）相當於中文的「因為…，才讓…。」有種找藉口的感覺。

# [V-는 바람에]

| 應用方式 | 突發的、沒有預想到的事件＋語法表現＋負面的結果 | | |
|---|---|---|---|
| 範例 | ① 태풍이 불다<br>② 산짐승이 갑자기 뛰어나오다<br>③ 발이 걸려서 넘어지다 | -는 바람에 | 항공편이 결항되었다<br>사고가 나고 말다<br>무릎이 다 까지다 |

可用詞彙類型＆範例

| 詞性 | 詞彙類型 | 範例詞彙 |
|---|---|---|
| 動詞 | 無關 | ① 불다<br>② 뛰어나오다<br>③ 넘어지다 |

**例句**

① 태풍이 불다 / 항공편이 결항되었다

**原句** 태풍이 부는 바람에 항공편이 결항되었다.
因為刮颱風，所以班機停飛了。

**加長** 태풍이 심하게 부는 바람에 항공편이 결항되어 부산에 갈 수 없게 되었다.
因為颱風刮得很厲害，所以班機停飛，沒辦法去釜山了。

② 산짐승이 갑자기 뛰어나오다 / 사고가 나고 말다

**原句** 산짐승이 갑자기 뛰어나오는 바람에 사고가 나고 말았다.
山裡的野獸突然跑出來，因而發生了意外。

**加長** 운전 중 산짐승이 갑자기 뛰어나오는 바람에 브레이크를 밟았음에도 피하지 못하고 사고가 나고 말았다.
在我開車的時候山裡的野獸突然跑出來，即使踩了煞車也躲避不及，因而發生了意外。

**③** 발이 걸려서 넘어지다 / 무릎이 다 까지다

**原句** 발이 걸려서 **넘어지는 바람에** 무릎이 다 까졌다.
因為腳被絆住而跌倒，膝蓋都破皮了。

**加長** 길을 걷다가 돌에 발이 걸려서 **넘어지는 바람에** 무릎이 다 까져서 남자 친구가 나를 업고 기숙사까지 데려다 주었다.
走路走到一半被石頭絆住腳跌倒導致膝蓋破皮，所以男朋友背我回宿舍。

---

**限制**

▶ 不與形容詞結合使用。（아프다例外）

음식이 **차가운 바람에** 다시 데웠다. （×）

오늘 아침 일어나 보니 열이 심해서 몸이 **아픈 바람에** 회사에 출근할 수 없었다. （○）
今天早上起來發現發高燒，身體很不舒服，所以沒辦法去上班。

▶ 後句不能使用勸誘句、命令句。

천천히 **걷는 바람에** 버스를 놓칩시다. （×）

▶ 後句只會是現在式或過去式，不會出現未來式。

핸드폰을 무음으로 설정해 **놓는 바람에** 전화 벨소리를 듣지 못할 것이다. （×）

핸드폰을 무음으로 설정해 **놓는 바람에** 전화 벨소리를 듣지 못했다. （○）
手機設定成靜音，所以沒能聽到鈴聲。

---

**補充**

▶ 助詞에 不能省略。

출근 시간에 길이 **막히는 바람** 기차를 놓치고 말았다. （×）

출근 시간에 길이 **막히는 바람에** 기차를 놓치고 말았다. （○）
上班時間路很塞，所以錯過了火車。

---

**單字**

산짐승：山中野獸 ｜ 브레이크：（brake）煞車 ｜ 까지다：磨破、脫落、減損

# [V/A-(으)ㄴ/는 탓에]

語法表現。**前句**：原因、理由；**後句**：負面的結果。相當於中文的「因為…，導致…。」

| 應用方式 | 原因、理由＋語法表現＋負面的結果 | | |
|---|---|---|---|
| 範例 | ① 몸에 너무 끼다<br>② 먹이를 주다 | -는 탓에 | 다른 옷을 고를 수밖에 없다<br>비만이 되다 |
| | ③ 하루 종일 굶주리다 | -ㄴ 탓에 | 온몸에 힘이 없다 |
| | ④ 마음의 상처를 받다 | -은 탓에 | 성격이 소극적으로 변하다 |
| | ⑤ 공부하느라 바쁘다 | -ㄴ 탓에 | 친구들을 만나지 못하다 |
| | ⑥ 실수가 많다 | -은 탓에 | 신뢰를 잃다 |
| | ⑦ 경제적으로 힘들다 | -던 탓에<br>-았/었던 탓에 | 돈을 아껴 쓰다 |

可用詞彙類型＆範例

| 詞性 | 詞彙類型 | 範例詞彙 |
|---|---|---|
| 動詞<br>(現在) | 無關 | ① 끼다<br>② 주다 |
| 動詞<br>(過去) | 無尾音 | ③ 굶주리다 |
| | 有尾音 | ④ 받다 |
| 形容詞<br>(現在) | 無尾音 | ⑤ 바쁘다 |
| | 有尾音 | ⑥ 많다 |
| 形容詞<br>(過去) | 無關 | ⑦ 힘들다 |

**例句**

① 이 옷이 몸에 너무 끼다 / 다른 옷을 고를 수밖에 없다

**原句** 이 옷이 몸에 너무 **끼는 탓에** 다른 옷을 고를 수밖에 없었다.
這件衣服太緊，只能選別件。

**加長** 이 옷이 아주 마음에 드는데 입어 봤더니 몸에 너무 꽉 **끼는 탓에** 어쩔 수 없이 다른 옷을 고를 수밖에 없었다.
這件衣服我很喜歡，但是穿了以後發現太緊，沒辦法只好選別件。

② 먹이를 많이 주다 / 비만이 되다

**原句** 먹이를 많이 **주는 탓에** 비만이 되었다.
給太多飼料，讓他吃得太胖了。

**加長** 강아지에게 너무 많은 먹이를 **주는 탓에** 비만이 돼서 매일 바람도 쐴 겸 산책을 한 시간 동안 시키려고 한다.
給小狗吃太多飼料，讓他變得太胖了，所以我打算每天帶他去吹風兼散步一小時。

③ 하루 종일 굶주리다 / 온몸에 힘이 없다

**原句** 하루 종일 **굶주린 탓에** 온몸에 힘이 없다.
餓了一整天的肚子，全身都沒力氣。

**加長** 연말에 할 일이 너무 많아서 하루 종일 **굶주린 탓에** 온몸에 힘이 없고 아무것도 손에 잡히지 않는다.
年末工作太多，一整天都沒吃東西，全身沒力氣，什麼事情都做不了。

④ 마음의 상처를 받다 / 성격이 소극적으로 변하다

**原句** 마음의 상처를 **받은 탓에** 내 성격이 소극적으로 변했다.
心裡受到傷害，讓我的個性變得消極。

**加長** 칭찬보다는 꾸중을 많이 들어서 마음의 상처를 **받은 탓에** 내 성격이 소극적으로 변해 버렸다.
比起稱讚，聽到更多的是責備，讓我心裡受到傷害，個性變得消極。

⑤ 공부하느라 바쁘다 / 친구들을 만나지 못하다

**原句** 공부하느라 **바쁜 탓에** 친구들을 만나지 못했다.
因為讀書很忙，沒辦法見朋友。

**加長** 시험이 며칠 남지 않아서 공부하느라 **바쁜 탓에** 친구들을 만나기는커녕 밖에 나가지도 못했다.
離考試剩沒幾天了，忙著讀書，所以不要說是見朋友，連出門都沒辦法。

⑥　실수가 많다 / 신뢰를 잃다

原句　실수가 **많은 탓에** 신뢰를 잃었다.
犯了太多失誤，因而失去了信任。

加長　회사에서 그는 매번 실수가 **많은 탓에** 상사들에게 신뢰를 많이 잃었다.
他在公司裡每次都犯很多失誤，因而失去了上司們的信任。

⑦　경제적으로 힘들다 / 그 당시에 돈을 정말 아껴 쓰다

原句　경제적으로 **힘들었던 탓에** 그 당시에 돈을 정말 아껴 썼다.
因為經濟狀況不好，所以當時真的很節省。

加長　외환 위기로 나라가 경제적으로 **힘들었던 탓에** 그 당시에 무급 휴직에 들어가고 돈도 아껴 쓸 수밖에 없었다.
因為（金融）外匯危機，國家的經濟狀況很不好，當時放了無薪假，錢也只能省著花。

限制

▶ 後句一定要是負面的情況。

어제 비가 많이 온 탓에 <u>오늘 날씨가 맑네요</u>. （×）

▶ 後句不能使用勸誘句、命令句。

술을 많이 **마신 탓에** 취하세요. （×）

補充

▶ 助詞에不能省略。

지갑을 통째로 **잃어버린 탓** 아무것도 할 수가 없어요. （×）
지갑을 통째로 **잃어버린 탓에** 아무것도 할 수가 없어요. （O）
錢包整個不見了，所以什麼事也沒辦法做。

▶ 也可以使用「-(으)ㄴ/는 탓으로」的型態。將原因、理由放在句尾時則用「-(으)ㄴ/는 탓이다」。

무리하게 운동을 **한 탓으로** 근육통이 왔다.
過度的運動導致肌肉疼痛。

근육통이 온 것은 무리하게 운동을 한 탓이다.

肌肉疼痛的原因是過度的運動。

▶ 如果要說「因為某人／某事」，可以用「N 탓에」、「N 탓이다」。

내 탓에 친구가 변했다.

因為我的關係讓朋友變了。

친구가 변한 건 내 탓이다.

朋友變了都是我的錯。

---

**單字**

꽉：緊緊地、牢牢地｜굶주리다：餓｜꾸중：責備、批評｜통째로：一整個地、全部地

# [V-는 통에]

語法表現。**前句**：複雜、混亂的狀況；**後句**：因為前面的狀況而產生的結果。相當於中文的「因為…的緣故，讓…。」

| 應用方式 | 複雜、混亂的狀況＋語法表現＋因為前面的狀況而產生的結果 | | |
|---|---|---|---|
| 範例 | ① 누워서 <u>조르다</u><br>② 갑자기 성질을 <u>내다</u><br>③ 가게 앞을 <u>얼쩡거리다</u> | -는 통에 | 장난감을 사 주다<br>유리잔을 떨어뜨리다<br>손님들이 들어오지 않다 |

可用詞彙類型＆範例

| 詞性 | 詞彙類型 | 範例詞彙 |
|---|---|---|
| 動詞 | 無關 | ① 조르다<br>② 성질을 내다<br>③ 얼쩡거리다 |

**例句**

① 아이가 누워서 조르다 / 장난감을 사 주다

**原句** 아이가 누워서 조르는 통에 장난감을 사 줬다.
小孩躺著吵鬧，所以買了玩具給他。

**加長** 아이가 가게 앞에 누워서 조르는 통에 비싼 장난감을 사 줬더니 또 다른 걸 달라고 해서 화가 났다.
小孩躺在店家門前吵鬧，只好買個很貴的玩具給他，結果又跟我要別的，真讓我生氣。

② 　갑자기 성질을 내다 / 유리잔을 떨어뜨리다

**原句**　갑자기 성질을 내는 통에 유리잔을 떨어뜨렸다.
他突然發脾氣，害我把玻璃杯弄掉了。

**加長**　얘기하다 갑자기 성질을 내는 통에 깜짝 놀라 유리잔을 바닥에 떨어뜨렸다.
話說到一半他突然發脾氣，害我嚇一跳，把玻璃杯摔到地上了。

③ 　그 사람이 가게 앞을 얼쩡거리다 / 손님들이 안으로 들어오지 않다

**原句**　그 사람이 가게 앞을 얼쩡거리는 통에 손님들이 안으로 들어오지 않는다.
那個人在店門口晃來晃去，導致客人都不進來。

**加長**　수상한 사람이 가게 앞을 얼쩡거리는 통에 다른 손님들이 이상해하는지 안으로 들어오지 않는다.
有可疑的人在店門口晃來晃去，可能讓其他客人覺得很奇怪，所以不進來店裡。


**限制**

▶ 不與形容詞結合使用。（시끄럽다例外）

이 물건은 드문 통에 값이 비싸다. (×)
사람이 많아서 시끄러운 통에 전화가 온 줄 몰랐다. (○)
因為人很多很吵雜，所以不知道電話響了。

▶ 後句不能使用勸誘句、命令句。

야근하는 통에 오늘은 쉽시다. (×)


**單字**

조르다：勒緊、糾纏｜얼쩡거리다：遊蕩、閒晃

-는 바람에、-(으)ㄴ/는 탓에、 -는 통에、-느라고

語法表現。**前句**：原因、理由；**後句**：在前句事情進行的過程中所產生的負面的結果（通常，非絕對。）相當於中文的「因為…，導致…。」有種辯解、找藉口的感覺。

# [V-느라고]

| 應用方式 | 原因、理由＋語法表現＋在前句事情進行的過程中所產生的負面的結果 | | |
|---|---|---|---|
| 範例 | ① 늦잠을 자다<br>② 드라마를 보다<br>③ 친구와 놀다 | -느라고 | 아침을 거르다<br>밤을 새우다<br>시간 가는 줄 모르다 |

可用詞彙類型＆範例

| 詞性 | 詞彙類型 | 範例詞彙 |
|---|---|---|
| 動詞 | 無關 | ① 자다<br>② 보다<br>③ 놀다 |

**例句**

① 늦잠을 자다 / 아침을 거르다

**原句** 늦잠을 **자느라고** 아침을 걸렀다.
睡了懶覺所以沒吃早餐。

**加長** 늦잠을 **자느라고** 아침을 걸러서 배에서 꼬르륵 소리가 난다.
睡了懶覺所以沒吃早餐，肚子咕嚕嚕地叫。

② 드라마를 보다 / 밤을 새우다

**原句** 드라마를 **보느라고** 밤을 새웠어요.
為了看電視劇而熬了夜。

**加長** 밀린 드라마를 **보느라고** 온종일 티비 앞에 박혀서 밤까지 새웠어요.
為了看累積起來的電視劇，一整天都守在電視前，甚至還熬了夜。

③　친구와 놀다 / 시간 가는 줄 모르다

**原句**　친구와 노느라고 시간 가는 줄 몰랐어요.
因為跟朋友玩而沒發現時間過了這麼久。

**加長**　대학교 졸업 후에 오랜만에 만난 친구와 신나게 노느라고 시간 가는 줄
도 몰랐어요.
和大學畢業後很久才見到的朋友開心地玩，都沒發現時間已經過了這麼久。

## 限制

▶ 前後句的主詞需相同。

　내가 계속 쉬느라고 너는 숙제를 못 했다. （×）

▶ 後句不能使用勸誘句、命令句。

　게임 하느라 전화를 받지 말자. （×）

▶ 因為是描述在事情進行的過程中產生的負面結果，所以前後句的時間帶一
定要重疊，且前句的動作不是瞬間就能做完的。

　핸드폰을 보느라 버스에서 못 내렸다.
因為在看手機，所以坐過站了。

　　　▶ 「沒有下車」這件事是發生在「看手機」的時候。

## 補充

▶ 口語中常省略-고。

　기말고사를 준비하느라 며칠 잠을 못 잤더니 몸살이 났어.
為了準備期末考，好幾天都沒睡覺，所以全身痠痛。

▶ -느라고給人一種辯解的感覺，後句通常會是一個動作，但有時也會出現像
是힘들다、피곤하다、고생이 많다、바쁘다這類的形容詞，此時的意義並
非辯解，而是在讚揚或安慰對方。

5시간 동안 운전하느라 고생 많았어.

開了5個小時的車真的辛苦你了。

---

**單字**

거르다：跳過、過濾 │ 꼬르륵：咕嚕嚕

---

## V-는 바람에、V-는 통에 與 V/A-(으)ㄴ/는 탓에

　　由於-는 바람에帶出的原因是沒有預想到的，所以通常會是負面的情況比較多，不過這並不是100%，有時候雖然不是壞事，甚至是對自己有利的情況，但事情的發生是在預料之外的話還是可以用-는 바람에。-는 통에也是一樣，因為是把一個複雜、混亂的情況當作原因，所以經常用在負面的事情，但這只是經常，並非絕對。而-(으)ㄴ/는 탓에因為탓本身就是「錯誤、過失」的意思，所以一定只能用在不好的事情，沒有-는 바람에來得彈性。

**Ex**

늦잠을 자서 늦을 줄 알았는데 약속 시간이 늦춰지는 탓에 시간에 맞춰 도착할 수 있었다. (×)

늦잠을 자서 늦을 줄 알았는데 약속 시간이 늦춰지는 바람에 시간에 맞춰 도착할 수 있었다. (○)
因為睡了懶覺，還以為會遲到，結果約好的時間延後，所以能來得及到達。

## V-는 바람에 與 V-느라고

　　-는 바람에帶出的原因是意料之外的，感覺上是自己什麼都沒做，事情就自己找上門來；-느라고帶出的原因是自己的意志可以控制的，有積極去行動的感覺。所以即使是兩個文法都能使用的句子，語感上還是會稍微有些不同。

**Ex**

갑자기 찾아오는 손님을 응대하는 바람에 점심 시간을 놓쳤다.
因為在接待突然來訪的客人，所以錯過了午餐時間。

갑자기 찾아오는 손님을 응대하느라고 점심 시간을 놓쳤다.
為了接待突然來訪的客人，所以錯過了午餐時間。

▶ 比起응대하는 바람에，응대하느라고有積極努力地在做「接待」這個動作的感覺。

1.實在是太童顏了，讓人懷疑到底是不是人類。

語彙：인간, 싶다, 너무, 동안, 맞다
語法 / 助詞 / 表現：-나, 이/가, -(으)ㄹ 정도, -(이)라서, -ㄴ 탓에, 이에요/예요

2.這間廁所從一開始就是作為倉庫使用，所以和新的沒兩樣。

語彙：이 화장실, 새 것, 사용하다, 창고, 처음
語法 / 助詞 / 表現：(으)로, (이)나 다름없다, 은/는, 부터, -았/었-, -길래, -기 때문에, -다

3.對於我的問題回答得不清不楚，我當然會覺得是謊話。

語彙：내, 질문, 거짓말, 대충, 생각이 들다, 얼버무리다
語法 / 助詞 / 表現：에, -(으)니까, -다는, 이다, -는 바람에, -ㄴ 갓 같다, 밖에, -(으)ㄹ 수 없다, -다

4.因為日夜溫差太大，導致我因此感冒，還躺了三天。

語彙：일교차, 동안, 감기에 걸리다, 심하다, 3일, 드러눕다
語法 / 助詞 / 表現：이/가, -아/어 있다, -느라고, -ㄴ 탓에, -아/어, -았/었-, -다

5.機車突然衝出來，害我差點撞上去。

語彙：부딪치다, 오토바이, 느닷없이, 튀어나오다
語法 / 助詞 / 表現：-는 바람에, 이/가, -(으)ㄹ 뻔하다, -길래, -는, -았/었-, -다

6.因為不知道發生什麼事，所以只是呆呆地站著。

**語彙**：뚱하다, 무슨, 영문, 서다, 모르다

**語法 / 助詞 / 表現**：-아/어서, 이다, -ㄴ지, -아/어 있다, -느라고, 기만 하다, -게, -았/었-, -다

_____

7.因為公車是8點來，所以我急忙出門導致沒帶到包包。

**語彙**：가방, 8시, 급히, 나오다, 버스, 챙기다

**語法 / 助詞 / 表現**：못, 을/를, -기에, 이/가, -느라고, -(이)라, -았/었-, -다

_____

8.因為病毒肆虐全球，導致經濟癱瘓。

**語彙**：세계적, 마비되다, 경제, 바이러스, 난리 나다

**語法 / 助詞 / 表現**：이/가, 이/가, -ㄴ 통에, -느라고, (으)로, -았/었-, -다

_____

9.到底是做了多少運動，居然還脫水。

**語彙**：하다, 탈수, 많이, 오다, 운동, 얼마나

**語法 / 助詞 / 表現**：-는 것, -길래, 을/를, 까지, -았/었-, -(으)니까, 이다, -아/어

_____

10.明天是我們隔了許久的約會日，所以不要遲到。

**語彙**：우리, 오랜만, 내일, 데이트, 하다, 늦다, 오다, 날

**語法 / 助詞 / 表現**：은/는, -는, -(으)니까, -아/어야 되다, 에, -게, 이다, -아/어서, -지 않다, -아/어

_____

# 單元 5 推測、意志、希望類

## 01 -(으)ㄹ 것이다、-(으)ㄹ게、-(으)ㄹ래、-겠- (意志)

## [V-(으)ㄹ 것이다]

語法表現。表示個人將要做某件事情的強烈意志。相當於中文的「我要…。」

| 應用方式 | 要做的事情＋語法表現 | |
|---|---|---|
| 範例 | ① 올해는 꼭 다이어트에 성공하다<br>② 로또에 당첨된다면 저축하다 | -ㄹ 것이다 |
| | ③ 그녀의 손을 놓치지 않다<br>④ 나는 꼭 보너스를 받다 | -을 것이다 |
| | ⑤ 벼룩시장에서 물건들을 팔다 | -ㄹ 것이다 |
| | ⑥ 매일 5시간씩 걷다<br>⑦ 이곳에 별장을 짓다 | -(으)ㄹ 것이다 |

可用詞彙類型＆範例

| 詞性 | 詞彙類型 | 範例詞彙 |
|---|---|---|
| 動詞 | 無尾音 | ① 성공하다<br>② 저축하다 |
| | 有尾音 | ③ -지 않다<br>④ 받다 |
| | ㄹ脫落 | ⑤ 팔다 |
| | 不規則 | ⑥ 걷다<br>⑦ 짓다 |

**例句**

① 올해는 꼭 다이어트에 성공하다

**原句** 올해는 꼭 다이어트에 성공할 거야.
今年一定要減肥成功。

**加長** 작년에는 실패했지만 올해는 꼭 다이어트에 성공할 거라고 내가 친구 앞에서 호언장담을 했다.
去年失敗了，我在朋友面前誇下豪語表示今年一定要減肥成功。

② 로또에 당첨된다면 저축하다

**原句** 로또에 당첨된다면 저축할 것이다.
如果中樂透，我會把它存起來。

**加長** 사람들이 로또에 당첨된다면 차를 바꾼다느니 일을 그만둔다느니 하지만 나는 저축을 할 것이다.
大家都說如果中樂透的話要換台車、辭職等等，但我會把它存起來。

③ 그녀의 손을 놓치지 않다

**原句** 그녀의 손을 놓치지 않을 거야.
我絕不放開她的手。

**加長** 10년 만에 다시 재회했는데 이번에 절대 그녀의 손을 놓치지 않을 거라고 결심했어요.
時隔10年再次相聚，這次我下定決心絕對不會放開她的手。

④ 나는 꼭 보너스를 받다

**原句** 나는 꼭 보너스를 받을 거야.
我一定要拿到獎金。

**加長** 이번 일을 잘 마무리하고 고생한 만큼 보너스를 두둑이 받을 거야.
這件事情結束後，我要有相對的回報，要拿到豐厚的獎金。

⑤ 벼룩시장에서 물건들을 팔다

**原句** 벼룩시장에서 물건들을 팔 거에요.
我要在跳蚤市場賣東西。

**加長** 집안 정리도 할 겸 이번 주에 열리는 벼룩시장에서 안 쓰는 물건들을 다 팔 거에요.
一方面也是要整理家裡，一方面要把不用的東西拿去這個星期舉辦的跳蚤市場賣。

⑥　나는 걷기 대회에서 1등을 목표로 매일 5시간씩 걷다

原句　나는 걷기 대회에서 1등을 목표로 매일 5시간씩 걸을 것이다.
　　　我以在競走比賽中得到第一名為目標，每天要走五個小時。

加長　나는 걷기 대회에서 친구와의 내기를 이기기 위해서 1등을 목표로 매일 5시간씩 걸을 것이다.
　　　為了贏得和朋友的打賭，我以在競走比賽中得到第一名為目標，每天要走五個小時。

⑦　이곳에 별장을 짓다

原句　이곳에 별장을 지을 거예요.
　　　我要在這裡蓋一棟別墅。

加長　언젠가 돈을 많이 벌어서 이 땅을 통째로 사들여서 별장을 지을 거예요.
　　　總有一天要賺夠錢買下這塊地，在這裡蓋一棟別墅。

限制

▶ 主詞須為第一人稱。但單純當作未來式使用時主詞可以是二、三人稱。

이번 방학 때 나는 보람 있는 봉사 활동을 할 것이다.
這次放假我會做個有意義的服務活動。

민수 씨가 저 대신 이 업무를 맡을 거예요.
민수 씨會代替我承接這份業務。

單字

호언장담：豪語 | 재회하다：重逢、再次相聚 | 두둑이：厚實地 | 벼룩시장：跳蚤市場 | 별장：別墅 | 사들이다：買進、購入

-(으)ㄹ 것이다、-(으)ㄹ게、-(으)ㄹ래、-겠- (意志)

# [V-(으)ㄹ게]

終結語尾。表示個人要做某件事情的意志。相當於中文的「我會…。」

| 應用方式 | 要做的事情＋終結語尾 | |
|---|---|---|
| 範例 | ① 오늘 월급 받았으니까 밥 <u>사다</u><br>② 공부하면서 <u>기다리다</u> | -ㄹ게 |
| | ③ 이번 달까지 이 책을 <u>읽다</u><br>④ 내 잘못도 있으니까 한 번만 <u>참다</u> | -을게 |
| | ⑤ <u>내가 갈다</u> | -ㄹ게 |
| | ⑥ 수업 때 집중해서 <u>듣다</u><br>⑦ 무슨 일이든 다 <u>도와주다</u> | -(으)ㄹ게 |

可用詞彙類型＆範例

| 詞性 | 詞彙類型 | 範例詞彙 |
|---|---|---|
| 動詞 | 無尾音 | ① 사다<br>② 기다리다 |
| | 有尾音 | ③ 읽다<br>④ 참다 |
| | ㄹ尾音 | ⑤ 갈다 |
| | 不規則 | ⑥ 듣다<br>⑦ 돕다 |

**例句**　（此文法只會用在口語中，因此例句皆以對話呈現。）

① 오늘 월급 받았으니까 내가 밥 사다

　　가 : 오늘 월급 받았으니까 내가 밥 살게.
　　今天領到薪水，就讓我來請客。

　　나 : 그래, 그럼 내가 커피 사지 뭐.
　　好，那我就請咖啡吧。

② 유학 갔다올 때까지 나도 공부하면서 기다리다

　　가 : 유학 갔다올 때까지 나도 공부하면서 기다릴게.
　　到你留學回來為止，我也會邊讀書邊等你的。

　　나 : 그래, 우리 다시 만날 때는 좀 더 성장한 모습으로 보자.
　　好，我們再見面的時候，要以更成熟的模樣相見。

③ 이번 달까지 이 책을 읽다

　　가 : 이번 달까지 이 책 읽을게.
　　這個月內我會讀這本書。

　　나 : 나도 빌린 거니까 꼭 이번 달 안에 돌려줘야 돼.
　　這書我也是借來的，一定要在這個月內還我。

④ 내 잘못도 있으니까 한 번만 참다

　　가 : 내 잘못도 있으니까 한 번만 참을게.
　　我也有錯，我就忍耐一次吧。

　　나 : 잘했어. 참는 게 이기는 거야.
　　做得好，忍耐就是贏了。

⑤ 내가 갈다

　　가 : 과일 주스 만들 건데 내가 과일을 씻을 테니까 믹서기에 넣어 갈아 줘.
　　我要來做果汁，我來洗水果，你把它放到攪拌器裡榨。

　　나 : 알았어. 내가 갈게.
　　知道了，我來打果汁。

⑥ 　앞으로 수업 때 집중해서 듣다

　　가 : 앞으로 수업 때 집중해서 들을게.
　　以後我會專心聽課的。

　　나 : 너 성적 떨어지면 우리 헤어지는 줄 알아.
　　如果你成績退步我們就分手。

⑦ 　무슨 일이든 다 도와주다

　　가 : 무슨 일이든 다 도와줄게.
　　不管什麼事我都會幫忙的。

　　나 : 지금은 없고 이따가 필요하면 부를게.
　　現在沒有，等一下有需要的話再叫你。

限制

▶ 主詞須為第一人稱。

일이 그렇게 힘들면 너 일 그만둘게. （×）
그렇게 내가 싫으면 （내가） 이제 그만 놓아줄게. （O）
如果那麼討厭我，我就放手吧。

# [V-(으)ㄹ래]

終結語尾。表示個人將要做某件事情的意願。相當於中文的「我想要…。」

| 應用方式 | 想做的事情＋終結語尾 | |
|---|---|---|
| 範例 | ① 나는 콜라 마시다<br>② 이참에 배워 보다 | -ㄹ래 |
| | ③ 이제 그만 먹다<br>④ 나는 끝까지 찾다 | -을래 |
| | ⑤ 그냥 여기서 살다 | -ㄹ래 |
| | ⑥ 1시간 더 걷다<br>⑦ 먼저 눕다 | -(으)ㄹ래 |

可用詞彙類型＆範例

| 詞性 | 詞彙類型 | 範例詞彙 |
|---|---|---|
| 動詞 | 無尾音 | ① 마시다<br>② -아/어 보다 |
| | 有尾音 | ③ 먹다<br>④ 찾다 |
| | ㄹ尾音 | ⑤ 살다 |
| | 不規則 | ⑥ 걷다<br>⑦ 눕다 |

**例句** （此文法只會用在口語中，因此例句皆以對話呈現。）

① 나는 콜라 마시다

　가 : 냉장고에 음료수 많이 사다 놨으니까 꺼내 마셔.
　我買了很多飲料放在冰箱裡，自己拿出來喝。

　나 : 나는 콜라 **마실래**.
　我要喝可樂。

② 저는 못 타지만 이참에 배워 보다

　가 : 주말에 스키장 가는데 같이 갈래요?
　我週末要去滑雪場，要一起去嗎？

　나 : 저는 못 타지만 이참에 **배워 볼래요**.
　雖然我不會滑雪，不過就趁這會學學看吧。

③ 너무 배불러서 이제 그만 먹다

　가 : 여기 식당 무한 리필이니까 더 드세요.
　這間餐廳是吃到飽，再多吃點吧。

　나 : 아니에요. 너무 배불러서 이제 그만 **먹을래요**.
　不了。我太飽了，不想再吃了。

④ 나는 끝까지 찾다

　가 : 이제 시간도 많이 지났으니 내일 다시 찾자.
　現在時間也過了很久了，明天再來找吧。

　나 : 아니, 나는 끝까지 **찾을래**.
　不，我一定要找到。

⑤ 난 그냥 여기서 살다

　가 : 직장과 가까운 곳에 있는 집을 구하는 게 어때?
　在公司附近找間房子如何？

　나 : 귀찮아. 난 그냥 여기서 **살래**.
　太麻煩了，我要住在這裡就好了。

⑥ 난 1시간 더 걷다

　가 : 벌써 1시간이 지났는데 이제 집으로 돌아가자.
　已經過了一小時，現在回家吧。

　나 : 난 1시간 더 **걸을래**.
　我要再走一個小時。

⑦　난 먼저 눕다

가 : 과제 하나만 더 같이 하고 쉬자.
再一起做一項作業就休息。

나 : 힘들어서 더는 못하겠다. 난 먼저 누울래.
我實在太累了，沒辦法再繼續。我要先去躺了。

**限制**

▶ 主詞須為第一人稱。

너도 같이 갈래. (×)
나도 같이 갈래. (○)
我也要一起去。

-(으)ㄹ 것이다、-(으)ㄹ게、-(으)ㄹ래、-겠- (意志)

# [V-겠-]

輔助語尾。表示個人未來要做某件事情的意志。相當於中文的「我要…。」

| 應用<br>方式 | 要做的事情＋輔助語尾 | |
|---|---|---|
| 範例 | ① 잘 먹다<br>② 학교 다녀오다<br>③ 주문 받다<br>④ 이쪽에서 도와드리다 | -겠- |

可用詞彙類型＆範例

| 詞性 | 詞彙類型 | 範例詞彙 |
|---|---|---|
| 動詞 | 無關 | ① 먹다<br>② 다녀오다<br>③ 받다<br>④ 도와드리다 |

**例句**

① 잘 먹다

（說不要吃的我看了哥哥煮的泡麵）

잘 먹겠습니다.
開動了！

② 학교 다녀오다

（去學校之前對媽媽說）

학교 다녀오겠습니다.
我去上學了！

③　　주문 받다

　　　（收銀台前有客人）

　　**주문 받겠습니다.**
　　這裡幫您點餐。

④　　이쪽에서 도와드리다

　　가：대출 상담은 어디서 받나요?
　　貸款諮詢在哪裡問呢？

　　나：이쪽에서 **도와드리겠습니다.**
　　這邊服務您。

限制

▶ 主詞須為第一人稱。

　　그 일은 <u>제</u>가 처리하겠습니다.
　　那件事由我來處理。

## • 比一比 •

## -겠-、-(으)ㄹ게、-(으)ㄹ래 與 -(으)ㄹ 것이다

　　這組的差別在於「決定要做的時間點」。-겠-、-(으)ㄹ게、-(으)ㄹ래表達出的要做的事情都是談話的當下才決定要做的，-(으)ㄹ 것이다則沒有這個特性，可以表達當下決定的事情，也可以表達早就已經決定好的事情。回想一下，我們在說自己將要做某件事情時，那件事情是不是有可能是「在談話的當下才決定要做」，也有可能是「在談話之前就已經決定好要做」呢？

**Ex1**

가 : 내일 하루 종일 집에 있을 텐데 언제 올래?
明天我一整天都會在家，你要什麼時候來？

나 : 그럼 2시까지 갈게.
那我就2點前去吧。

▶ 「兩點前去」這件事是聽到對方說整天都在家，看自己要幾點去都可以之後才決定的。

**Ex2**

가 : 저번에 한국에 놀러 간다며? 언제 갈 거야?
你上次不是說要去韓國玩？什麼時候要去啊？

나 : 다음 달에 갈 거야.
下個月要去。

▶ 「下個月要去韓國」這件事是在對話之前就已經決定好的。

## -(으)ㄹ게 與 -겠- 與 -(으)ㄹ래、-(으)ㄹ 것이다

　　這組的差別在「是否跟對方做約定」。-(으)ㄹ게有跟對方做約定的感覺在，-겠-不一定，-(으)ㄹ래、-(으)ㄹ 것이다則是完全沒有，單純是在說明自己要做什麼，沒有將對方考慮進去。依照這個差別我們也可以知道，當對方發出要求、請求時，用-(으)ㄹ게、-겠-來回答會比較自然。如果用-(으)ㄹ 것이다來回應的話會有一種沒有考慮對方，自顧自地想做什麼就做什麼的感覺，不合乎禮節，聽起來自然就不通順囉。

가：여보세요? 오빠, 나 지갑을 집에 놓고 나왔는데 올 때 가져와 줄래?

喂？哥，我把錢包放在家裡了，來的時候可以幫我帶嗎？

나：알았어. 챙겨 갈게.

好，我會帶去的。

▶ 聽了對方的請求，答應對方會將錢包帶去。

**Ex2-1**

가：행사 현장에 사람 더 필요하다는데 가고 싶은 사람 있어요?

活動現在還需要人手，有人想要去嗎？

나：제가 가겠습니다.

我去吧。

▶ 聽了對方的提問後給出自己要去的回應。

**Ex2-2**

오늘은 반드시 일찍 자겠어.

我今天一定要早睡。

▶ 單純表達自己要做什麼的意志，沒有在跟誰做約定。

**Ex3**

가：수지가 커피 쏘겠다는데 다들 뭐 먹고 싶어?

수지說要請喝咖啡，大家想喝什麼？

나：난 바닐라라떼 마실래.

我要喝香草拿鐵。

▶ 單純表達自己想喝的東西，沒有在跟誰做約定。

**Ex4**

가：좋아하는 연예인의 열애설이 터져도 계속 좋아할 수 있어요?

即使喜歡的藝人爆出戀愛傳聞，也可以繼續喜歡嗎？

나：연애하든 말든 저는 아티스트로서의 실력을 보고 좋아하게 된 거니까 계
　　속 응원할 거예요.

不管他有沒有談戀愛，我是看上他做為音樂人的實力而喜歡的，所以會繼續支持。

▶ 會繼續支持喜歡的藝人是自己要做的事，無關對方，也不須要給對方承諾。

## -(으)ㄹ래 與 -(으)ㄹ 것이다

　　這組的差別在於「語氣的強弱」。-(으)ㄹ래的語氣較弱，-(으)ㄹ 것이다的語氣較強。想想看，當你想吃冰淇淋的時候，會說「我想吃冰淇淋」，還是「我勢必要吃冰淇淋」呢？一般都會選擇前面那句對吧？前面那句就是-(으)ㄹ래，後面那句是-(으)ㄹ 것이다的感覺，想吃個冰淇淋而已，沒有必要講得像後句那樣那麼誇張吧！

## 使用場合－正式與非正式、書面語與口語

　　通常-겠-會用在較正式的場合，特別是用來回應他人請求時，常會以-겠습니다的形式來使用。-(으)ㄹ게和-(으)ㄹ래是口語的用法，適合用在非正式的場合。-(으)ㄹ 것이다可以正式也可以非正式，可以書面也可以口語，不過要注意在不同的場合、形式中，-(으)ㄹ 것이다長得會有些不同。正式場合會說-(으)ㄹ 것입니다、-(으)ㄹ 겁니다，非正式場合會說-(으)ㄹ 거예요、-(으)ㄹ 거야，寫作時則會寫-(으)ㄹ 것이다。

# [V-(으)려고 하다]

語法表現。表示有要做某件事情的意圖。相當於中文的「我打算…。」

| 應用方式 | 想做的事情＋語法表現 | |
|---|---|---|
| 範例 | ① 한국어 초보자에서 벗어나다<br>② 명장면을 그대로 재현하다 | -려고 하다 |
| | ③ 웨딩 사진은 스냅으로 찍다<br>④ 얼굴 박박 씻다 | -으려고 하다 |
| | ⑤ 마음의 벽을 허물다 | -려고 하다 |
| | ⑥ 조금이나마 돕다<br>⑦ 선을 긋다 | -(으)ㄹ려고 하다 |

可用詞彙類型＆範例

| 詞性 | 詞彙類型 | 範例詞彙 |
|---|---|---|
| 動詞 | 無尾音 | ① 벗어나다<br>② 재현하다 |
| | 有尾音 | ③ 찍다<br>④ 씻다 |
| | ㄹ尾音 | ⑤ 허물다 |
| | 不規則 | ⑥ 돕다<br>⑦ 긋다 |

① 한국어 초보자에서 벗어나다 / 할 수 있는 건 다 하다

**原句** 한국어 초보자에서 **벗어나려고** 할 수 있는 건 다 했다.
為了擺脫韓語新手身分，可以做的都做了。

**加長** 한국어 초보자에서 **벗어나려고** 드라마 보는 거며 학원 다니는 거며 할 수 있는 건 다 했다.
為了擺脫韓語新手身分，我看電視劇、上補習班，把可以做的都做了。

② 명장면을 그대로 재현하다 / 노력을 많이 하다

**原句** 명장면을 그대로 **재현하려고** 노력을 많이 했어요.
為了將經典場景呈現出來做了很多努力。

**加長** 명장면을 그대로 **재현하려고** 연습하느라 끼니도 거르면서 노력을 많이 했는데 시청자들이 좋아해 주셔서 정말 뿌듯하고 감사할 따름이에요.
為了將經典場景呈現出來一直練習，連飯也沒吃，做了很多努力，觀眾能喜歡真的是很感動也很感謝。

③ 웨딩 사진은 여행을 하면서 스냅으로 찍다

**原句** 웨딩 사진은 여행을 하면서 스냅으로 **찍으려고** 해요.
婚紗照打算邊旅行邊拍。

**加長** 웨딩 사진은 스튜디오에서 찍는 일반적인 사진 말고 여행을 하면서 스냅으로 **찍으려고** 해요.
婚紗照不考慮那種攝影棚拍的一般照片，而是打算邊旅行邊拍。

④ 얼굴 박박 씻다 / 피부에 손상을 주다

**原句** 얼굴을 박박 **씻으려고** 하면 피부에 손상을 준다.
一直想大力洗臉的話會給皮膚帶來傷害。

**加長** 얼굴에 뭐 묻었다고 박박 **씻으려고** 하면 오히려 피부에 손상을 줄 수 있다.
臉上沾到東西就一直想大力洗臉的話，反而會給皮膚帶來傷害。

⑤ 그 동급생과 서로 마음의 벽을 허물다 / 노력이 없다

**原句** 그 동급생과 서로 마음의 벽을 **허물려고** 하는 노력이 없다.
沒有想要和那位同屆同學互相打破心裡的那道牆。

**加長** 심하게 싸운 동급생과 서로 마음의 벽을 **허물려고** 하는 노력이 없으면 다시 친해지기는 어려울 것 같다.
和吵架的同屆同學沒有想要互相打破心裡的那道牆的話，要再次變親近就很難了。

⑥　조금이나마 돕다

**原句**　조금이나마 도우려고 한다.
即使只有一點點也想幫忙。

**加長**　통장에 있는 몇 푼 안 되는 돈을 꺼내 미력하지만 조금이나마 어려운 사람을 도우려고 한다.
拿出帳戶裡那沒多少的錢，雖然只是棉薄之力，但也想幫助有困難的人。

⑦　선을 긋다

**原句**　선을 그으려고 하는 것 같아.
好像想要劃清界線。

**加長**　그 남자는 나와 한동안 썸 타다가 요즘 선을 그으려고 하는 것 같아.
那個男生和我曖昧了一陣子，最近好像想要劃清界線。


**補充**

▶ 可將하다改成過去式，使用「-(으)려고 했다」來表達事與願違，原本的計畫沒有做成。

엄마가 시킨 심부름을 가려고 했는데 아빠가 잠깐 불러 바로 가지 못했다.
本來要去幫媽媽跑腿，但爸爸叫我，所以沒能馬上去。


**單字**
끼니：餐、一頓飯｜스냅：（snap）快拍、快照｜스튜디오：（studio）工作室、攝影棚、錄音室｜박박：激烈用力的樣子或其聲音｜동급생：同屆同學｜미력하다：力量微薄、棉薄之力

-(으)려고 하다、-(으)ㄹ까
하다、-고 싶다

# [V-(으)ㄹ까 하다]

語法表現。表示個人想要做某件事情，不過還沒有完全確定，只是有想做的心而已。相當於中文的「我在想要不要…。」

| 應用方式 | 要做的事情＋語法表現 | |
|---|---|---|
| 範例 | ① 여자 친구한테 생일 선물로 <u>사 주다</u><br>② 워터 파크에 놀러 <u>가다</u> | -ㄹ까 하다 |
| | ③ 네이비색 원피스를 <u>입다</u><br>④ 라식 수술을 <u>받다</u> | -을까 하다 |
| | ⑤ 반찬을 <u>만들다</u> | -ㄹ까 하다 |
| | ⑥ 밖에 나가서 <u>걷다</u><br>⑦ 잡곡을 넣어 밥을 <u>짓다</u> | -(으)ㄹ까 하다 |

可用詞彙類型＆範例

| 詞性 | 詞彙類型 | 範例詞彙 |
|---|---|---|
| 動詞 | 無尾音 | ① 주다<br>② 가다 |
| | 有尾音 | ③ 입다<br>④ 받다 |
| | ㄹ脫落 | ⑤ 만들다 |
| | 不規則 | ⑥ 걷다<br>⑦ 짓다 |

**例句**

① 여자 친구한테 생일 선물로 사 주다

原句 여자 친구한테 생일 선물로 **사 줄까** 해요.
在想要不要買來當生日禮物給女朋友。

加長 새 버전의 응원봉이 나왔다는데 여자 친구한테 생일 선물로 **사 줄까** 해요.
聽說新版本的應援手燈出來了，在想要不要買來當生日禮物給女朋友。

② 워터 파크에 놀러 가다

原句 워터 파크에 놀러 **갈까** 해요.
在想要不要去水上樂園玩。

加長 친구가 이번에 새로 생긴 워터 파크 입장권 두 장을 받았길래 한 번 놀러 **가** 볼까 해요.
朋友有兩張新開幕的水上樂園的入場券，我在想我要不要去玩。

③ 네이비색 원피스를 입다

原句 네이비색 원피스를 **입을까** 해요.
在想是不是要穿深藍色的洋裝。

加長 군대에 있는 남자 친구와 오랜만에 만나는 거니까 내가 제일 좋아하는 네이비색 원피스를 **입을까** 해요.
因為是和在軍隊的男友久違的見面，所以在想是不是要穿我最喜歡的深藍色的洋裝。

④ 라식 수술을 받다

原句 라식 수술을 **받을까** 해요.
在考慮做雷射手術。

加長 안경 끼는 게 불편하고 렌즈 끼는 것도 장시간 착용이 눈에 안 좋은데 마침 지금 할인을 하고 있어서 이참에 라식 수술을 **받을까** 해요.
戴眼鏡不方便，長時間配戴隱形眼鏡又對眼睛不好，剛好現在有打折，所以在想要不要趁這機會做雷射手術。

⑤ 반찬을 만들다

原句 반찬을 **만들까** 해요.
在想要不要做個小菜。

加長 집에 남은 요리 재료로 간단한 반찬을 **만들까** 해요.
在想要不要用家裡剩下的食材做個簡單的小菜。

⑥ 밖에 나가(서) 걷다

**原句** 밖에 나가 **걸을까 해요.**
在想要不要去外面走走。

**加長** 며칠 동안 미세 먼지로 뿌옇던 하늘이 개서 밖에 나가 **걸을까 해요.**
連續幾天因為霧霾而白濛濛的天空轉晴了，在想要不要去外面走走。

⑦ 잡곡을 넣어 밥을 짓다

**原句** 잡곡을 넣어 밥을 **지을까 해요.**
在想是不是要在飯裡加入雜穀。

**加長** 가족들의 건강을 생각해서 오늘부터 영양가가 백미보다 높은 잡곡을 넣어 밥을 **지을까 해요.**
為了家人的健康，在想要不要從今天開始在飯裡加入營養價值比白米高的雜穀。

**限制**

▶ 主詞須為第一人稱。

다이어트 중이지만 동생이 옆에서 치킨을 먹고 있어서 (나도) 한 조각만 **먹을까 해요.**
雖然正在減肥，但因為妹妹在旁邊吃炸雞，所以我在想要不要吃一塊就好。

**補充**

▶ 也可以使用「-(으)ㄹ까 보다」、「-(으)ㄹ까 싶다」的型態。

여행 가기 전에 청소하려고 했는데 갔다와서 **청소할까 봐요.**
本來想要在去旅行之前打掃，但現在覺得要不要回來再打掃就好。

---

**單字**

응원봉：應援手燈｜네이비색：（navy-）深藍色｜라식：（LASIK）雷射手術｜렌즈：（lens）隱形眼鏡｜뿌옇다：蒼白、白濛濛｜잡곡：雜穀｜영양가：營養價值

# [V-고 싶다]

語法表現。表示想做某件事情。相當於中文的「我想（做什麼）…。」

| 應用<br>方式 | 要做的事情＋語法表現 | |
|---|---|---|
| 範例 | ① 이런 사랑은 <u>그만하다</u><br>② 딸이 인형을 <u>갖다</u><br>③ 무슨 생각을 하는지 <u>알다</u> | -고 싶다 |

可用詞彙類型＆範例

| 詞性 | 詞彙類型 | 範例詞彙 |
|---|---|---|
| 動詞 | 無關 | ① 그만하다<br>② 갖다<br>③ 알다 |

**例句**

① 이제 이런 사랑은 그만하다

**原句** 이제 이런 사랑은 그만하고 싶다.
我不想要這樣的愛情了。

**加長** 맨날 거짓말만 늘어놓는 남자 친구한테 질려서 이제 이런 사랑은 그만하고 싶다.
我已經厭倦了總是說謊的男友，不想要這樣的愛情了。

② 딸이 인형을 갖다 / 조르다

**原句** 딸이 인형을 갖고 싶다고 조른다.
女兒一直吵著想要娃娃。

**加長** 딸이 티비 광고에서 나온 인형을 갖고 싶다고 계속 졸라 마지못해 사 줬다.
女兒一直吵著要電視廣告的那隻娃娃，拿他沒辦法只好買了。

③　　무슨 생각을 하는지 알다

原句　무슨 생각을 하는지 알고 싶다.
　　　想知道他是在想什麼。

加長　도대체 그 사람은 무슨 생각을 하는지 알고 싶어서 가서 하나하나 캐물
　　　었다.
　　　我想知道那個人到底是在想什麼，所以就去逼問他。

---

**單字**

늘어놓다：胡亂擺放、羅列 ｜ 질리다：厭倦、驚恐 ｜ 마지못하다：不得不、只好 ｜ 캐
묻다：逼問、追問

## ● 比一比 ●　　V-(으)려고 하다、V-(으)ㄹ까 하다、V-고 싶다

　　這幾個表現都可以用在闡述個人意圖的時候，差別在是否已經真的有計畫要去行動。加上上一節 -(으)ㄹ 것이다一起看的話，計畫的完成度從低到高是 -고 싶다 → -(으)ㄹ까 하다 → -(으)려고 하다 → -(으)ㄹ 것이다。

### Ex

저녁에 치킨 먹고 싶어요.
我晚上想吃炸雞。

▶ 單純表達想吃的心，還沒有任何實質計畫。

저녁에 치킨 먹을까 해요.
我在想晚上要不要吃炸雞。

▶ 準備做出計畫，但還沒有完全確定要。

저녁에 치킨 먹으려고 해요.
我晚上打算要吃炸雞。

▶ 已經在計畫中，幾乎確定一定會吃。

저녁에 치킨 먹을 거예요.
我晚上要吃炸雞。

▶ 計畫完成，確定一定會吃。

-겠-、-(으)ㄹ 것이다 (推測)

**[V/A-겠-]**

> 輔助語尾。表示對某件事情進行推測。相當於中文的「我猜想（某件事）應該…。」

| 應用方式 | 推測的事情＋輔助語尾 | |
|---|---|---|
| 範例 | ① 결혼해서 <u>행복하다</u><br>② 마스크가 <u>팔리다</u><br>③ 대학 입시에서 떨어졌다니 <u>속상해하다</u> | -겠- |
| | ④ 지금 막 <u>도착하다</u> | -겠- |

可用詞彙類型＆範例

| 詞性 | 詞彙類型 | 範例詞彙 |
|---|---|---|
| 動詞 /<br>形容詞 | 無關 | ① 행복하다<br>② 팔리다<br>③ 속상하다 |
| | -았/었- | ④ 도착하다 |

### 例句

① 결혼해서 행복하다

**原句** 결혼해서 행복하겠어요.
結了婚一定很幸福吧。

**加長** 민수 씨가 숱한 역경 끝에 결혼에 골인했다는데 많이 행복하겠어요.
聽說민수 씨在各種逆境過後終於結婚，一定很幸福吧。

② 미세 먼지가 기승을 부려 마스크가 다 팔리다

**原句** 미세 먼지가 기승을 부려 마스크가 다 팔리겠어요.
霧霾很嚴重，口罩大概會賣光。

**加長** 당분간 미세 먼지의 기승이 사그라들지 않을 것 같은데 마스크를 미리 주문을 안 하면 조만간 다 팔리겠어요.
霧霾應該會持續一段時間，現在不訂口罩的話，很快就要賣光了。

③　대학 입시에서 떨어졌다니 속상해하다

**原句**　대학 입시에서 떨어졌다니 **속상해하겠다**.
大學入學考試不合格，一定很難過。

**加長**　철수가 이번 대학 입시를 위해 열심히 준비했는데 떨어졌다니 많이 **속상해하겠다**.
철수為了這次的大學入學考試很認真地準備了，結果不合格，一定很難過。

④　지금 막 도착하다

**原句**　지금 막 **도착했겠네요**.
現在應該剛抵達。

**加長**　1시에 출발한 거니까 중간에 무슨 일이 발생하지 않았다면 지금 막 **도착했겠네요**.
一點出發的，中間如果沒發生什麼事的話，現在應該剛抵達。

**限制**

▶ 主詞不會是第一人稱，不過如果是以旁觀者的角度來評斷自己的事情，第一人稱也通順。

이번 기회를 놓치면 (나는) 정말 다시 그 사람을 만날 수 **없겠다**.
如果錯過這次的機會，我真的沒辦法再見到他了。

**補充**

▶ 也可用來表示即將發生的事情。此用法常用在天氣預報、廣播等情況。

날씨가 흐리다가 오후부터 차츰 **개겠습니다**.
原本陰陰的天氣會在下午逐漸轉晴。

잠시 후에 열차가 **들어오겠습니다**.
稍後列車即將進站。（車站廣播）

---

**單字**
숱하다：多、大量｜역경：逆境｜골인하다：（goal in--）實現、達成目標｜기승(을) 부리다：氣勢強、肆虐｜사그라들다：消失｜조만간：遲早、不久之後｜차츰：逐漸

**03** -겠-、-(으)ㄹ 것이다 (推測)

# [V/A-(으)ㄹ 것이다]

語法表現。表示對某件事情進行推測。相當於中文的「我認為（某件事）應該…。」

| 應用方式 | 推測的事情＋語法表現 | |
|---|---|---|
| 範例 | ① 언젠간 성공하다<br>② 곧 일을 <u>그만두다</u> | - ㄹ 것이다 |
| | ③ 아마 밥을 먹고 있다<br>④ 합격이 맞다 | -을 것이다 |
| | ⑤ 지금쯤이면 횟집에서 <u>팔다</u> | - ㄹ 것이다 |
| | ⑥ 사람들에게 길을 <u>묻다</u><br>⑦ 자식들을 보면 미소를 <u>짓다</u> | -(으)ㄹ 것이다 |
| | ⑧ 친구들이 다 왔다면 <u>재미있었다</u> | -을 것이다 |

可用詞彙類型＆範例

| 詞性 | 詞彙類型 | 範例詞彙 |
|---|---|---|
| 動詞 /<br>形容詞 | 無尾音 | ① 성공하다<br>② 그만두다 |
| | 有尾音 | ③ -고 있다<br>④ 맞다 |
| | ㄹ尾音 | ⑤ 팔다 |
| | 不規則 | ⑥ 묻다<br>⑦ 짓다 |
| | -았/었- | ⑧ 재미있다 |

**例句**

① 언젠간 꼭 성공하다

**原句** 언젠간 꼭 성공할 거야.
有一天一定會成功的。

**加長** 노력은 배신하지 않는다고 열심히 살다 보면 언젠간 꼭 성공할 거야.
努力是不會背叛你的，努力生活，有一天一定會成功的。

② 내가 봤을 땐 곧 일을 그만두다

**原句** 내가 봤을 땐 곧 일을 그만둘 거야.
在我看來大概就快要辭職了。

**加長** 지우 씨가 계속 다른 일자리를 알아보고 있다는데 내가 봤을 땐 아마 곧 일을 그만둘 거야.
지우一直在打聽其他的工作，在我看來他大概很快就要辭職了。

③ 아마 지금 밥(을) 먹고 있다

**原句** 아마 지금 밥 먹고 있을 거야.
現在應該在吃飯。

**加長** 민수가 아까부터 배고프다 하던데 안 보이면 아마 지금 밥 먹고 있을 거야.
민수從剛剛就一直喊肚子餓，沒看到人的話大概是在吃飯吧。

④ 채점을 해 본 결과 / 합격이 맞다

**原句** 가채점을 해 본 결과 합격이 맞을 거예요.
預測了分數之後，應該會通過考試。

**加長** 자격증 시험을 보고 나서 가채점을 해 본 결과 점수가 다를 수는 있겠지만 합격이 맞을 거예요.
考完證照考試後預測了分數，雖然分數可能會不一樣，但應該會通過考試的。

⑤ 방어는 지금쯤이면 횟집에서 팔다

**原句** 방어는 지금쯤이면 횟집에서 팔 거야.
鰤魚現在生魚片店應該有賣。

**加長** 방어는 겨울철에 잡히는 어종으로 몇 개월 간 안 나오다가 지금쯤이면 횟집에서 팔 거야.
鰤魚是冬季的魚種，幾個月沒有出現，現在應該在生魚片店有賣。

⑥　길을 모르면 사람들에게 바로 길을 묻다

原句　길을 모르면 사람들에게 바로 길을 물을 거야.
　　　不知道路的話應該會直接問人。

加長　그 사람은 성격이 굉장히 사교적이기 때문에 유럽에 가서 길을 모르면
　　　아마 사람들에게 바로 길을 물을 거야.
　　　那個人個性很善於交際，到歐洲去不知道路的話，大概也會直接問人的。

⑦　자식들을 보면 분명 미소를 짓다

原句　자식들을 보면 분명 미소를 지을 것이다.
　　　看到自己的小孩一定會微笑的。

加長　그 사람이 아무리 포커페이스라도 분명 자기 자식들을 보면 미소를 지
　　　을 것이다.
　　　不管那個人再怎麼撲克臉，看到自己的小孩也一定會微笑的。

⑧　친구들이 다 왔다면 더 재미있었다

原句　친구들이 다 왔다면 더 재미있었을 것이다.
　　　朋友如果都有來的話一定會更有趣的。

加長　이번 동창회에서 옛날 같이 놀았던 친구들이 다 왔다면 더 재미있었을
　　　건데 다들 바빠서 못 온 게 아쉬웠다.
　　　這次同學會如果以前一起玩的朋友都有來的話一定會更有趣的，大家都很忙沒辦法來，好
　　　可惜。

限制

▶ 主詞不會是第一人稱，不過當推測的事情時間點是在未來時，第一人稱也
　 通順。

　　내년 이맘때쯤이면 나는 통역사로 활동하고 있을 거야.
　　明年這個時候我應該是以口譯的身分在活動。

單字

상냥하다：溫和、和藹 | 차분하다：沉穩 | 방어：鰤魚 | 어종：魚種 | 사교적：社交
性的 | 포커페이스：（poker face）撲克臉

## • 比一比 •　　　　　　V/A-겠- 與 V/A -(으)ㄹ 것이다

　　這兩個用法的差別首先要從把握度來看，再以把握度為中心概念去思考所憑藉的根據是主觀的還是客觀的。-(으)ㄹ 것이다對事情的把握度大於-겠-，所以像我們看某個食物好像很好吃的時候，我們其實不知道到底好不好吃，只是以外觀去猜測很好吃，所以會用把握度小一點的-겠-，說맛있겠다。如果是「這間餐廳是有名的廚師也很喜歡的，所以一定很好吃。」這樣的情況，有「有名的廚師也喜歡」這件有說服力的事實來當推測的根據，提升把握度，就會用-(으)ㄹ 것이다，整句話就可以說「유명한 셰프도 좋아하는 식당이니까 맛있을 거야.」。

　　從上面兩個例子可以發現到-겠-所憑藉的根據比較主觀，且是看到某個狀況的當下做出的推測（自己覺得看起來好吃），而-(으)ㄹ 것이다的根據比較客觀、有背景經驗支撐（有名的廚師喜歡，有公信力）。

### Ex

하늘이 어둑어둑해지니 곧 비가 오겠다.
天空變得黑濛濛的，應該就要下雨了。

오늘 아침 뉴스에서 먹구름이 낀다고 하니까 곧 비가 올 거야.
今天早上新聞說有烏雲，應該就快要下雨了。

### 單字

어둑어둑하다：黑暗的 ｜ 먹구름：烏雲

**04** -(으)면 좋겠다、-았/었으면 좋겠다

# [V/A-(으)면 좋겠다]

語法表現。表示希望某件事情可以發生。相當於中文的「我希望⋯。」、「如果可以⋯就太棒了。」

| 應用<br>方式 | 希望的事情＋語法表現 | |
|---|---|---|
| 範例 | ① 올해는 꼭 토픽 6급에 합격하다<br>② 비가 그만 내리다 | -면 좋겠다 |
| | ③ 핸드폰이 작다<br>④ 큰 피해가 없다 | -으면 좋겠다 |

可用詞彙類型＆範例

| 詞性 | 詞彙類型 | 範例詞彙 |
|---|---|---|
| 動詞 /<br>形容詞 | 無尾音 | ① 합격하다<br>② 내리다 |
| | 有尾音 | ③ 작다<br>④ 없다 |

例句

① 올해는 꼭 토픽 6급에 합격하다

原句 올해는 꼭 토픽 6급에 **합격하면** 좋겠다.
希望今年可以拿到TOPIK六級。

加長 작년에 토픽 시험에서 5점 차이로 6급을 놓쳤는데 올해는 꼭 **합격하면** 좋겠다.
去年TOPIK以五分之差錯過了六級，今年一定要拿到。

② 비가 그만 좀 내리다

原句 비가 그만 좀 **내리면** 좋겠다.
拜託不要再下雨了。

加長 며칠째 비가 와서 빨래도 제대로 못 하고 있는데 이제 그만 좀 **내리면** 좋겠다.
連續下了幾天的雨，連衣服都沒辦法洗，拜託不要再下雨了。

③　나는 핸드폰이 작다

**原句**　나는 핸드폰이 작으면 좋겠다.
我希望手機可以小一點。

**加長**　요즘 핸드폰이 다 크게 나오는데 큰 것을 가지고 다니기가 불편하고 어차피 전화밖에 안 하니까 나는 좀 더 작으면 좋겠다.
最近的手機都做很大支，我覺得大的攜帶不方便，而且我只用來打電話，所以希望可以小一點。

④　큰 피해가 없다

**原句**　큰 피해가 없으면 좋겠다.
希望沒有嚴重的損失。

**加長**　전라도에 지진이 났다는데 부디 큰 피해가 없으면 좋겠다.
聽說全羅道地震了，希望沒有造成嚴重的災害。

**04** -(으)면 좋겠다、-았/었으면 좋겠다

# [V/A-았/었으면 좋겠다]

語法表現。表示希望某件事情可以發生，或是對過去某件不如心意的事表達惋惜。相當於中文的「我希望⋯。」、「如果可以⋯就好了。」

| 應用方式 | 希望的事情＋語法表現 | |
|---|---|---|
| 範例 | ① 과거로 돌아가다<br>② 프로포즈를 준비했는데 속다 | -았으면 좋겠다 |
| | ③ 파티를 즐겁게 즐기다<br>④ 인내심을 갖고 배우다 | -었으면 좋겠다 |
| | ⑤ 모두가 쓰다 | -았/었으면 좋겠다 |
| | ⑥ 조금 더 눕다<br>⑦ 한 번에 싣다 | -았/었으면 좋겠다 |
| | ⑧ 생일 선물을 좋아하다 | -였으면 좋겠다 |

可用詞彙類型＆範例

| 詞性 | 詞彙類型 | 範例詞彙 |
|---|---|---|
| 動詞 /<br>形容詞 | 語幹最後音節母音為ㅏ,ㅗ | ① 돌아가다<br>② 속다 |
| | 語幹最後音節母音非ㅏ,ㅗ | ③ 즐기다<br>④ 배우다 |
| | 一脫落 | ⑤ 쓰다 |
| | 不規則 | ⑥ 눕다<br>⑦ 싣다 |
| | -하다 | ⑧ 좋아하다 |

**例句**

① 과거로 돌아가다

**原句** 과거로 돌아갈 수 있었으면 좋겠다.
如果可以回到過去就好了。

**加長** 그때 그녀를 잡지 못한 게 큰 후회로 남는데 과거로 돌아갈 수 있었으면 좋겠다.
當時沒能留住她讓我感到很後悔，如果可以回到過去就好了。

② 프로포즈를 준비했는데 꼭 속다

**原句** 프로포즈를 준비했는데 꼭 속았으면 좋겠어요.
我準備了求婚計畫，希望她可以中計。

**加長** 여자 친구에게 몰래 프로포즈를 하려고 준비했는데 꼭 속았으면 좋겠어요.
我準備向女友偷偷求婚，希望她可以中計。

③ 모두가 파티를 즐겁게 즐기다

**原句** 모두가 파티를 즐겁게 즐겼으면 좋겠어요.
希望大家可以在這個派對玩得開心。

**加長** 내 생일을 맞아 집에서 파티를 열었는데 초대한 손님들이 모두 즐겁게 즐겼으면 좋겠어요.
在家開了我的生日派對，希望邀請來的客人們都能玩得開心。

④ 인내심을 갖고 배우다

**原句** 인내심을 갖고 배웠으면 좋겠어요.
希望可以有耐心一點地學習。

**加長** 동생은 금방 관심을 가지고 금방 질려 하는 성격인데 뭐든지 조금 더 인내심을 갖고 배웠으면 좋겠어요.
弟弟是三分鐘熱度的個性，我希望他不管什麼都可以有耐心一點去學習。

⑤ 모두가 쓰다 / 마음에 / 이 제품을 한국에 들여오다

**原句** 모두가 썼으면 좋겠다는 마음에 이 제품을 한국에 들여왔다.
希望每個人都可以使用這個商品，所以把它引進了韓國。

**加長** 이 제품을 한국에 들여온 계기는 지구를 보호하기 위해 모두가 썼으면 좋겠다는 마음에서 비롯되었다.
把這個商品引進韓國的契機是從了為保護地球，希望每個人都可以使用的想法來的。

⑥　　너무 피곤해서 조금 더 눕다

原句　너무 피곤해서 조금 더 누웠으면 좋겠다.
實在是太累了，希望可以再多躺一下。

加長　너무 피곤해서 조금 더 누웠으면 좋겠다 했는데 할 일이 태산이니 안
일어날래야 안 일어날 수가 없다.
實在是太累了，希望可以再多躺一下，但要做的事情很多，不得不起來。

⑦　　한 번에 싣다

原句　한 번에 실었으면 좋겠다.
希望可以一次載走。

加長　이사할 때 두 번 왔다 갔다 하기 힘드니까 한 번에 실었으면 좋겠다.
搬家時來回兩趟太累了，希望可以一次載走。

⑧　　그녀가 이 생일 선물을 좋아하다

原句　그녀가 이 생일 선물을 좋아했으면 좋겠다.
希望她會喜歡這個生日禮物。

加長　생일 선물로 뭐를 좋아할지 몰라서 내 느낌대로 샀는데 그녀가 좋아했
으면 좋겠다.
不知道她會喜歡什麼生日禮物，所以我就自己挑了，希望她會喜歡。


補充

▶ 可用在委婉地向他人發出請求的時候。

이 일은 혼자 하기가 좀 버거우니까 누가 좀 도와줬으면 좋겠는데.
這件事情我自己做會有點難負荷，希望有人可以來幫忙。

## • 比一比 •

# V/A-(으)면 좋겠다 與 V/A-았/었으면 좋겠다

在說希望某件事情可以發生時，通常可以分成兩種語氣：❶希望現實可以變成這樣，❷現實和自己所期望的不同，覺得很可惜、很遺憾。如果是❶的語氣，-(으)면 좋겠다和-았/었으면 좋겠다兩個是通用的；如果是❷的語氣，會使用-았/었으면 좋겠다。因為會感到可惜、遺憾，一定是已經發生的事情，所以必須用過去式來表示期望和現實是相反的。

### Ex1

해인 오빠도 나를 좋아하면 좋겠다.
真希望해인哥哥也喜歡我。

▶ 我喜歡해인 오빠，但不知道해인 오빠喜不喜歡我。希望「해인 오빠喜歡我」這件事可以成真。

해인 오빠도 나를 좋아했으면 좋겠다.
如果해인哥哥也喜歡我就好了。

▶ 可以是和「해인 오빠도 나를 좋아하면 좋겠다」這句一樣的意思，也可以是指已經確定해인 오빠不喜歡我，覺得很可惜、遺憾，「要是해인 오빠也喜歡我就好了」的感覺。

從語氣的差別也可以得知-(으)면 좋겠다的重點在「希望」，-았/었으면 좋겠다的重點在「假設」，所以如果用在向他人提出請求的情況，-(으)면 좋겠다給人的感覺是比較直接、強硬的，-았/었으면 좋겠다則會比較柔和委婉。

### Ex2

숙박비는 내가 낼 테니까 비행기 값은 네가 내면 좋겠어.
因為住宿費是我出的，所以機票錢的部份我希望可以由你來出。

숙박비는 내가 낼 테니까 비행기 값은 네가 냈으면 좋겠어.
因為住宿費是我出的，所以機票錢的部份如果可以由你來出的話，我覺得會是比較好的。

1. 事業剛起步時，若不是有朋友的幫忙，我現在應該只是個平凡人。

**語彙**：지금, 시작하다, 친구, 막, 사업, 사람, 도와주다, 평범하다, 나

**語法 / 助詞 / 表現**：을/를, 은/는, -지 않다, 이다, -았/었-, -겠-, -(으)ㄴ, 이/가, -(으)ㄹ 때, -았/었-, -았/었-, -(으)ㄹ 것이다, -다면, -다

✎ ───────────────────────────────

2. 當生意越好，我也越來越貪心。發現這樣的狀態之後，我決定要再次
找回初衷。

**語彙**：다시, 장사, 늘어가다, 마음먹다, 잘되다, 나, 욕심, 발견하다, 돌아가다,
초심

**語法 / 助詞 / 表現**：이/가, -다 보니, 을/를, (으)로, 만, -(으)려고, -고 싶다,
-는, -고는, -았/었-, -다

✎ ───────────────────────────────

3. 即使再累，今天也要把累積一堆的衣服洗一洗。

**語彙**：하다, 몸, 빨래, 오늘, 천근만근, 밀리다

**語法 / 助詞 / 表現**：은/는, 이/가, -(으)ㄴ/는, 이다, -아/어야겠다, -아/어도, -다

✎ ───────────────────────────────

4. 因為這是我一直想做的事，所以即使失敗，我也絕對不會氣餒。

**語彙**：절대, 도전하다, 실패하다, 하다, 주저앉다, 일, 늘

**語法 / 助詞 / 表現**：-았/었던, -(으)니까, -지 않다, -는 것, -더라도, 에, 고
싶다, -(으)ㄹ게

✎ ───────────────────────────────

5. 即使是小時候遺棄我的父母，我還是想要見他們。

**語彙**：어리다, 마음, 보다, 아무리, 나, 지우다, 한 번, 버리다, 부모

**語法 / 助詞 / 表現**：-라도, -(으)ㄹ 때, -(으)ㄹ까 하다, -았/었-, 을/를, 은/
는, -(으)ㄴ, 을/를, -다는, -(으)ㄹ 수 없다, -고 싶다, -다

✎ ───────────────────────────────

6. 如果事情要做得如此隨便的話，我乾脆請小學生還比較好。

語彙：대충대충, 낫다, 하다, 않이다, 저렇게, 차라리, 일, 초등학생

語法 / 助詞 / 表現：-아/어 놓다, 을/를, 을/를, -(으)면, -는 것, 이/가, -(으)ㄹ 것, -겠-, -다

7. 只要是人都會犯錯，希望不要因為一次的失誤就咄咄逼人。

語彙：몰아세우다, 실수하다, 실수, 사람, 누구, 한 번, 너무

語法 / 助詞 / 表現：-지 않다, 은/는, 의, (이)나, -가 마련이다, (으)로, -(으)니까, -았/었으면 좋겠다, -다

8. 早知道男友帶給我的空虛感如此大，就不會輕易讓他離開了。

語彙：쉽다, 절대, 떠나보내다, 남자 친구, 크다, 이렇게, 빈자리

語法 / 助詞 / 表現：이/가, -지 않다, -았/었-, 의, -게, -(으)ㄹ 줄 알다, -겠-, -다면, -았/었-, -(으)ㄹ 것이다, -다

9. 不管晚上餓不餓，為了健康，我從今天開始都不要吃東西。

語彙：배, 고프다, 고프다, 건강, 밤, 먹다, 오늘, 나, 아무것

語法 / 助詞 / 表現：이/가, 에, 은/는, 부터, 도, -지 않다, 을/를 위해서, -(으)ㄹ게, -지 않다, -든 -든, -(으)ㄹ래

10. 即使還很年輕，也不能在沒有規劃的情況下隨意挑戰，所以關於打工度假的事，我想邊工作邊慢慢地準備。

語彙：일하다, 아직, 천천히, 젊다, 계획, 하다, 도전, 준비하다, 아무, 없이, 무턱대고, 하다, 워킹 홀리데이

語法 / 助詞 / 表現：만, -(으)니까, -다고 하다, -(으)면서, -더라도, -(으)면 안 되다, 에 대해서, -(으)ㄹ까 하다, -아/어요

# 行動、狀態、經驗類

01 -고 있다①、-고 있다②、-아/어 있다

## [V-고 있다①]

語法表現。表示某個動作正在進行、持續。相當於中文的「正在…。」

| 應用方式 | 正在做的事情＋語法表現 | |
|---|---|---|
| 範例 | ① 나는 항상 같은 자리에서 <u>기다리다</u><br>② 옆에 앉은 사람이 우리의 대화를 <u>엿보다</u><br>③ 그 친구는 라디오를 <u>듣다</u> | -고 있다 |

可用詞彙類型＆範例

| 詞性 | 詞彙類型 | 範例詞彙 |
|---|---|---|
| 動詞 | 無關 | ① 기다리다<br>② 엿보다<br>③ 듣다 |

例句

① 　나는 항상 같은 자리에서 기다리다

原句　나는 항상 같은 자리에서 **기다리고 있을 것이다.**
我會永遠在這裡等待。

加長　네가 언제 돌아오든지 나는 너만 생각하며 항상 같은 자리에서 **기다리고 있을 것이다.**
不管你什麼時候回來，我都會想著你，永遠在這裡等你。

② 옆에 앉은 사람이 우리의 대화를 엿보다

**原句** 옆에 앉은 사람이 우리의 대화를 엿보고 있는 것 같다.
坐在旁邊的人好像在偷看我們的對話。

**加長** 지하철을 타고 친구랑 카톡 하면서 가고 있는 도중에 옆에 앉은 사람이 우리의 대화 내용을 엿보고 있는 것 같은 느낌이 든다.
在地鐵上和朋友用Katalk聊天時，突然有坐在旁邊的人好像在偷看我們的對話的感覺。

③ 그 친구는 라디오를 듣다

**原句** 그 친구는 라디오를 듣고 있어.
他在聽廣播。

**加長** 이 시간이면 보나 마나 그 친구는 라디오를 듣고 있을 게 뻔해.
這個時間不用看也知道他一定是在聽廣播。


### 限制

▶ 不與瞬間性動詞（서다、앉다、깜박하다/깜빡하다等）結合使用。

저 사람은 아까부터 마트 앞에 서고 있다. （×）
저 사람은 아까부터 마트 앞에 서 있다. （○）
那個人從剛剛就一直站在超市前。

방금 선생님께 들은 말을 깜빡하고 있다. （×）
방금 선생님께 들은 말을 깜빡했다. （○）
我忘記剛剛老師說的話了。

※ 如果是將瞬間性的動作慢慢做，還是可以使用-고 있다。

오빠가 의자에 천천히 앉고 있다.
哥哥慢慢地坐下來。

▶ 敬語型為「-고 계시다」。

선생님은 휴게실에서 커피를 **드시고 계신다**.

老師在休息室喝咖啡。

집안 일에 피곤한 나머지 **졸고 계신** 어머니께 이불을 덮어 드렸다.

給因為做家事而疲倦，正在打瞌睡的媽媽蓋上被子。

▶ 使用A-아/어지다，將形容詞換成動詞即可與-고 있다結合。

축구 경기 중 우리 팀이 밀리고 있더니 금방 따라잡아서 경기가 점점 **흥미진**
**진해지고 있다**.

足球比賽中原本我們這隊落後，不過很快就追上，所以比賽也越來越有趣。

-고 있다①、-고 있다②、-아/어 있다

## [V-고 있다②]

語法表現。表示某個動作的完成狀態一直持續沒有變動。常與입다、신다、쓰다、들다、차다、벗다等穿戴動詞結合使用。相當於中文的「…著」。

빨간 모자를 썼어요. 戴上紅色帽子。 ▶ 強調動作

빨간 모자를 쓰고 있어요. 戴著紅色帽子。 ▶ 強調狀態

| 應用方式 | 正在做的事情＋語法表現 | |
|---|---|---|
| 範例 | ① 옷을 두껍게 입다<br>② 그의 진심을 알다<br>③ 나이키 한정품 신발을 가지다 | -고 있다 |

可用詞彙類型＆範例

| 詞性 | 詞彙類型 | 範例詞彙 |
|---|---|---|
| 動詞 | 無關 | ① 입다<br>② 알다<br>③ 가지다 |

**例句**

① 옷을 두껍게 입다

**原句** 옷을 두껍게 입고 있다.
穿著厚衣服。

**加長** 알래스카 지방 사람들은 기온도 낮거니와 바람도 차갑기 때문에 항상 옷을 두껍게 입고 있다.
阿拉斯加的人因為氣溫低，風也很冷，所以總是穿得很厚。

②　그의 진심을 알다

原句　그의 진심을 알고 있다.
我知道他的想法。

加長　그의 진심을 알고 있지만 나 혼자서는 마음의 정리가 안 된 탓에 계속
그에게 마음이 간다.
雖然知道他的想法，但我還是沒辦法整理好我的心，總是想到他。

③　나이키 한정품 신발을 가지다

原句　나이키 한정품 신발을 가지고 있다.
擁有Nike限量版的鞋子。

加長　그는 나이키 한정품 신발을 가지고 있을 뿐만 아니라 한정품 티셔츠도
가지고 있다.
他不僅有Nike限量版的鞋子，也有限量版的T-shirt。


限制

▶ 不與瞬間性動詞（서다、앉다、깜박하다/깜빡하다等）結合使用。

민혁이가 곧 온다니까 이쪽에 잠깐 앉고 있어. （×）
민혁이가 곧 온다니까 이쪽에 잠깐 앉아 있어. （○）
민혁說他馬上來，先坐在這邊吧。


單字
알래스카：阿拉斯加

**01** -고 있다①、-고 있다②、-아/어 있다

# [V-아/어 있다]

語法表現。表示某個動作的完成狀態一直持續沒有變動。相當於中文的「…著」。

문을 열었다. ▶ 把門打開了。

문이 열려 있다. 門開著。▶ 把門打開後，門一直維持開著的狀態。

| 應用<br>方式 | 動作的完成狀態＋語法表現 | |
|---|---|---|
| 範例 | ① 민수가 약속 시간에 맞춰 오다<br>② 별 문제없이 살다 | -아 있다 |
| | ③ 이곳은 도심에서 떨어지다<br>④ 방 창문이 열리다 | -어 있다 |
| | ⑤ 쥐 죽은 듯 눕다<br>⑥ 발목을 접질려 가지고 붓다 | -아/어 있다 |
| | ⑦ 잠실에 위치하다 | -여 있다 |

可用詞彙類型＆範例

| 詞性 | 詞彙類型 | 範例詞彙 |
|---|---|---|
| 動詞 | 語幹最後音節母音為ㅏ,ㅗ | ① 오다<br>② 살다 |
| | 語幹最後音節母音非ㅏ,ㅗ | ③ 떨어지다<br>④ 열리다 |
| | 不規則 | ⑤ 눕다<br>⑥ 붓다 |
| | -하다 | ⑦ 위치하다 |

**例句**

① 민수가 약속 시간에 맞춰 오다

**原句** 민수가 약속 시간에 맞춰 **와 있다**.
민수照著約定時間抵達。

**加長** 지각하기 일쑤였던 민수가 약속 시간에 맞춰 **와 있다니** 믿을 수가 없다.
老是遲到的민수居然照著約定時間抵達，真不敢相信。

② 친구는 별 문제없이 살다

**原句** 친구는 별 문제없이 **살아 있다**.
朋友沒有問題地（安然無事地）生活著。

**加長** 친구가 숙제를 하지 않아 호랑이 선생님께 끌려가 죽을 줄 알았는데 별 문제없이 **살아 있어** 놀랐다.
朋友沒做作業，被老虎老師帶過去，還以為他死定了，沒想到還活著，真令人驚訝。

③ 이곳은 도심에서 떨어지다

**原句** 이곳은 도심에서 **떨어져 있다**.
這個地方離市中心有距離。

**加長** 이곳은 도심에서 **떨어져 있어** 조용하게 살고 싶은 사람에게 적절하다.
這個地方離市中心有距離，適合想安靜生活的人。

④ 주변을 확인해 보니 방 창문이 열리다

**原句** 주변을 확인해 보니 방 창문이 **열려 있었다**.
確認了周圍，發現房間窗戶開著。

**加長** 에어컨을 틀었는데도 도통 시원해지지 않아 주변을 확인해 보니 방 창문이 **열려 있었다**.
開了冷氣還是不涼快，看了一下周圍，才發現房間窗戶開著。

⑤ 쥐 죽은 듯 눕다 / 강아지가 에어컨을 켜니까 꼬리를 살랑살랑 흔든다

**原句** 쥐 죽은 듯 **누워 있는** 강아지가 에어컨을 켜니까 꼬리를 살랑살랑 흔든다.
安安靜靜地躺著的小狗一開冷氣就開心得搖尾巴。

**加長** 한여름 폭염에 쥐 죽은 듯 **누워 있는** 우리집 강아지가 에어컨을 켜기가 무섭게 벌떡 일어나 꼬리를 살랑살랑 흔든다.
因為夏天的酷熱而安安靜靜地躺著的小狗一開冷氣就馬上起來，還開心得搖尾巴。

⑥ 　발목을 접질려 가지고 많이 붓다

原句 　발목을 접질려 가지고 많이 부어 있어요.
腳踝扭到了，腫得很嚴重。

加長 　어제 길을 걷다가 헛디뎌서 발목을 접질렸는데 오늘 일어나 보니 퉁퉁
부어 있어요.
昨天走路走到一半踩空，扭到了腳踝，今天起床發現整個腫起來了。

⑦ 　롯데월드는 잠실에 위치하다

原句 　롯데월드는 잠실에 위치해 있다.
樂天世界位於蠶室。

加長 　잠실에 위치해 있는 롯데월드는 항상 문전성시여서 놀이기구를 많이 못
탄다.
位於蠶室的樂天世界人總是很多，所以沒辦法搭到很多遊樂設施。

限制

▶ 不與他動詞結合使用。

어떻게 내가 전화할 때마다 핸드폰을 꺼 있을 수가 있어? (✕)

※使用V-아/어지다，將他動詞換成被動詞即可與-아/어 있다結合。

어떻게 내가 전화할 때마다 핸드폰이 꺼져 있을 수가 있어? (〇)
怎麼有辦法每次我打給你手機都關機？

補充

▶ 敬語型為「-아/어 계시다」。

내가 늦게 집에 들어가는 날에는 항상 엄마가 문 앞에 나와 계신다.
我晚回家的日子媽媽都會在門前等。

아빠는 지하철 안에서 자리가 있음에도 불구하고 항상 서 계신다.
就算地鐵裡有空位，爸爸也總是站著。

---

單字

도통：到底、根本、無論如何 | 꼬리：尾巴 | 살랑살랑：輕輕 | 폭염：酷暑、酷熱 |
벌떡：突然地、一下子 | 접질리다：扭 | 헛디디다：踩空、失足 | 퉁퉁：腫起來的樣
子 | 문전성시：門庭若市

## • 比一比 •

## V-고 있다① 與 V-고 있다②

一個是動作正在進行，一個是動作結束後的狀態，不太會有混淆的時候。須要注意的是，「穿戴動詞＋-고 있다」時，意思有可能是-고 있다①，也有可能是-고 있다②。

**Ex**

잠바를 입고 있어요.
▶ 可以是「正在穿外套」，也可以是「穿著外套」，要自行依照情況判斷。

## V-고 있다① 與 V -아/어 있다

-고 있다表示動作正在進行，所以一般不會與서다、앉다、죽다、숨다、도착하다等動作是瞬間就能做完的動詞結合使用，但可以用-아/어 있다來表示動作完成後的狀態。

**Ex**

여기에 잠깐만 앉아 계세요.
請先暫時坐在這裡。

여기에 잠깐만 앉고 계세요. （×）
▶ 請對方「坐在這裡」，意思是請對方坐下來並維持坐著的狀態，而不是請對方做「坐」這個不用一秒鐘就能做完的動作。

## V-고 있다② 與 V-아/어 있다

從옷을 입고 있다、안경을 쓰고 있다等「穿戴動詞＋-고 있다」來想，可以知道與-고 있다②結合的動詞須為需要受詞的他動詞，也因為是他動詞，需要有個生命體去發動動作，所以主詞一般會是有生命的人或動物。與-아/어 있다結合使用的動詞則為自動詞或被動詞。

저는 언제나 당신을 믿고 있습니다.

我一直都是相信你的。

갑자기 더워져서 보니까 에어컨이 꺼져 있어요.

突然變熱了,看了一下發現冷氣關著。

그럼 저 먼저 식당에 가 있을게요.

那我就先去餐廳待著了。

-아/어 놓다、-아/어 두다

# [V-아/어 놓다]

語法表現。表示做了某個動作後，那個動作的完成狀態一直維持著，沒有變動。類似中文「做起來放」的「放」這個狀態。

| 應用<br>方式 | 動作的完成狀態＋語法表現 | |
|---|---|---|
| 範例 | ① 출출할 걸 대비해 야식을 <u>사다</u><br>② 단수 예정이라 물을 <u>받다</u> | -아 놓다 |
| | ③ 가족사진을 <u>걸다</u><br>④ 잡내가 빠지도록 뚜껑을 <u>열다</u> | -어 놓다 |
| | ⑤ 김치를 <u>담그다</u> | -아/어 놓다 |
| | ⑥ 돌솥에 뜨거운 물을 <u>붓다</u><br>⑦ 미리 택시를 <u>부르다</u> | -아/어 놓다 |
| | ⑧ 음식 재료를 <u>준비하다</u> | -여 놓다 |

可用詞彙類型＆範例

| 詞性 | 詞彙類型 | 範例詞彙 |
|---|---|---|
| 動詞 | 語幹最後音節母音為ㅏ,ㅗ | ① 사다<br>② 받다 |
| | 語幹最後音節母音非ㅏ,ㅗ | ③ 걸다<br>④ 열다 |
| | ㅡ脫落 | ⑤ 담그다 |
| | 不規則 | ⑥ 붓다<br>⑦ 부르다 |
| | -하다 | ⑧ 준비하다 |

**例句**

① 출출할 걸 대비해 야식을 사다

**原句** 출출할 걸 대비해 야식을 사 놓았다.
為了應對肚子餓的狀況，買好了宵夜。

**加長** 집에 가는 길에 출출할 걸 대비해 야식을 사 놓으려고 하는데 마침 눈 앞에 편의점이 있었다.
在回家的路上為了應對肚子餓的狀況，打算要買宵夜，剛好眼前就有一間便利商店。

② 저녁부터 단수 예정이라 물을 받다

**原句** 저녁부터 단수 예정이라 물을 받아 놓았다.
預計從晚上開始斷水，所以存了水。

**加長** 집주인의 말에 의하면 오늘 저녁부터 단수 예정이라 물을 넉넉하게 미리 받아 놓았다.
依照房東說的話，今天晚上開始斷水，所以預先存了很多水。

③ 거실에 가족사진을 걸다

**原句** 거실에 가족사진을 걸어 놓았다.
在客廳掛了全家福照片。

**加長** 거실에 보란 듯이 걸어 놓은 사진은 우리 가족이 20년 만에 찍은 가족 사진이다.
掛在客廳裡的照片是我們家人隔了20年照的全家福照片。

④ 잡내가 빠지도록 뚜껑을 열다

**原句** 잡내가 빠지도록 뚜껑을 열어 놓았다.
為了讓腥味散掉，把蓋子打開了。

**加長** 닭볶음탕을 조리할 때 잡내가 빠지도록 뚜껑을 열어 놓지 않으면 비린 내가 나기 십상이다.
在做辣炒雞湯時，如果不打開蓋子讓腥味散掉，很容易會有味道。

⑤ 김치를 담그다 / 꺼내 먹다

**原句** 김치를 담가 놓았다가 꺼내 먹는다.
把泡菜醃好，之後拿出來吃。

**加長** 한국은 가을에 김장을 해서 김치를 담가 놓았다가 꺼내 먹는다.
韓國會在秋天醃泡菜，之後拿出來吃。

⑥　돌솥에 뜨거운 물을 붓다

**原句**　돌솥에 뜨거운 물을 부어 놓아야 돼요.
要在石鍋裡倒入熱水。

**加長**　돌솥밥을 먹을 때 밥을 그릇에 따로 덜어 내고 돌솥에 뜨거운 물을 부어 놓아야 돼요.
在吃石鍋飯時，要把飯另外盛到碗裡，接著在石鍋裡倒入熱水。

⑦　미리 택시를 부르다

**原句**　미리 택시를 불러 놓았다.
已經預先叫好了計程車。

**加長**　매번 택시를 잡을라치면 잡히지 않아 미리 택시를 불러 놓았다.
每次要攔計程車時都攔不到，所以這次預先叫好了計程車。

⑧　음식 재료를 준비하다

**原句**　음식 재료를 준비해 놓는다.
把食材準備好。

**加長**　지금 음식 재료를 준비해 놓지 않으면 이따가 점심 장사할 때 바빠서 정신없을 게 뻔하다.
如果現在不先把食材準備好，等會中午做生意很忙，一定會手忙腳亂的。


**限制**

▶ 不能與놓다結合使用。

가: 택밴데요. 집에 계세요?
我是快遞，請問在家嗎？

나: 지금 집에 없는데 그냥 문 앞에 놔 놓으시면 돼요. (×)

※此情況可改用-아/어 두다.

문 앞에 놔 두시면 돼요. (○)
放在門口就可以了。

▶ 與-어서、-어요連接成-아/어 놓아서、-아/어 놓아요時，可以寫成-아/어 놔서、-아/어 놔요。過去式-아/어 놓았다可以寫成-아/어 놨다。

국자를 냉장고 옆에 세워 놔서 찾기 힘들었다.
湯勺立在冰箱旁邊，很難找。

엄마가 내 방을 대신 청소해 놨다.
媽媽替我打掃了房間。

출출하다：有點餓 | 보란 듯이：自豪地 | 잡내：異味 | 뚜껑：蓋子 | 비린내：腥味 |
국자：湯勺

## 02 -아/어 놓다、-아/어 두다

# [V-아/어 두다]

> 語法表現。表示做了某個動作後，那個動作的完成狀態一直維持著，沒有變動。類似中文「做起來放」的「放」這個狀態。

| 應用方式 | 動作的完成狀態＋語法表現 | |
|---|---|---|
| 範例 | ① 쉽게 찾을 수 있도록 제자리에 꽂다<br>② 회사에 들어가려면 알다 | -아 두다 |
| | ③ 남의 집 앞에 차를 세우다 | -어 두다 |
| | ④ 국수를 삶은 후 찬물에 담그다 | -아/어 두다 |
| | ⑤ 사야 할 것부터 먼저 고르다 | -아/어 두다 |
| | ⑥ 예전부터 찜하다 | -여 두다 |

可用詞彙類型＆範例

| 詞性 | 詞彙類型 | 範例詞彙 |
|---|---|---|
| 動詞 | 語幹最後音節母音為ㅏ,ㅗ | ① 꽂다<br>② 알다 |
| | 語幹最後音節母音非ㅏ,ㅗ | ③ 세우다 |
| | ㅡ脫落 | ④ 담그다 |
| | 不規則 | ⑤ 고르다 |
| | -하다 | ⑥ 찜하다 |

① 쉽게 찾을 수 있도록 제자리에 꽂다

**原句** 쉽게 찾을 수 있도록 제자리에 꽂아 둬야 합니다.
要放回原位，好可以容易地找到。

**加長** 다 본 책은 다른 사람이 쉽게 찾을 수 있도록 제자리에 꽂아 두어야 합니다.
看完的書要放回原位，好讓其他人可以容易地找到。

② 회사에 들어가려면 이것을 알다

**原句** 회사에 들어가려면 이것을 알아 둬야 한다.
想進入公司的話就要知道這件事。

**加長** 꿈에서라도 들어가고 싶은 회사에 들어가려면 그 회사의 이념이 무엇인지부터 알아 두는 게 당연한 것이다.
如果想要進入夢想中的公司，先了解那間公司的理念為何是理所當然的事。

③ 남의 집 앞에 차를 세우다 / 안 되다

**原句** 남의 집 앞에 차를 세워 두면 안 된다.
不能把車停在別人家門口。

**加長** 남의 집 앞에 차를 세워 두면 길을 막을 우려가 있으므로 정차도 가급적 하지 말아야 한다.
如果把車停在別人家門口會擋住去路，所以連臨停也盡量不要。

④ 국수를 삶은 후 찬물에 담그다

**原句** 국수를 삶은 후 찬물에 담가 둔다.
麵條煮好後放到冷水裡。

**加長** 국수를 만들 때 면을 삶은 후 찬물에 담가 두면 면이 더 탱글탱글해지니 맛있다.
在煮麵時，將麵條煮好後泡冷水，會更有彈性更好吃。

⑤ 사야 할 것부터 먼저 고르다

**原句** 사야 할 것부터 먼저 골라 둔다.
先把要買的東西選好。

**加長** 장을 볼 때 사야 할 것부터 먼저 골라 둔 다음에 더 필요한 게 없는지 확인하는 것이 효율적이다.
在買菜時把要買的東西先選好，接著再確認還有沒有需要的，這樣比較有效率。

⑥　이 예식장은 예전부터 찜하다 / 곳이다

原句　이 예식장은 예전부터 **찜해 뒀던** 곳이다.
這個婚禮場地是從以前就看好的。

加長　이 예식장은 예쁠 뿐만 아니라 웅장하고 개성까지 있어 예전부터 **찜해 뒀던** 곳이다.
這個婚禮場地不僅漂亮也很壯觀，很有個性，所以從以前就看好了。

限制

▶ 不能與두다結合使用。

　　이 테이블을 창가 쪽에 두어 두세요. (×)

---

單字

정차：臨停 ｜ 가급적：盡量、盡可能地 ｜ 탱글탱글：圓鼓鼓、有彈性 ｜ 찜하다：指定、選擇 ｜ 웅장하다：雄壯

## ● 比一比 ●　　　　　　　V-아/어 놓다 與 V-아/어 두다

　　這兩個文法都是用來表示某個行為的完成狀態是一直被保存、維持的，不過比起-아/어 놓다，-아/어 두다的狀態保存時間給人的感覺更長，也因為這個差異，用在「未雨綢繆」的情況時，使用-아/어 두다會比-아/어 놓다來得自然（但不表示使用-아/어 놓다是錯的，實際生活中也有人會用-아/어 놓다，只是-아/어 두다相對自然）。

**Ex**

조만간 많이 바빠질 테니까 그전에 연습을 많이 해 놓자. (△)
조만간 많이 바빠질 테니까 그전에 연습을 많이 해 두자. (○)
過一陣子會變得很忙，在那之前多練習吧。

　　「未雨綢繆」指的是為了避免掉不好的情況而事先做準備，不會有人是為了讓情況變糟而準備，所以如果是負面的、對主詞沒有利益的狀況，就無法使用-아/어 두다。

**Ex**

아이가 이불 속에 주스를 엎질러 뒀다. (×)
아이가 이불 속에 주스를 엎질러 놨다. (○)
孩子把果汁打翻到被子裡。

▶ 打翻果汁對孩子來說沒有任何好處，所以不會用-아/어 두다。

# [V-아/어지다]

> 語法表現。被動用法。將焦點放在某個事物上，去描述該事物的狀況。常與-아/어 있다結合使用。

<u>엄마</u>가 옷에 묻은 얼룩을 지웠다. 媽媽洗掉衣服上的髒污。

▶ 焦點在媽媽身上，描述媽媽做了洗掉衣服髒污這件事。

옷에 묻은 <u>얼룩</u>이 (엄마에 의해) 지워졌다. 衣服上的髒污被（媽媽）洗掉了。

▶ 把焦點放在髒汙上，去描述髒汙的狀況。

| 應用方式 | 焦點事物的狀況＋語法表現 | |
|---|---|---|
| 範例 | ① 사이트가 안 <u>들어가다</u><br>② 날씨가 맑다가 갑자기 비가 <u>쏟다</u> | -아지다 |
| | ③ 약속 시간이 <u>늦추다</u><br>④ 상대방의 태클로 인대가 <u>끊다</u> | -어지다 |
| | ⑤ 글씨가 잘 안 <u>쓰다</u> | -아/어지다 |
| | ⑥ 한옥 감성이 그대로 사진에 <u>싣다</u><br>⑦ 미소가 절로 <u>짓다</u> | -아/어지다 |
| | ⑧ 몸살기가 온몸에 <u>전하다</u> | -여지다 |

可用詞彙類型＆範例

| 詞性 | 詞彙類型 | 範例詞彙 |
|---|---|---|
| 動詞 | 語幹最後音節母音為ㅏ,ㅗ | ① 들어가다<br>② 쏟다 |
| | 語幹最後音節母音非ㅏ,ㅗ | ③ 늦추다<br>④ 끊다 |
| | ㅡ脫落 | ⑤ 쓰다 |
| | 不規則 | ⑥ 싣다<br>⑦ 짓다 |
| | -하다 | ⑧ 전하다 |

**例句**

① 사이트가 안 들어가다

原句 **사이트가 안 들어가져요.**
網站進不去。

加長 **인터넷 연결 상태를 체크했고 문제가 없는데 사이트가 안 들어가져요.**
確認了網路連線狀態，都沒有問題，但網站就是進不去。

② 날씨가 맑다가 갑자기 비가 쏟다

原句 **날씨가 맑다가 갑자기 비가 쏟아졌다.**
天氣本來很晴朗，突然下起了雨。

加長 **날씨가 맑다가 갑자기 비가 쏟아져서 온몸이 비로 홀딱 젖었다.**
天氣本來很晴朗，突然下起了雨，全身都被雨淋濕了。

③ 약속 시간이 늦추다

原句 **약속 시간이 늦춰졌어요.**
約定的時間延後了。

加長 **오늘 친구와 영화를 보기로 했는데 급한 일이 생겼대서 약속 시간이 늦춰졌어요.**
今天本來和朋友約好要看電影，但朋友說突然有事，所以時間延後了。

④　상대방의 태클로 인대가 끊다

**原句**　상대방의 태클로 인대가 **끊어졌다**.
因為對方的截球，導致韌帶斷了。

**加長**　축구 시합 결승전에서 상대방의 태클로 인대가 **끊어짐**으로 인해 한때 발목을 짚고 다녔다.
在足球比賽決賽中，因為對方的截球導致韌帶斷了，所以有一陣子都拄著拐杖。

⑤　글씨가 잘 안 쓰다

**原句**　글씨가 잘 안 **써진다**.
字寫不太出來。

**加長**　볼펜을 한동안 안 쓰면 잉크가 부족하지 않더라도 글씨가 잘 안 **써질** 경우가 많다.
常會有一段時間沒使用筆的話，即使墨水還有，字也寫不太出來的情況。

⑥　한옥 감성이 그대로 사진에 싣다

**原句**　한옥 감성이 그대로 사진에 **실어져** 있다.
韓屋的感覺如實呈現在照片裡。

**加長**　현지에서 받았던 한옥 감성이 사진에 그대로 **실어져** 있어 볼 때마다 다시 그 시간으로 돌아간 듯한 느낌이다.
在當地感受到的韓屋的感覺如實呈現在照片裡，每次看到都好像又回到了那個時候。

⑦　따사로운 봄기운에 미소가 절로 짓다

**原句**　따사로운 봄기운에 미소가 절로 **지어진다**.
溫暖春意讓人不自覺微笑。

**加長**　벚꽃 아래서 산책하며 꽃향기와 따사로운 봄기운을 느끼니까 미소가 절로 **지어진다**.
在櫻花下散步，感受花香與溫暖春意，不自覺露出微笑。

⑧　몸살기가 온몸에 전하다

**原句**　몸살기가 온몸에 **전해져요**.
感冒的感覺傳到了全身。

**加長**　최근 일이 많아 계속 야근을 했더니 몸살에 걸리려고 그러는지 몸살기가 온몸에 **전해져요**.
最近事情很多，一直加班，結果好像是要感冒了，感冒的感覺傳到了全身。

▶ 與被動詞結合成的雙重被動在語法上來說雖然不是正確的表現，但生活中經常這樣使用，如잊혀지다、믿겨지다、잘려지다、보여지다、찢겨지다、나뉘어지다等。

사랑했던 사람이 한순간 뒤돌아서는 모습을 보니 내 마음이 찢겨지는 듯 아팠다.

看著愛過的人在一瞬間就轉過身，心真的像被撕裂般地痛。

10억짜리 복권에 당첨이 되다니 도저히 믿겨지지 않는다.

居然中了十億的彩券，真的無法相信。

---

**單字**

얼룩：汙點、斑點｜홀딱：全脫下、快速翻過的樣子｜태클：（tackle）截球｜인대：韌帶｜발목：腳腕｜짚다：扶、拄｜따사롭다：溫暖｜봄기운：春意

# [A-아/어지다]

語法表現。表示隨著時間的推移漸漸地變成A的狀態。相當於中文的「變得…」。

| 應用方式 | 狀態變成…＋語法表現 | |
|---|---|---|
| 範例 | ① 맛있는 걸 먹고 기분이 <u>좋다</u><br>② 결혼을 하고 나니 행복한 일이 <u>많다</u> | -아지다 |
| | ③ 친구와 사이가 <u>멀다</u><br>④ 승진할 기회가 <u>적다</u> | -어지다 |
| | ⑤ 연애를 하더니 <u>예쁘다</u> | -아/어지다 |
| | ⑥ 열심히 노력하더니 사람이 <u>다르다</u><br>⑦ 1년간 관리를 받았더니 피부가 <u>하얗다</u> | -아/어지다 |
| | ⑧ 마음이 <u>깨끗하다</u> | -여지다 |

可用詞彙類型＆範例

| 詞性 | 詞彙類型 | 範例詞彙 |
|---|---|---|
| 形容詞 | 語幹最後音節母音為ㅏ,ㅗ | ① 좋다<br>② 많다 |
| | 語幹最後音節母音非ㅏ,ㅗ | ③ 멀다<br>④ 적다 |
| | ㅡ脫落 | ⑤ 예쁘다 |
| | 不規則 | ⑥ 다르다<br>⑦ 하얗다 |
| | -하다 | ⑧ 깨끗하다 |

**例句**

① 맛있는 걸 먹고 기분이 좀 좋다

原句 **맛있는 걸 먹고 기분이 좀 좋아졌다.**
吃了好吃的東西，心情稍微變好了。

加長 **최근 회사일로 스트레스를 많이 받은 데에 이어 보이스 피싱까지 당해서 우울했는데 맛있는 걸 먹고 기분이 좀 좋아졌다.**
最近除了因為公司的事情壓力很大，還被電話詐騙，心情很憂鬱，吃了好吃的東西，才稍微變好了。

② 결혼을 하고 나니 행복한 일이 많다

原句 **결혼을 하고 나니 행복한 일이 많아졌다.**
結了婚之後幸福的事情變多了。

加長 **미혼일 때는 사회생활로 힘든 날이 많았는데 결혼을 하고 나니 행복한 일이 많아졌다.**
還沒結婚前因為職場生活的關係，常有覺得疲憊的日子，結了婚之後幸福的事情變多了。

③ 친구와 사이가 멀다

原句 **친구와 사이가 멀어졌다.**
和朋友的關係淡了。

加長 **친구와 크게 싸우고 난 후 화해를 해 보려고 했지만 끝내 사이가 멀어져서 연락이 끊겼다.**
和朋友大吵一架後，雖然有試著要和好，但最後還是漸行漸遠並斷了聯繫。

④ 승진할 기회가 적다

原句 **승진할 기회가 적어졌다.**
升遷的機會變少了。

加長 **반복되는 실수로 회사에서 성과를 내지 못해 승진할 기회가 적어졌다.**
在公司裡因為一再出現的失誤，沒有拿出成果，所以升遷的機會變少了。

⑤ 친구가 연애를 하더니 예쁘다

原句 **친구가 연애를 하더니 예뻐졌다.**
朋友談個戀愛人變漂亮了。

加長 **화장도 안하고 패션 테러리스트였던 친구가 연애를 하더니 몰라보게 예뻐졌다.**
不化妝而且是時尚破壞者的朋友談個戀愛變漂亮到認不出來了。

⑥　열심히 노력하더니 사람이 다르다

原句　열심히 노력하더니 사람이 **달라졌다**.
認真努力後人變得不一樣了。

加長　부모님의 간절한 부탁으로 열심히 노력하더니 사람이 **달라지고** 모솔에서도 벗어나게 되었다.
在父母的強力要求下認真努力後，人變得不一樣，也脫離了母胎單身。

⑦　1년간 관리를 받았더니 피부가 하얗다

原句　1년간 관리를 받았더니 피부가 **하얘졌다**.
做了一年保養，皮膚變白了。

加長　까만 피부가 콤플렉스였는데 1년간 꾸준히 피부과에 가서 관리를 받았더니 피부가 **하얘져서** 사람들이 못 알아봤다.
原本因為皮膚黑而自卑，經過一年皮膚科的保養，皮膚變白了，大家都認不出我。

⑧　마음이 깨끗하다

原句　마음이 **깨끗해졌다**.
心變乾淨了。

加長　일상에 지친 몸을 이끌고 해외여행을 다녀오니까 마음이 **깨끗해졌다**.
拖著因為生活而疲乏的身體去國外旅行，回來後心變乾淨了。

**單字**

보이스 피싱：（voice phishing）詐騙電話｜패션 테러리스트：（fashion terrorist）時尚破壞者、時尚恐怖份子｜콤플렉스：（complex）自卑情結

# [V/A-게 되다]

語法表現。被動用法。用來表達某個狀況憑藉著外部的力量（＝與主詞的意志無關）轉變成另一種情況。

이 음식이 너무 맛있어서 자꾸 먹게 된다.

這食物太好吃了，讓我忍不住一直吃。

▶ 吃了一口覺得好吃，忍不住吃第二口，吃了第二口後又忍不住吃了第三口、第四口…。是一個正在進行的事實，所以用現在式-게 되다。

친구가 티켓을 줬길래 티켓팅에 실패한 나도 콘서트에 갈 수 있게 되었다.

朋友給了我一張票，所以沒有搶到票的我也能去演唱會了。

▶ 原本無法去演唱會，轉變成可以去。已經轉變完，結果已經確定，所以用過去式-게 되었다。

| 應用方式 | 正在做的事情＋語法表現 | |
|---|---|---|
| 範例 | ① 얘기를 하다 보니 좋아하다<br>② 돈만 쫓아 다니다가 가정을 잃다<br>③ 그 여자를 사랑하다 | -게 되다 |

可用詞彙類型＆範例

| 詞性 | 詞彙類型 | 範例詞彙 |
|---|---|---|
| 動詞 /<br>形容詞 | 無關 | ① 좋아하다<br>② 잃다<br>③ 사랑하다 |

① 자주 만나고 서로 얘기를 하다 보니까 좋아하다

**原句** 자주 만나고 서로 얘기를 하다 보니까 좋아하게 됐어요.
經常見面、聊天，久了就喜歡上了。

**加長** 여자 친구를 처음 만났을 때는 별 느낌이 없었는데 자주 만나고 서로 얘기를 하다 보니까 좋아하게 됐어요.
第一次見到女朋友時沒什麼特別的感覺，但經常見面、聊天，久了就喜歡上了。

② 돈만 쫓아 다니다가 가정을 잃다

**原句** 돈만 쫓아 다니다가 가정을 잃게 되었다.
只顧著追著錢跑，失去了家人。

**加長** 큰 돈을 벌 수 있다는 친구 말에 눈이 멀어 돈만 쫓아 다니다가 가정을 잃게 되었다.
被朋友說的可以賺大錢的話迷惑，追著錢跑，最後失去了家人。

③ 그 여자를 사랑하다

**原句** 그 여자를 사랑하게 되었다.
愛上那個女生。

**加長** 내가 힘들 때 항상 그 여자가 옆에 있고 힘이 돼 줘서 어느 순간 그녀를 사랑하게 되었다.
在我困難的時候，那個女生一直在我旁邊給我力量，所以在某瞬間就愛上她了。

**補充**

▶ 某件事情雖然是靠自己的意志、努力達成的，但想要謙虛地表達時，也可以使用此文法。

여러분 덕분에 올해 드디어 승진하게 됐어요.
多虧各位我今年才終於升職了。

---

**單字**
눈이 멀다：瞎眼、盲

---

• 比一比 •

## V-아/어지다 與 V-게 되다

　　V-아/어지다比V-게 되다更注重事物本身的變化，所以像「燈打不開（불이 안 켜진다）」，單純將焦點放在燈上面這樣的情況，用V-아/어지다會比較好。有個外部力量去影響而形成的情況，像是「因為生意不好所以關門了（장사가 잘 안 돼서 문을 닫게 되었다）」則會用V-게 되다。在使用時需要注意前面的助詞選用。

### Ex

많은 사람의 협력으로 행사가 열어졌다.
在許多人的協力下活動展開了。

많은 사람의 협력으로 행사를 열게 되었다.
在許多人的協力下展開了活動。

　　另外，V-아/어지다的V只能是他動詞，且不是所有他動詞都能與這個文法一起使用。V-게 되다的V則沒有特別的限制，自動詞或他動詞皆可。

### Ex

해외 파견으로 당분간 외국에 살아졌다. （×）

해외 파견으로 당분간 외국에 살게 되었다. （O）
因為外派的緣故，短時間內會住在國外。

## A-아/어지다 與 A-게 되다

　　兩者都可以用來表達狀態的變化，差別在A-아/어지다重視的是變化的過程，且該轉變給人的感覺是自然而然的；A-게 되다重視的是變化後的結果，描述的變化也不是自然發生，而是有外力的影響。

오지랖을 부리다가 내 입장이 곤란해졌다.
因為多管閒事，讓我的立場變得尷尬

▶ 單純描述多管閒事讓立場變得尷尬。

오지랖을 부리다가 내 입장이 곤란하게 되었다.

▶ 除了多管閒事，還有其他非自己預期的其他因素，綜合起來造成立場尷尬這個結果。


-아/어지다因為重視過程，所以句子裡常會出現점점、점차、차츰等具「逐漸」意思的副詞，重視結果的-게 되다則會和드디어、결국、마침내等具「終於」意思的詞搭配使用。

**Ex**

연초에 세웠던 다짐이 점점 흐릿해져 가고 있다.
年初立下的決心漸漸變得模糊不清。

그 여자 때문에 두 사람 사이에 갈등이 생겨서 결국 헤어지게 되었다.
因為那個女生，兩個人之間產生嫌隙，結果最後分手了。


另外，不是所有的形容詞都能與A-게 되다結合使用。

**Ex**

아빠가 며칠 사이 많이 먹더니 배에 살이 쪄서 포근하게 되었다. (×)
아빠가 며칠 사이 많이 먹더니 배에 살이 쪄서 포근해졌다. (○)
爸爸連續好幾天一直吃，肚子長了很多肉，變得很柔軟。

-아/어 버리다、-고 말다

# [V-아/어 버리다]

語法表現。通常主詞是第一人稱時，表現出的是解決掉某件事情所感到的暢快感，第三人稱時則是表達對某件事感到惋惜、可惜。

| 應用方式 | 解決掉的事情、要解決的事情＋語法表現 | |
|---|---|---|
| 範例 | ① 너마저 떠나다<br>② 도움의 손길을 놓다 | -아 버리다 |
| | ③ 좋아하는 선배에게 고백했는데 차이다<br>④ 그 그룹이 음원 차트를 쓸다 | -어 버리다 |
| | ⑤ 월급을 막 쓰다 | -아/어 버리다 |
| | ⑥ 드디어 보고서를 매듭짓다 | -아/어 버리다 |
| | ⑦ 음식이 너무 맛있어서 설거지하다 | -여 버리다 |

可用詞彙類型＆範例

| 詞性 | 詞彙類型 | 範例詞彙 |
|---|---|---|
| 動詞 | 語幹最後音節母音為ㅏ,ㅗ | ① 떠나다<br>② 놓다 |
| | 語幹最後音節母音非ㅏ,ㅗ | ③ 차이다<br>④ 쓸다 |
| | ㅡ脫落 | ⑤ 쓰다 |
| | 不規則 | ⑥ 매듭짓다 |
| | -하다 | ⑦ 설거지하다 |

**例句**

① 너마저 떠나다 / 내 인생이 비참해질 것 같다

原句 너마저 **떠나 버리면** 내 인생이 비참해질 것 같다.
連你都離開的話，我的人生真的會變得很悲慘。

加長 내 인생에 있어서 너마저 **떠나 버리면** 곁에 아무도 없고 비참해질 것 같다.
對我的人生來說，如果連你都離開的話，我的身邊一個人也沒有，真的會變得很悲慘。

② 도움의 손길을 놓다

原句 도움의 손길을 **놓아 버렸다**.
放開了援手。

加長 어릴 적 친구가 도움의 손길이 필요할 때 **놓아 버리는** 바람에 그 친구에게는 아직도 그 일이 상처로 남아 있다.
小時候朋友需要援手時，我放開了手，這件事直到現在對朋友來說還是個傷痛。

③ 좋아하는 선배에게 고백했는데 차이다 / 부끄럽다

原句 좋아하는 선배에게 고백했는데 **차여 버려서** 부끄러웠다.
向喜歡的前輩告白，結果被拒絕，真丟臉。

加長 학교 광장에서 많은 사람들이 보는 가운데 좋아하는 선배에게 고백했는데 단칼에 **차여 버려서** 너무 부끄러웠다.
在學校廣場大家都在看的時候向喜歡的前輩告白，結果被一秒拒絕，真丟臉。

④ 그 그룹이 음원 차트를 쓸다

原句 그 그룹이 음원 차트를 **쓸어 버렸다**.
那個團體橫掃了音源榜。

加長 그 그룹이 이번 새로운 앨범을 발매해 음원 차트를 **쓸어 버린** 신기록을 세웠다.
那個團體發行了新專輯，並橫掃音源榜，創造了新紀錄。

⑤ 월급을 막 쓰다 / 돈이 없지

原句 월급을 막 **써 버리니까** 돈이 없지.
薪水隨便亂花，當然會沒錢。

加長 월급을 받으면 저축도 하면서 계획해서 써야지 그렇게 막 **써 버리니까** 돈이 없지.
領到薪水的話要存錢，並且要計畫怎麼使用，那樣隨便亂花，當然會沒錢。

⑥ 드디어 보고서를 매듭짓다

**原句** 드디어 보고서를 **매듭지어 버렸다.**
終於把報告告一段落了。

**加長** 몇 개월 간 작성한 보고서를 기어이 오늘을 끝으로 **매듭지어 버렸다.**
寫了幾個月的報告終於在今天結束了。

⑦ 음식이 너무 맛있어서 설거지하다

**原句** 음식이 너무 맛있어서 **설거지해 버렸다.**
食物太好吃，吃到碗都見底了。

**加長** 고향 음식을 오랜만에 먹으니까 너무 맛있어서 허겁지겁 먹고 **설거지해 버렸다.**
久違地吃到故鄉的食物，因為太好吃，狼吞虎嚥，吃到碗都見底了。

---

**補充**

▶ 常與「그냥」搭配使用。

부조리에 참지 말고 **그냥** 사직서 내 버려.
不要忍受不合理，把辭職信交一交吧。

▶ 表示快速且不留痕跡地解決掉某件事的「V-아/어 치우다」也和-아/어 버리다一樣有解決事情的暢快感，但能結合使用的動詞不多，通常是먹다、팔다、갈다。

잠깐 화장실에 갔다온 사이 동생이 혼자 과자를 다 **먹어 치웠다.**
在我去上廁所時，弟弟一個人把零食都吃光了。

생활비가 부족해서 집에 있는 금품을 **팔아 치웠다.**
因為生活費不足，所以把家裡的金飾都賣了。

---

**單字**

단칼：一刀、一下子 | 쓸다：掃 | 매듭짓다：了結、結束 | 기어이：一定要、終於、終究 | 허겁지겁：慌張匆忙的樣子

# [V-고 말다]

語法表現。表示某件事情終究還是發生了，對該事情流露出遺憾、惋惜的心情。因為是針對已經發生的事情，所以會以過去式V-고 말았다的型態來使用。

| 應用方式 | 感到遺憾的事情＋語法表現 | |
|---|---|---|
| 範例 | ① 관계가 틀어지다<br>② 무릎이 다 닳다<br>③ 지갑이 털렸는데 정말 눈 뜨고 당하다 | -고 말다 |

可用詞彙類型＆範例

| 詞性 | 詞彙類型 | 範例詞彙 |
|---|---|---|
| 動詞 | 無關 | ① 틀어지다<br>② 닳다<br>③ 당하다 |

## 例句

① 남자 친구와 관계가 틀어지다

原句 남자 친구와 관계가 **틀어지고 말았다.**
和男朋友的關係決裂了。

加長 바쁜 일상에 연락이 줄어들다 보니 남자 친구와 관계가 **틀어지고 말았다.**
因為忙碌而減少聯絡，最終和男友的關係決裂了。

② 무릎이 다 닳다

原句 무릎이 다 **닳고 말았다.**
膝蓋都磨破了。

加長 이 바지는 오래 입어서 색도 바래고 무릎이 다 **닳고 말았다.**
這件褲子穿很久了，顏色退了，膝蓋的地方也都磨破了。

③ 지갑이 털렸는데 정말 눈 뜨고 당하다

原句 **지갑이 털렸는데 정말 눈 뜨고 당하고 말았다.**
錢包眼睜睜地被偷了。

加長 **상대방이 도둑이라는 것도 모르고 길을 가르쳐 주다가 지갑이 털렸는데
정말 눈 뜨고 당하고 말았다.**
不知道對方是小偷，還給他指路，真的是眼睜睜地看著錢包被偷。

限制

▶ 不能與命令句、勸誘句型結合使用。

**일을 빨리 끝내고 마. (×)**

> ▶ -고 말다的基本意思是「某事終究還是發生了」，描述的是過去的情況，所
> 以沒辦法用來命令他人，或是邀請他人一起做某件事。

補充

▶ 以-고 말겠다、-고 말 것이다的型態使用時，表達的是個人要做某件事情的
強烈意志。

**연수를 잘 받아서 운전면허를 한 번에 따고 말겠다.**
（我）要好好接受培訓，一次拿到駕照。

**난 꼭 삼성전자에 입사하고 말 것이다.**
我一定要進入三星電子。

---

單字
**틀어지다：決裂、歪斜、扭曲 | 털리다：被洗劫一空、被耗盡、被拂掉**

## ● 比一比 ●　　　　　　　　　　　V-아/어 버리다 與 V-고 말다

首先我們要先知道這兩個文法的重點都不是在動作本身，而是**做了動作後所感受到的心情**。

從前面個別的用法介紹可以知道，這兩個文法最明顯的差別是-아/어 버리다可以表達暢快感，也可以表達惋惜感，而-고 말다只能表達惋惜，也因為-고 말다只能表達惋惜，所以沒辦法用在自己意圖要做的事情上。

### Ex

일을 하면 할수록 사무직이 나와 안 맞는다는 확신이 들어서 때려치우고 말았다. (×)

일을 하면 할수록 사무직이 나와 안 맞는다는 확신이 들어서 때려치워 버렸다. (O)
這工作我越做越確定和我不合，所以就辭職了。

▶ 認為自己不適合辦公室的工作而辭職，這個心情應該是很舒坦愉悅的，所以使用-아/어 버리다。如果用表示遺憾的-고 말았다，會變成雖然不想辭職，但不得不辭的意思。

모든 문제를 한방에 해결하고 말았다. (×)

모든 문제를 한방에 해결해 버렸다. (O)
一次解決了所有問題。

▶ 「想要解決事情」一定是出於自己的意圖，一般情況來說不會自己對自己的意圖感到惋惜。

---

**單字**

**때려치우다：放棄、不做**

---

## 05 -아/어 보다、-(으)ㄴ 적이 있다

# [V-아/어 보다]

語法表現。表示嘗試做某件事，或是有做過某件事。

일단 한번 신어 봐요. 별로다 싶으면 안 사면 되죠.

先穿穿看吧，不喜歡不要買就好了。▶ 嘗試

스위스에 가 봤어요.

我有去過瑞士。▶ 經驗（表示經驗時會以過去式來使用）

| 應用方式 | 嘗試做的事情＋語法表現 | |
|---|---|---|
| 範例 | ① 운명적인 사람을 만나다 <br> ② 나도 여유 있는 삶을 살고 싶다 | -아 보다 |
| | ③ 짐을 맡기다 <br> ④ 시험을 본 후 답을 맞추다 | -어 보다 |
| | ⑤ 화장품을 쓰다 | -아/어 보다 |
| | ⑥ 2시간 동안 눕다 <br> ⑦ 친구와 비슷하게 생겨서 부르다 | -아/어 보다 |
| | ⑧ 여자에게 이야기하다 | -여 보다 |

可用詞彙類型＆範例

| 詞性 | 詞彙類型 | 範例詞彙 |
|---|---|---|
| 動詞 | 語幹最後音節母音為ㅏ,ㅗ | ① 만나다<br>② 살다 |
| | 語幹最後音節母音非ㅏ,ㅗ | ③ 맡기다<br>④ 맞추다 |
| | ㅡ脫落 | ⑤ 쓰다 |
| | 不規則 | ⑥ 눕다<br>⑦ 부르다 |
| | -하다 | ⑧ 이야기하다 |

**例句**

① 운명적인 사람을 만나다

**原句** 운명적인 사람을 만나 봤으면 좋겠다.
如果可以遇見命中注定的人就好了。

**加長** 나도 드라마에서 나오는 준인공처럼 운명적인 사람을 만나 봤으면 소원이 없겠다.
如果我也可以像電視劇中的主角一樣遇見命中注定的人，就別無所願了。

② 나도 여유 있는 삶을 살고 싶다

**原句** 나도 여유 있는 삶을 살아 보고 싶다.
我也想要過過看有餘裕的生活。

**加長** 맨날 앞날을 걱정하고 일과 시간에 쫓겨 사는 것은 그만하고 나도 여유 있는 삶을 살아 보고 싶다.
不想再總是煩惱未來，被工作和時間追著跑，我也想要過過看有餘裕的生活。

③ 짐을 맡기다 / 좋은 방법이다

**原句** 짐을 맡겨 보는 것도 좋은 방법이다.
寄放行李也是不錯的方法。

**加長** 여행 중 무거운 가방을 들고 다니기 힘들기 때문에 지하철 역에 있는 락커에 짐을 맡겨 보는 것도 좋은 방법이다.
旅行中拿著沉重的行李到處走很不方便，將行李寄放在地鐵站的置物櫃也是不錯的方法。

④　시험을 본 후 답을 맞추다

原句　시험을 본 후 답을 **맞추어 본다**.
考完試後對答案。

加長　이번 시험에 내 모든 것을 걸었기에 시험을 본 후 조마조마한 마음으로
답을 **맞추어 본다**.
這次的考試賭上了我的全部，考完後帶著不安的心對答案。

⑤　화장품을 쓰다 / 나에게 딱 맞다

原句　화장품을 **써 보니** 나에게 딱 맞는다.
用了這個化妝品後發現很適合我。

加長　샘플로 받은 화장품을 **써 보니** 나에게 딱 맞아서 냉큼 정품 하나 주문
했다.
用了拿到的化妝品試用包後發現很適合我，所以馬上訂了一個。

⑥　2시간 동안 눕다 / 새집에 들일 침대를 결정하다

原句　2시간 동안 **누워 보면서** 새집에 들일 침대를 결정했다.
花了兩個小時試躺，決定了要買進新家的床。

加長　인터넷으로 사려고 했건만 아내가 실제로 소재를 확인하고 싶다 해 가
지고 가구점에 가서 2시간 동안 **누워 보면서** 마침내 새집에 들일 침대
를 결정했다.
本來想要在網路上買，但老婆說想要直接確認材質，所以去了傢俱店花兩個小時試躺，終
於決定好要買進新家的床。

⑦　친구와 비슷하게 생겨서 부르다

原句　친구와 비슷하게 생겨서 **불러 봤다**.
因為和朋友長得很像，所以叫了他。

加長　길을 가다가 친구와 비슷하게 생겨서 **불러 봤지만** 다른 사람이었다.
因為和朋友長得很像，所以走在路上叫了他，結果是別人。

⑧　그 여자에게 이야기하다 / 마음에 / 다가가다

原句　그 여자에게 **이야기해 보고** 싶은 마음에 다가갔다.
因為想和那個女生說話，所以上前去。

加長　그때 카페에 앉아 있던 여자에게 **이야기해 보고** 싶은 마음에 다가갔던
게 지금까지 연인으로 발전할 수 있었던 아주 중요한 순간이었다.
當時因為想要和坐在咖啡廳的那個女生說話，所以上前去，這是讓我們得以成為情侶的重
要瞬間。

▶ 用過去式時表示的是經驗，用現在、未來式時表示的是嘗試。

저는 제주도에 딱 한 번만 가 봤어요. ▶ 經驗
我就去過一次濟州島。

상품이 배송되었는지 제가 확인해 보고 다시 연락 드릴게요. ▶ 嘗試
我確認一下商品是否已寄出再連絡您。

**單字**
락커：（locker）置物櫃｜조마조마하다：提心吊膽、焦慮不安｜냉큼：迅速地、立即

# [V-(으)ㄴ 적이 있다]

語法表現。적是「時候」的意思。動詞過去式冠形詞型+적就是「做V的時候」，後面加上있다（有），或없다（沒有），即為有／沒有V的經驗。

| 應用方式 | 經驗＋語法表現 | |
|---|---|---|
| 範例 | ① 문전 박대를 당하다<br>② 이광수를 실제로 보다 | -ㄴ 적이 있다/없다 |
| | ③ 물건을 잃어버려서 찾다<br>④ 긴급 재난 문자를 받다 | -은 적이 있다/없다 |
| | ⑤ 살면서 음식을 만들다 | -ㄴ 적이 있다/없다 |
| | ⑥ 부담스럽다는 말을 듣다<br>⑦ 지갑을 줍다 | -(으)ㄴ 적이 있다/없다 |

可用詞彙類型＆範例

| 詞性 | 詞彙類型 | 範例詞彙 |
|---|---|---|
| 動詞 | 無尾音 | ① 당하다<br>② 보다 |
| | 有尾音 | ③ 찾다<br>④ 받다 |
| | ㄹ脫落 | ⑤ 만들다 |
| | 不規則 | ⑥ 듣다<br>⑦ 줍다 |

① 영업을 뛰다가 문전 박대를 당하다

**原句** 영업을 뛰다가 문전 박대를 당한 적이 있대요.
跑業務時有吃過閉門羹。

**加長** 영업 실적왕인 선배님도 영업을 뛰다가 문전 박대를 당한 적이 있다는데 신입인 저는 이까짓 실패에 좌절하지 않아요.
業務王前輩也說在跑業務時有吃過閉門羹，我這個新人才不會因為這點失敗就挫折。

② 이광수를 실제로 보다

**原句** 이광수를 실제로 본 적이 있다.
有親眼看過李光洙。

**加長** 이광수를 실제로 본 적이 있는데 티비에서 보는 것보다 실물이 훨씬 더 낫다.
我有親眼看過李光洙，比在電視裡看到的還好看。

③ 물건을 잃어버려서 찾다

**原句** 물건을 잃어버려서 찾은 적이 없다.
沒有因為弄丟東西尋找失物過。

**加長** 나는 어려서부터 정리정돈에 대해 교육을 많이 받았기 때문에 물건을 잃어버려서 찾은 적이 없다.
我從小就受到很多有關整理收納的教育，所以沒有因為弄丟東西而尋找失物過。

④ 남들이 다 받는 긴급 재난 문자 / 나는 받다

**原句** 남들이 다 받는 긴급 재난 문자를 나는 받은 적이 없다.
每個人都收得到的緊急災難簡訊，我從來沒收到過。

**加長** 핸드폰 문제인지 나라가 날 버렸는지 남들이 다 받는 긴급 재난 문자를 나는 단 한 번이라도 받은 적이 없다.
不知道是手機的問題，還是我被國家拋棄了，每個人都收得到的緊急災難簡訊，我連一次都沒收到過。

⑤ 동생은 지금까지 살면서 음식을 만들다

**原句** 동생은 지금까지 살면서 음식을 만든 적이 없다.
妹妹從出生到現在都沒有自己做過吃的。

**加長** 부모님이 응석받이로 키운 나머지 동생은 지금까지 살면서 단 한 번도 제 손으로 음식을 만든 적이 없어요.
父母太寵妹妹，所以她從出生到現在從來沒靠自己的手做過吃的。

⑥ 　부담스럽다는 말을 듣다

**原句** 부담스럽다는 말을 들은 적이 있다.
有聽過覺得我很有負擔的言語。

**加長** 내성적인 언니와 달리 나는 적극적인 성격 탓에 상대방으로부터 부담스럽다는 말을 들은 적이 있다.
與內向的姐姐不同，我因為積極的個性，有從別人那裡聽到覺得我負擔的言語過。

⑦ 　길에서 지갑을 줍다

**原句** 길에서 지갑을 주운 적이 있다.
我有在路上撿到錢包過。

**加長** 어렸을 때 길에서 지갑을 주운 적이 있는데 고민 없이 바로 경찰서에 가져다주니 엄청 칭찬을 받아서 그때부터 정직함이 얼마나 좋은 것인지를 알게 되었다.
小時候在路上撿到錢包，毫不猶豫地就送去警察局，受到了很多稱讚，從那時候開始知道誠實是多麼好的事情。

**補充**

▶ 可在 있다/없다 前加入副詞語修飾。

남자 친구에게 삐친 적은 몇 번 있지만 크게 싸운 적은 없어요.
雖然有跟男友鬧過幾次脾氣，但沒有大吵過。

▶ 若想更強調「曾經」的感覺，可以使用 -(으)ㄴ 적이 있었다/없었다。

이성 친구에게 술김에 고백한 적이 있었다.
曾經喝醉向異性朋友告白。

▶ 常與 -아/어 보다 結合，以 -아/어 본 적이 있다/없다 來使用。

나는 대만에 가서 취두부를 먹어 본 적이 있다.
我有去台灣吃過臭豆腐。

**單字**
문전 박대：閉門羹 | 실적왕：業績王、業務王 | 응석받이：嬌生慣養的孩子 | 삐치다：生氣、鬧脾氣 | 술김：酒勁

## • 比一比 •　　　　V-아/어 보다 與 V-(으)ㄴ 적이 있다

-아/어 보다的重點在「嘗試」，-(으)ㄴ 적이 있다的重點在「經驗」。

前面有說到-아/어 보다改成過去式的話是用來表示經驗，但這個文法基本的意思是「嘗試」，基本意思是不會因為改成過去式就改變的，它還是表示嘗試，只是是「有嘗試做過某件事」的意思，有試著做過某件事，就是有過做某件事的經驗。因為有「嘗試」的意義在裡面，所以-아/어 보다的主詞一定要是人才行。

### Ex

이 지역에서는 지진이 나 봤다. (×)
이 지역에서는 지진이 난 적이 있다. (○)
這個地區有發生過地震。

也因為有「嘗試」這個意思，-아/어 보다一般不會用在負面的，或是非自己意願的情況，原因是沒有人會故意去嘗試不好的東西，或是去嘗試自己不想做的事。但如果是把負面的事情當作特別的經歷，或是覺得有過那樣的經驗很值得拿來炫耀，也是可以用-아/어 보다。而-(으)ㄴ 적이 있다雖然是在自己的意願和非自己的意願兩種情況都能使用，但如果和-아/어 보다結合為-아/어 본 적이 있다的話，用在非自己意願的情況就會不太自然。

### Ex

스키를 타다가 잘못 넘어져서 타박상을 입어 본 적이 있지만 크게 다쳐 본 적은 없다. (×)
스키를 타다가 잘못 넘어져서 타박상을 입어 봤지만 크게 다쳐 보지는 않았다. (×)
스키를 타다가 잘못 넘어져서 타박상을 입은 적이 있지만 크게 다친 적은 없다. (○)
雖然滑雪時有不小心跌倒受傷，但沒有出過很大的意外。

▶「滑雪跌倒受傷」並不是自己願意的，所以不會用-아/어 보다。（但如果是故意用炫耀的語氣來說的話，第一和第二句也是沒問題的。）

난 땡땡이 친 적이 있어. （O）

난 땡땡이 쳐 봤어. （O）

我有翹課過。

▶ 「翹課」這件事雖然是不好的，但把它當成一個特別的經歷來說時，用-아/어 보다
　也是可以的。


　　-(으)ㄴ 적이 있다/없다給人的感覺是「曾經」，也就是事情是發生在比
較遠的過去，如果是近期做過的事，用-아/어 보다會比較自然。

**Ex**

어제 발 마사지를 받은 적이 있어요. （×）

어제 발 마사지를 처음 받아 봤어요. （O）

昨天第一次腳底按摩。

▶ 在一般的認知裡，我們不會把昨天才剛發生的事情歸類為「曾經」，所以不會
　用-(으)ㄴ 적이 있다。

1. 我現在在專心做菜，等一下再說。

語彙：이따가, 나, 지금, 말하다, 집중하다, 요리
語法 / 助詞 / 表現：에, 은/는, -아/어 있다, -(으)니까, -고 있다, -자

✎ _____

2. 我已經準備好，不管面試時出現什麼樣的提問都能回答。

語彙：면접, 답하다, 준비하다, 나오다, 어떤, 질문, 다
語法 / 助詞 / 表現：이/가, 에서, -게, -았/었-, -아/어 두다, -(으)ㄹ 수 있다,
-더라도, -아/어요

✎ _____

3. 這次新出的電視劇OST很棒，讓人聽一次就忍不住再重複聽。

語彙：드라마 OST, 듣다, 얼마나, 계속, 듣다, 계속, 이번, 듣다, 좋다, 나오다,
한 번
語法 / 助詞 / 表現：이/가, 에, -(으)면, -(으)ㄴ, -아/어지다, -게 되다, -(으)
ㄴ지, -ㄴ/는다

✎ _____

4. 無論如何，若沒有試到最後我都不會甘心。

語彙：끝, 무슨, 나, 하다, 직성이 풀리다, 일
語法 / 助詞 / 表現：까지, 은/는, 이/가, (이)든, -(으)면, -아/어 보다, -(으)
ㄴ 적이 있다, -지 않다, -지 않다, -ㄴ/는다

✎ _____

5. 雖然還是沒談過戀愛的傻瓜，但已經準備好要當浪漫主義者了。

語彙：숙맥, 로맨티스트, 한 번, 누구, 되다, 준비, 연애, 한 번, 하다, 되다
語法 / 助詞 / 表現：보다, 이/가, 도, 이/가, -는, -(으)ㄹ, -고 있다, 이다, -
아/어 있다, -아/어 보다, -(으)ㄴ 적이 없다, -지만, -다

✎ _____

6. 習慣了他人的幫助，以至於若是自己一個人的話，什麼也無法做。

語彙：도움, 너무, 혼자, 누구, 아무것, 하다, 익숙하다

語法 / 助詞 / 表現：의, 이/가, 서, 도, 은/는, -(으)ㄴ가, -아/어지다, -게 되다, -(으)ㄴ나머지, -(으)ㄹ 수 없다, -았/었-, -다

✏️

7. 一看到搞笑的社團前輩，我就不自覺地笑了出來。

語彙：나, 보다, 재미있다, 선배, 웃음, 동아리, 모르다, 나오다

語法 / 助詞 / 表現：의, 도, 이/가, 을/를, -게, -고 말다, -는, -고, -았/었-, -자마자, -다

✏️

8. 終於下定決心買了想好久的筆電，心情真好。

語彙：드디어, 큰맘 먹다, 벼르다, 벼르다, 지르다, 노트북, 기분, 좋다

語法 / 助詞 / 表現：이/가, 을/를, -고, -던, -아/어 버리다, -고, -고 말다, -아/어서, -다

✏️

9. 電影結束後還意猶未盡，在位子上呆坐了一會。

語彙：끝나다, 한참, 앉다, 여운, 진하다, 멍하니, 자리, 남다, 영화

語法 / 助詞 / 表現：이/가, 이/가, 에, 도, 에, -게, -(으)ㄴ 후, -고 있다, -아/어, -아/어 있다, -았/었-, -다

✏️

10. 為了能夠方便煮飯，下午已經先將食材都處理好了。

語彙：요리하다, 손질하다, 재료, 오후, 편하다, 미리

語法 / 助詞 / 表現：을/를, 에, -아/어 놓다, -게, -게, -(으)ㄹ 수 있다, 들, -았/었-, -아/어요

✏️

## 單元 7 與「더(表回想)」結合的表現

**01** -(으)ㄴ、-던、-았/었던

### [V-(으)ㄴ]

冠形詞型轉成語尾（過去式）。用來將動詞轉換成冠形詞型，以便後面可以接名詞，且該動作是過去已經做完的。

| 應用方式 | 要轉換的動作、狀態＋冠形詞型轉成語尾 | |
|---|---|---|
| 範例 | ① 내가 보다 / 드라마<br>② 프로가 되려면 타고나다 / 재능 | -ㄴ |
| | ③ 고백을 받다 / 그때<br>④ 식다 / 땀 | -은 |
| | ⑤ 쪼그라들다 / 월급 | -ㄴ |
| | ⑥ 공부를 하면서 깨닫다 / 것<br>⑦ 분리수거장에서 줍다 / 물건 | -(으)ㄴ |

可用詞彙類型＆範例

| 詞性 | 詞彙類型 | 範例詞彙 |
|---|---|---|
| 動詞 | 無尾音 | ① 보다<br>② 타고나다 |
| | 有尾音 | ③ 받다<br>④ 식다 |
| | ㄹ脫落 | ⑤ 쪼그라들다 |
| | 不規則 | ⑥ 깨닫다<br>⑦ 줍다 |

## 例句

① 내가 보다 / 드라마 중의 최고이다

**原句** 내가 본 드라마 중의 최고였다.
這是我看過的電視劇中最棒的。

**加長** 이 드라마는 소재며 배우들의 연기 실력이며 모든 것이 완벽해서 내가 본 드라마 중의 최고였다.
這部電視劇不管是題材還是演員的演技都很完美，是我看過的電視劇中最棒的。

② 프로가 되려면 / 타고나다 / 재능이 필요한 것 같다

**原句** 프로가 되려면 타고난 재능이 필요한 것 같다.
想要成為專家需要有天賦。

**加長** 한 분야에서 프로가 되려면 노력도 노력이지만 타고난 재능이 필요없진 않을 것 같다.
想要成為一個領域的專家雖然要努力，但天賦也是要有的。

③ 고백을 받다 / 그때를 생각하면 설레다

**原句** 고백을 받은 그때를 생각하면 설렌다.
想起被告白的那時候就很心動。

**加長** 오늘은 우리가 사귄 지 1000일이 되는 날로 아직도 고백을 받은 그때를 생각하면 설렌다.
今天是我們交往1000天的日子，想起被告白的那時候還是很心動。

④ 온몸이 / 식다 / 땀으로 젖어 있다

**原句** 온몸이 식은 땀으로 젖어 있었다.
全身冒冷汗。

**加長** 밤에 무서운 꿈을 꿔서 일어나 보니 온몸이 식은 땀으로 젖어 있었다.
晚上時因為做了惡夢而醒來，結果發現全身冒冷汗。

⑤ 쪼그라들다 / 월급을 보충하려고 하다

**原句** 쪼그라든 월급을 보충하려고 한다.
想補貼縮水的薪水。

**加長** 쪼그라든 월급을 보충하려는 마음으로 친구가 소개해 준 부업을 시작했다.
因為想補貼縮水的薪水，開始了朋友介紹的副業。

⑥　공부를 하면서 깨닫다 / 것 / 얼마나 끈기 있게 공부하냐는 것이다

**原句** 공부를 하면서 깨달은 것은 얼마나 끈기 있게 공부하냐는 것이다.
從讀書中體悟到的是毅力。

**加長** 공부를 하면서 깨달은 것은 얼마나 빨리 이해하냐는 게 아니라 얼마나
끈기 있게 계속 공부하냐는 것이다.
從讀書中體悟到的是，不是有多快理解，而是有多有毅力地在讀。

⑦　분리수거장에서 줍다 / 물건이라고 생각할 수 없다

**原句** 분리수거장에서 주운 물건이라고 생각할 수 없다.
無法想像這是從資源回收場撿來的東西。

**加長** 분리수거장에서 주운 물건이라고는 생각할 수 없을 정도로 이 선풍기는
새 것같이 깨끗하고 작동도 잘된다.
無法想像這是從資源回收場撿來的東西，這台電風扇就跟新的一樣乾淨，也還能運轉。

**單字**

쪼그라들다：縮小、縮水

## 01 -(으)ㄴ、-던、-았/었던

# [V/A-던]

冠形詞型轉成語尾（過去式）。用來將動詞轉換成冠形詞型，以便後面可以接名詞。該動作是過去某段時間內經常做、反覆做的，或是做到一半中斷，一直到說話的當下都還沒開始繼續做的事情。有「回想」的成分在裡面，說話的人邊回想邊描述當時進行中的情況。

| 應用方式 | 要轉換的動作、狀態＋冠形詞型轉成語尾 | |
|---|---|---|
| 範例 | ① 형이 <u>입다</u> / 옷<br>② 꼭 먹겠다고 <u>벼르다</u> / 피자<br>③ 방금까지 <u>용감하다</u> / 아들<br>④ 오락가락 <u>변덕스럽다</u> / 날씨 | -던 |
| | ⑤ <u>의사이다</u> / 그 사람 | N이던 |

可用詞彙類型＆範例

| 詞性 | 詞彙類型 | 範例詞彙 |
|---|---|---|
| 動詞 /<br>形容詞 | 無關 | ① 입다<br>② 벼르다<br>③ 용감하다<br>④ 변덕스럽다 |
| 名詞<br>이다 | 無關 | ⑤ 의사 |

① 나 / 형이 입다 / 옷 / 물려 받아 입다

原句 나는 형이 **입던** 옷을 물려 받아 입는다.
我承接哥哥穿過的衣服穿。

加長 나는 항상 형이 **입던** 옷을 물려 받아 입지만 가정 형편을 생각해 부모
님께 단 한 번도 불만을 표출한 적이 없다.
雖然我總是承接哥哥穿過的衣服，不過考慮到家境的緣故，我一次也沒有向父母表達不
滿。

② 이태리에 가서 꼭 먹겠다고 벼르다 / 피자를 먹다

原句 이태리에 가서 꼭 먹겠다고 **벼르던** 피자를 먹었다.
吃到了一直想去義大利吃的披薩。

加長 이태리에 가서 꼭 먹겠다고 **벼르던** 피자를 먹었지만 생각만큼 맛있지는
않아서 나도 모르게 사장님 앞에서 실망하는 내색을 비췄다.
雖然吃到了一直想去義大利吃的披薩，但因為沒有想像中的好吃，所以我也不自覺地在老
闆面前露出失望的神情。

③ 방금까지 용감하다 / 아들은 어디 갔나 싶다

原句 방금까지 **용감하던** 아들은 어디 갔나 싶었다.
想著到剛剛都還很勇敢的兒子去哪裡了。

加長 엄마를 지켜 주겠다는 아들은 강아지를 보고 엄마 뒤로 숨은 것을 보니
방금까지 **용감하던** 아들은 어디 갔나 싶었다.
嚷嚷著要守護媽媽的兒子一看到狗就馬上躲到媽媽身後，想著到剛剛都還很勇敢的兒子去
哪裡了。

④ 오락가락 변덕스럽다 / 날씨가 맑아지다

原句 오락가락 **변덕스럽던** 날씨가 맑아졌다.
雨下下停停的天氣放晴了。

加長 몇 주 간 오락가락 **변덕스럽던** 날씨가 오늘은 갑자기 거짓말처럼 풀리
고 맑아졌다.
幾個星期間雨下下停停的天氣，今天像是謊話般地放晴了。

⑤ 의사이다 / 그 사람은 꿈을 찾아 살고 있다

原句 **의사이던** 그 사람은 꿈을 찾아 살고 있다.
是醫生的那個人已經找到自己的夢想。

加長 **의사이던** 그 사람은 지금 자기의 원래 꿈을 찾아 방송인으로 살고 있
다.
是醫生的那個人現在已經找到自己原本的夢想，以媒體人的身分生活著。

**單字**

이태리：義大利｜벼르다：下定決心｜표출하다：流露、表現出來｜내색：神情、神色、表露出心中想法的表情｜용감하다：勇敢｜오락가락：來來回回、斷斷續續、（雨、雪）下下停停的樣子

# [V/A-았/었던]

語法表現。用來將動詞轉換成冠形詞型，以便後面可以接名詞。該動作是過去發生且已經結束的事情。同樣有「回想」的成分在裡面，說話的人邊回想邊描述某個情況結束的情景。

| 應用方式 | 要轉換的動作、狀態＋冠形詞型轉成語尾 | |
|---|---|---|
| 範例 | ① 대만에 도착하자마자 가다 / 곳<br>② 여행에서 좋다 / 세 가지 | -았던 |
| | ③ 주는 대로 술을 마시다 / 때<br>④ 보잘것없다 / 머리핀 | -었던 |
| | ⑤ 예쁘다 / 뒷모습 | -았/었던 |
| | ⑥ 그동안 서럽다 / 마음<br>⑦ 그때 간이 붓다 / 그것 | -았/었던 |
| | ⑧ 쳇바퀴 같을 뻔하다 / 고3 시절 | -였던 |
| | ⑨ 부드러운 이미지이다 / 그녀 | N였던 |
| | ⑩ 회사에서 중심이다 / 나 | N이었던 |
| | ⑪ 우육면 맛이 장난이 아니다 / 그 집 | N었던 |

可用詞彙類型＆範例

| 詞性 | 詞彙類型 | 範例詞彙 |
|---|---|---|
| 動詞 /<br>形容詞 | 語幹最後音節母音為ㅏ,ㅗ | ① 가다<br>② 좋다 |
| | 語幹最後音節母音非ㅏ,ㅗ | ③ 마시다<br>④ 보잘것없다 |
| | ㅡ脫落 | ⑤ 예쁘다 |
| | 不規則 | ⑥ 서럽다<br>⑦ 간이 붓다 |
| | -하다 | ⑧ 같을 뻔하다 |
| 名詞<br>이다 | 無尾音 | ⑨ 이미지 |
| | 有尾音 | ⑩ 중심 |
| 아니다 | 無關 | ⑪ 장난이 아니다 |

例句

① 대만에 도착하자마자 가다 / 곳 / 101타워다

原句　대만에 도착하자마자 **갔던** 곳은 101타워다.
一抵達台灣馬上去的地方是101大樓。

加長　대만에 도착하자마자 **갔던** 곳은 바로 타이페이 시내를 한눈에 내려다볼
수 있는 101타워다.
一到台灣馬上去的地方正是能一眼俯瞰台北市內的101大樓。

② 이번 여행에서 좋다 / 세 가지를 말해 보다

原句　이번 여행에서 **좋았던** 세 가지를 말해 보세요.
說說看這次旅行中最棒的三件事情。

加長　이번 여행에서 가장 기억에 남고 **좋았던** 세 가지를 말하고 가족들이나
친구들에게 공유해 보세요.
說說看這次旅行中印象最深刻、最棒的三件事，並分享給家人或朋友。

③　친구가 주는 대로 술을 마시다 / 때가 있다

**原句**　친구가 주는 대로 술을 **마셨던** 때가 있다.
有被朋友灌過酒。

**加長**　성인이 되고 주량을 몰라 친구가 주는 대로 술을 **마셨던** 때가 엊그제처럼 눈에 선하다.
成人後因為不知道酒量，被朋友灌酒的那時彷彿就像昨天一般歷歷在目。

④　보잘것없다 / 머리핀조차 보면 눈물이 나다

**原句**　**보잘것없던** 머리핀조차 보면 눈물이 난다.
連看到微不足道的髮夾都會流淚。

**加長**　엄마가 돌아가시고 **보잘것없던** 엄마의 허름한 머리핀조차 보면 눈물이 나고 옛 생각에 젖어 한참 동안 빠져나오지 못한다.
媽媽過世後，連看到微不足道的媽媽的舊髮夾都會流淚，陷在過往中久久不能自拔。

⑤　그 / 예쁘다 / 뒷모습만 생각하면 가슴이 콩닥콩닥거리다

**原句**　그 **예뻤던** 뒷모습만 생각하면 가슴이 콩닥콩닥거린다.
想起那美麗的背影，心臟就撲通撲通地跳。

**加長**　어릴 적 한눈에 반했던 첫사랑의 그 **예뻤던** 뒷모습만 생각하면 지금도 가슴이 콩닥콩닥거려 밤잠을 설친다.
到現在還是一想起小時候一見鍾情的初戀背影，心臟就會撲通撲通地跳、輾轉難眠。

⑥　그동안 서럽다 / 마음을 다 털어놓고 싶다

**原句**　그동안 **서러웠던** 마음을 다 털어놓고 싶다.
想要說出這段時間委屈的心聲。

**加長**　그동안 힘들게 쌓아 온 문제들과 **서러웠던** 마음은 한계에 다다랐고 이제는 다 털어놓고 싶다.
這段時間所累積的問題和委屈已經到了極限，現在想要全部說出來。

⑦　그때는 간이 붓다 / 그것 / 틀림없다

**原句**　그때는 간이 **부었던** 게 틀림없다.
那時候真的是吃了豹子膽。

**加長**　내가 정신이 나가지 않고서야 상사에게 반항을 하다니 그때는 간이 **부었던** 게 틀림없다.
那時候真的是吃了豹子膽，居然反抗上司，真的是瘋了。

⑧ 쳇바퀴 같을 뻔하다 / 고3 시절 / 그가 나타나서 인생의 터닝 포인트가 되다

**原句** 쳇바퀴 같을 **뻔했던** 고3 시절이 그가 나타나서 인생의 터닝 포인트가 되었다.
差點就日復一日沒什麼特別的高三時期，因為他的出現而成為了我人生的轉捩點。

**加長** 그가 나타나서 내 세계를 완전히 뒤바꾸고 쳇바퀴 같을 **뻔했던** 고3 시절이 인생의 터닝 포인트가 되었다.
他出現並翻轉了我的世界，讓差點就日復一日沒什麼特別的高三時期成為了我人生的轉捩點。

⑨ 부드러운 이미지이다 / 그녀가 욕설을 하다

**原句** 부드러운 **이미지였던** 그녀가 욕설을 했다.
給人形象很溫柔的她罵了髒話。

**加長** 부드러운 **이미지였던** 그녀가 공공연하게 욕설을 하는 걸 보고 깜짝 놀랐다.
看到給人形象很溫柔的她公然罵了髒話，嚇了一大跳。

⑩ 회사에서 중심이다 / 나 / 일반 사원으로 전락하다

**原句** 회사에서 **중심이었던** 내가 일반 사원으로 전락했다.
在公司裡是中心的我現在淪為一般職員。

**加長** 항상 회사에서 **중심이었던** 내가 큰 실수 하나로 일반 사원으로 전락한 탓에 나를 믿고 따르던 팀원들도 떠나 버렸다.
在公司裡一直是中心的我因為一次的嚴重失誤而淪為一般職員，曾經信任我的組員也都離開了。

⑪ 우육면 맛이 장난이 아니다 / 그 집을 찾고 싶다

**原句** 우육면 맛이 장난 **아니었던** 그 집을 찾고 싶다.
想要再次拜訪牛肉麵很好吃的那家店。

**加長** 무심코 들어간 우육면 맛이 장난이 **아니었던** 그 집을 찾기 위해 그 지역으로 가서 수소문을 하고 있다.
為了再次拜訪無意間進去的那家很好吃的牛肉麵店，去到那個地方打聽。

**單字**

보잘것없다：微不足道、不值得看｜머리핀：（--pin）髮夾｜허름하다：破舊的｜
콩닥콩닥거리다：撲通撲通｜설치다：不充分｜밤잠을 설치다：睡不好、失眠｜서럽
다：委屈、冤枉、傷心｜털어놓다：傾吐、傾倒｜다다르다：到達｜반항：反抗｜쳇
바퀴：倉鼠輪｜터닝 포인트：（turning point）轉捩點｜뒤바꾸다：顛倒、調換｜
공공연하다：公然｜욕설：髒話、咒罵｜전락하다：淪落｜무심코：無心、無意｜수
소문：打聽、探聽

## • 比一比 •

### V-(으)ㄴ 與 V-던

V-(으)ㄴ 所描述的動作是在**過去已經完結**，且完結的狀態是一直延續到現在的。V/A-던如同前面所說的，是用來**回想過去某個動作進行時的情景**。大家可以看著下面的圖想像一下，在回想過去某件事情的進行時，想的會是頭、過程、尾三段之中的哪一段呢？既然都說是進行中的動作了，回想的當然是**過程**，不會是頭或尾。因為把重點放在過程，所以可以用來表示**做到一半中斷、未完結**的動作。

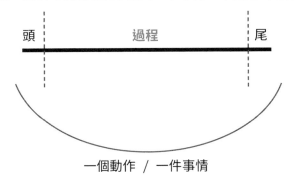

**Ex**

이 과자들은 유럽에서 사 온 거예요.

這些零食是從歐洲買回來的。

▶ 「買回來」這個動作已經結束，且說這句話的當下結束的狀態還是維持在那邊的。

이제 나갈 테니까 하던 일을 계속 하세요.

我要出去了，繼續做你的事吧。

▶ 「繼續做你原本在做的事」，表示這件事之前是做到一半暫停的，所以用-던。

목이 너무 말라서 동료가 마신 차를 마셨다. (✕)

목이 너무 말라서 동료가 마시던 차를 마셨다. (○)

因為口很渴，所以喝了同事喝到一半的茶。

▶ 如果是第一句的說法，「喝」這個動作已經結束，且在說話的當下結束的狀態還是維持、存在的，意思是同事已經把茶喝完，茶在同事的肚子裡。我們不可能把同事肚子裡的茶拿出來喝，所以不會用마신來說。

## V-던 與 V-았/었던

　　V/A-던是回想過去某個事件進行時的情景，加了-았/었-，就表示回想的事件是已經**做完**、**結束**的，也就是說回想的是那一個事件的**頭到尾**，整個完整的事件。

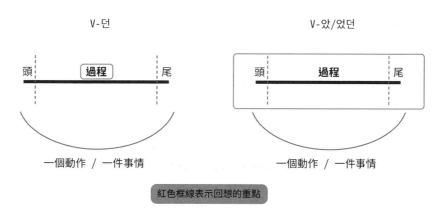

紅色框線表示回想的重點

　　如此一來，兩個文法最大的差異就是V/A-았/었던一定是已經結束，跟現在毫無關聯，沒有在做的事情，有種刻意將過去的時間與現在切割的感覺；而V/A-던因為只是回想過程，所以沒辦法確定現在還有沒有在做，有可能有，也有可能沒有。我們直接用以下例子來看。

1. 학창 시절에 자주 **가던** 식당이에요.
學生時期常去的餐廳。

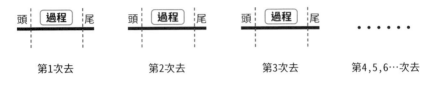

第1次去　　　　　第2次去　　　　　第3次去　　　　第4,5,6…次去

紅色框線表示回想的重點

▶ 回想過去每一次去的「過程」。

▶ 回想的只是過程，無關頭尾，所以意思有可能是「過去常去，現在也常去」，也有可能是「過去常去，但現在沒有去了」。

2. 학창 시절에 자주 **갔던** 식당이에요.
學生時期常去的餐廳。

第1次去　　　　　第2次去　　　　　第3次去　　　　第4,5,6…次去

紅色框線表示回想的重點

▶ 「學生時期常去」這件事是已經做完的，回想這一件事情的頭到尾。過去常去，現在已經沒有去了。

　　V/A-던回想的重點在過程，無關事情是不是已經結束，所以適合拿來描述過去常做的事情、習慣，或是在一段時間內重複做的事情。如果是一次性、不能反覆做的動作，我們可以確定那件事一定是在過去已經完結的，就不適合用V/A-던來描述。

**Ex**

이 학교는 내가 졸업하던 학교다. (×)

이 학교는 내가 졸업했던 학교다. (O)
這間學校是我畢業的學校。

▶ 「畢業」這個動作只能做一次，不能反覆做，所以不會用-던

※ 例外：當던後面接的名詞為날（日）、해（年）、순간（瞬間）、찰나
（剎那）之類的時間名詞時則可以使用-던。

我們可以用「影片」來想。把一個三秒鐘就做完的動作拍成了影片，三秒是一個極短的瞬間，但如果把這個瞬間用slow motion（慢動作）來呈現，時間就會拉長。在拉長的時間裡去看那個動作，就等於那個動作是在那段拉長的時間裡反覆做的，也就可以使用-던囉！

**Ex**

졸업하던 날에 비가 왔다.
畢業那天下了雨。

## A-던、N이던 與 A-았/었던、N이었던

前面接形容詞時，兩個用法只有在時間的認知上有些微差別，意思上沒有太大的差異。假設以「9點出門時天氣陰暗，到了12點天氣放晴」這個例子來看：

**Ex**

흐리던 날씨가 화창하게 개었다.
陰沉的天氣變晴朗了。

▶ 9點~12點中間這段時間都在外面，隨時可以看到天氣的變化，12點一發現放晴就可以這樣說。

흐렸던 날씨가 화창하게 개었다.
陰沉的天氣變晴朗了。

▶ 9點~12點中間有段時間是在室內，看不到天氣變化。例如是10點進到室內，那麼對「天氣陰暗」的印象就是到10點，在過去已經結束，12點從室內出來發現放晴就可以這樣說。

## V-(으)ㄴ 與 V-았/었던

　　兩個用法描述的動作都是在過去已經完結的,大多時候只差在說話的人是不是邊回想邊描述,以及有沒有將現在與過去做切割,意思上差異不大。

**Ex**

이번에 간 관광지 중에서 가장 인상이 깊은 곳이 어디예요?
這次去的景點之中,印象最深刻的是哪裡呢?

▶ 單純描述「去」這個已經做完的動作,且這個動作的結束狀態是一直維持的。

이번에 갔던 관광지 중에서 가장 인상이 깊은 곳이 어디예요?
這次去的景點之中,印象最深刻的是哪裡呢?

▶ 邊回想邊描述「去」這個在過去已經完結的動作,且這個動作發生的時間點跟現在是已經切割、無關聯的。


　　但如果是以下這種情況就無法使用-았/었던。

**Ex**

어른이 되었던 우리는 스스로 길을 찾아야 한다. (×)

어른이 된 우리는 스스로 길을 찾아야 한다. (○)
成為大人的我們必須要自己找到出路。

▶ 「成為大人」這個動作結束後,結束的狀態一定是一直維持到現在這個當下,不可能又變回小孩子,所以用-(으)ㄴ比較合適。

# [V/A-더라고(요)]

終結語尾。用來將過去看到、聽到的事情邊回想邊傳達給對方。

지난 주말에 스키장에 놀러 갔는데 사람이 정말 많았어요.

上個星期去滑雪場玩，人真的很多。

▶ 單純描述人很多。

지난 주말에 스키장에 놀러 갔는데 사람이 정말 많더라고요.

上個星期去滑雪場玩，人真的很多。

▶ 邊回想當時人很多的情景邊描述，比起많았어요，句子聽起來更生動更有畫面。

| 應用方式 | 回想的內容＋終結語尾 | |
|---|---|---|
| 範例 | ① 친구에게 누가크래커를 줬는데 아주 좋아하다<br>② 결제를 하려고 하는데 자꾸 에러가 뜨다<br>③ 그 식당은 비싼데 양이 적다 | -더라고(요) |
| | ④ 알고 보니 가수이다 | N더라고(요) |
| | ⑤ 와이프가 영어 선생님이다 | N이더라고(요) |

可用詞彙類型＆範例

| 詞性 | 詞彙類型 | 範例詞彙 |
|---|---|---|
| 動詞 /<br>形容詞 | 無關 | ① 좋아하다<br>② 뜨다<br>③ 적다 |
| 名詞<br>이다 | 無尾音 | ④ 가수 |
| | 有尾音 | ⑤ 선생님 |

**例句**　（此文法例句以對話方式呈現）

① 이번 여행 갔다오면서 친구에게 누가크래커를 줬는데 아주 좋아하다

가 : 이번 여행 갔다오면서 친구에게 누가크래커를 줬는데 아주 **좋아하더라고요**.

這次旅行回來送給朋友牛軋餅，朋友非常喜歡。

나 : 그래요? 저도 이번에 여행 가는데 사 와야겠어요.

真的嗎？我這次也要去玩，看來要買那個回來了。

② 결제를 하려고 하는데 자꾸 에러가 뜨다

가 : 결제를 하려고 하는데 자꾸 에러가 **뜨더라고요**.

我想要結帳，但一直跳出錯誤。

나 : 그럼 다른 방법으로 한 번 결제해 보는 게 어때요?

那用別的方式結帳看看如何？

③ 그 식당은 비싼데 맛도 없고 양도 적다

가 : 그 식당은 비싼데 맛도 없고 양도 **적더라고요**.

那間餐廳不僅貴，還不好吃，量也很少。

나 : 정말요? 저도 거기는 걸러야겠네요.

是喔？那我要把這間過濾掉。

④ 어제 무대에서 노래 부른 선배가 알고 보니 가수이다

가 : 어제 무대에서 노래 부른 선배가 알고 보니 **가수더라고**.

昨天在舞台上唱歌的前輩原來是歌手。

나 : 어쩐지 노래 엄청 잘하더라.

難怪歌唱得那麼好。

⑤ 그 사람 와이프가 영어 선생님이다

가 : 그 사람 와이프가 영어 **선생님이더라고요**.

那個人的妻子是英文老師。

나 : 그래서 영어를 그렇게 잘했군요.

所以英文才那麼好呀。

▶ 主詞不能是第一人稱。

내가 머리 스타일을 **바꿨더라고요**. (×)
영운 씨가 머리 스타일을 **바꿨더라고요**. (○)
영운換了髮型。

> ▶ 回想、描述的是過去親眼看到、新發現、新得知的事情,且人對於自己的
> 事情一定瞭若指掌,不可能是突然才知道,所以主詞不會是第一人稱。

※生活中還是有一些把自己當主詞的情況,例如前一晚喝醉,中間發生了
什麼事都不記得,醒來後發現自己睡在路邊,這種時候就可以算是新發現
的事實。

(내가) 눈을 뜨고 보니까 도로변에 **있더라고**.
睜開眼發現在路旁。

▶ 表達人的心情、感情時,主詞一定要是第一人稱。

(내가) 열심히 준비했는데 면접에 통과하니까 기분이 **좋더라고요**.
很認真的準備,通過了面試,心情真的很好。

▶ 回想的是事情結束的情景時會使用-았/었더라고요。

밤에 비가 와서인지 아침에 출근할 때 보니까 단풍이 다 **떨어졌더라고요**.
不知道是不是因為晚上下了雨,早上出門上班時發現楓葉都掉了。

▶ 與-더라相似,差別在①如果是用在向他人提出新話題的時候,-더라會比-
더라고自然。②더라可以與누구、무엇、언제、어디等疑問詞結合,用來
邊自言自語,邊回想過去所經歷的事情。③-더라不能加요使用,只能用在
半語對話中。

어제 새로 나온 영화가 재미있더라.

昨天新出來的電影很有趣。

그 선배 이름이 뭐였더라?

那位前輩的名字是什麼呢？

---

**單字**

누가크래커：（--cracker）牛軋餅 ｜ 에러：（error）錯誤 ｜ 거르다：跳過、過濾

## 02 -더라고요、-던데요

# [V/A-던데(요)]

終結語尾。由表示回想的 -더- 與 -(으)ㄴ데 結合，將兩者意義相加，即為此文法的意思。用在將過去親眼看到、新得知的事情邊回想邊傳達給對方的時候，因為 -(으)ㄴ데 的緣故，視情況會有期待對方的反應，或是輕微反駁對方意見的感覺。

가: 요즘 한국어를 배우는데 정말 어려워요.

我最近在學韓文，真的好難。

나: 그래요? 저는 어렵지 않고 재미있던데요.

會嗎？我覺得不難，而且很有趣啊。

▶ -(으)ㄴ데放在句尾會有種期待對方反應、反駁對方意見的語氣在。聽到對方說韓文很難後，邊回想自己學韓文時的情況邊傳達給對方（用 -더- 表示回想），自己學的情況是不難、有趣的，跟對方的立場相反（用 -(으)ㄴ데 表示反駁）。

| 應用方式 | 回想的內容＋終結語尾 | |
|---|---|---|
| 範例 | ① 그 남자분 멋있다<br>② 수업이 재미있어 보이다<br>③ 열리자마자 매진되다 | -던데(요) |
| | ④ 쟤네 남매다 | N던데(요) |
| | ⑤ 네가 준 거 사탕이다 | N이던데(요) |

可用詞彙類型＆範例

| 詞性 | 詞彙類型 | 範例詞彙 |
|---|---|---|
| 動詞/形容詞 | 無關 | ① 멋있다<br>② 보이다<br>③ 매진되다 |
| 名詞<br>이다 | 無尾音 | ④ 남매 |
| | 有尾音 | ⑤ 사탕 |

**例句** （此文法例句以對話方式呈現）

① 그 남자분 멋있다

가 : 소개팅 별로였어요.
聯誼不怎麼樣。

나 : 왜요? 그 남자분 멋있던데요.
為什麼？我覺得那個男生很帥啊。

② 나는 그 선생님 수업 재미있어 보이다

가 : 우리 반 영어 선생님 수업이 약간 지루해.
我們班的英文老師上課很無聊。

나 : 나는 그 선생님 수업 재미있어 보이던데.
我覺得那位英文老師的課看起來很有趣呀。

③ 어제 열리자마자 매진되다

가 : 티켓팅 대신 좀 해 줘. 이따 돈 보내 줄게.
幫我買一下票，等一下給你錢。

나 : 어제 열리자마자 매진되던데. 지금 2배 준다 해도 못 사.
昨天一開賣就都賣光了，現在就算花兩倍的錢也買不到。

④ 쟤네 남매다

가 : 쟤네 둘이 왜 저렇게 학교 끝나고 같이 가는지 모르겠어.
不知道為什麼他們兩個下課都要一起走。

나 : 쟤네 남매던데.
我記得他們是兄妹。

⑤ 네가 준 거 사탕이다

가 : 내가 준 젤리 다 먹었어?
我給你的軟糖都吃完了嗎？

나 : 젤리? 네가 준 거 사탕이던데.
軟糖？你給的是糖果欸。

▶ 因為回想、描述的是過去親眼看到、新得知的事情,且人對於自己的事情一定瞭若指掌,不可能是突然才知道,所以主詞不會是第一人稱。

내가 오늘 많이 피곤해 **보이던데**. (×)
현주 씨가 오늘 많이 피곤해 **보이던데**. (○)
현주今天看起來很累。

補充

▶ 回想的是事情結束的情景時會使用-았/었던데。

가: 대리님이 어디에 계시는지 아세요?
你知道代理人在哪嗎?

나: 아까 점심 먹으러 **나가던데/나갔던데**.
剛剛出去吃午餐了。

> ▶ 나가던데回想的是「正在出去」的畫面,可能是走出去的背影之類的;나갔던데回想的是已經走出去,沒有在位子上的畫面。

▶ -던데也可以當連接語尾使用。放在句中的-(으)ㄴ데表示的是後句背景(後句可能是一個提問,或是關於前句的具體內容)或是相反的事實。

인터넷에서 싸게 **팔던데** 여기서 사지 말고 인터넷으로 시키는 게 낫지 않을까요?
網路上賣得很便宜,不要在這邊買,上網買應該比較好吧?

그 사람이 성격은 **좋던데** 유머 감각은 영 꽝이더라.
那個人個性雖然很好,但幽默感是0。

## • 比一比 •      V/A-더라고(요) 與 V/A-던데(요)

　　-던데(요)與-더라고(요)都有表示回想的-더-，在「邊回想邊傳達」這部分是一樣的，但-던데(요)結合了包含委婉轉折、輕微反駁、丟話給對方等對方反應等涵義在內的-(으)ㄴ데，語氣上自然也會比-더라고(요)多一層意義。

　　舉例來說，有兩個人走在路上，經過一間兩人都有去吃過的餐廳，其中一個人先開口說：「저 식당 음식이 정말 맛없죠.」這時候另一個人的想法會有同意或不同意兩種可能。如果同意，就可以邊回想過去吃飯時的情景，邊說「맞아요. 정말 맛없더라고요.」；如果不同意，一樣是邊想過去吃飯時覺得好吃的情景，邊將這個情景傳達給對方，但因為想法和對方不同，要反駁對方的意見，就可以用有-(으)ㄴ데的-던데來說，「아니요, 전 맛있던데.」。

　　又或是像以下邊傳達事情，邊丟出一個問題、情況給對方接話的對話情境中也會使用-던데(요)。

### Ex

가: 내일 연차 쓴다고 대표님께 말씀 드리고 올게.
我去跟代表說一下明天要請假。

나: 아까 찾아 갔었는데 대표님이 자리에 안 계시던데.
我剛剛有去找代表，但他不在位子上。

　　總結來說，如果需要有語句尚未結束、給對方接話、期待對方反應、反駁對方意見的語氣，就會使用-던데(요)，-더라고(요)只是單純邊回想邊傳達，且帶有一些感嘆的感覺，沒有其他心思隱藏在裡面。

1. 你吃過的東西要叫誰吃啊？
語彙：먹다, 누구, 음식, 너, 먹다
語法 / 助詞 / 表現：을/를, 이/가, 보고, -던, -았/었던, -(으)라는 것이다,
-아/어

✎ _____

2. 我今天一直在等著要買演唱會門票，結果一分鐘就賣完了。
語彙：티켓, 오늘, 사다, 매진이 되다, 대기하다, 계속, 1분, 콘서트
語法 / 助詞 / 表現：을/를, -는데, -(으)려고, -고 있다, -았/었-,
~ 만에, -더라고요

✎ _____

3. 看著以前的照片，那些幸福的回憶漸漸地浮現出來。
語彙：옛날, 스멀스멀, 사진, 행복하다, 훑어보다, 추억, 떠오르다
語法 / 助詞 / 表現：이/가, 을/를, 들, 들, -았/었던, -(으)니, -았/었-, -다

✎ _____

4. 去汗蒸幕一定要買水煮蛋和甜米釀，才有到汗蒸幕的感覺。
語彙：삶다, 식혜, 가다, 느낌, 찜질방, 찜질방, 오다, 무조건, 달걀, 사 먹다,
들다
語法 / 助詞 / 表現：에, 에, 을/를, 이/가, -(으)ㄴ, -(으)ㄴ, -던, -아/어야,
과/와, -(으)면, -ㄴ/는다

✎ _____

5. 聽說這是對跌打損傷很好的藥，所以才買了它，但我覺得效果不怎麼
樣。

**語彙**：바르다, 잘, 약, 효과, 타박상, 좋다, 구매하다, 저, 좋다, 모르다
**語法 / 助詞 / 表現**：에, 은/는, 이/가, -는데, (이)라고 하다, -겠-, -았/었-,
-(으)ㄴ, -(으)ㄴ지, -아/어서, -(으)면, -던데요

✎

6. 想起了剛進入職場時老是被上司罵，很難過的事情。

**語彙**：속상하다, 시작하다, 혼나다, 기억, 나다, 사회생활, 맨날, 상사, 막
**語法 / 助詞 / 表現**：을/를, 에게, 이/가, -아/어서, -았/었던, -(으)ㄹ 때, -았/
었-, -ㄴ/는다

✎

## 單元 8 轉折、對照類

01 -지만、-(으)ㄴ/는데

## [V/A-지만]

連結語尾。**前句**：事情；**後句**：與前面那件事情相反、對立的內容。相當於中文的「雖然…，但…。」

| 應用方式 | 事情＋連結語尾＋與前面那件事情相反、對立的內容 | | |
|---|---|---|---|
| 範例 | ① 전자책의 시대가 <u>도래하다</u><br>② 한국어는 자모 개수가 <u>적다</u> | -지만 | 좋은 방침을 못 세우고 있다<br>문법이 많다 |
| | ③ 그 남자는 <u>잘생기다</u> | | 예의가 없다 |
| | ④ 이 순간 <u>힘들다</u> | | 좋은 날이 오다 |
| | ⑤ 이 사람은 <u>셰프다</u> | N지만 | 노래도 잘하다 |
| | ⑥ 미세 먼지가 <u>말썽이다</u> | N이지만 | 마스크 업자들에게 봄날이다 |
| | ⑦ 대단한 <u>선물은 아니다</u> | -지만 | 정성이 담겨져 있다 |

可用詞彙類型＆範例

| 詞性 | 詞彙類型 | 範例詞彙 |
|---|---|---|
| 動詞 /<br>形容詞 | 無關 | ① 도래하다<br>② 적다 |
| | -았/었- | ③ 잘생기다 |
| | -겠- | ④ 힘들다 |
| 名詞<br>이다 | 無尾音 | ⑤ 셰프 |
| | 有尾音 | ⑥ 말썽 |
| 아니다 | 無關 | ⑦ 선물은 아니다 |

① 전자책의 시대가 도래하다 / 오프라인 서점 / 좋은 방침을 못 세우고 있다

原句 전자책의 시대가 **도래하지만** 이에 대해 오프라인 서점에서 좋은 방침을 못 세우고 있다.
電子書的時代雖然已經到來，但對此書店還沒有好的方針。

加長 전자책의 시대가 **도래하지만** 이에 대해 오프라인 서점에서 아직 제대로 된 방침을 완비하지 못해 난항을 겪고 있다.
電子書的時代雖然已經到來，但對此書店還沒有完善的方針，正面臨困難。

② 한국어는 자모 개수가 적다 / 문법이 많다

原句 한국어는 자모 개수가 **적지만** 문법은 많다.
韓文的字母雖然少，但文法很多。

加長 한국어는 자모 개수가 **적지만** 문법은 많아 배울 때 헷갈리는 것들이 있다.
韓文的字母雖然少，但文法很多，學習時會有混淆的東西。

③ 그 남자는 잘생기다 / 예의가 없다

原句 그 남자는 **잘생겼지만** 예의가 없다.
那個男生雖然長得帥，但沒有禮貌。

加長 지금 앞에 앉아 있는 남자는 **잘생겼지만** 공공장소에서 큰 소리로 전화를 받는 것을 보니 예의가 없는 것 같다.
現在坐在前面的那個男生雖然長得帥，但看他在公共場合大聲講電話，應該沒什麼禮貌。

④ 이 순간 힘들다 / 좋은 날이 오다

原句 이 순간 **힘들겠지만** 좋은 날이 올 것이다.
這瞬間雖然是很辛苦，但好日子會來到的。

加長 지금 이 순간 **힘들겠지만** 잘 버텨 내면 좋은 날이 올 거라 굳게 믿고 있다.
現在這瞬間雖然是很辛苦，但只要撐過，我相信你的好日子會來到的。

⑤ 이 사람은 셰프다 / 노래도 잘하다

原句 이 사람은 **셰프지만** 노래도 잘한다.
這個人雖然是廚師，但歌也唱得很好。

加長 이 사람은 **셰프지만** 노래도 잘하기 때문에 방송 섭외가 끊이지 않는다.
這個人雖然是廚師，但歌也唱得很好，所以節目邀約從沒斷過。

**⑥** 　미세 먼지가 말썽이다 / 마스크 업자들에게 봄날이다

**原句**　미세 먼지가 **말썽이지만** 마스크 업자들에게는 봄날이다.
　　　雖然霧霾很麻煩，但對口罩業者來說卻是春天。

**加長**　미세 먼지가 **말썽이지만** 이와 반대로 마스크 업자들에게는 이 같은 봄날이 또 없을 것이다.
　　　雖然霧霾很麻煩，但相反地對口罩業者來說卻是難得的春天。

**⑦** 　대단한 선물은 아니다 / 정성이 담겨져 있다

**原句**　대단한 선물은 **아니지만** 정성이 담겨져 있다.
　　　雖然不是什麼了不起的禮物，但乘載了真心。

**加長**　남자 친구가 준 선물이 대단한 선물은 **아니지만** 정성이 담겨져 있어서 감동하기에 충분했다.
　　　男友給的雖然不是什麼了不起的禮物，但乘載了真心，夠我感動了。

---

補充

▶ 與실례이다、미안하다、죄송하다結合使用時，表達的是請求諒解，或是請對方做某件事。

　**실례지만** 번역 좀 부탁 드려도 될까요?
　不好意思，可以麻煩幫我翻譯一下嗎？

　고객님, **죄송하지만** 주문하신 물건은 현재 재고가 없습니다.
　不好意思，顧客您訂購的物品現在沒有庫存。

---

單字

오프라인 (off-line) 서점：書店 ｜ 난항：困難 ｜ 굳다：硬、堅定 ｜ 방송 섭외：電視台邀請 ｜ 말썽：是非、麻煩 ｜ 봄날：春天

# [V/A-(으)ㄴ/는데]

連結語尾。**前句**：事情、背景；**後句**：與前面那件事情相反、對立的內容。相當於中文的「雖然…，不過…。」

| 應用方式 | 事情、背景＋連結語尾＋與前面那件事情相反、對立的內容 | | |
|---|---|---|---|
| 範例 | ① 나는 너를 <u>믿다</u><br>② 무슨 말인지 <u>이해하다</u> | -는데 | 너는 나를 안 믿는 것 같다<br>내가 도와 줄 수 있는 게 아니다 |
| | ③ 원피스가 <u>예쁘다</u> | -ㄴ데 | 맞는 사이즈가 없다 |
| | ④ 2월의 한국은 <u>춥다</u> | -은데 | 대만은 따뜻하다 |
| | ⑤ 너무 <u>좋아하다</u> | -는데 | 아무 감정도 안 들다 |
| | ⑥ 넘어져서 아파 <u>죽다</u> | -는데 | 안 아픈 척하다 |
| | ⑦ 아직 <u>아기이다</u> | N인데/<br>Nㄴ데 | 말을 잘하다 |
| | ⑧ 돈까스 <u>전문점이다</u> | N인데 | 카레가 더 맛있다 |
| | ⑨ 배가 고픈 건 <u>아니다</u> | -ㄴ데 | 입이 심심하다 |

可用詞彙類型＆範例

| 詞性 | 詞彙類型 | 範例詞彙 |
|---|---|---|
| 動詞 | 無關 | ① 믿다<br>② 이해하다 |
| 形容詞 | 無尾音 | ③ 예쁘다 |
| | 有尾音 | ④ 춥다 |
| 動詞 /<br>形容詞 | -았/었- | ⑤ 좋아하다 |
| | -겠- | ⑥ 죽다 |
| 名詞<br>이다 | 無尾音 | ⑦ 아기 |
| | 有尾音 | ⑧ 전문점 |
| 아니다 | 無關 | ⑨ 아니다 |

**例句**

① 나는 너를 믿다 / 너는 나를 안 믿는 것 같다

**原句** 나는 너를 믿는데 너는 나를 안 믿는 것 같아.
我相信你，但你好像不相信我。

**加長** 어느 누가 이간질을 해도 나는 너를 믿는데 너는 나를 안 믿는 데다가 허술한 말 한마디에도 흔들려서 실망감을 안긴다.
就算有人挑撥離間我也相信你，但你好像不相信我，而且還被這種不靠譜的話煽動，真的讓人很失望。

② 무슨 말인지 이해하다 / 그건 내가 도와 줄 수 있는 게 아니다

**原句** 무슨 말인지 이해하는데 그건 내가 도와줄 수 있는 게 아니야.
我理解你的意思，但那不是我能幫你的。

**加長** 무슨 말인지 잘 이해하는데 사장님의 결정이니만큼 그건 내가 도와줄 수 있는 게 아니니까 그만 돌아가라.
我理解你的意思，但那是老闆的決定，不是我能幫你的，回去吧！

③ 원피스 한 벌이 너무 예쁘다 / 맞는 사이즈가 없다

**原句** 원피스 한 벌이 너무 예쁜데 맞는 사이즈가 없다.
有一件洋裝很漂亮，但沒有適合的尺寸。

**加長** 우연히 지나간 길에서 본 원피스 한 벌이 너무 예쁜데 맞는 사이즈가 없어서 할 수 없이 다시 제자리에 놓을 수밖에 없었다.
偶然在路上看到的一件洋裝很漂亮，但沒有適合的尺寸，只好再放回去。

④ 2월의 한국은 춥다 / 대만은 따뜻하다

**原句** 2월의 한국은 추운데 대만은 따뜻하다.
二月的韓國很冷，但台灣很溫暖。

**加長** 2월의 한국은 눈도 오고 너무 추운데 대만은 한국에 비해서 많이 따뜻한 편이다.
二月的韓國下雪很冷，但台灣相較於韓國是很溫暖的。

⑤ 예전에는 너무 좋아하다 / 다시 만났을 때는 아무 감정도 안 들다

**原句** 예전에는 너무 좋아했는데 다시 만났을 때는 아무 감정도 안 들었다.
以前很喜歡，再次見面時卻沒什麼感覺。

**加長** 예전에는 그 애를 너무 좋아했는데 시간이 흐른 오늘 동창회에서 다시 만났을 때 많이 변해서 아무 감정도 안 들었다.
以前很喜歡他，但時光流逝，今天在同學會上再次見面時已經變了很多，沒什麼感覺。

⑥ 넘어져서 아파 죽다 / 안 아픈 척하다

原句 넘어져서 아파 **죽겠는데** 안 아픈 척했다.

雖然跌倒很痛，不過裝作不痛的樣子。

加長 길에서 돌에 발이 걸려 넘어져서 아파 **죽겠는데** 너무 민망해서 안 아픈 척하고 갔다.

在路上被石頭絆倒很痛，不過因為太丟臉，所以裝作不痛的樣子離開。

⑦ 아직 아기이다 / 말을 잘하다

原句 아직 **아기인데** 말을 잘해요.

雖然還只是個孩子，卻很會說話。

加長 아직 3살이 안 된 **아기인데** 말을 무척 어른스럽게 잘해요.

雖然還只是個不到三歲的孩子，卻像大人一樣很會說話。

⑧ 이 집은 돈까스 전문점이다 / 카레가 더 맛있다

原句 이 집은 돈까스 **전문점인데** 카레가 더 맛있다.

這間店是豬排專賣店，咖哩卻更好吃。

加長 이 식당은 돈까스 **전문점인데** 나는 돈까스가 그저 그렇고 오히려 카레가 더 맛있다.

這間餐廳是豬排專賣店，但我覺得豬排還好，反而咖哩更好吃。

⑨ 배가 고픈 건 아니다 / 입이 심심하다

原句 배가 고픈 건 **아닌데** 입이 심심해요.

雖然不是肚子餓，但有點嘴饞。

加長 저녁을 방금 먹어서 배가 고픈 건 **아닌데** 입이 심심해서 뭐라도 좀 먹어야겠어요.

剛剛吃過晚餐，所以不是肚子餓，但因為嘴饞，所以想吃點東西。

**單字**

이간질：挑撥離間 │ 허술하다：鬆散、怠慢、破舊

## • 比一比 • V/A-지만 與 V/A-(으)ㄴ/는데

> 要約這間餐廳嗎？這間很不錯，「但」價格不便宜哦！
> 要約這間餐廳嗎？這間很不錯，「不過」價格不便宜哦！

在說-지만跟-(으)ㄴ/는데之前，先來感受一下這兩句話有什麼不同。

「但是」與「不過」這兩個詞都是用在轉折的時候，但轉折的角度不太一樣，「但是」轉得比較大，「不過」轉得比較小，也就是語氣強弱的差別，所以各位應該可以感覺到第二句比第一句稍微委婉一些。

-지만與-(으)ㄴ/는데跟這個是一樣的，-지만是「但是」，-(으)ㄴ/는데是「不過」。-지만轉折角度比較大，語氣上聽起來會比較強烈，相反地，轉折角度比較小的-(으)ㄴ/는데聽起來就比較柔和委婉。

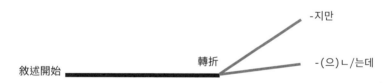

接下來我們再想一下，開車時如果一直連續轉大彎，是不是會覺得很不舒服頭很暈呢？說話時也是一樣的，一直用大角度的轉折，語氣聽起來會過於強烈，所以兩個文法雖然都很常用，但-(으)ㄴ/는데出現的頻率又稍微再高一點點。

還有另一點可以注意一下的是-지만只有表示前後對比的意思，所以就算省略後面的話不說，聽的人也可以知道後面一定是一個相反的內容。但-(으)ㄴ/는데除了表示對比外，也可以用來表示背景，所以如果沒有把後面的話說出來，聽的人就可能沒辦法確定是哪一個意思。

가: 달고나 커피 만들어 봤어요?
你有做過焦糖餅咖啡（400次咖啡）嗎？

나: 만들어 봤지만… (실패했어요).
有做過，（但失敗了）。

가: 달고나 커피 만들어 봤어요?
你有做過焦糖餅咖啡（400次咖啡）嗎？

나: 만들어 봤는데… (실패했어요/너무 힘들더라고요/정말 재미있었어요).
有做過，（但失敗了 / 但真的很累 / 真的很有趣）。

# [V/A-아/어도]

連結語尾。**前句**：情況、假設；**後句**：與前面的情況、假設無關，一定會發生的事。相當於中文的「即使」。

| 應用方式 | 情況、假設＋連結語尾＋與前面的情況、假設無關，一定會發生的事 | | |
|---|---|---|---|
| 範例 | ① 상대방이 먼저 다가오다<br>② 부기가 가라앉다 | -아도 | 매번 흐지부지해지다<br>자연스럽지 않다 |
| | ③ 비겁한 사람으로 낙인찍히다<br>④ 발목은 살짝만 접질리다 | -어도 | 이제 그만 빠지고 싶다<br>제대로 치료를 받아야<br>하다 |
| | ⑤ 얼굴이 아무리 예쁘다 | -아/어도 | 성격이 안 맞으면 호감<br>이 안 가다 |
| | ⑥ 이 사실만 깨닫다<br>⑦ 한국은 아무리 춥다 | -아/어도 | 인생이 달라질 수 있다<br>실내는 따뜻하다 |
| | ⑧ 같은 구간을 반복하다 | -여도 | 실수를 하다 |
| | ⑨ 하루만 더 머무르다 | -어도 | 크리스마스 마켓을 즐길<br>수 있다 |
| | ⑩ 친한 사이다 | N여도 | 금전이 얽히면 틀어지기<br>쉽다 |
| | ⑪ 연예인이다 | N이어도 | 사생활을 공개할 필요가<br>없다 |
| | ⑫ 부자가 아니다 | 어도 | 행복한 삶을 살다 |

可用詞彙類型＆範例

| 詞性 | 詞彙類型 | 範例詞彙 |
|---|---|---|
| 動詞 /<br>形容詞 | 語幹最後音節母音為ㅏ,ㅗ | ① 다가오다<br>② 가라앉다 |
| | 語幹最後音節母音非ㅏ,ㅗ | ③ 낙인찍히다<br>④ 접질리다 |
| | ㅡ脫落 | ⑤ 예쁘다 |
| | 不規則 | ⑥ 깨닫다<br>⑦ 춥다 |
| | -하다 | ⑧ 반복하다 |
| | -았/었- | ⑨ 머무르다 |
| 名詞<br>이다 | 無尾音 | ⑩ 사이 |
| | 有尾音 | ⑪ 연예인 |
| 아니다 | 無關 | ⑫ 부자가 아니다 |

例句

① 　상대방이 먼저 다가오다 / 매번 흐지부지해지다

原句　상대방이 먼저 **다가와도** 매번 흐지부지해진다.
就算是對方先靠近，還是每次都不了了之。

加長　상대방이 먼저 **다가와도** 매번 썸 한번 제대로 타기도 전에 흐지부지해져 나도 이제 지쳤다.
就算是對方先靠近，還是每次都在曖昧前就不了了之，我已經厭倦了。

② 수술을 한 부위는 부기가 가라앉다 / 자연스럽지 않다

**原句** 수술을 한 부위는 부기가 **가라앉아도** 자연스럽지 않다.
手術的部位就算已經消腫，還是不自然。

**加長** 2주 전에 쌍꺼풀 수술을 했는데 부기가 **가라앉아도** 자연스럽지 않고 티가 많이 나서 속상하다.
兩個星期前做了雙眼皮手術，但就算已經消腫，還是不自然，很明顯看得出來，讓我很難過。

③ 비겁한 사람으로 낙인찍히다 / 이제 이 일에서 그만 빠지고 싶다

**原句** 비겁한 사람으로 **낙인찍혀도** 이제 이 일에서 그만 빠지고 싶다.
就算被當作卑鄙的人，我也不想再做這件事了。

**加長** 나는 참을 대로 다 참았으니 비겁한 사람으로 **낙인찍혀도** 이제 이 일에서 그만 빠지고 싶다.
我能忍的都忍了，就算被當作卑鄙的人，現在也不想再做這件事了。

④ 발목은 살짝만 접질리다 / 제대로 치료를 받아야 하다

**原句** 발목은 살짝만 **접질려도** 제대로 치료를 받아야 한다.
腳踝就算只是稍微扭到，也要好好地治療。

**加長** 발목은 살짝만 **접질려도** 방치하다가는 염증을 유발할 수 있기 때문에 제대로 치료를 받아야 한다.
腳踝就算只是稍微扭到，不管他的話可能會導致發炎，所以要好好地治療。

⑤ 얼굴이 아무리 예쁘다 / 성격이 안 맞으면 호감이 안 가다

**原句** 얼굴이 아무리 **예뻐도** 성격이 안 맞으면 호감이 안 간다.
不管臉蛋再怎麼漂亮，如果個性合不來，就不會產生好感。

**加長** 얼굴이 아무리 연예인처럼 **예뻐도** 성격이 안 맞으면 호감이 안 가는 것은 물론이고 말 걸기조차 어렵다.
不管臉蛋再怎麼像藝人一樣漂亮，如果個性合不來，當然就不會產生好感，更不會搭話。

⑥ 이 사실만 깨닫다 / 인생이 달라질 수 있다

**原句** 이 사실만 **깨달아도** 인생이 달라질 수 있다.
只要認知到這個事實，人生就會改變。

**加長** 어떤 사람과 인간관계를 맺느냐는 사실만 **깨달아도** 미래의 내 인생이 달라질 수 있다.
只要認知到要和什麼樣的人往來的事實，未來的人生就能改變。

⑦ 한국은 아무리 춥다 / 실내는 따뜻하다

**原句** 한국은 아무리 **추워도** 실내는 따뜻하다.
韓國就算很冷，室內也是溫暖的。

**加長** 한국은 아무리 **추워도** 실내는 난방이 있어서 따뜻하기에 집에서 반팔을 입어도 된다.
韓國就算很冷，室內因為有暖氣很溫暖，所以在家都穿短袖。

⑧ 피아노 연습에서 같은 구간을 몇 번이건 반복하다 / 실수를 하다

**原句** 피아노 연습에서 같은 구간을 몇 번이건 **반복해도** 실수를 한다.
在練琴時同樣一段不管再怎麼練都還是會失誤。

**加長** 피아노를 연습할 때 같은 구간을 몇 번이건 **반복해도** 실수를 하고 고쳐지지 않는 건 잠깐의 쉬는 시간을 가져야 한다는 신호일지도 모른다.
在練琴時同樣一段不管再怎麼練都還是會失誤，改正不了的話，有可能就是需要休息一下的信號。

⑨ 하루만 더 머무르다 / 크리스마스 마켓을 즐길 수 있다

**原句** 하루만 더 **머물렀어도** 크리스마스 마켓을 즐길 수 있었다.
只要再多停留一天就能逛聖誕市集了。

**加長** 하루만 더 **머물렀어도** 유럽에서 가장 오래된 크리스마스 마켓을 즐길 수 있었다는 게 큰 아쉬움으로 남는다.
只要再多停留一天，就能逛到歐洲最悠久的聖誕市集了，這件事成為了遺憾。

⑩ 아무리 / 친한 사이다 / 금전이 얽히면 틀어지기 쉽다

**原句** 아무리 친한 **사이여도** 금전이 얽히면 틀어지기 쉽다.
即使是再好的關係，扯上金錢就有可能會破裂。

**加長** 아무리 친한 **사이여도** 금전이 얽히면 갈등을 빚고 불신만 가득해져서 관계가 틀어지기 십상이다.
即使是再好的關係，扯上金錢就可能會產生矛盾、猜疑，關係就會破裂。

⑪ 연예인이다 / 사생활을 공개할 필요가 없다

**原句** **연예인이어도** 사생활을 공개할 필요가 없다.
就算是藝人也沒必要公開私生活。

**加長** 모두가 알고 싶어 하는 **연예인이어도** 사생활을 공개할 필요가 없고 그것을 침해해서도 안 된다.
就算是每個人都想知道的藝人也沒必要公開自己的私生活，我們也不能去侵犯。

⑫　부자가 아니다 / 행복한 삶을 살 수 있다

原句　부자가 **아니어도** 행복한 삶을 살 수 있다.
就算不是有錢人也能活得幸福。

加長　돈이 많다고 행복한 것은 아니기에 부자가 **아니어도** 충분히 행복한 삶
을 살 수 있다.
不是有錢就幸福，所以就算不是有錢人，也充分能活得幸福。

補充

▶ 經常和아무리、비록搭配使用。

　**아무리** 손을 씻어도 펜이 지워지지 않는다.
不管怎麼洗筆跡都洗不掉。

▶ 可以用「-아/어도 -아/어도」的形式來加強語氣。

　내 꿈을 위해 **넘어져도 넘어져도** 다시 일어날 것이다.
為了我的夢想，就算一直跌倒，也會再次站起來。

▶ 이다、아니다也可以用-라도來連接。

　**아무리 맛집이라도** 손님을 친절하게 대해 주지 않으면 망하는 건 시간 문제
다.
就算是再好吃的店，如果不親切對待客人，倒閉是早晚的事。

單字

흐지부지：不了了之、糊里糊塗｜부기：浮腫｜가라앉다：下沉、停止、平息｜비겁
하다：卑鄙｜낙인찍히다：被烙印、被貼標籤｜접질리다：扭｜방치하다：擱置、不
管｜염증：發炎｜얽히다：纏繞、牽扯

# [V/A-더라도]

連結語尾。**前句**：假設或認可的事情；
**後句**：不受前面情況的影響，會發生或
要做的事情。相當於中文的「縱使」。

| 應用<br>方式 | 假設或認可的事情＋連結語尾<br>＋不受前面情況的影響，會發生或要做的事情 | | |
|---|---|---|---|
| 範例 | ① 시험에 떨어지다<br>② 공부하느라 힘들다 | -더라도 | 상심하지 말다<br>힘내다 |
| | ③ 마음을 먹다 | | 도중에 포기한 경우가 허다하다 |
| | ④ 실력이 좋은 의사다 | N더라도 | 살릴 수 없는 환자가 있다 |
| | ⑤ 네가 어떤 모습이다 | N이더라도 | 나는 상관없다 |
| | ⑥ 명품 신발이 아니다 | -더라도 | 오래 신을 수 있다 |

可用詞彙類型＆範例

| 詞性 | 詞彙類型 | 範例詞彙 |
|---|---|---|
| 動詞 /<br>形容詞 | 無關 | ① 떨어지다<br>② 힘들다 |
| | -았/었- | ③ 먹다 |
| 名詞<br>이다 | 無尾音 | ④ 의사 |
| | 有尾音 | ⑤ 모습 |
| 아니다 | 無關 | ⑥ 신발이 아니다 |

**例句**

① 시험에 떨어지다 / 너무 상심하지 말다

**原句** 시험에 떨어지더라도 너무 상심하지 마.
就算考試不合格也不要太傷心。

**加長** 이번 시험에 떨어지더라도 많이 상심하지 말고 조금 더 준비하면 다음
시험에는 꼭 붙을 거야.
就算這次考試不合格也不要太傷心，只要再多準備，下次一定可以考上。

② 공부하느라 힘들다 / 힘내다

**原句** 공부하느라 힘들더라도 힘내요.
即使讀書很累也要加油。

**加長** 지금 공부하느라 힘들더라도 조금만 더 힘내면 나중에 분명 좋은 결과
를 거둘 수 있을 거예요.
即使現在讀書很累，但只要再加油一下，一定會得到好結果的。

③ 다이어트에 성공하겠다고 마음을 먹다 / 도중에 포기한 경우가 허다하다

**原句** 다이어트에 성공하겠다고 마음을 먹었더라도 도중에 포기한 경우가 허다
하다.
就算下定決心要減肥成功，卻還是在中途放棄的情況有很多。

**加長** 다이어트에 성공하겠다고 마음을 먹었더라도 주변 사람들의 말과 행동에
현혹돼 도중에 포기한 경우가 허다하다.
就算下定決心要減肥成功，卻還是被周遭人的言語和行動所迷惑，在中途放棄的情況有很
多。

④ 실력이 좋은 의사다 / 살릴 수 없는 환자가 있다

**原句** 실력이 좋은 의사더라도 살릴 수 없는 환자가 있다.
就算是實力很好的醫生也有救不來的患者。

**加長** 세계에서 유명하고 실력이 좋은 의사더라도 살릴 수 없는 환자가 있는
법이다.
就算是世界有名實力很好的醫生也有救不來的患者，這是當然的。

⑤ 네가 어떤 모습이다 / 난 상관없다

**原句** 네가 어떤 모습이더라도 난 상관없어.
不管你是什麼模樣我都無所謂。

**加長** 나는 그냥 너라는 사람을 좋아하기 때문에 네가 어떤 모습이더라도 난
상관없어.
我就是單純喜歡你這個人，不管你是什麼模樣我都無所謂。

⑥　명품 신발이 아니다 / 오래 신을 수 있다

原句　명품 신발이 **아니더라도** 오래 신을 수 있어.
就算不是名牌鞋也能穿很久。

加長　꼭 비싸고 명품 신발이 **아니더라도** 관리만 잘 한다면 얼마든지 오래 신을 수 있어.
就算不是昂貴的名牌鞋，只要好好保管照顧，也是可以穿很久的。

**補充**

▶ 經常和아무리、비록搭配使用。

**비록** 헤어졌더라도 금방 또 좋은 인연을 만날 수 있을 거야.
就算分手也可以很快遇見好緣份的。

**單字**
거두다 : 收穫、得到 | 허다하다 : 許多 | 현혹되다 : 迷惑

-아/어도、-더라도、-(으)ㄹ지라도

# [V/A-(으)ㄹ지라도]

連結語尾。**前句**：假設或認可的事情；**後句**：不受前面情況的影響，會發生或要做的事情。相當於中文的「縱使」。

| 應用方式 | 假設或認可的事情＋連結語尾＋不受前面情況的影響，會發生或要做的事情 | | |
|---|---|---|---|
| 範例 | ① 배가 <u>고프다</u><br>② 시합이 <u>시시하다</u> | -ㄹ지라도 | 번데기를 못 먹다<br>설렁설렁해서는 안 되다 |
| | ③ 돈이 <u>없다</u><br>④ 제 말을 핑계로 <u>삼다</u> | -을지라도 | 이 반지는 팔아먹을 수 없다<br>한 번만 믿어 주다 |
| | ⑤ 백 년을 <u>살다</u> | -ㄹ지라도 | 그녀의 마음을 얻을 수 없다 |
| | ⑥ 검사가 되는 길이 <u>어렵다</u><br>⑦ 혹평을 <u>듣다</u> | -(으)ㄹ지라도 | 꼭 이루고야 말다<br>마음에 담지 말다 |
| | ⑧ 다른 <u>선택을 하다</u> | -을지라도 | 지금과 별 차이가 없었을 것이다 |
| | ⑨ 같은 <u>이야기이다</u> | N일지라도 | 해석하는 방법에 따라 다르게 들리다 |
| | ⑩ 바로 집 <u>옆이다</u> | | 배달로 시켜 먹을 수 있다 |
| | ⑪ 최고는 <u>아니다</u> | -ㄹ지라도 | 최선을 다하다 |

可用詞彙類型＆範例

| 詞性 | 詞彙類型 | 範例詞彙 |
|---|---|---|
| 動詞 /<br>形容詞 | 無尾音 | ① 고프다<br>② 시시하다 |
| | 有尾音 | ③ 없다<br>④ 삼다 |
| | ㄹ脫落 | ⑤ 살다 |
| | 不規則 | ⑥ 어렵다<br>⑦ 듣다 |
| | -았/었- | ⑧ 선택하다 |
| 名詞<br>이다 | 無尾音 | ⑨ 이야기 |
| | 有尾音 | ⑩ 옆 |
| 아니다 | 無關 | ⑪ 최고는 아니다 |

例句

① 　배가 고프다 / 번데기를 못 먹다

原句　배가 **고플지라도** 번데기는 못 먹는다.
　　　就算肚子餓也無法吃蠶蛹。

加長　하루 종일 쫄쫄 굶고 배가 등에 붙을 정도로 **고플지라도** 번데기는 못
　　　먹는다.
　　　就算肚子餓整天，餓到肚子都貼到背了，我也無法吃蠶蛹。

② 　시합이 시시하다 / 절대로 설렁설렁해서는 안 되다

原句　시합이 **시시할지라도** 절대로 설렁설렁해서는 안 된다.
　　　就算比賽很無趣，也絕對不能大意。

加長　상대가 비교적 약해서 시합이 **시시할지라도** 돌다리도 두드려 보고 건너
　　　라는 말이 있으니 절대로 설렁설렁해서는 안 된다.
　　　就算對方相對較弱，比賽很無趣，但有句話叫「小心駛得萬年船」，因此絕對不能大意。

③　아무리 / 돈이 없다 / 이 반지는 팔아먹을 수 없다

**原句**　아무리 돈이 **없을지라도** 이 반지는 팔아먹을 수 없다.
就算沒有錢，這個戒指也不能賣。

**加長**　아무리 돈이 **없을지라도** 이 반지는 무엇으로도 대체할 수 없으리만치 소중하기 때문에 팔아먹을 수 없다.
就算沒有錢，這個戒指是無可取代的珍貴，不能賣掉。

④　제 말을 핑계로 삼다 / 한 번만 믿어 주다

**原句**　제 말을 핑계로 **삼을지라도** 한 번만 믿어 주세요.
就算把我的話當作藉口也好，就相信我一次吧。

**加長**　제 말을 핑계로 **삼을지라도** 속는 셈치고 한 번만 믿어 주시면 후회 안 할 거예요.
就算把我的話當作藉口也好，就當作被騙，相信我一次吧，你一定不會後悔的。

⑤　백 년을 살다 / 그녀의 마음을 얻을 수 없다

**原句**　백 년을 **살지라도** 그녀의 마음을 얻을 수 없다.
就算活一百年也無法得到她的心。

**加長**　백 년을 **살지라도** 성격을 고치지 않는 이상 그녀의 마음을 얻을 수 없다.
就算活一百年，如果不改掉那個性，是無法得到她的心的。

⑥　검사가 되는 길이 아무리 어렵다 / 꼭 이루고야 말다

**原句**　검사가 되는 길이 아무리 **어려울지라도** 꼭 이루고야 말겠다.
成為檢察官的路再困難，也一定要實現。

**加長**　검사가 되는 길이 아무리 **어려울지라도** 열 번 찍어 안 넘어가는 나무가 없다니까 끊임없이 도전하여 꼭 이루고야 말겠다.
成為檢察官的路再困難，有志者事竟成，一定要持續挑戰實現夢想。

⑦　혹평을 듣다 / 마음에 담지 말다

**原句**　혹평을 **들을지라도** 마음에 담지 마세요.
就算聽到批評也不要放在心上。

**加長**　실패 경험이 다 인생의 자양분이 되니까 지금 혹평을 **들을지라도** 마음에 담지 마세요.
失敗經驗都會成為人生的養分，就算現在聽到批評也不要放在心上。

⑧　다른 선택을 하다 / 지금과 별 차이가 없었을 것이다

**原句**　다른 선택을 **했을지라도** 지금과 별 차이가 없었을 것이다.
就算做了其他選擇，也會和現在沒兩樣的。

**加長**　설사 다른 선택을 **했을지라도** 자기주장이 확고하지 않고 남의 말에 쉽게 좌우되면 지금과 별 차이가 없었을 것이다.
就算做了其他選擇，但若沒有主見，容易被他人的言語影響的話，和現在是不會有差別的。

⑨ 　같은 이야기이다 / 해석하는 방법에 따라 다르게 들리다

**原句** 　같은 **이야기일지라도** 해석하는 방법에 따라 다르게 들린다.
即使是相同的事情，依照解釋的方法，聽起來就會不一樣。

**加長** 　같은 **이야기일지라도** 해석하는 방법에 따라 다르게 들리듯이 뭐든지 여러 방면에서 생각해야 한다.
就像是即使是相同的事情，依照解釋的方法聽起來就會不同一般，不管什麼事都要從各個角度去思考。

⑩ 　바로 집 옆이다 / 배달로 시켜 먹을 수 있다

**原句** 　바로 집 **옆일지라도** 배달로 시켜 먹을 수 있다.
即使是家旁邊的店也能用外賣叫來吃。

**加長** 　맛집 식당이 바로 집 **옆일지라도** 손가락 한 번 움직이면 배달로 시켜 먹을 수 있다.
即使好吃的店就在家旁邊，只要動一下手指，就能用外賣叫來吃。

⑪ 　최고가 아니다 / 최선을 다하다

**原句** 　최고가 **아닐지라도** 최선을 다했다.
即使不是最頂尖的，我也盡力了。

**加長** 　요식업계에서 내가 최고는 **아닐지라도** 최선을 다했기에 많은 사람들이 나를 인정해 준다.
在餐飲界裡即使我不是最頂尖的，我也仍然全力以赴，所以大家都認可我。

---

**單字**

쫄쫄：飢餓的樣子｜시시하다：平淡無聊、微不足道｜설렁설렁：輕盈輕快、漫不經心的樣子｜돌다리도 두드려 보고 건너라：（石橋也要先敲看看再過）表示凡事應該要謹慎，小心駛得萬年船｜열 번 찍어 안 넘어가는 나무가 없다：（沒有砍十遍還不倒的樹）表示有志者事竟成｜혹평：批評｜설사：即使、縱然、腹瀉｜확고하다：確切、穩固｜좌우되다：操縱

# V/A-아/어도、V/A-더라도、 V/A-(으)ㄹ지라도

這三個文法在意思上是差不多的,很多時候都能互相交替使用,不會影響意思的傳達,但因為語氣強弱不同,給人的感覺會有些不一樣。語氣由弱到強是 -아/어도→ -더라도 → -(으)ㄹ지라도。

**Ex**

**나한테 패널티가 있다 해도 육아 휴직을 낼 거야.**
就算說會有不好的影響,我也要請育嬰假。

**나한테 패널티가 있다 하더라도 육아 휴직을 낼 거야.**
就算說會有不好的影響,我也一定要請育嬰假。

**나한테 패널티가 있다고 할지라도 육아 휴직을 낼 거야.**
就算說會有不好的影響也沒關係,這育嬰假我是請定了。

語氣的強弱也跟「假設的內容真實發生的可能性」有關聯。假設的內容如果是事實,不管有沒有把它拿來假設,它都是既定的事實,語氣上就不會太強烈,但如果是用不可能發生的事來假設,因為不可能發生,表示那件事情的難度是比較高的,就會有種極端的感覺,語氣自然也比較強。

**Ex**

**태풍이 와도 난 콘서트에 갈 거야.**
就算颱風來,我也要去演唱會。

**하늘이 무너져도 난 콘서트에 갈 거야.**
就算天塌下來,我也要去演唱會。

**바로 내일 죽을지라도 난 콘서트에 갈 거야.**
就算明天就要死了,我也要去演唱會。

▶ 第二句(-더라도)的語氣很明顯比第一句(-아/어도)強。天不太可能塌下來,但如果塌下來一定是寸步難行,比下雨還嚴重,即使這麼困難,我還是要去演唱會。而第三句(-을지라도)的假設內容又比第二句(-더라도)更極端、更不可能發生。

另外，因為-더라도與-(으)ㄹ지라도的假設性很強，所以後句如果是確定的事實，整個句子會不太自然。

**Ex**

홍어를 먹어 봤더라도/봤을지라도 맛없다고 그랬어. (×)

홍어를 먹어 봤더라도/봤을지라도 맛없다고 그랬을 거야. (○)
就算他有吃過魟魚，也絕對沒有說好吃。

1.棒球實力差我很多的朋友每天都在苦練，已經快追上我了。

語彙：친구, 매일, 한참, 야구, 실력, 뒤쳐지다, 코앞, 나, 맹연습, 따라오다, 하다, 바로, 나

語法 / 助詞 / 表現：이/가, 의, 을/를, 보다, 까지, -(으)ㄴ, -더니, -았/었-, -는데, -았/었-, -다

2.即使遇到艱難與難關，我也會緊抓初衷撐過去的。

語彙：부딪히다, 버티다, 초심, 한결같다, 고비, 난과, 늘, 붙잡다

語法 / 助詞 / 表現：과/와, 을/를, 에, -고, -(으)ㄴ, -(으)ㄹ 것이다, -(으)ㄹ지라도, -아/어 내다, -아/어

3.醬料的滋味在嘴裡散開，但也能吃到魚本身的味道，很好吃。

語彙：느끼다, 가득, 입안, 생선, 양념 맛, 본연의 맛, 맛있다, 중간중간, 맴돌다, 퍼지다

語法 / 助詞 / 表現：이, 도, 에, -는데, -(으)ㄹ 수 있다, -아/어, -았/었-, -았/었-, -아/어, -다

4.雖然兩人相差十歲，但個性相似，不管做什麼都很合得來。

語彙：둘, 잘 맞다, 비록, 비슷하다, 뭐, 하다, 성격, 짜맞추다, 10살, 차이가 나다

語法 / 助詞 / 表現：이/가, 이/가, (이)든, -(으)ㄴ 듯, -지만, -아/어, -는다

5.就算會被懷疑偏心，但表現好就是表現好，所以我要把第一名給他。

**語彙**：주다, 의심, 편애하다, 맞다, 1등, 나, 잘하다, 거두다, 그

**語法 / 助詞 / 表現**：이/가, 을/를, 을/를, 에게, 은/는, 이/가 아니다, -(으)니까, -겠-, -는 것, -(으)ㄴ, -냐는, -ㄴ 것, -더라도, -다

6.最近沉迷於《動物森友會》，說我瘋了也不為過。

**語彙**：모여라 동물의 숲, 게임, 요즘, 미치다, 빠지다, 과언이 아니다

**語法 / 助詞 / 表現**：에, -다고 하다, -아/어, -(으)ㄹ 정도, -았/었-, -아/어도, -(이)다

01 -아/어 보니까、-고 보니까、-다 보니까

## [V-아/어 보니까]

語法表現。**前句**：嘗試做的事情；**後句**：發現的事實。這裡的보다是「嘗試」的意思。

| 應用方式 | 嘗試做的事情＋語法表現＋發現的事實 | | |
|---|---|---|---|
| 範例 | ① 스쿠터를 타다<br>② 사진들을 사진첩에 담다 | -아 보니까 | 괜찮다<br>추억이 새록새록 떠오르다 |
| | ③ 두꺼운 패딩을 입다<br>④ 이불을 들추다 | -어 보니까 | 따뜻하다<br>핸드폰이 사이에 껴 있다 |
| | ⑤ 고가 화장품을 쓰다 | -아/어 보니까 | 역시 싸구려와 다르다 |
| | ⑥ 수현이의 입장을 듣다<br>⑦ 커피가 써서 휘젓다 | -아/어 보니까 | 똑같이 잘못하다<br>설탕이 가라앉아 있다 |
| | ⑧ 뭐가 아직 남았는지 생각하다 | -여 보니까 | 준비할 것투성이다 |

可用詞彙類型＆範例

| 詞性 | 詞彙類型 | 範例詞彙 |
|---|---|---|
| 動詞 | 語幹最後音節母音為ㅏ,ㅗ | ① 타다<br>② 담다 |
| | 語幹最後音節母音非ㅏ,ㅗ | ③ 입다<br>④ 들추다 |
| | ㅡ脫落 | ⑤ 쓰다 |
| | 不規則 | ⑥ 듣다<br>⑦ 휘젓다 |
| | -하다 | ⑧ 생각하다 |

例句

① 스쿠터를 렌트해서 타다 / 괜찮다

**原句** 스쿠터를 렌트해서 **타 보니까** 괜찮더라고요.
租摩托車來騎看，覺得很不錯。

**加長** 태국에서 스쿠터를 렌트해서 **타 보니까** 지나가면서 경치도 볼 수 있고
괜찮더라고요.
在泰國租了摩托車來騎，邊騎邊可以看風景，覺得很不錯。

② 사진들을 사진첩에 담다 / 추억이 새록새록 떠오르다

**原句** 사진들을 사진첩에 **담아 보니까** 추억이 새록새록 떠올라요.
把相片裝進相本，回憶不斷湧現。

**加長** 여자 친구와의 지난 3년간 사진들을 사진첩에 **담아 보니까** 추억이 새록
새록 떠올라서 저도 모르게 입꼬리가 올라갔어요.
把和女友過去三年的照片裝進相本，回憶不斷湧現，嘴角不自覺地上揚了。

③ 두꺼운 패딩을 입다 / 따뜻하다

**原句** 두꺼운 패딩을 **입어 보니까** 따뜻해요.
穿上厚羽絨衣，覺得很溫暖。

**加長** 이렇게 추운 겨울 날씨에 두꺼운 패딩을 **입어 보니까** 신상이라 그런지
왠지 더 따뜻하고 포근한 느낌이에요.
在寒冷的冬天穿上厚羽絨衣，不知道是不是因為是新款的關係，感覺起來更溫暖。

④　이불을 들추다 / 핸드폰이 사이에 껴 있다

**原句**　이불을 들추어 보니까 핸드폰이 사이에 껴 있다.
將棉被翻開，手機就在裡面。

**加長**　방을 샅샅이 찾아봐도 없던 내 핸드폰이 혹시나 하는 마음에 장롱의 이불을 다 들추어 보니까 사이에 껴 있더라고요.
將房間都找過一遍還是找不到的手機，抱著試試看的心態，翻了一下衣櫃裡的棉被，發現就在裡面。

⑤　고가 화장품을 쓰다 / 역시 싸구려와 다르다

**原句**　고가 화장품을 써 보니까 역시 싸구려와 다르다.
用了高價化妝品，發現跟便宜貨真的不一樣。

**加長**　화장품이 다 거기서 거기지 싶었는데 고가 화장품을 써 보니까 역시 싸구려와 비교도 안 된다.
原本以為化妝品都差不多，但用了高價化妝品後發現跟便宜貨真的不一樣。

⑥　수현이의 입장을 듣다 / 똑같이 잘못하다

**原句**　수현이의 입장을 들어 보니까 똑같이 잘못했다.
聽了秀賢的立場，我覺得一樣都有錯。

**加長**　민호 말을 듣고 수현이가 잘못한 건가 싶었더니만 수현이의 입장을 들어 보니까 둘 다 똑같이 잘못했다.
聽了民浩的話，想說是秀賢的錯嗎，聽了秀賢的立場後，我覺得兩個人一樣都有錯。

⑦　커피가 써서 휘젓다 / 설탕이 가라앉아 있다

**原句**　커피가 써서 휘저어 보니까 설탕이 가라앉아 있었다.
因為咖啡很苦，所以攪拌了一下，才發現糖都沉澱了。

**加長**　커피에 설탕을 넣었는데도 불구하고 너무 써서 휘저어 보니까 아래 설탕이 가라앉아 있었다.
咖啡有加糖還是很苦，所以攪拌了一下，才發現糖都沉澱在下面。

⑧　뭐가 아직 남았는지 생각하다 / 준비할 것투성이다

**原句**　뭐가 아직 남았는지 생각해 보니까 준비할 것투성이다.
想了想還剩下什麼，才發現要準備的東西很多。

**加長**　결혼식이 코앞인데 뭐가 아직 남았는지 생각해 보니까 신혼여행이며 가전제품이며 준비할 것투성이다.
結婚典禮就要到了，想了想還剩下什麼，才發現蜜月旅行、家電用品等等，要準備的東西很多。

**單字**

스쿠터：（scooter）摩托車｜렌트하다：（rent--）租借｜새록새록：不斷出現的
樣子｜입꼬리：嘴角｜패딩：羽絨衣｜들추다：掀起、翻找、揭穿｜살살이：到處、
一一地｜장롱：衣櫃｜싸구려：便宜貨｜휘젓다：攪拌

# [V-고 보니까]

語法表現。**前句**：動作；**後句**：觀察後發現的事實。這裡的보다是「觀察」的意思。

| 應用方式 | 動作＋語法表現＋觀察後發現的事實 | | |
|---|---|---|---|
| 範例 | ① 일어나서 정신을 차리다<br>② 우걱우걱 먹다<br>③ 소개팅 남자는 알다 | -고 보니까 | 길에 누워 있다<br>유통 기한이 지나다<br>사치쟁이이다 |

可用詞彙類型＆範例

| 詞性 | 詞彙類型 | 範例詞彙 |
|---|---|---|
| 動詞 | 無關 | ① 정신을 차리다<br>② 먹다<br>③ 알다 |

**例句**

① 일어나서 정신을 차리다 / 길에 누워 있다

**原句** 일어나서 정신을 차리고 보니까 길에 누워 있었다.
起來回過神後發現躺在路邊。

**加長** 전날 친구들과 술을 마시고 필름이 끊긴 채 잠들었던 것 같은데 일어나서 정신을 차리고 보니까 길 한복판에 누워 있었다.
昨天和朋友喝了酒後好像就失憶睡著了，起來回過神後發現躺在路中央。

② 우걱우걱 먹다 / 유통 기한이 지나다

**原句** 우걱우걱 먹고 보니까 유통 기한이 지났다.
狼吞虎嚥地吃了之後發現已經過期了。

**加長** 너무 배고픈 나머지 냉장고에 있던 케이크를 우걱우걱 먹고 보니까 유통 기한이 훨씬 지났다는 사실을 알아차렸다.
因為肚子實在太餓，狼吞虎嚥地吃了冰箱的蛋糕後才發現已經過期很久了。

③ 소개팅 남자는 알다 / 사치쟁이이다

**原句** 소개팅 남자는 알고 보니까 사치쟁이였다.
聯誼的那個男生了解之後發現是個騙子。

**加長** 그 남자는 소개팅에서 한껏 비싼 것들로 치장하더니 알고 보니까 알맹이 없는 사치쟁이였다.
那個男生在聯誼的時候穿戴了一堆貴重的東西，了解之後發現根本是個騙子。

---

**單字**

우걱우걱：嘴裡塞滿食物、狼吞虎嚥的樣子 | 알아차리다：察覺、意識到 | 치장하다：打扮 | 알맹이：核心、核

# [V/A-다 보니까]

語法表現。**前句：**動作；**後句：**觀察後發現的事實。這裡的보다是「觀察」的意思。

| 應用方式 | 動作＋語法表現＋觀察後發現的事實 | | |
|---|---|---|---|
| 範例 | ① 매일 말하기 연습을 하다<br>② 상사의 비위를 맞추다<br>③ 서울로 상경해서 살다 | -다 보니까 | 한국어 발음이 좋아지다<br>정신이 피폐해지다<br>집 근처에 쇼핑몰이 없으면 힘들다 |
| | ④ 어렸을 때부터 계속 아프다<br>⑤ 희귀병 사례가 드물다 | | 누구보다 잘 알다<br>치료 방법에 대한 연구가 별로 없다 |
| | ⑥ 공중파이다<br>⑦ 한국이 처음인 외국인이다 | | 특별한 이야기를 주제로 다룬 드라마가 잘 안 나오다<br>매운 음식에 혼쭐이 나다 |

可用詞彙類型＆範例

| 詞性 | 詞彙類型 | 範例詞彙 |
|---|---|---|
| 動詞 | 無關 | ① 연습하다<br>② 비위를 맞추다<br>③ 살다 |
| 形容詞 | 無關 | ④ 아프다<br>⑤ 드물다 |
| 名詞<br>이다 | 無關 | ⑥ 공중파<br>⑦ 외국인 |

**例句**

① 매일 말하기 연습을 하다 / 한국어 발음이 좋아지다

**原句** 매일 말하기 연습을 **하다 보니까** 한국어 발음이 좋아졌다.
每天練習口說，韓文發音就變好了。

**加長** 하루도 빠짐없이 한국 드라마를 보고 매일 말하기 연습을 **하다 보니까**
어느 순간 한국어 발음이 눈에 띄게 좋아졌다.
每天都看韓劇練習口說，不知不覺韓文發音就變好了。

② 상사의 비위를 맞추다 / 정신이 피폐해지다

**原句** 상사의 비위를 **맞추다 보니까** 정신이 피폐해졌다.
總是迎合著上司，精神上很是折磨。

**加長** 일하면서 상사의 비위를 **맞추다 보니까** 내 주관이 없어지고 정신 상태
도 많이 피폐해진 까닭에 사직서를 내 버렸다.
在工作中總是迎合著上司，變得沒有主見，精神上也很折磨，所以就辭職了。

③ 서울로 상경해서 살다 / 집 근처에 쇼핑몰이 없으면 힘들 것 같다

**原句** 서울로 상경해서 **살다 보니까** 집 근처에 쇼핑몰이 없으면 힘들 것 같
다.
到首爾來生活後，慢慢發現家裡附近沒有購物中心的話很麻煩。

**加長** 성인이 되자마자 서울로 상경해 **살다 보니까** 이제 집 근처에 쇼핑몰이
나 식당가 등 가까이 없으면 힘들 것 같다.
一成年就馬上到首爾來生活，然後慢慢發現家裡附近沒有購物中心或是餐廳的話會很麻
煩。

④ 어렸을 때부터 계속 아프다 / 건강이 최고란 걸 누구보다 잘 알다

**原句** 어렸을 때부터 계속 **아프다 보니까** 건강이 최고란 걸 누구보다 잘 안
다.
從小就一直生病，所以比誰都懂健康是最重要的這件事。

**加長** 어렸을 때부터 선천적인 병을 앓고 있어서 계속 **아프다 보니까** 다른 무
엇보다도 건강이 최고라는 것을 절실히 깨달았다.
從小就有先天疾病，所以比任何人都還要了解健康是最重要的這件事。

⑤ 희귀병 사례가 드물다 / 치료 방법에 대한 연구가 별로 없다

**原句** 희귀병 사례가 **드물다 보니까** 치료 방법에 대한 연구가 별로 없다.
罕見疾病的例子很少，所以也沒什麼關於治療方法的研究。

**加長** 확실한 백신이 없는 희귀병 사례가 **드물다 보니까** 희귀병 환자를 접하
기가 어려워 치료 방법에 대한 연구가 별로 없다.
沒有疫苗的罕見疾病的例子很少，很難接觸到患者，所以也沒什麼關於治療方法的研究。

⑥ 공중파이다 / 특별한 이야기를 주제로 다룬 드라마가 잘 안 나오다

**原句** 공중파이다 **보니까** 특별한 이야기를 주제로 다룬 드라마가 잘 안 나온다.

因為是公共台,所以很少有特別題材的電視劇。

**加長** 지상파에 비해 제재가 엄격한 공중파이다 **보니까** 신선하거나 자극적인 소재를 사용한 특별한 이야기를 주제로 다룬 드라마가 잘 안 나온다.

因為是和第四台比起來制裁較嚴格的公共台,所以很少使用有新意、刺激性的題材當作主題的電視劇。

⑦ 한국이 처음인 외국인이다 / 매운 음식에 혼쭐이 나다

**原句** 한국이 처음인 **외국인이다 보니까** 매운 음식에 혼쭐이 났다.

因為是第一次來韓國的外國人,被辣的食物嚇到了。

**加長** 어학연수로 와서 한국이 처음인 **외국인이다 보니까** 자국에서 매운 것을 잘 먹는 편인데도 한국의 매운 음식에 혼쭐이 났다.

因為是第一次來韓國學韓文的外國人,即使在自己國家算是會吃辣的還是被韓國的辛辣食物嚇到了。

---

**單字**

비위를 맞추다:投其所好、迎合 | 피폐하다:疲憊、無力 | 주관:主觀、主見 | 까닭:原因 | 상경하다:從其他地區到首都(首爾) | 절실히:切實地、深切地 | 깨닫다:醒悟、領悟 | 희귀병:罕見疾病 | 드물다:稀少 | 백신:(vaccine)疫苗 | 혼쭐나다:嚇到魂都飛了

## ● 比一比 ●

## V-아/어 보니까、V-고 보니까、V/A-다 보니까

這三個文法的後半部分都是使用「보다＋-(으)니까」的組合，這裡的-(으)니까是「發現」的意思，會用在做了前句的行為後發現後面的情況、事實的時候，像是「아침에 일어나니까 10시가 다 됐어요.」。보다在個別解說裡有先提到了，是「嘗試」和「觀察」的意思。這幾個用法都是由二~三個文法組起來的，要找差異就要從這些個別的文法裡下手。

## -아/어 보니까 = -아/어 보다＋-(으)니까

-아/어 보다是「做看看（某個動作）」的意思。我們在嘗試了某件新事物後，可能會發現、得知某件新的事實，例如，在吃活章魚前以為味道會很奇怪，實際嘗試吃了以後發現不錯，嘗試吃（먹어 보다）＋發現（-으니까），就是먹어 보니까，整句話就可以說「산낙지 맛이 이상할 줄 알았는데 실제로 먹어 보니까 식감이 좋고 맛도 나쁘지 않더라고요.（原本以為活章魚的味道會很奇怪，但實際吃了之後發現口感很好，味道也不錯。）」。

## -고 보니까 = -고＋보다＋-(으)니까

回想一下在初級學過的-고，它是用來連接兩個動作、情況的用法，在這邊連接的就是前面做的事情及보다（觀察）這兩個動作。做完某個動作後，觀察一下，才發現某件事，例如，晚上嘴饞煮了泡麵來吃，吃完後看了一下包裝（觀察），發現已經過期了。吃完後（먹고）＋觀察（보다）＋發現（-으니까），就是먹고 보니까，整句話就可以說「출출해서 라면을 끓여 먹었는데 다 먹고 보니까 유통 기한이 지난 거였어요.（因為嘴饞就煮了泡麵來吃，但全部吃完後發現這已經過了有效期限。）」。

## -다 보니까 = -다(가)＋보다＋-(으)니까

　　-다가這個文法用在「前面的動作做到一半中斷，轉而做後面的動作」的時候，這裡指的就是前面的事情做到一半，轉而做보다（觀察）這個動作。某個動作做著做著，觀察一下，發現了某件事，例如，原本以為不會辣的炒年糕，吃著吃著才慢慢辣起來。吃到一半（먹다가）＋觀察（보다）＋發現（-으니까），就是먹다 보니까，整句話就可以說「이 떡볶이는 안 매울 거라고 생각했는데 먹다 보니까 맵네요.（我原本以為這個炒年糕不會辣，但吃著吃著發現會辣。）」。


## V-고 보니까 與 V-다 보니까

　　兩個都是「行動＋發現新事實」的概念，不過將文法拆解出來看後可以知道，因為-고 보니까是用連接兩個動作的-고，所以是在整個動作做完後才發現，而-다 보니까是用表示中斷的-다가，所以是在做某個動作的途中就發現了。

**Ex**

만나고 보니까 괜찮은 사람이더라고요.
▶ 見了一次面後，發覺對方是個不錯的人。

만나다 보니까 괜찮은 사람이더라고요.
▶ 一直持續見面，在一次又一次見面的過程中漸漸發覺對方是個不錯的人。

# [V/A-더니]

連結語尾。**前句**：邊回想邊述說親自觀察、見到的事情；**後句**：事情的變化或結果，通常可分為四種情況：①相反、對立的情況。②接著發生的事情。③因為前面的事情而產生的結果。④在前句的事情上又累加上去的事。

| 應用方式 | 邊回想邊述說親自觀察、見到的事情＋連結語尾<br>＋事情的變化或結果 | | |
|---|---|---|---|
| 範例 | ① 관계가 어그러지다<br>② 눈치 없이 웃다<br>③ 하늘이 흐려지다<br>④ 꿈이 좋다 | -더니 | 사이가 멀어지다<br>분위기가 싸늘해지다<br>비가 쏟아지다<br>면접 본 회사에 합격하다 |
| | ⑤ 교통카드를 안 갖고 나와서 난리다 | N더니 | 돈이 없어서 난리다 |
| | ⑥ 컨디션이 엉망이다 | N이더니 | 감기가 오다 |
| | ⑦ 안개가 장난이 아니다 | 아니더니 | 비행기가 지연되다 |

可用詞彙類型＆範例

| 詞性 | 詞彙類型 | 範例詞彙 |
|---|---|---|
| 動詞 /<br>形容詞 | 無關 | ① 어그러지다<br>② 웃다<br>③ 흐려지다<br>④ 좋다 |
| 名詞<br>이다 | 無尾音 | ⑤ 난리 |
| | 有尾音 | ⑥ 엉망 |
| 아니다 | 無關 | ⑦ 장난이 아니다 |

① 둘이 관계가 어그러지다 / 사이가 멀어지다

**原句** 둘이 관계가 **어그러지더니** 사이가 멀어졌다.
兩個人鬧僵，關係變遠了。

**加長** 둘이 오해로 관계가 한순간 **어그러지더니** 지금은 걷잡을 수 없을 정도로 사이가 점점 멀어졌다.
兩個人因為誤會鬧僵，現在關係漸行漸遠，已到了無法挽回的地步。

② 친구가 눈치 없이 웃다 / 분위기가 싸늘해지다

**原句** 친구가 눈치 없이 **웃더니** 분위기가 싸늘해졌다.
朋友很白目地笑，讓氣氛變得尷尬。

**加長** 친구가 진지한 상황에서 눈치 없이 **웃더니** 귀신이 지나간 듯 분위기가 싸늘해졌다.
朋友在很嚴肅的情況下白目地笑，讓氣氛像鬼飄過去般地變冷。

③ 우산을 안 가지고 나왔건만 하늘이 흐려지다 / 비가 쏟아지다

**原句** 우산을 안 가지고 나왔건만 하늘이 **흐려지더니** 비가 쏟아졌다.
沒帶傘就出門，結果天氣轉陰，還下起了雨。

**加長** 아침에 일기 예보를 보고 우산을 안 가지고 나왔건만 갑자기 날씨가 **흐려지더니** 결국 비가 쏟아지기 시작했다.
早上看了氣象報報，沒帶傘就出來了，結果天氣忽然轉陰，後來還下起了雨。

④ 꿈이 좋다 / 면접 본 회사에 합격하다

**原句** 꿈이 **좋더니** 면접 본 회사에 합격했다.
做了一個好夢，結果就被面試的公司錄取了。

**加長** 간밤에 꿈이 **좋더니** 어제 면접 본 회사도 합격했을 뿐더러 친구가 소개팅도 시켜 주었다.
昨晚做了個好夢，結果不僅被昨天面試的公司錄取，朋友還幫忙牽線讓我去聯誼。

⑤ 어제는 교통카드를 안 갖고 나와서 난리다 / 오늘은 돈이 없어서 난리다

**原句** 어제는 교통카드를 안 갖고 나와서 **난리더니** 오늘은 돈이 없어서 난리다.
昨天是沒帶交通卡出門一陣慌亂，今天是沒有錢而慌亂。

**加長** 어제는 급하게 나오느라 교통카드를 안 갖고 나와서 **난리더니** 오늘은 버스에 타고 보니 교통카드에 돈이 없어서 난리다.
昨天因為趕著出門，所以沒帶到交通卡導致一陣慌亂，今天是搭公車時發現卡裡面沒有錢而慌亂。

⑥　컨디션이 엉망이다 / 감기가 오다

**原句**　컨디션이 **엉망이더니** 감기가 왔다.
狀態不怎麼好，結果就感冒了。

**加長**　잠을 못 자서 그런지 오늘 하루 컨디션이 **엉망이더니** 저녁이 되자 감기와 오한이 왔다.
不知道是不是因為沒睡好的關係，今天一整天狀態很糟，到了晚上就感冒了。

⑦　안개가 장난이 아니다 / 비행기가 지연되다

**原句**　안개가 장난 **아니더니** 비행기가 지연됐다.
才想說霧很大，飛機就延遲了。

**加長**　오늘 한국에 가려고 공항에 갔는데 도착하자마자 안개가 장난 **아니더니** 결국에는 비행기가 무기한 지연이 되고 말았다.
今天要去韓國所以去了機場，結果一到那裡就起大霧，最後飛機就無限期延遲了。


限制

▶ 主詞不能是第一人稱。

　내가 집에 들어오더니 바로 소파에 뻗었다. （×）
　오빠가 집에 들어오더니 바로 소파에 뻗었다. （○）
　哥哥一回家就癱在沙發上。

　　　▶ 前句是一件「親自觀察、看到」的事情，自己沒辦法觀察自己，所以主詞不會是第一人稱。


※以旁觀者的角度、語氣去看待及描述自己的事情時，主詞可以是第一人稱。

　가족의 사고 소식에 눈앞이 **하얘지더니** 다음에는 기억이 나지 않는다.
　聽到家人出事的消息，眼前一片空白，再來的事就記不得了。


※與表達心理狀態、感知的形容詞結合使用時，主詞須為第一人稱。

　어쩐지 (내가) 오전 내내 **불안하더니** 큰일 낼 줄 알았다.
　難怪我一整個早上都覺得很不安，就知道是要發生事情了。

　(내가) 아침을 안 먹어서 아까는 엄청 **배고프더니** 지금은 오히려 배가 안 고프다.
　我因為沒吃早餐，到剛剛為止都還很餓，但現在卻還好。

※若為間接引用句，即使是表達心理狀態、感知的形容詞，主詞也可以是第三人稱。

동생이 어제 늦게까지 공부해서 <u>힘들다더니</u> 오늘은 머리까지 **아프대요**.

妹妹說昨天讀書讀到很晚所以很累，今天連頭都在痛。

※前句和後句的主詞或主題必須相同。

오전까지만 해도 햇빛이 <u>쨍쨍하더니</u> 오후 되니까 <u>바람도 불고 시원해졌네</u>.

早上都還是大太陽，一到下午就颳起風很涼快。

　　　　▶ 前後句的主題都是天氣。

※後句不能是未來時態、勸誘句、命令句。

오늘 좀 **피곤하더니** 졸겠어요. (×)
오늘 좀 **피곤하더니** 쉽시다. (×)

補充

▶ 可使用「-더니만」的型態來加強語氣。

친구는 시험 공부를 못 했다고 **하더니만** 100점을 받았다.

朋友說他沒讀到書，結果卻拿了100分。

배가 아프다면서 잘도 **먹더니만** 내가 배탈 날 줄 알았다.

說肚子痛又吃那麼多，我就知道你會拉肚子。

單字

어그러지다：歪斜、鬧僵 | 걷잡다：挽回 | 오한：發冷 | 무기한：無限期 | 뻗다：伸
展 | 쨍쨍하다：火辣辣

# [V-았/었더니]

**語法表現。前句：**邊回想邊述說個人做過的事情；**後句：**發現的事實或結果。通常可分為三種情況：①新得知的事實。②因為前面的事情而產生的結果。③他人的反應。

| 應用方式 | 邊回想邊述說個人做過的事情＋連結語尾＋發現的事實或結果 | | |
|---|---|---|---|
| 範例 | ① 남자 친구를 <u>차</u>다<br>② 모기를 <u>잡</u>다 | -았더니 | 금새 다른 여자를 만나다<br>피가 있다 |
| | ③ 가방을 살까 말까 <u>망설이</u>다<br>④ 여친과 싸웠냐고 하며 <u>넘겨짚</u>다 | -었더니 | 팔리고 말다<br>진실 고백을 하다 |
| | ⑤ 문을 안 <u>잠그</u>다 | -았/었더니 | 도둑이 들다 |
| | ⑥ 영어에 힘을 <u>싣</u>다<br>⑦ 음식을 <u>들이붓</u>다 | -았/었더니 | 지원할 수 있는 회사의 범위가 넓어지다<br>배탈이 나다 |
| | ⑧ 환불을 <u>요구하</u>다 | -였더니 | 이것저것 자료를 요청하다 |

可用詞彙類型＆範例

| 詞性 | 詞彙類型 | 範例詞彙 |
|---|---|---|
| 動詞 | 語幹最後音節母音為ㅏ,ㅗ | ① 차다<br>② 잡다 |
| | 語幹最後音節母音非ㅏ,ㅗ | ③ 망설이다<br>④ 넘겨짚다 |
| | ㅡ脫落 | ⑤ 잠그다 |
| | 不規則 | ⑥ 싣다<br>⑦ 들이붓다 |
| | -하다 | ⑧ 요구하다 |

**例句**

① 남자 친구를 차다 / 금새 다른 여자를 만나다

**原句** 남자 친구를 **찼더니** 금새 다른 여자를 만난다.
我把男友甩了，結果他馬上就跟別的女生交往。

**加長** 요즘 사랑이 식은 거 같아 남자 친구를 **찼더니** 금새 다른 여자를 만나고 다닌다.
最近覺得愛好像淡了，所以把男友給甩了，結果他馬上就跟別的女生交往。

② 모기를 잡다 / 피가 있다

**原句** 모기를 **잡았더니** 피가 있다.
抓到蚊子發現有血。

**加長** 모기가 밤새 계속 귓가에서 윙윙거려 일어나서 **잡았더니** 피가 있는 것으로 봐서 벌써 몇 번 문 것 같다.
蚊子一直在耳邊嗡嗡叫，起來抓到之後發現有血，看來應該已經咬了好幾次了。

③ 가방을 살까 말까 망설이다 / 팔리고 말다

**原句** 가방을 살까 말까 **망설였더니** 팔리고 말았다.
猶豫著要不要買包包，結果就賣光了。

**加長** 어제 저녁 예쁜 가방을 보고 살까 말까 **망설였더니** 다음날 아니나 다를까 팔리고 말았다.
在猶豫著要不要買昨天晚上看到的那個漂亮的包包，結果隔天果然就賣光了。

④ 여친과 싸웠냐고 하며 넘겨짚다 / 진실 고백을 하다

**原句** 여친과 싸웠냐고 하며 **넘겨짚었더니** 진실 고백을 했다.
我猜想著問他是不是和女朋友吵架，他就把事情都告訴我了。

**加長** 친구가 안색이 안 좋아서 여친과 싸웠냐고 하며 **넘겨짚었더니** 눈물을 왈칵 쏟으며 진실 고백을 했다.
朋友的臉色不太好，我猜想著問他是不是和女朋友吵架，結果他就哭出來，把事情都告訴我了。

⑤ 문을 안 잡그다 / 도둑이 들다

**原句** 문을 안 **잠갔더니** 도둑이 들었다.
我沒有鎖門，結果就遭小偷了。

**加長** 오늘 아침 출근할 때 깜빡하고 문을 안 **잠갔더니** 그새 도둑이 든 모양이다.
今天出門上班時忘了鎖門，結果好像遭小偷了。

⑥　영어에 힘을 싣다 / 지원할 수 있는 회사의 범위가 넓어지다

**原句** 영어에 힘을 **실었더니** 지원할 수 있는 회사의 범위가 넓어졌다.
加強了英文，發現能應徵的公司範圍變廣了。

**加長** 회사마다 영어에 목을 매니까 영어 능력 시험에 힘을 **실었더니** 지원할 수 있는 범위가 넓어졌다.
每間公司都要求英文，所以我在英文檢定上下了功夫，發現能應徵的公司範圍變廣了。

⑦　음식을 들이붓다 / 배탈이 나다

**原句** 음식을 **들이부었더니** 배탈이 났다.
暴飲暴食結果就拉肚子了。

**加長** 무한리필에 눈이 멀어 닥치는 대로 음식을 **들이부었더니** 다음날 배탈이 났다.
被吃到飽迷惑，暴飲暴食地狂吃，結果隔天就拉肚子了。

⑧　환불을 요구하다 / 이것저것 자료를 요청하다

**原句** 환불을 **요구하였더니** 이것저것 자료를 요청했다.
我說要退貨，結果向我要求了一堆資料。

**加長** 물건에 하자가 있어 환불을 **요구하였더니** 이것저것 자료를 요청해 여간 귀찮은 게 아니다.
因為物品有瑕疵，所以我說要退貨，結果向我要求了一堆資料，真是有夠煩的。


**限制**

▶ 前句主詞通常為第一人稱。

(내가) 악착같이 **살았더니** 보람을 많이 느낀다.
（我）拚了命地生活，終於感受到了意義。


※如果是回顧他人已經做完的動作，且從頭到尾都在旁邊看著的話，主詞可以是第三人稱。

사장님이 질문을 **던졌더니** 다들 못 들은 척하고 딴청을 피운다.
老闆一丟出問題，每個人都裝作沒聽到一樣做別的事。

※ 若為間接引用句，主詞可以是第三人稱。

제훈 씨가 방금 커피숍에 갔더니 오늘 문 안 열었대요.
제훈剛剛去了咖啡廳，說今天沒開。

▶ 後句不能是未來時態、勸誘句、命令句。

집을 나왔더니 버스가 곧 올 거예요. (×)
집을 나왔더니 버스를 탑시다. (×)

補充

▶ 可使用「-았/었더니만」的型態來加強語氣。

케이크를 내일 먹으려고 냉장고에 남겨 놨더니만 누가 먹어 버렸다.
買了蛋糕放在冰箱打算明天吃，結果不知道被誰吃掉了。

單字

금새：馬上｜귓가：耳邊｜윙윙거리다：嗡嗡叫｜넘겨짚다：猜想、揣摩｜왈칵：形容一下子、猛然就～的樣子｜목을 매다：依靠、仰賴、勒住脖子｜들이붓다：傾瀉、倒入｜닥치는 대로：肆意、不管三七二十一、馬上就｜악착같이：拼命、執著｜딴청：與之無關的話或行動

## • 比一比 •                                        V/A-더니 與 V-았/었더니

　　讀完個別的文法解說，應該可以發現這兩個文法只是長得很像而已，用法是完全不同的。-더니是對周遭事物的觀察，-았/었더니是自己所做出的動作，雖然文法限制看似有些複雜，但意思上是沒有重疊的，所以也無法做差異比較。這裡將文法限制做個整理。

|  | 詞性 | 主詞 | 後句為未來時態、勸誘句、命令句 |
|---|---|---|---|
| -더니 | 動詞、形容詞、名詞 | 第二、三人稱<br>前後主詞或主題相同 | × |
| -았/었더니 | 動詞 | 前：第一人稱 | × |

**03** -(으)ㄴ/는 셈이다、-다시피

# [V/A-(으)ㄴ/는 셈이다]

語法表現。表示雖然事實不是那樣，但也差不多了。相當於中文的「算是…」、「幾乎可以說…」

| 應用方式 | 幾乎可以說…＋語法表現 | |
|---|---|---|
| 範例 | ① 거의 안 쉬다<br>② 하루에 한끼를 먹다 | -는 셈이다 |
| | ③ 명품 가방을 처음 들다 | -ㄴ 셈이다 |
| | ④ 부부가 되다 | -ㄴ 셈이다 |
| | ⑤ 은혜를 받다 | -은 셈이다 |
| | ⑥ 지금의 BTS를 만들다 | -ㄴ 셈이다 |
| | ⑦ 9곡을 들었으니 다 듣다 | -(으)ㄴ 셈이다 |
| | ⑧ 공항 근처 주유소는 50원이나 더 비싸다 | -ㄴ 셈이다 |
| | ⑨ 이 정도 집 크기면 넓다 | -은 셈이다 |
| | ⑩ 설탕을 안 넣은 것치고는 달다 | -ㄴ 셈이다 |
| | ⑪ 나한테는 덥다 | -(으)ㄴ 셈이다 |
| | ⑫ 1000원에 파는 것은 공짜이다<br>⑬ 삶의 터전이다 | N인 셈이다 |
| | ⑭ 나의 성격이 문제이다 | N였던 셈이다 |
| | ⑮ 5시간 게임을 하는 걸 봐서는 게임 중독이다 | N이었던 셈이다 |
| | ⑯ 알고 온 거니까 우연이 아니다 | -ㄴ 셈이다 |

可用詞彙類型 & 範例

| 詞性 | 詞彙類型 | 範例詞彙 |
|---|---|---|
| 動詞<br>(現在) | 無關 | ① 쉬다<br>② 먹다 |
| | ㄹ脫落 | ③ 들다 |
| 動詞<br>(過去) | 無尾音 | ④ 되다 |
| | 有尾音 | ⑤ 받다 |
| | ㄹ脫落 | ⑥ 만들다 |
| | 不規則 | ⑦ 듣다 |
| 形容詞 | 無尾音 | ⑧ 비싸다 |
| | 有尾音 | ⑨ 넓다 |
| | ㄹ脫落 | ⑩ 달다 |
| | 不規則 | ⑪ 덥다 |
| 名詞이다<br>(現在) | 無關 | ⑫ 공짜<br>⑬ 터전 |
| 名詞이다<br>(過去) | 無尾音 | ⑭ 문제 |
| | 有尾音 | ⑮ 중독 |
| 아니다 | 無關 | ⑯ 우연이 아니다 |

例句

① 집에 돌아오면 밤 10시니까 거의 안 쉬다

原句 집에 돌아오면 밤 10시니까 거의 안 쉬는 셈이다.
回到家已經十點了，等於沒有休息。

加長 방과 후 학원이니 알바니 집에 돌아오면 밤 10시인데 다음날 등교를 위해 바로 자야 하니 거의 안 쉬는 셈이다.
放學後要去補習班和打工，回到家已經十點了，為了隔天要去上學得馬上睡覺，等於沒有休息。

② 요즘 식단 조절을 하고 있어서 점심에만 밥을 먹어 하루에 한끼를 먹다

**原句** 요즘 식단 조절을 하고 있어서 점심에만 밥을 먹어 하루에 한끼를 **먹는 셈이다**.
最近在控制飲食，只有中午吃飯，等於一天只吃一餐。

**加長** 요즘 운동과 식단 조절을 하고 있어서 점심에 밥을 먹고 저녁에는 간단한 샐러드를 먹기 때문에 하루에 한끼를 **먹는 셈이나 다름없다**.
最近在運動和控制飲食，只有中午吃飯，晚餐吃簡單的沙拉，所以等於一天只吃一餐。

③ 명품 가방을 처음 들다

**原句** 명품 가방을 처음 **드는 셈이다**.
算是第一次拿名牌包。

**加長** 매번 꿈에만 그리던 명품 가방을 백화점에서만 들어 봤으니까 이번에 내 가방으로는 처음 **드는 셈이다**.
夢寐以求的名牌包只有在百貨公司試拿過，所以這次算是我第一次拿屬於我的包包。

④ 결혼 반지까지 맞췄는데 부부가 되다

**原句** 결혼 반지까지 맞췄는데 부부가 **된 셈이죠**.
已經買了戒指，可以算是夫婦了。

**加長** 결혼 반지까지 맞췄으니 부부가 **된 셈이고** 식은 천천히 준비하고 올려도 돼.
已經買了戒指，可以算是夫婦了，婚禮就慢慢準備吧。

⑤ 친구로부터 은혜를 받다

**原句** 친구로부터 은혜를 **받은 셈이다**.
等於是從朋友那邊得到恩惠。

**加長** 어려운 시절에 친구가 빌려준 10만원으로 내가 인생 역전을 할 수 있었기에 친구로부터 은혜를 **받은 셈이다**.
在困難的時候朋友借了我十萬元，我才可以逆轉人生，等於是從朋友那邊得到恩惠。

⑥ 팬들이 지금의 BTS를 만들다

**原句** 팬들이 지금의 BTS를 **만든 셈이다**.
等於是粉絲創造了現在的BTS。

**加長** 팬들의 무한한 사랑이야말로 지금의 BTS를 **만든 셈이며** 그들의 노력이 팬덤을 유지하는 셈이다.
可以說是粉絲無盡的愛創造了現在的BTS，而他們的努力維持了粉絲。

⑦ 9곡을 들었으니 이 앨범을 다 듣다

原句 9곡을 들었으니 이 앨범을 다 **들은 셈이다**.
聽了九首歌，等於是聽了整張專輯了。

加長 이번 앨범에 총 10곡이 수록되어 있는데 9곡을 들었으니 다 **들은 셈이다**.
這次的專輯收錄了十首歌，聽了九首等於是全部聽完了。

⑧ 공항 근처 주유소는 50원이나 더 비싸다

原句 공항 근처 주유소는 50원이나 더 **비싼 셈이다**.
機場附近的加油站可以說是貴了50元。

加長 우리집 옆 주유소는 1460원인 것에 비해 공항 근처 주유소는 1512원으로 50원이나 더 **비싼 셈이다**.
比起我家附近加油站的1460韓元，機場附近的要1512韓元，可以說是貴了50韓元。

⑨ 서울에서 이 정도 집 크기면 넓다

原句 서울에서 이 정도 집 크기면 **넓은 셈이다**.
在首爾這樣的大小就算是很寬的了。

加長 대만의 기준으로 봤을 때 좁은 것일지 몰라도 서울에서 이 정도 집 크기면 **넓은 셈이다**.
以台灣的標準來看可能很窄，但在首爾這樣的大小就算是很寬的了。

⑩ 설탕을 안 넣은 것치고는 쓰지 않고 달다

原句 설탕을 안 넣은 것치고는 쓰지 않고 **단 셈이다**.
以沒放糖的來說，這個算甜的了。

加長 천연 찻잎으로 우려낸 차가 쌉싸름해야 마땅한데 설탕을 안 넣은 것치고는 **단 셈이다**.
用天然茶葉泡的茶照理來說會有點苦澀，以沒放糖的來說，這個算甜的了。

⑪ 22도면 나한테는 덥다

原句 22도면 나한테는 **더운 셈이다**.
22度的話對我來說算熱的。

加長 22도는 일반 사람에게 시원한 것일지 몰라도 추운 나라에서 온 나한테는 꽤 **더운 셈이다**.
22度對一般人來說可能是涼快的，但對來自寒冷國家的我來說算是相當熱的。

⑫　1000원에 파는 것은 공짜이다

**原句**　1000원에 파는 것은 **공짜인 셈이다**.
賣1000韓元可以說是免費的了。

**加長**　다른 데서 2만원 넘게 파는 걸 이 마트에서 1000원으로 파니까 **공짜인 셈이나 다름없다**.
其他地方賣超過兩萬韓元的東西，在這個超市只賣1000韓元，和免費的沒兩樣。

⑬　삶의 터전이다

**原句**　삶의 **터전인 셈이다**.
算是人生的基地。

**加長**　우리가 아무렇지 않게 다니는 여행지가 현지인에게는 매일 치열하게 사는 삶의 **터전인 셈이다**.
我們不以為意走訪的觀光景點，對當地人來說是每天激烈生活的人生基地。

⑭　나의 이기적인 성격이 문제이다

**原句**　나의 이기적인 성격이 **문제였던 셈이다**.
我自私的個性可以說是問題。

**加長**　이별에 있어서 상대방의 탓만 하다시피 했는데 생각해 보면 나의 이기적인 성격이 **문제였던 셈이다**.
分手時幾乎都只怪對方，現在想想，我自私的個性也是個問題。

⑮　그때 하루에 5시간 게임을 하는 걸 봐서는 게임 중독이다

**原句**　그때 하루에 5시간 게임을 하는 걸 봐서는 **게임 중독이었던 셈이다**.
當時一天花五個小時玩遊戲，可以說是遊戲中毒了。

**加長**　그때 제아무리 제 할 일을 다 했다손 치더라도 하루에 5시간 게임을 하는 걸 봐서는 **게임 중독이었던 셈이다**.
那個時候，就算說我已經把該做的事都做完，還是一天花五個小時玩遊戲，可以說是遊戲中毒了。

⑯　어떻게 보면 내가 여기에 있는 걸 알고 온 거니까 우연이 아니다

**原句**　어떻게 보면 내가 여기에 있는 걸 알고 온 거니까 우연이 **아닌 셈이다**.
從某個角度看來，你是知道我在這裡才來的，所以不算偶然。

**加長**　드라마에서처럼 우리가 만난 것이 운명인 듯해도 어떻게 보면 내가 여기에 있는 걸 알고 온 거니까 우연이 **아닌 셈이다**.
就算我們的相遇像是在電視劇裡般命中注定，但從某個角度看來，你是知道我在這裡才來的，所以不算偶然。

▶ 日常生活中幾乎不會使用到-(으)ㄴ/는 셈이다，同樣意思可以用거의、-는 것이나 다름없다、-다고 할 수 있다等來表示。

오늘 준비한 재료는 조금밖에 안 남았으니 다 팔린 셈이다.
= 오늘 준비한 재료는 조금밖에 안 남았으니 거의 다 팔린 것이다.
= 오늘 준비한 재료는 조금밖에 안 남았으니 거의 다 팔린 것이나 다름없다.
= 오늘 준비한 재료는 조금밖에 안 남았으니 거의 다 팔렸다고 할 수 있다.

今天準備的材料只剩一點點，可以說是全部賣光了。

---

**單字**

우려내다：泡、熬出、榨取 ｜ 쌉싸름하다：苦澀

---

## 03 -(으)ㄴ/는 셈이다、-다시피

## [V-다시피 V]

連結語尾。**前句：**沒有真的做，但已經接近有做的動作。**後句：**用前面的方式去做的動作，大多時候會用하다來代替。相當於中文的「幾乎⋯」。也常用在誇飾的時候。

| 應用方式 | 沒有真的做，但已經接近有做的動作＋連結語尾<br>＋用前面的方式去做的動作 | | |
|---|---|---|---|
| 範例 | ① 다이어트에 미치다<br>② 요즘 울면서 지내다<br>③ 나는 매분 매초 고민하다<br>④ 녹음실에서 살다 | -다시피 | 하다<br>하고 있다<br>하다<br>컴백 노래를 만들다 |

可用詞彙類型＆範例

| 詞性 | 詞彙類型 | 範例詞彙 |
|---|---|---|
| 動詞 | 無關 | ① 미치다<br>② 지내다<br>③ 고민하다<br>④ 살다 |

例句

① 다이어트에 미치다 / 하다

**原句** 다이어트에 **미치다**시피 했다.
幾乎減肥減瘋了。

**加長** 내가 좋아하는 사람의 눈에 들어오기 위해 다이어트에 **미치다**시피 했다.
為了讓我喜歡的人看我，幾乎減肥減瘋了。

② 　요즘 울면서 지내다 / 하고 있다

原句 　요즘 울면서 **지내다시피** 하고 있다.
最近是天天以淚洗面。

加長 　죽도록 사랑했던 남친과 헤어져서 요즘 거의 울면서 **지내다시피** 하고
있다.
和愛得死去活來的男友分手，最近幾乎是天天以淚洗面。

③ 　나는 매분 매초 고민하다 / 하다

原句 　나는 매분 매초 **고민하다시피** 했다.
我幾乎每分每秒都在煩惱。

加長 　나는 한국어 수업을 어떻게 하면 더 재미있게 진행할 수 있을지 매분
매초 **고민하다시피** 했다.
我幾乎每分每秒都在煩惱要怎麼樣才能讓韓文課更有趣。

④ 　녹음실에서 살다 / 컴백 노래를 만들다

原句 　녹음실에서 **살다시피** 컴백 노래를 만들었다.
幾乎在錄音室生活，做出了回歸歌曲。

加長 　녹음실에서 **살다시피** 컴백 노래를 만든 끝에 빌보드 차트 1위라는 기염
을 토했다.
幾乎在錄音室生活，做出了回歸歌曲，拿到了《告示牌》第一名。


**單字**
빌보드 차트： （Billboard chart） 告示牌

## • 比一比 •　　　　　　　V/A-(으)ㄴ/는 셈이 與 V-다시피 V

　　這兩個用法都是在表示「實際上雖然沒有做，但已經接近那個動作 / 狀態」時使用的，但-(으)ㄴ/는 셈이다因為放在句子尾巴，講完就沒了，等於是單純敘述一個狀態跟另一個狀態是很接近的；而-다시피 V因為後面還有一個動詞，所以講起來會變成「我用［前句的方式］去執行某個動作」。給人的感覺不太一樣，前者描述的是狀態，後者描述的是怎麼做動作。

### Ex

한국 사람은 김치를 거의 매일 먹는 셈이다.

▶ 單純敘述幾乎是每天都吃泡菜。

한국 사람은 김치를 거의 매일 먹다시피 한다.

▶ 韓國人做［幾乎每天都吃泡菜］這個動作。

1.因為貪心而被詐騙，現在幾乎變成乞丐了。

語彙：욕심을 내다, 거의, 되다, 지금, 당하다, 거지, 사기

語法 / 助詞 / 表現：은/는, 이/가, 을/를, 을/를, -고, -아/어 버리다, -다시피
하다, -고 말다, -다가, -(으)ㄴ/는 셈이다, -다

✎

2.朋友每天去皮膚保養，現在皮膚真的變得和小孩一樣好了。

語彙：피부과, 정말, 친구, 매일, 피부, 관리, 받다, 아기, 깨끗하다, 다니다

語法 / 助詞 / 表現：이/가, 을/를, 처럼, -았/었-, -ㄴ/는다더니, -(으)면서, -
아/어지다, -다

✎

3.烤肉的時候，因為想和家人說一下話所以分心了一下，結果肉就焦掉了。

語彙：한눈을 팔다, 잠깐, 고기, 가족, 고기, 굽다, 타다, 이야기, 하다

語法 / 助詞 / 表現：을/를, 과/와, 을/를, 을/를, 이/가, -더니, -았/었더니,
-(으)려고, -는 중, -고 말다, -았/었-, -다

✎

4.不善於表達情感的她稍微嘀咕一下就是愛的表現了。

語彙：살짝, 사랑, 말투, 감정, 표현, 표현, 투덜대다, 그녀, 살짝, 서투르다

語法 / 助詞 / 表現：이/가, 이/가, 은/는, -는, -(으)ㄴ, -(으)ㄴ/는 셈이다, -
다시피 하다, 이다, -다

✎

5.馬拉松選手為了維持速度的節奏，在途中喝飲料時幾乎都是用倒的。

語彙：붓다, 마시다, 마라톤 선수, 페이스 유지, 음료, 달리다, 중간중간, 있다,
얼굴

語法 / 助詞 / 表現：을/를, 은/는, 에, 밖에, 을/를 위해, -(으)ㄴ/는 셈이다, -
는, -(으)ㄹ 수 없다, -는 도중, -다시피, -다

✎

6.每天都坐在電腦前工作，造成了手腕的負擔，有疼痛感。

語彙：생기다, 손목, 가다, 하다, 컴퓨터, 매일, 작업, 무리, 통증, 편집, 앞, 앉다, 많이

語法 / 助詞 / 表現：에, 을/를, 에, 이/가, 이/가, -고, -다 보니, -아/어 보니, -아/어서, -았/었-, -아/어요

✏

7.雖然我不是很喜歡小孩，但生了小孩後真的覺得超級可愛。

語彙：좋아하다, 나, 나, 아이, 아이, 낳다, 이렇게, 그다지, 사랑스럽다

語法 / 助詞 / 表現：을/를, 은/는, 의, 을/를, 이/가, -지만, -고 보니까, -지 않다, -다 보니까, -(으)ㄹ 수 없다, -다

✏

8.腳突然感覺癢，用手摸了發現是一隻蟑螂在上面。

語彙：간지러움, 다리, 손, 쪽, 갑자기, 느끼다, 바퀴벌레, 만지다, 붙다

語法 / 助詞 / 表現：에, 을/를, (으)로, 이/가, -아/어 보니, -다 보니, -아/어 있다, -는데, -더라고요

✏

9.在同事的慫恿之下站出來對抗不合理的事，結果被主管們盯上，每天壓力都很大。

語彙：스트레스, 이만저만, 매일매일, 맞서다, 동료, 부추기다, 부당하다, 임원, 찍히다, 아니다

語法 / 助詞 / 表現：의, (으)로, 에, 에게, 이/가, 이/가, 들, 들, -(으)ㅁ, -(으)ㅁ, -아/어서, -더니, -았/었더니, -아/어요

✏

# 單元 10 添加、選擇類

01 -(으)ㄹ 뿐만 아니라、-(으)ㄴ/는 데다가

## [V/A-(으)ㄹ 뿐만 아니라]

語法表現。**前句**：原本就存在的狀況；**後句**：在前面的狀況下，另一個也存在的狀況。相當於中文的「不僅…」。

| 應用方式 | 原本就存在的狀況＋語法表現＋<br>在前面的狀況下，另一個也存在的狀況 | | |
|---|---|---|---|
| 範例 | ① 이 게스트하우스는 방이 널찍하다<br>② 감정을 전면에 내세우다 | -ㄹ 뿐만 아니라 | 주방 도구도 완비되어 있다<br>남의 말도 듣지 않다 |
| | ③ 좋아하는 연예인을 볼 수 있다<br>④ 내 시선을 사로잡다 | -을 뿐만 아니라 | 같은 팬들과 소통도 하다<br>식욕도 불러일으키다 |
| | ⑤ 요리 실력이 늘다 | -ㄹ 뿐만 아니라 | 식비까지 절감되다 |
| | ⑥ 얼그레이 티백은 빛깔이 곱다<br>⑦ 미소를 짓다 | -(으)ㄹ 뿐만 아니라 | 맛도 뛰어나다<br>살갑게 대해 주다 |
| | ⑧ 청바지가 많이 닳다 | -을 뿐만 아니라 | 구멍까지 나 있다 |
| | ⑨ 그 제품의 홍보이다<br>⑩ 나의 행복이다 | N일 뿐만 아니라 | 자기 자신을 알리는 기회이다<br>내 가족들의 걱정도 덜어 줄 수 있다 |
| | ⑪ 지각하는 것은 매너가 아니다 | -ㄹ 뿐만 아니라 | 예의에도 어긋나다 |

可用詞彙類型＆範例

| 詞性 | 詞彙類型 | 範例詞彙 |
|---|---|---|
| 動詞 /<br>形容詞 | 無尾音 | ① 널찍하다<br>② 내세우다 |
| | 有尾音 | ③ -ㄹ 수 있다<br>④ 사로잡다 |
| | ㄹ脫落 | ⑤ 늘다 |
| | 不規則 | ⑥ 곱다<br>⑦ 짓다 |
| | -았/었- | ⑧ 닳다 |
| 名詞<br>이다 | 無關 | ⑨ 홍보<br>⑩ 행복 |
| 아니다 | 無關 | ⑪ 매너가 아니다 |

**例句**

① 이 게스트하우스는 방이 널찍하다 / 주방 도구도 완비되어 있다

原句 이 게스트하우스는 방이 **널찍할 뿐만 아니라** 주방 도구도 완비되어 있다.
這間Guesthouse不僅房間寬敞，廚房用品也很齊全。

加長 이 게스트하우스는 최근에 개업한 것으로 방이 **널찍할 뿐만 아니라** 큰 공용 휴게실과 주방 도구 등 각종 편의 시설이 완비되어 있어서 좋다.
這間Guesthouse最近開幕，不僅房間寬敞，還有共用的大休息室、廚房用品等設施齊全，真好。

② 감정을 전면에 내세우다 / 남의 말도 듣지 않다

原句 감정을 전면에 **내세울 뿐만 아니라** 남의 말도 듣지 않는다.
不僅感情用事，別人的話也不聽。

加長 그 사람과 토론을 하다 보면 감정을 전면에 **내세울 뿐만 아니라** 남의 말도 듣지를 않아 누구나 그와 함께 하기를 꺼린다.
和那個人討論事情到一半他就會感情用事，別人的話也不聽，所以誰都不想和他在一起。

③ 좋아하는 연예인을 보다 / 같은 팬들과 소통도 하다

原句 좋아하는 연예인을 볼 수 있을 뿐만 아니라 같은 팬들과 소통도 한다.
不僅可以看到喜歡的藝人，也可以和其他粉絲交流。

加長 콘서트에 가면 좋아하는 연예인을 직접 볼 수 있을 뿐만 아니라 같은 팬들과 소통도 할 수 있어 매번 가려고 한다.
去演唱會的話不僅可以直接看到喜歡的藝人，也可以和其他粉絲交流，所以每次都會想去。

④ 길거리 음식은 내 시선을 사로잡다 / 식욕도 불러일으키다

原句 길거리 음식은 내 시선을 사로잡을 뿐만 아니라 식욕도 불러일으킨다.
路邊小吃不僅抓住我的視線，還激起了我的食慾。

加長 길거리 음식은 내 시선을 사로잡을 뿐만 아니라 식욕도 불러일으켜 항상 그냥 지나치는 법이 없다.
路邊小吃不僅抓住我的視線，還激起了我的食慾，所以每次都不會只是經過。

⑤ 요리 실력이 늘다 / 식비까지 절감되다

原句 요리 실력이 늘 뿐만 아니라 식비까지 절감된다.
不僅料理實力提升，伙食費也節省。

加長 자취 생활을 하다 보면 요리 실력이 늘 뿐만 아니라 식비까지 절감될 수 있어 나쁘지만은 않다.
自己做飯的生活不僅讓料理實力提升，伙食費也節省了，不是只有壞處的。

⑥ 얼그레이 티백은 빛깔이 곱다 / 맛도 뛰어나다

原句 얼그레이 티백은 빛깔이 고울 뿐만 아니라 맛도 뛰어나다.
伯爵茶包不僅色澤漂亮，味道也很好。

加長 지난 주에 구매한 얼그레이 티백은 빛깔이 고울 뿐만 아니라 맛도 뛰어나서 다 먹으면 재구매할 의사가 있다고 리뷰를 남겼다.
上個星期買的伯爵茶包不僅色澤漂亮，味道也很好，所以留下了喝完後有意再買的評論。

⑦ 미소를 짓다 / 살갑게 대해 주다

原句 미소를 지을 뿐만 아니라 살갑게 대해 준다.
不僅常微笑，待人也和氣。

加長 그녀는 전학을 온 나에게 늘 미소를 지을 뿐만 아니라 항상 살갑게 대해 줘서 금방 친해질 수 있었다.
她對轉學來的我不僅常微笑，待人也和氣，所以很快就能變親近了。

⑧ 그 창바지가 많이 닳다 / 구멍까지 나 있다

**原句** 그 청바지가 많이 **닳았을 뿐만 아니라** 구멍까지 나 있다.
那件牛仔褲不僅磨壞了，還破了洞。

**加長** 그 청바지가 **닳았을 뿐만 아니라** 구멍까지 나 있지만 할아버지가 매일 입는 것을 보면 사연이 있어 보인다.
那件牛仔褲不僅磨壞了，還破了洞，但爺爺還是每天穿，看來應該是有什麼理由。

⑨ 그 제품의 홍보이다 / 자기 자신을 알리는 기회이다

**原句** 그 제품의 **홍보일 뿐만 아니라** 자기 자신을 알리는 기회다.
不僅是宣傳那項商品，也是宣揚自己的機會。

**加長** 연예인이 광고를 찍으면 그 제품의 **홍보일 뿐만 아니라** 자기 자신 또한 알리는 기회이기도 하다.
藝人拍廣告的話，不僅是宣傳那項商品，同時更是宣揚自己的機會。

⑩ 건강 관리를 잘하는 것은 나의 행복이다 / 내 가족들의 걱정도 덜어 줄 수 있다

**原句** 건강 관리를 잘하는 것은 나의 **행복일 뿐만 아니라** 내 가족들의 걱정도 덜어 줄 수 있다.
做好健康管理不僅是我的幸福，也可以減少家人的擔心。

**加長** 올바른 생활 습관과 운동으로 건강 관리를 잘하는 것은 나의 **행복일 뿐만 아니라** 내 가족들의 걱정도 덜어 줄 수 있다고 생각한다.
我認為以良好的生活習慣和運動做好健康管理不僅是我的幸福，也可以減少家人的擔心。

⑪ 지각하는 것은 매너가 아니다 / 예의에도 어긋나다

**原句** 지각하는 것은 매너가 **아닐 뿐만 아니라** 예의에도 어긋난다.
遲到不僅沒有禮貌，也不合乎禮節。

**加長** 첫 만남에 지각하는 것은 매너가 **아닐 뿐만 아니라** 예의에도 어긋나기에 자신의 첫인상이 나빠지기 마련이다.
第一次見面就遲到不僅沒有禮貌，也不合乎禮節，當然會讓自己的第一印象變差。

▶ 如果想表達「不僅（某個人或事物）」，可以用N뿐만 아니라。注意此時的뿐是當助詞用，不是依存名詞，所以要和前面的名詞貼在一起寫。

나는 식당을 고를 때 맛뿐만 아니라 분위기도 많이 보는 스타일이다.
我在挑餐廳時，不僅是味道，也會考慮氣氛。

▶ 後面的名詞常會和도、까지等助詞搭配使用。

민혁이는 랩뿐만 아니라 노래도 잘하고 작곡 능력까지 비범해서 볼 때마다 세상 어찌 이리 불공평할 수 있나 싶을 정도다.
민혁不僅很會rap，歌也唱得很好，連作曲能力都厲害，每次看到都覺得這世界怎麼可以如此不公平。

**單字**
꺼리다：忌諱、反感 | 널찍하다：寬敞 | 얼그레이 티백：（Earl Grey tea bag）伯爵茶包 | 살갑다：隨和、和氣 | 어긋나다：違背、不合 | 비범하다：非凡、厲害

# [V/A-(으)ㄴ/는 데다가]

語法表現。**前句**：原本就存在的狀況；
**後句**：在前面的狀況下，另一個也存在
的狀況。相當於中文的「不僅…」。

| 應用方式 | 原本就存在的狀況＋語法表現＋ 在前面的狀況下，另一個也存在的狀況 | | |
|---|---|---|---|
| 範例 | ① 사고가 나면 잡아떼다 <br> ② 이성에게 무조건 먹히다 | -는 데다가 | 죄를 뒤집어 씌우기까지 하다 <br> 먼저 다가올 것이다 |
| | ③ 누워서 핸드폰을 해서 담 걸리다 | -ㄴ 데다가 | 두통까지 오다 |
| | ④ 무한리필 고깃집에서 본전을 뽑다 | -은 데다가 | 할인 쿠폰도 받다 |
| | ⑤ 내가 단골인 만둣집은 저렴하다 | -ㄴ 데다가 | 맛도 좋다 |
| | ⑥ 내 여자 친구는 쌀쌀맞다 | -은 데다가 | 잘 웃지도 않다 |
| | ⑦ 기온이 떨어져서 춥다 <br> ⑧ 눈 주위가 빨갛다 | -(으)ㄴ 데다가 | 바람까지 불다 <br> 충혈도 되어 있다 |
| | ⑨ 돈 낭비이다 <br> ⑩ 일반 사원이다 | N인 데다가 | 시간도 버리는 셈이다 <br> 팀 막내다 |
| | ⑪ 나는 별 것도 아니다 | -ㄴ 데다가 | 특별하지도 않다 |

可用詞彙類型＆範例

| 詞性 | 詞彙類型 | 範例詞彙 |
|---|---|---|
| 動詞<br>(現在) | 無關 | ① 잡아떼다<br>② 먹히다 |
| 動詞<br>(過去) | 無尾音 | ③ 담 걸리다 |
| | 有尾音 | ④ 뽑다 |
| 形容詞 | 無尾音 | ⑤ 저렴하다 |
| | 有尾音 | ⑥ 쌀쌀맞다 |
| | 不規則 | ⑦ 춥다<br>⑧ 빨갛다 |
| 名詞<br>이다 | 無關 | ⑨ 낭비<br>⑩ 일반 사원 |
| 아니다 | 無關 | ⑪ 별 것도 아니다 |

**例句**

① 　사고가 나면 잡아떼다 / 죄를 뒤집어 씌우기까지 하다

**原句**　사고가 나면 **잡아떼는 데다가** 죄를 뒤집어 씌우기까지 한다.
　　　　發生事情就耍賴，還把罪推給別人。

**加長**　운전을 하다가 사고가 나면 상대방이 **잡아떼는 데다가** 죄를 뒤집어 씌우기까지 할 수 있기 때문에 잘 알고 항상 조심해야 한다.
　　　　開車發生事情時對方有可能會耍賴，還把罪推給別人，所以要隨時注意。

② 　비싼 옷을 입으면 이성에게 무조건 먹히다 / 먼저 다가올 것이다

**原句**　비싼 옷을 입으면 이성에게 무조건 **먹히는 데다가** 먼저 다가올 것이다.
　　　　穿名貴的衣服就能吸引異性，讓異性先靠過來。

**加長**　친구는 비싼 옷을 입으면 이성에게 무조건 **먹히는 데다가** 먼저 다가올 거라는 이상한 관념을 가지고 있다.
　　　　朋友有著穿名貴的衣服就能吸引異性，讓異性先靠過來的奇怪觀念。

③ 누워서 핸드폰을 해서 담 걸리다 / 두통까지 오다

**原句** 누워서 핸드폰을 해서 **담 걸린 데다가** 두통까지 왔어요.
躺著用手機，結果扭到脖子落枕，還頭痛。

**加長** 누워서 장시간 핸드폰을 해서 **담 걸린 데다가** 두통까지 왔는데 오늘 주말이라 망정이지 아니었으면 더 심해졌을 거예요.
躺著長時間用手機，結果扭到脖子落枕，還頭痛，幸好今天是假日，不然應該會更嚴重。

④ 무한리필 고깃집에서 본전을 뽑다 / 할인 쿠폰도 받다

**原句** 무한리필 고깃집에서 본전을 **뽑은 데다가** 할인 쿠폰도 받았다.
在吃到飽烤肉店吃回本，也拿了折價券。

**加長** 이번에 새로 생긴 무한리필 고깃집에서 양껏 먹어서 본전을 **뽑은 데다가** 할인 쿠폰도 받아서 아주 만족했다.
在新開的吃到飽烤肉店盡情地吃回本，還拿了折價券，非常滿足。

⑤ 내가 단골인 만둣집은 저렴하다 / 맛도 좋다

**原句** 내가 단골인 만두집은 **저렴한 데다가** 맛도 좋다.
我常去的餃子店不但便宜也很好吃。

**加長** 내가 단골인 만두집은 만두가 **저렴한 데다가** 맛도 좋아서 항상 조기 품절인데 방송에도 출연하였기에 먹으려면 예약하고 3개월은 기다려야 한다.
我常去的餃子店不但便宜也很好吃，所以常常提早賣完，加上上過電視，如果要吃必須提早三個月預約。

⑥ 내 여자 친구는 쌀쌀맞다 / 잘 웃지도 않다

**原句** 내 여자 친구는 **쌀쌀맞은 데다가** 잘 웃지도 않는다.
我女朋友個性高冷，也不太笑。

**加長** 내 여자 친구는 무슨 말을 하든지 **쌀쌀맞은 데다가** 잘 웃지도 않지만 그게 너무 매력적으로 느껴진다.
雖然我女朋友不管說什麼都冷冷的，也不太笑，但我覺得這就是魅力。

⑦ 기온이 뚝 떨어져서 춥다 / 바람까지 불다

**原句** 기온이 뚝 떨어져서 **추운 데다가** 바람까지 분다.
氣溫驟降，不只冷，還颳起風。

**加長** 갑자기 기온이 뚝 떨어져서 온몸을 두꺼운 옷으로 둘둘 싸매도 **추운 데다가** 바람까지 불어서 바깥에 1시간도 있기 힘들다.
氣溫突然下降，全身包得緊緊的還是覺得冷，而且還颳風，在外面要待一個小時都很困難。

⑧ 눈 주위가 빨갛다 / 충혈도 되어 있다

**原句** 눈 주위가 **빨간 데다가** 충혈도 되어 있다.
眼睛周圍很紅，佈滿血絲。

**加長** 눈을 세게 비벼서 그런지 눈 주위가 **빨간 데다가** 충혈도 되어 있어 마치 눈병 걸린 사람 같다.
可能是因為用力揉眼睛的關係，眼睛周圍很紅，佈滿血絲，好像得了眼疾一般。

⑨ 사전 조사도 안 하고 사업을 벌이는 것은 돈 낭비이다 / 시간도 버리는 셈이다

**原句** 사전 조사도 안 하고 사업을 벌이는 것은 돈 **낭비인 데다가** 시간도 버리는 셈이다.
沒有做事前調查就開始的事業等於是在浪費錢和時間。

**加長** 갑자기 떠오른 아이디어로 사전 조사도 안 하고 사업을 벌이는 것은 돈 **낭비인 데다가** 시간도 버리는 셈인데 아무리 경험이 없는 사람이기로서니 그런 일을 하겠어요?
因為突如其來的點子而沒有做事前調查就開始的事業，等於是在浪費錢和時間，就算是再沒經驗的人也不會去做吧？

⑩ 일반 사원이다 / 팀 막내다

**原句** 일반 사원인 **데다가** 팀 막내다.
是一般職員，也是組裡年紀最小的。

**加長** 나는 회사의 일반 사원인 **데다가** 팀 막내여서 항상 궂은일을 도맡아 한다.
我是公司的一般職員，也是組裡年紀最小的，所以常常做一些雜事。

⑪ 나는 별 것도 아니다 / 특별하지도 않다 / 생각을 하지 말다

**原句** '나는 별 것도 아닌 **데다가** 특별하지도 않다'라는 생각을 하지 말자.
不要有「我什麼都不是、一點都不特別」的想法。

**加長** 개개인의 사람은 유일무이하고 둘도 없는 가치가 있는 존재니까 '나는 별 것도 아닌 **데다가** 특별하지도 않다'라는 생각을 털끝만큼도 해선 안 된다.
每個人的存在都是獨一無二有價值的，所以不要有一丁點「我什麼都不是、一點都不特別」的想法。

▶ 後面的名詞常會和도、까지等助詞搭配使用。

같은 대학교 출신인 데다가 고향도 같아 둘이 죽이 잘 맞는다.

兩個人是同一所大學出身，故鄉也一樣，所以很合得來。

---

**單字**

잡아떼다：裝蒜、硬扯、不承認 | 뒤집다：顛倒、翻過來 | 씌우다：使戴上、使蒙
受 | 담 걸리다：落枕 | 본전을 뽑다：回本 | 양껏：盡量、最大限度地 | 쌀쌀맞다：
冰冷、冷漠 | 싸매다：包覆 | 비비다：搓、揉、拌 | 궂은일：粗活 | 도맡다：負責、
承擔 | 유일무이：獨一無二 | 털끝：絲毫

● 比一比 ●

V/A-(으)ㄹ 뿐만 아니라 與
V/A-(으)ㄴ/는 데다가

　　這兩個文法的基本意義都是「-고」，用來連接前後兩件事，表示兩件事情都是存在的，不過使用-(으)ㄹ뿐만 아니라時，會有一種把前句的事情當作是基本、當然的特質的感覺，既然前句的事情是基本的，那要強調的部分就會是在後句。-(으)ㄴ/는 데다가則是單純將兩件事情並列出來，沒有特別強調的涵義在。

**Ex**

아이유는 노래를 잘할 뿐만 아니라 연기도 잘한다.

IU不僅會唱歌，演技也很棒。

▶ 「會唱歌」這件事情是IU的最基本、最重要特質，在前面的基本特質下，還有後面的「演技很棒」。整句話有強調後面「演技很棒」的感覺。

아이유는 노래를 잘하는 데다가 연기도 잘한다.

IU會唱歌，演技也很棒。

▶ 單純將「會唱歌」和「演技很棒」兩件事情列出來，沒有特別偏重哪一個部分。

**02** -거나①、-거나②、-든지①、-든지②、(이)든지、(이)나

# [V/A-거나①]

連結語尾。**前句**：狀況一；**後句**：狀況二。兩個選項之中選出一個，相當於中文的「或」。

| 應用<br>方式 | 狀況一＋連結語尾＋狀況二 | | |
|---|---|---|---|
| 範例 | ① 집에서 드라마를 <u>보다</u><br>② 일회용품 사용을 <u>줄이다</u><br>③ 시간이 <u>없다</u><br>④ <u>맵다</u> | -거나 | 맛집을 찾아가다<br>대중교통을 많이 이용하는 게 좋다<br>버스 정류장까지 가기 귀찮다<br>짜다 |
| | ⑤ 답안지를 잘못 <u>쓰다</u> | -거나 | 선생님이 점수를 잘못 주다 |
| | ⑥ <u>미술가이다</u> | N거나 | 음악을 하는 사람이다 |
| | ⑦ 자기의 <u>자존심이다</u> | N이거나 | 자괴감이다 |
| | ⑧ <u>준회원이 아니다</u> | -거나 | 연회비를 연체하다 |

可用詞彙類型＆範例

| 詞性 | 詞彙類型 | 範例詞彙 |
|---|---|---|
| 動詞 /<br>形容詞 | 無關 | ① 보다<br>② 줄이다<br>③ 없다<br>④ 맵다 |
| | -았/었- | ⑤ 쓰다 |
| 名詞<br>이다 | 無尾音 | ⑥ 미술가 |
| | 有尾音 | ⑦ 자존심 |
| 아니다 | 無關 | ⑧ 준회원이 아니다 |

**例句**

① 집에서 드라마를 보다 / 맛집을 찾아가다

**原句** 집에서 드라마를 **보거나** 맛집을 찾아간다.
在家看劇，或是找好吃的餐廳吃。

**加長** 엄마는 오늘 주말이니까 집에서 드라마를 **보거나** 맛집을 찾아갈 게 뻔하다.
因為是週末，媽媽今天八成是在家看劇，或是找好吃的餐廳吃。

② 환경 보호를 위해 일회용품 사용을 줄이다 / 대중교통을 많이 이용하는 게 좋다

**原句** 환경 보호를 위해 일회용품 사용을 **줄이거나** 대중교통을 많이 이용하는 게 좋다.
為了保護環境，最好減少使用一次性用品，或是多利用大眾運輸工具。

**加長** 해마다 해수면이 높아짐과 지구 온난화로 인해 우리는 환경 보호를 위해 일회용품 사용을 **줄이거나** 대중교통을 많이 이용하는 게 좋다.
由於海平面逐年上升，加上地球暖化，為了保護環境，最好減少使用一次性用品，或是多利用大眾運輸工具。

③ 시간이 없다 / 버스 정류장까지 가기 귀찮을 때 택시를 타다

**原句** 시간이 **없거나** 버스 정류장까지 가기 귀찮을 때 택시를 타요.
沒時間或是懶得走到公車站就會搭計程車。

**加長** 출근을 하면서 시간이 **없거나** 버스 정류장까지 가기 귀찮을 때 택시를 타곤 해요.
去上班時如果沒時間，或是懶得走到公車站就會搭計程車。

④ 음식을 맵다 / 짜게 먹는 것은 건강에 안 좋다

**原句** 음식을 **맵거나** 짜게 먹는 것은 건강에 안 좋다.
吃太辣或太鹹對健康不好。

**加長** 음식을 **맵거나** 짜게 먹는 것은 몸에 이로운 일이 없거니와 건강을 망칠 수 있다.
吃太辣或太鹹，對身體不僅沒有益處，還有害健康。

⑤ 답안지를 잘못 쓰다 / 선생님이 점수를 잘못 주다

**原句** 답안지를 잘못 **썼거나** 선생님이 점수를 잘못 줬을 것이다.
應該是填錯答案卡，或是老師給錯分數。

**加長** 답안지를 잘못 **썼거나** 선생님이 점수를 잘못 준 것이 아닌 이상 이런 점수가 나올 수 없다.
如果不是填錯答案卡，或是老師給錯分數，不然不可能會是這個分數的。

⑥ 그 사람은 외모만 봤을 때 미술가이다 / 음악을 하는 사람이다

原句 그 사람은 외모만 봤을 때 **미술가이거나** 음악을 하는 사람인 것 같다.
從外表來看那個人好像是美術家或做音樂的人。

加長 모차르트와 피카소를 섞어 놓은 듯한 외모를 봤을 때 그 사람은 **미술가이거나** 음악을 하는 사람인 것 같다.
那個人綜合了莫札特和畢卡索的外貌，看起來像是美術家或做音樂的人。

⑦ 그를 화나게 하는 건 남이 아니라 자기의 자존심이다 / 자괴감이다

原句 그를 화나게 하는 건 남이 아니라 자기의 **자존심이거나** 자괴감일 것이다.
使他生氣的不是別人，而是他自己的自尊心或羞愧感。

加長 일처리 미스로 그를 화나게 하는 건 남 때문이 아니라 자기의 **자존심이거나** 자괴감 때문에 그럴 것이 분명하다.
因為事情處理上的失誤而讓他生氣的不是別人，而是他自己的自尊心或羞愧感。

⑧ 준회원이 아니다 / 연회비를 연체한 경우 이벤트 대상자에서 제외되다

原句 준회원이 **아니거나** 연회비를 연체한 경우 이벤트 대상자에서 제외됩니다.
如果不是準會員，或如果有欠繳年費的話，就沒有參加這個活動的資格。

加長 본 이벤트는 준회원이 **아니거나** 연회비를 연체한 경우 이벤트 대상자에서 제외되오니 유념하시기 바랍니다.
請注意，這個活動如果不是準會員，或如果有欠繳年費的話，就沒有參加資格。

補充

▶ 除了可以連接狀況一和狀況二外，如果有狀況三、狀況四，也可以接著連下去用。

부부란 알콩달콩 지내다가도 **티격태격하거나** 쌀쌀맞게 **굴거나** 밉보일 때가 있기 마련이다.
夫妻就是一會甜甜蜜蜜，一會又吵吵鬧鬧、冷淡對待，或是互看不順眼。

▶ 可以使用「-거나 하다」的型態來表達除了說出來的狀況外，還有好幾種沒說出來的狀況。

**점심에 뭘 먹을지 모를 때는 분식집을 가거나 한다.**
中午不知道要吃什麼的話就會去吃麵店之類的。

> ▶ 中午不知道要吃什麼的時候，會「去麵食小吃店」或「到超商買飯糰吃」或「乾脆不吃」等等，有好幾種狀況，只是將「去麵食小吃店」當作代表說出來而已。

---

**單字**

모차르트：(Mozart) 莫札特 | 피카소：(Picasso) 畢卡索 | 미스：(miss) 失誤 | 유념하다：留心、注意 | 티격태격하다：吵吵鬧鬧 | 밉보이다：被討厭

## 02 -거나①、-거나②、-든지①、-든지②、(이)든지、(이)나

## [V/A-거나②]

連結語尾。**前句**：狀況一；**後句**：狀況二。兩個選項之中不管是哪一個都很OK或無所謂，相當於中文的「不管⋯」。常以「V/A-거나　V/A-거나」的形式使用。

| 應用方式 | 狀況一＋連結語尾＋狀況二＋連結語尾＋都～ | | | |
|---|---|---|---|---|
| 範例 | ① 남들이 뭐라고 하다<br>② 일을 때려치우다<br>③ 걷다<br>④ 얼굴이 붓다 | -거나 | 말다<br>계속 도전하다<br>뛰다<br>피부가 칙칙하다 | -거나 | 자신만의 소신을 갖고 당당하게 살다 그것은 내가 상관할 바가 아니다 운동 효과가 비슷하다 이 팩이면 다 해결할 수 있다 |
| | ⑤ 과자다 | N거나 | 음료다 | N거나 | 음식이란 음식은 다 사 오다 |
| | ⑥ 커플이다 | N이거나 | 아직 썸타는 중이다 | N이거나 | 활동에 참여할 수 있다 |

可用詞彙類型＆範例

| 詞性 | 詞彙類型 | 範例詞彙 |
|---|---|---|
| 動詞 /<br>形容詞 | 無關 | ① 하다<br>② 때려치우다<br>③ 걷다<br>④ 붓다 |
| 名詞<br>이다 | 無尾音 | ⑤ 과자 |
| | 有尾音 | ⑥ 커플 |

① 남들이 뭐라고 하다 / 말다 / 자신만의 소신을 갖고 당당하게 살다

**原句** 남들이 뭐라고 하거나 말거나 자신만의 소신을 갖고 당당하게 살아라.
不管別人說什麼，堅持自己所相信的，堂堂正正地活就對了。

**加長** 남들이 뭐라고 하거나 말거나 누가 네 인생을 책임져 주지 않으니까 자신만의 소신을 갖고 당당하게 살아라.
不管別人說什麼，沒有人會為你的人生負責，所以你只要堅持自己所相信的，堂堂正正地活就對了。

② 일을 때려치우다 / 계속 도전하다 / 그것은 내가 상관할 바가 아니다

**原句** 일을 때려치우거나 계속 도전하거나 그것은 내가 상관할 바가 아니다.
不管你要放棄，還是要繼續挑戰，都不是我能管的事。

**加長** 네가 일을 때려치우거나 계속 무엇에 도전하거나 네 일이기에 내가 상관할 바가 아니다.
不管你要放棄，還是要繼續挑戰，那都是你的事情，不是我能管的。

③ 걷다 / 뛰다 / 30분 이상 지속적으로 하면 운동 효과가 비슷하다

**原句** 걷거나 뛰거나 30분 이상 지속적으로 하면 운동 효과가 비슷하다.
不管是走路或跑步，只要持續30分鐘以上，運動效果都是差不多的。

**加長** 연구원들이 조사한 바에 따르면 걷거나 뛰거나 30분 이상 지속적으로 하면 운동 효과가 비슷하다고 한다.
根據研究員的的研究結果，不管是走路或跑步，只要持續30分鐘以上，運動效果都是差不多的。

④ 얼굴이 붓다 / 피부가 칙칙하다 / 이 팩이면 다 해결할 수 있다

**原句** 얼굴이 붓거나 피부가 칙칙하거나 이 팩이면 다 해결할 수 있어요.
不管是臉腫，或是膚色黯沉，都可以用這款面膜解決。

**加長** 티비 광고에 의하면 얼굴이 붓거나 피부가 칙칙하거나 다 이 팩으로 해결할 수 있다고 해요.
看廣告說的，不管是臉腫，或是膚色黯沉，都可以用這款面膜解決。

⑤ 과자다 / 음료다 / 음식이란 음식은 다 사 오다

**原句** 과자거나 음료거나 음식이란 음식은 다 사 오세요.
不管是餅乾或飲料，只要是可以吃的都買回來吧。

**加長** 대형 마트에 가는 김에 과자거나 음료거나 음식이란 음식은 다 사 오세요.
都要去大型超市了，不管是餅乾或飲料，只要是可以吃的都順便買回來吧。

⑥ 커플이다 / 아직 썸타는 중이다 / 상관없이 이 활동에 참여할 수 있다

**原句** 커플이거나 아직 썸타는 **중이거나** 상관없이 이 활동에 참여할 수 있다.

不管是情侶，還是還在曖昧階段的，都可以參加這個活動。

**加長** 커플이거나 아직 썸타는 **중이거나** 상관없이 이 활동에 참여할 수 있으며 게임을 통해 상품도 받을 수 있으니 적극적으로 활동에 임해 주시길 바랍니다.

不管是情侶，還是還在曖昧階段的，都可以參加這個活動，也能進行遊戲拿到獎品，請各位積極地參與活動。

---

**補充**

▶ 可以縮寫成「-건」。

이제 친구의 말을 들어주는 것도 지쳐서 누구를 **만나건** 무엇을 **하건** 신경 안 쓰기로 했다.

聽朋友說話也聽累了，不管他要跟誰交往，要做什麼事，我都決定不要再管了。

▶ 可在後面加「간에」來加強語氣。

삶은 우리가 **원하건 원하지 않건 간에** 예측하기 힘들게 흘러간다.

人生由不得我們，總是難以預測。

▶ 與「무엇、어디、누구、언제、어떻게」搭配使用時，表示的是不管是在哪種狀況下都沒關係。

흥이 많은 사람은 **어디에 있거나** 분위기를 잘 끌어올리고 환영을 받는다.

有興致的人不管在哪裡都能讓氣氛高漲，所以很受歡迎。

---

**單字**
때려치우다：放棄、停止 ｜ 칙칙하다：暗沉

# [V/A-든지①]

連結語尾。**前句**：狀況一；**後句**：狀況二。兩個選項之中選出一個，相當於中文的「或」。

| 應用方式 | 狀況一＋連結語尾＋狀況二 | | |
|---|---|---|---|
| 範例 | ① 마스크를 꼭 쓰다<br>② 약속을 미루다<br>③ 물건은 직접 방문해서 받다<br>④ 새집이나 다름없다 | -든지 | 밀폐된 공간에 가지 말다<br>취소해야 하다<br>택배비 3000원을 내고 저희가 보내다<br>3년 정도 된 집 |
| | ⑤ 미리 예약하다 | -든지 | 초대권을 가지고 있는 사람 |

可用詞彙類型＆範例

| 詞性 | 詞彙類型 | 範例詞彙 |
|---|---|---|
| 動詞 /<br>形容詞 | 無關 | ① 쓰다<br>② 미루다<br>③ 받다<br>④ 다름없다 |
| | -았/었- | ⑤ 예약하다 |

**例句**

① 상황이 좋지 않으니 마스크를 꼭 쓰다 / 아예 밀폐된 공간에 가지 말다

原句 상황이 좋지 않으니 마스크를 꼭 쓰든지 아예 밀폐된 공간에 가지 마세요.
目前情況不佳，一定要戴口罩，或是乾脆不要去密閉空間。

加長 지금 전 세계가 바이러스로 상황이 좋지 않으니 마스크를 꼭 쓰든지 아니면 아예 밀폐된 공간에 가지 마세요.
目前全世界都因為病毒的關係，情況不怎麼好，所以一定要戴口罩，或是乾脆不要去密閉空間。

② 내일 미팅은 뺄 수 없으니 약속을 미루다 / 취소해야 하다

**原句** 내일 미팅은 뺄 수 없으니 약속을 **미루든지** 취소해야 해.
明天的會議不能缺席，所以必須把約往後延或是取消。

**加長** 무슨 일이 있다 하더라도 내일 미팅은 뺄 수 없으니 약속을 **미루든지** 취소해야 해.
不管有什麼事，明天的會議都不能缺席，所以必須把約往後延或是取消。

③ 물건은 직접 방문해서 받다 / 택배비 3000원을 내시면 저희가 보내는 걸로 할 수 있다

**原句** 물건은 직접 방문해서 **받든지** 택배비 3000원을 내시면 저희가 보내는 걸로 할 수 있습니다.
看要直接來取貨，或是付3000韓元運費，由我們寄出。

**加長** 저희가 엄청 싸게 파는 만큼 물건은 직접 방문해서 **받든지** 택배비 3000원을 내시면 저희가 보내는 걸로 할 수 있습니다.
因為我們賣得很便宜，所以需要直接來取貨，或是付3000韓元運費，可以由我們寄出。

④ 새집이나 다름없다 / 길어야 3년 정도 된 집으로 구하다

**原句** 새집이나 **다름없든지** 길어야 3년 정도 된 집으로 구하려고 한다.
我想找和新家沒兩樣，或是最多三年的房子。

**加長** 난생 처음으로 구매하는 집이기 때문에 새집이나 **다름없든지** 길어 봤자 3년 정도 된 집으로 구하려고 한다.
因為是人生第一次買房，所以想找和新家沒兩樣，或是最多三年的房子。

⑤ 미리 예약하다 / 초대권을 가지고 있는 사람만 입장이 가능하다

**原句** 미리 **예약했든지** 초대권을 가지고 있는 사람만 입장이 가능합니다.
只有有預約，或是有邀請函的人才可以入場。

**加長** 이 파티는 앞서 공지 드렸다시피 미리 **예약했든지** 초대권을 가지고 있는 사람에 한해서 입장이 가능합니다.
如同先前公告過的，這個派對只有有預約，或是有邀請函的人才可以入場。

▶ 除了可以連接狀況一和狀況二外，如果有狀況三、狀況四，也可以接著連下去用。

보통 저녁은 간단하게 라면을 끓여 먹든지 배달을 시키든지 집 근처 면집에 가서 먹는다.
一般晚餐都是簡單吃個泡麵、叫外賣，或是吃家裡附近的麵店。

▶ 可以使用「-든지 하다」的型態來表達除了說出來的狀況外，還有好幾種沒說出來的狀況。

밥 만들어 놨으니까 일어나면 먹든지 해.
我已經把飯做好了，看你起來要不要吃。

▶ 可以當作終結語尾使用，用來表達建議或命令，視情況也會有挖苦嘲諷的涵義。

불만이 그리 많을 거면 하지 말든지.
這麼多不滿的話就不要做。

어렵지 않은 것 같다고? 그럼 네가 직접 해 보든지.
你說這不難？那你自己來做做看啊。

▶ 也可以使用「-든가」的型態。

11시 이후에 서쪽 엘리베이터를 이용하든가 계단으로 내려가세요.
11點以後請利用西側的電梯，或是走樓梯下樓。

**單字**
밀폐되다：密閉 | 앞서：上次、先前

# [V/A-든지②]

連結語尾。**前句**：狀況一；**後句**：狀況二。兩個選項之中不管是哪一個都很OK或無所謂，相當於中文的「不管…」。常以「V/A-든지 V/A-든지」的形式使用。

| 應用方式 | 狀況一＋連結語尾＋狀況二＋連結語尾＋都～ | | | | |
|---|---|---|---|---|---|
| 範例 | ① 꾸물대다가 <u>하다</u><br>② 집값이 <u>오르다</u><br>③ 내 말을 <u>믿다</u><br>④ 여유가 <u>있다</u> | -든지 | 속전속절로<br>끝내다<br>내리다<br>말다<br>없다 | -든지 | 마음대로 하다<br>나와 상관없는 일이다<br>나는 손해 보는 건 없다<br>이번에 꼭 컴퓨터를<br>바꿔야겠다 |

可用詞彙類型＆範例

| 詞性 | 詞彙類型 | 範例詞彙 |
|---|---|---|
| 動詞 /<br>形容詞 | 無關 | ① 하다<br>② 오르다<br>③ 믿다<br>④ 있다 |

**例句**

① 꾸물대다가 하다 / 속전속절로 끝내다 / 마음대로 하다

**原句** 꾸물대다가 <u>하든지</u> 속전속절로 <u>끝내든지</u> 마음대로 해.
看你是要在那邊慢慢磨蹭慢慢做，還是速戰速決解決掉。

**加長** 꾸물대다가 <u>하든지</u> 속전속절로 <u>끝내든지</u> 나는 결과물만 보니까 마음대로 해.
我只看結果，所以看你是要在那邊慢慢磨蹭慢慢做，還是速戰速決解決掉都可以。

②　집값이 오르다 / 내리다 / 나와 상관없는 일이다

**原句**　집값이 오르든지 내리든지 나와 상관없는 일이다.
房價漲或跌都和我沒關係。

**加長**　집값이 폭등하든지 폭락하든지 어차피 못 사니까 나와 상관없는 일이다.
不管房價漲或跌我都買不起，所以和我沒關係。

③　내 말을 믿다 / 말다 / 나는 손해 보는 건 없다

**原句**　내 말을 믿든지 말든지 나는 손해 보는 건 없어.
不管你相不相信我說的，我都沒有損失。

**加長**　너를 생각해서 말해 준 것뿐인데 내 말을 믿든지 말든지 나는 손해 보는 건 없어.
我是為了你才告訴你這件事的，不管你相不相信，我都沒有損失。

④　여유가 있다 / 없다 / 이번에 꼭 컴퓨터를 바꿔야겠다

**原句**　여유가 있든지 없든지 이번에 꼭 컴퓨터를 바꿔야겠어.
不管有沒有錢，這次一定要換電腦。

**加長**　오래된 컴퓨터라 그런지 속도가 느려 터져 도지히 못 참을 정도니까 여유가 있든지 없든지 이번에 꼭 사양 좋은 걸로 바꿔야겠어.
可能是用了很久的電腦的關係，這部電腦速度很慢，真的快受不了了，所以這次不管有沒有錢，我都一定要換一部好的。

### 補充

▶ 可以縮寫成「-든」。

나이가 적든 많든 예의를 갖출 건 갖춰야죠.
不管年紀大或小，該遵守的禮儀就要遵守。

▶ 可在後面加「간에」來加強語氣。

휴가를 취소하든지 밤을 새든지 간에 다음주까지 보고서 제출하세요.
不管要取消休假還是熬夜，總之請在下個星期把報告書交上來。

▶ 與「무엇、어디、누구、언제、어떻게」搭配使用時，表示的是不管在任何的狀況下都沒關係。

무엇을 하든지 지금처럼만 하면 다 잘 될 거야.
不管做什麼，只要像現在這樣子做，一切就都會順利的。

▶ 也可以使用「-든가」的型態，不過要注意-든가不能與「무엇、어디、누구、언제、어떻게」搭配使用。

이 부적만 가지고 다니면 어디에 가든가 행운이 잇따를 거예요. (×)
이 부적만 가지고 다니면 어디에 가든지 행운이 잇따를 거예요. (○)
只要隨身帶著這個符咒，不管去哪裡，幸運都會跟著你。

**單字**
꾸물대다：慢吞吞、磨蹭、蠕動｜속전속절：速戰速決｜부적：符咒

## 02 -거나①、-거나②、-든지①、-든지②、(이)든지、(이)나

### [N(이)든지]

助詞。接在名詞後，表示在幾種選擇之中，選擇哪一個都無所謂，相當於中文的「不管⋯」。

| 應用方式 | 選擇一＋助詞＋選擇二＋助詞＋都～ | | | | |
|---|---|---|---|---|---|
| 範例 | ① 할부<br>② 연애 | 든지 | 일시불<br>일 | (이)든지 | 혜택은 똑같다<br>잘하는 게 없다 |
| | ③ 명동<br>④ 낮 | 이든지 | 백하점<br>밤 | | 사람이 많은 곳은 싫다<br>멋지고 아름답다 |

可用詞彙類型＆範例

| 詞性 | 詞彙類型 | 範例詞彙 |
|---|---|---|
| 名詞 | 無尾音 | ① 할부<br>② 연애 |
| | 有尾音 | ③ 명동<br>④ 낮 |

**例句**

① 할부 / 일시불 / 혜택은 똑같다

原句 **할부든지 일시불이든지 혜택은 똑같습니다.**
不管是分期付款還是一次付清，優惠都是一樣的。

加長 **아무리 구매 금액이 크다 하더라도 할부든지 일시불이든지 혜택은 똑같습니다.**
不管購買的金額多高，分期付款和一次付清的優惠都是一樣的。

② 연애 / 일 / 왜 이렇게 잘하는 게 없다

原句 **연애든지 일이든지 왜 이렇게 잘하는 게 없는 걸까?**
戀愛也好，工作也好，為什麼我沒有一樣做得好呢？

加長 **내가 너무 공부만 해서 그런지 연애든 일이든 왜 이렇게 잘하는 게 없는 걸까?**
我是不是只顧著讀書，為什麼戀愛、工作，沒有一樣做得好呢？

③     명동 / 백하점 / 사람이 많은 곳은 싫다

原句    **명동이든지 백화점이든지** 사람이 많은 곳은 싫어요.
不管是明洞還是百貨公司，人多的地方我都不喜歡。

加長    **명동이든지 백화점이든지** 사람이 붐비는 곳에만 가면 둘러싸이는 듯한 느낌이어서 답답하고 불편해요.
不管是明洞還是百貨公司，只要去人潮擁擠的地方，都會有種被包圍的感覺，很不舒服。

④     샹산에서 보는 풍경 / 낮 / 밤 / 멋지고 아름답다

原句    샹산에서 보는 풍경은 **낮이든지 밤이든지** 멋지고 아름답다.
在象山上看的風景不管是白天還晚上都很美麗。

加長    샹산에서 내려다보는 풍경은 **낮이든지 밤이든지** 멋지고 아름다우니까 언제 가도 좋다.
在象山上俯瞰的風景不管是白天還晚上都很美麗，所以什麼時候去都很棒。

### 補充

▶ 可以縮寫成「-든」。

하늘이 무저녀도 솟아날 구멍이 있다고 우린 어떻게든 잘 헤쳐 나갈 수 있을 거야.
天無絕人之路，我們一定可以撐過去的。

▶ 也可以使用「N(이)든가」的型態，不過N(이)든가一般不會和무엇、언제、누구、어디結合使用，特別是在命令句和勸誘句裡使用무엇이든가、언제든가…等會不自然。

언제든가 환영합니다.（×）
언제든지 환영합니다.（O）
隨時歡迎。

### 單字

붐비다：擁擠、喧鬧｜헤치다：戰勝、解開、撥開

# [N(이)나]

助詞。接在名詞後，表示列出的選項都包含，相當於中文的「不管哪一個」。

| 應用方式 | 選擇一＋助詞＋選擇二＋助詞＋都～ | | | | |
|---|---|---|---|---|---|
| 範例 | ① 판타지<br>② 금수저 | 나 | 스릴러<br>흙수저 | (이)나 | 한국 드라마는 다 좋아하다<br>모두 사랑을 받을 자격이 있다 |
| | ③ 한국<br>④ 백두산 | 이나 | 대만<br>한라산 | | 다 똑같다<br>다 폭발할 가능성이 있다 |

可用詞彙類型＆範例

| 詞性 | 詞彙類型 | 範例詞彙 |
|---|---|---|
| 名詞 | 無尾音 | ① 판타지<br>② 금수저 |
| | 有尾音 | ③ 한국<br>④ 백두산 |

### 例句

① 판타지 / 스릴러 / 한국 드라마는 다 좋아하다

原句 **판타지나 스릴러나** 한국 드라마는 다 좋아한다.
不管是奇幻還是驚險，只要是韓劇我都喜歡。

加長 드라마 도깨비를 본 이후로 **판타지나 스릴러나** 한국 드라마는 다 좋아하게 됐다.
自從看了韓劇鬼怪後，變得不管是奇幻的還是驚險的，只要是韓劇都喜歡。

② 금수저 / 흙수저 / 모두 사랑을 받을 자격이 있다

**原句** 금수저나 흙수저나 모두 사랑을 받을 자격이 있다.
不管是金湯匙還是土湯匙，每個人都有被愛的資格。

**加長** 사람의 생명은 소중하기에 금수저나 흙수저나 모두 차별 없이 사랑 받을 자격이 있는 법이다.
人的生命是很可貴的，不管是金湯匙還是土湯匙，所有人當然都有被愛的資格。

③ 한국 / 대만 / 다 똑같다

**原句** 한국이나 대만이나 다 똑같다.
不管是韓國還是台灣都一樣。

**加長** 다들 악착같이 벌어도 내 집 하나 마련하기 힘든 것은 한국이나 대만이나 다 똑같은 것 같다.
每個人都拚了命的賺錢，還是很難買下自己的房子，這點不管韓國還是台灣都一樣。

④ 백두산 / 한라산 / 다 폭발할 가능성이 있다

**原句** 백두산이나 한라산이나 다 폭발할 가능성이 있다.
不管是長白山還是漢拏山，都有爆發的可能。

**加長** 북한의 백두산이나 제주도의 한라산이나 휴화산이기에 언제든지 다 폭발할 가능성이 있다.
不管是北韓的長白山，還是濟州島的漢拏山，兩者都是休火山，隨時都有爆發的可能。

---

**單字**

판타지：（fantasy）奇幻、幻想｜스릴러：（thriller）驚險｜휴화산：休火山

## • 比一比 •

## V/A-거나 與 V/A-든지

這兩個文法不管是①「或」、②「不管」的意思都是可以互相替換的，只是以「或」的意思來使用時，使用頻率是-거나＞-든지；以「不管」的意思來使用時，使用頻率是-거나＜-든지，所以在個別文法解說裡，-거나②的例句用-든지，-든지①的例句用-거나來表達其實是會更好的。

還有另外一個小差異是-거나帶出的選項就是句子裡有出現的選項而已，而-든지帶出的除了句子裡有的，還包含了沒有說出來的選項，也就是說整個範圍是更廣的。

### Ex

밖이 생각보다 추우니까 폴라를 입거나 목도리를 해.
外面比想像中的冷，穿高領的衣服或圍圍巾吧。

▶ 選項就只有「穿高領」和「圍圍巾」兩個。

밖이 생각보다 추우니까 폴라를 입든지 목도리를 하든지 해.
外面比想像中的冷，穿高領的衣服還是圍圍巾，或者看你要怎麼樣吧。

▶ 選項除了說出來的「穿高領」和「圍圍巾」這兩個，還包含其他沒有說出來的，有可能是「穿厚一點」、「穿大衣」、「帶暖暖包」…等等。

## N(이)든지 與 N(이)나

(이)든는是「選擇一個」的概念，(이)나是「在某一個範圍裡的全部」，在與疑問詞結合或搭配使用時會出現一些差異。先用兩種助詞都通的例子來看：

### Ex

무슨 일이든지 다 할 수 있어요.
不管什麼事情我都可以做。

▶ 選擇一件事情，不管選擇哪一件都可以做得到。

무슨 일이나 다 할 수 있어요.
任何事情我都可以做。

▶ 在稱為「事情」的範圍裡，全部的事情都可以做得到。

　　兩種邏輯都是合理的，所以這兩句都沒問題，但如果是像下面的例子：

**Ex**

언제나 오세요. （×）
▶ 在所有「時間」範圍裡，請在全部的時間來。（？）

언제든지 오세요. （○）
▶ 請在任何一個時間點來。
什麼時候來都可以。

　　「來」這個動作只能在一個時間點上做，沒辦法在全部、所有的時間點做，所以這個情況使用(이)나就會不通順。

1.不要老待在家裡，看是要出去玩還是去打工。

語彙：맨날, 나가다, 있다, 놀다, 하다, 방구석, 알바, 하다

語法 / 助詞 / 表現：에서, 을/를, 만, -고, -든지 -든지, -아/어서, -지 말다, -아/어

2.嫌犯在事件當時戴著帽子及口罩，很難辨認出臉的樣子。

語彙：마스크, 당시, 모자, 얼굴, 용의자, 제대로, 힘들다, 쓰다, 하다, 알아보다, 사건

語法 / 助詞 / 表現：은/는, 을/를, 도, 을/를, 이/가, -기, -(으)ㄴ/는 데다가, -아/어, -고 있다, -다

3.人生短暫，有想做的事情就放手去做吧。

語彙：아무거(아무것), 하다, 있다, 닥치다, 한번, 짧다, 인생, 하다

語法 / 助詞 / 表現：(이)나, (이)든지, 은/는, 이/가, -(으)니까, -아/어 보다, -(으)면, -고 싶다, -은 것, -는 대로, -아/어

4.我們去釜山的時候常會看時間充不充裕來決定要搭飛機還是巴士。

語彙：가다, 타다, 우리, 여유, 항상, 부산, 시간, 비행기, 고속버스, 타다, 있다, 없다

語法 / 助詞 / 表現：은/는, 에, 이/가, 을/를, 을/를, -는지, -는지, -거나, -(으)ㄹ 때, 에 따라, -ㄴ/는다

**5.不管是會被公司炒魷魚還是受到懲罰，我認為不合理的事情就是要追究。**

語彙：나，짤리다，징계，부당하다，무조건，일，있다，따지다，회사，생각하다，받다

語法 / 助詞 / 表現：에서，을/를，은/는，이/가，-거나 -거나，-(으)ㄴ，-(으)면，-아/어야 하다，-ㄴ/는다고，-아/어

🖊

**6.不管年紀是比我大還是小，只要活潑、聊得來都好。**

語彙：연상，연하，활발하다，말，잘，통하다，다，괜찮다

語法 / 助詞 / 表現：이/가，(이)든지，-(으)면，-고，을/를，-다

🖊

**7. 感覺退貨或換貨要花很多時間，所以就決定直接這樣使用。**

語彙：반품하다，교환하다，오래，걸리다，그냥，쓰다

語法 / 助詞 / 表現：-기로 하다，-거나，-(으)ㄹ 것 같다，(이)나，-(으)면，-아/어서，-아/어요

🖊

# 單元 11 連接句子、時間、先後順序類

## 01 -고、-아/어서、-(으)ㄴ 후에

連結語尾。**前句**：先做的動作；**後句**：後做的動作。相當於中文的「先⋯，然後⋯。」

## [V-고]

| 應用方式 | 先做的動作＋連結語尾＋後做的動作 | | |
|---|---|---|---|
| 範例 | ① 짐을 싸다<br>② 확인을 안 하다<br>③ 스프를 먼저 넣다 | -고 | 다른 도시로 향하다<br>그냥 가면 허탕을 칠 수 있다<br>면을 넣다 |

可用詞彙類型＆範例

| 詞性 | 詞彙類型 | 範例詞彙 |
|---|---|---|
| 動詞 | 無關 | ① 싸다<br>② 하다<br>③ 넣다 |

例句

① 아침에 짐을 싸다 / 다른 도시로 향하다

原句 아침에 짐을 싸고 다른 도시로 향했다.
早上整理好行李，朝別的城市出發了。

加長 다음날 아침 일찌감치 일어나 짐을 싸고 다른 도시로 향하면서 그동안의 추억을 더듬어 봤다.
隔天早上起了個大早整理好行李，朝別的城市出發，並一邊回憶這段時間的記憶。

② 확인을 안 하다 / 그냥 가면 허탕을 칠 수 있다

**原句** 확인을 안 하고 그냥 가면 허탕을 칠 수 있다.
沒有先確認就去的話可能會白跑一趟。

**加長** 그 빵집의 빵은 한정 수량으로 판매하기 때문에 확인을 안 하고 그냥 가면 허탕을 칠 수 있다.
那間麵包店的麵包限量販賣，如果沒有先確認就去的話可能會白跑一趟。

③ 저는 라면을 끓일 때 스프를 먼저 넣다 / 그 다음에 면을 넣다

**原句** 저는 라면을 끓일 때 스프를 먼저 넣고 그 다음에 면을 넣어요.
我煮泡麵的時候都是先放調味包再放麵。

**加長** 사람마다 취향이 다르겠지만 라면을 끓일 때 저는 스프를 먼저 넣고 그 다음에 면을 넣어요.
每個人的習慣可能不同，我煮泡麵的時候都是先放調味包再放麵。

---

**補充**

▶ 若要更強調前面的動作先做完才做後面的動作，可以使用 -고서、-고 나서。

이 영화를 보고 나서 내 인생관이 완전히 바뀌었다.
看完這部電影後，我的人生價值觀整個改變了。

---

**單字**

일찌감치：提早、盡早 │ 더듬다：摸索、回憶 │ 허탕：白費、徒勞 │ 스프：調味包

# [V-아/어서]

連結語尾。**前句**：先做的動作；**後句**：後做的動作。相當於中文的「先…，然後…。」

| 應用方式 | 先做的動作＋連結語尾＋後做的動作 | | |
|---|---|---|---|
| 範例 | ① 근처 공원에 <u>가다</u><br>② 마음대로 못을 <u>박다</u> | -아서 | 산책을 하다<br>벽에 구멍을 내다 |
| | ③ 술잔을 <u>기울이다</u><br>④ 칵테일을 <u>만들다</u> | -어서 | 맥주를 따르다<br>먹으려고 쉐이커를 사다 |
| | ⑤ 옥수수와 달걀을 온천물에 <u>담그다</u> | -아/어서 | 익혀 먹을 수 있다 |
| | ⑥ 생으로 먹는 마늘은 맵지만 <u>굽다</u> | -아/어서 | 먹다 |
| | ⑦ 일부러 성수기를 <u>피하다</u> | -여서 | 여행을 다녀오다 |

可用詞彙類型＆範例

| 詞性 | 詞彙類型 | 範例詞彙 |
|---|---|---|
| 動詞 | 語幹最後音節母音為ㅏ,ㅗ | ① 가다<br>② 못박다 |
| | 語幹最後音節母音非ㅏ,ㅗ | ③ 기울이다<br>④ 만들다 |
| | 一脫落 | ⑤ 담그다 |
| | 不規則 | ⑥ 굽다 |
| | -하다 | ⑦ 피하다 |

**例句**

① 바람을 쐴 겸 근처 공원에 가다 / 산책을 하다

**原句**　바람을 쐴 겸 근처 공원에 **가서** 산책을 한다.
去附近的公園吹風兼散步。

**加長**　요즘 들어 생각이 많아지고 심란해서 매일 바람을 쐴 겸 근처 공원에 **가서** 산책을 한다.
最近常常想很多，心很煩，所以每天都去附近公園吹風兼散步。

② 마음대로 못을 박다 / 벽에 구멍을 내면 안 되다

**原句**　마음대로 못을 **박아서** 벽에 구멍 내면 안 된다.
不能隨便在牆上釘釘子鑽洞。

**加長**　전세이기 때문에 못을 **박아서** 코딱지만 한 작은 구멍이라도 마음대로 내면 안 된다.
因為是全租的，所以就算是極小的洞也不能隨便打。

③ 술잔을 기울이다 / 맥주를 따르면 거품이 안 생기다

**原句**　술잔을 **기울여서** 맥주를 따르면 거품이 안 생긴다.
將酒杯傾斜倒入啤酒的話就不會產生泡沫。

**加長**　맥주를 따를 때 술잔을 **기울여서** 맥주가 잔 벽으로 흘러내리도록 따르면 거품이 안 생긴다.
倒啤酒的時候，將酒杯傾斜，讓啤酒沿著杯壁流下去的話就不會產生泡沫。

④ 칵테일을 만들다 / 먹으려고 쉐이커를 사다

**原句**　칵테일을 **만들어서** 먹으려고 쉐이커를 샀어요.
為了做雞尾酒來喝而買了雪克杯。

**加長**　칵테일을 **만들어서** 먹는답시고 쉐이커를 샀는데 한 번 사용하더니 묵혀 뒀더라고요.
為了做雞尾酒來喝而買了雪克杯，結果只使用一次就丟在那裡了。

⑤ 옥수수와 달걀을 온천물에 담그다 / 익혀 먹을 수 있다

**原句**　옥수수와 달걀을 온천물에 **담가서** 익혀 먹을 수 있어요.
可以用溫泉水煮玉米和雞蛋來吃。

**加長**　대만 청수지열공원에서 옥수수와 달걀을 온천물에 **담가서** 익혀 먹을 수 있다고 하던데 나중에 기회가 된다면 한번 가 보고 싶다.
聽說在台灣的清水地熱公園可以用溫泉水煮玉米和雞蛋來吃，以後有機會的話我想去看看。

⑥ 생으로 먹는 마늘은 맵지만 굽다 / 먹으면 매운 맛이 약해지다

原句 생으로 먹는 마늘은 맵지만 **구워** 먹으면 매운 맛이 약해진다.
生吃的蒜頭很辣，但烤來吃的話辣度會減弱。

加長 생으로 먹는 마늘은 맵지만 **구워** 먹으면 매운 맛이 약해지고 고소해서
남녀노소를 막론하고 누구나 쉽게 먹을 수 있다.
生吃的蒜頭很辣，但烤來吃的話辣度會減弱而且很香，男女老少都很容易接受。

⑦ 일부러 성수기를 피하다 / 여행을 다녀오다

原句 일부러 성수기를 **피해서** 여행을 다녀왔다.
故意避開旺季去旅行的。

加長 사람들로 시끌벅적한 게 싫고 여행 경비를 줄이려고 하는 것도 있어서
일부러 성수기를 **피해서** 다녀왔다.
我不喜歡人多吵雜，也為了節省旅費，所以故意避開旺季去旅行的。


限制

▶ 前後句的主詞須相同。

나는 **누워서** (내가) 과자를 먹는다.
我躺著吃餅乾。


---

單字

심란하다：心煩意亂 | 코딱지：鼻屎 | 칵테일：（cocktail）雞尾酒 | 쉐이커：
（shaker）.調酒器、雪克杯 | 성수기：旺季 | 시끌벅적하다：吵雜喧鬧

# [V-(으)ㄴ 후에]

語法表現。**前句**：先做的動作；**後句**：後做的動作。相當於中文的「先…，然後…。」

| 應用方式 | 先做的動作＋語法表現＋後做的動作 | | |
|---|---|---|---|
| 範例 | ① 그 시간이 지나가다<br>② 유학을 다녀오다 | - ㄴ 후에 | 모든 것이 뒤죽박죽되어 버리다<br>한국어 실력이 많이 늘다 |
| | ③ 라식 수술을 받다<br>④ 손을 씻다 | -은 후에 | 안구 건조증이 생길 수 있다<br>물기를 잘 말려야 하다 |
| | ⑤ 친구를 만들다 | - ㄴ 후에 | 마음이 안정되다 |
| | ⑥ 감기가 낫다<br>⑦ 고기를 굽다 | -(으)ㄴ 후에 | 아이스크림을 패밀리 사이즈로 먹을 터이다<br>소금을 뿌리면 완성되다 |

可用詞彙類型＆範例

| 詞性 | 詞彙類型 | 範例詞彙 |
|---|---|---|
| 動詞 | 無尾音 | ① 지나가다<br>② 다녀오다 |
| | 有尾音 | ③ 받다<br>④ 씻다 |
| | ㄹ脫落 | ⑤ 만들다 |
| | 不規則 | ⑥ 낫다<br>⑦ 굽다 |

**例句**

① 그 시간이 지나가다 / 모든 것이 뒤죽박죽되어 버리다

**原句** 그 시간이 **지나간 후에** 모든 것이 뒤죽박죽되어 버렸다.
過了那個時間後，一切都亂成一團。

**加長** 그 시간이 **지나간 후에** 모든 것이 뒤죽박죽되어 버려 포기하느니만 못하다는 생각을 오랫동안 내려놓지 못했다.
過了那個時間後，一切都亂成一團，一直有乾脆放棄還比較好的想法。

② 한국 유학을 다녀오다 / 한국어 실력이 많이 늘다

**原句** 한국 유학을 **다녀온 후에** 한국어 실력이 많이 늘었다.
去韓國留學回來後，韓語實力進步了。

**加長** 한국 유학을 **다녀온 후에** 한국어 실력이 많이 늘었을 뿐더러 세상을 바라보는 시각이 많이 달라졌다.
去韓國留學回來後，不但韓語實力進步，看世界的角度也變了。

③ 라식 수술을 받다 / 안구 건조증이 생길 수 있다

**原句** 라식 수술을 **받은 후에** 안구 건조증이 생길 수 있다.
做了近視雷射手術後有了乾眼症。

**加長** 라식 수술을 **받은 후에** 안구 건조증이 생겨 불편함을 호소하는 경우가 종종 있다.
做了近視雷射手術後有了乾眼症，常常覺得不舒服。

④ 손을 씻다 / 물기를 잘 말려야 하다

**原句** 손을 **씻은 후에** 물기를 잘 말려야 한다.
洗完手後要把水弄乾才行。

**加長** 손을 **씻은 후에** 물기를 제대로 닦거나 잘 말리지 않을 경우 미생물이 번식해 씻기 전보다 더 많은 세균을 옮긴다.
洗完手後如果沒有把水擦乾或弄乾，微生物會繁殖，細菌反而比洗手前更多。

⑤ 여기로 이사 와서 새로운 친구를 만들다 / 마음이 안정되다

**原句** 여기로 이사 와서 새로운 친구를 **만든 후에** 마음이 안정됐다.
搬來這裡交了新朋友以後就安心了。

**加長** 여기로 이사 와서 새로운 친구를 **만든 후에** 가족이 생긴 듯 편안하고 마음이 안정됐다.
搬來這裡交了新朋友後，就像是有了家人一樣很舒適安心。

⑥　감기가 낫다 / 아이스크림을 패밀리 사이즈로 먹을 터이다

**原句**　감기가 나은 후에 아이스크림을 패밀리 사이즈로 먹을 터이다.
等我感冒好後我要吃家庭號的冰淇淋。

**加長**　감기가 나은 후에 그토록 당기던 냉면을 곱빼기로 2그릇 먹고 아이스크림도 패밀리 사이즈로 먹을 터이다.
等我感冒好後我要吃一直很想吃的加大冷麵兩碗，還有家庭號的冰淇淋。

⑦　고기를 굽다 / 소금을 뿌리면 완성되다

**原句**　고기를 구운 후에 소금을 뿌리면 완성됩니다.
肉烤了之後撒上鹽就完成了。

**加長**　고기를 높은 온도에서 튀기듯이 구운 후에 소금을 뿌리면 완성됩니다.
肉在高溫裡像油炸一般地烤之後，撒上鹽就完成了。

**補充**

▶ 可以將에省略。

손을 먼저 닦은 후 식사하세요.
先擦手之後再吃飯。

▶ 可以與「-(으)ㄴ 뒤에」、「-(으)ㄴ 다음에」交換使用。

커피를 마신 뒤에 영화를 볼 거예요.
喝了咖啡之後看電影。

샤워를 한 다음에 맥주를 마실 거예요.
洗完澡之後要喝啤酒。

▶ 如果想表達在某段時間、某件事之後，可使用「N 후에」

졸업 후에 돈을 벌기 위해 취업을 할 생각이에요.
畢業後為了賺錢打算要就業。

**單字**

뒤죽박죽되다：雜亂 | 안구 건조증：乾眼症 | 패밀리：(family) 家庭

## ● 比一比 ●

## V-고 與 V-아/어서

　　-고帶出的兩件事情雖然有時間先後的關係在裡面，但兩件事各自是獨立、沒有關聯的，而-아/어서除了表示前面的事情是先做的，後面的事情還必須跟前面的有緊密的關聯。

**Ex1**

화장실에 가고 물을 마셨어요.
去上廁所和喝水。

▶ 「去廁所」和「喝水」是兩件互相沒有關聯的事情，只是單純表達做了兩件事，「去廁所」這件事是先做的，之後又做了「喝水」這件事。

화장실에 가서 손을 씻었어요.
去廁所洗了手。

▶ 先做「去廁所」這個動作，然後「洗手」。「洗手」這個動作是在廁所做的，要先去廁所才能洗手，前後兩件事是有關聯的。

**Ex2**

친구를 만나고 저녁을 먹었어요.
見了朋友，然後吃晚餐。

▶ 單純敘述先「見朋友」，然後「吃晚餐」兩件事情，無法確定晚餐是不是和朋友一起吃的，可能是自己吃，也有可能是跟朋友一起吃。

친구를 만나서 저녁을 먹었어요.
見朋友後一起去吃晚餐。

▶ 「見朋友」和「吃晚餐」兩件事情是有關聯的，可以知道是見了朋友後，和朋友一起去吃晚餐。

　　那什麼叫做「有關聯」呢？仔細觀察上面的例子，可以發現其實就是指前後「有相同的成分」。

화장실에 가서 (화장실에서) 손을 씻었어요.
去**廁所**（在**廁所**）洗手。

친구를 만나서 (친구랑) 저녁을 먹었어요.
見**朋友**後（和**朋友**）吃晚餐。

한국에 가서 (한국에서) 뮤지컬을 봤어요.
去**韓國**（在**韓國**）看音樂劇。

과일을 씻어서 (과일을) 먹었어요.
**水果**洗了之後吃掉（**水果**）。

## V-고 與 V-(으)ㄴ 후

　　후是漢字詞「後」，既然是漢字詞，表示是直接可以從字面得知意思的。直接從字面就知道是某件事情「之後」的意思，和-고比起來，就有一種更強調前面的動作「完全做完」的感覺。在-고的文法解說補充裡有說到，想更強調前面的動作先做完才做後面的動作時可以使用-고서、-고 나서，-(으)ㄴ 후強調的程度比-고서更強。

# [V-는 동안에]

語法表現。**前句**：動作、行動；**後句**：在前面動作進行的期間所發生的事。相當於中文的「在（做某事）的期間」。

| 應用方式 | 動作、行動＋語法表現＋在前面動作進行的期間所發生的事 | | |
|---|---|---|---|
| 範例 | ① 진료를 보다<br>② 잘 살아가다<br>③ 대만에 있다 | -는 동안에 | 아기를 잠시 봐 주다<br>고생하는 사람이 있다는 것을 무시할 수 없다<br>발마사지를 받을 것이다 |
| | ④ 집에서 놀다 | | 드라마 하나를 정주행하다 |

可用詞彙類型＆範例

| 詞性 | 詞彙類型 | 範例詞彙 |
|---|---|---|
| 動詞 | 無關 | ① 보다<br>② 살아가다<br>③ 있다 |
| | ㄹ脫落 | ④ 놀다 |

例句

① 진료를 보다 / 아기를 잠시 봐 주다

**原句** 진료를 보는 동안에 아기를 잠시 봐 주시나요?
在我看診的時候可以幫我看一下小孩嗎？

**加長** 진료를 보는 동안에 아기를 잠시 봐 주시는지 전화해서 물어봐야겠어요.
要打電話問一下在我看診的時候能不能幫我看一下小孩。

②　우리가 잘 잘 살아가다 / 세상 어딘가에 이 악물고 고생하는 사람이 있다는 것을 무시할 수 없다

原句　우리가 잘 **살아가는 동안에** 세상 어딘가에 이 악물고 고생하는 사람이 있다는 것을 무시할 수 없다.
在我們活得很好的時候，不要忽略世上正咬著牙辛苦的人。

加長　우리가 잘 **살아가는 동안에** 세상 어딘가에 생계에 치여 허기를 참으며 이 악물고 고생하는 시림이 있다는 것을 간과할 수 없다.
在我們活得很好的時候，也不能對在這世上正咬著牙忍著飢餓辛苦生存的人視若無睹。

③　대만에 있다 / 발마사지를 적어도 5회 이상 받을 것이다

原句　대만에 **있는 동안에** 발마사지를 적어도 5회 이상 받을 거야.
在台灣的這段期間至少要去腳底按摩五次。

加長　이번 출장으로 대만에 **있는 동안에** 맛있는 음식들을 먹고 발마사지를 적어도 5회 이상 받기로 결심했다.
這次出差在台灣的期間決心要吃好吃的食物，以及至少腳底按摩五次。

④　집에서 놀다 / 저는 드라마 하나를 정주행하다

原句　집에서 **노는 동안에** 저는 드라마 하나를 정주행했어요.
在家玩的這段時間把一部電視劇看完了。

加長　집에서 **노는 동안에** 저는 바빠서 못 챙겨 봤던 드라마 하나를 정주행했어요.
在家玩的這段時間，把一部因為很忙一直沒看的電視劇看完了。

限制

▶ 不能與瞬間性動詞結合使用。

의자에 **앉는 동안에** 핸드폰을 해요. （×）

補充

▶ 可以將에省略。

그는 나와 **사귀는 동안** 술 담배를 절대 하지 않겠다고 약속했다.
他承諾我在和我交往的期間絕對不會喝酒抽菸。

▶ 如果想表達在某段時間內，可使用「N 동안에」。

이번 방학 한 달 동안 무엇을 할지 계획을 세워서 이루고 말 거예요.

要計劃這次放假期間要做的事，而且一定要達成。

---

**單字**

이를 악물다：咬牙 | 치이다：陷入、纏身 | 허기：飢餓

**02** -는 동안에、-는 사이에、-는
중에、-는 도중에、-는 와중에

# [V-는 사이에]

語法表現。**前句**：動作、行動；**後句**：
取出前面動作進行期間的一小段時間去
做的動作。相當於中文的「趁（做某
事）的時候」。

| 應用<br>方式 | 動作、行動＋語法表現<br>＋取出前面動作進行期間的一小段時間去做的動作 | | |
|---|---|---|---|
| 範例 | ① 침대에서 <u>뭉그적거리다</u><br>② 음식을 <u>집다</u> | -는 사이에 | 조식 시간을 놓치다<br>아이가 다치다 |
| | ③ 우리가 <u>잠들다</u> | | 지구는 멈추지 않다 |
| | ④ 집을 잠깐 <u>비우다</u> | -ㄴ 사이에 | 집에 불이 나다 |
| | ⑤ 서로 아이디를 <u>주고받다</u> | -은 사이에 | 다른 친구도 끼어들다 |
| | ⑥ 한눈을 <u>팔다</u> | -ㄴ 사이에 | 도둑이 지갑을 빼 가다 |

可用詞彙類型＆範例

| 詞性 | 詞彙類型 | 範例詞彙 |
|---|---|---|
| 動詞<br>（現在） | 無關 | ① 뭉그적거리다<br>② 집다 |
| | ㄹ脫落 | ③ 잠들다 |
| 動詞<br>（過去） | 無尾音 | ④ 비우다 |
| | 有尾音 | ⑤ 주고받다 |
| | ㄹ脫落 | ⑥ 팔다 |

Chapter 3 文法篇　385

**例句**

① 침대에서 뭉그적거리다 / 조식 시간을 놓치다

**原句** 침대에서 **뭉그적거리는 사이에** 조식 시간을 놓쳤다.
在床上拖拖拉拉的時候錯過了早餐時間。

**加長** 어제 무리한 여행으로 피곤한 나머지 침대에서 **뭉그적거리는 사이에** 조식 시간을 놓쳤다.
因為昨天旅遊太累，在床上拖拖拉拉，就錯過了早餐時間。

② 잠깐 음식을 집다 / 아이가 다치다

**原句** 잠깐 음식을 **집는 사이에** 아이가 다쳤어요.
在我夾食物的時候小孩受傷了。

**加長** 잠깐 음식을 **집는 사이에** 아이가 다칠 수 있으니 잠시라도 눈을 뗄 수 없다.
在我夾食物的時候小孩可能會受傷，所以視線一刻也不能離開。

③ 우리가 잠들다 / 지구는 멈추지 않다

**原句** 우리가 **잠든 사이에도** 지구는 멈추지 않는다.
在我們睡著時地球也不停轉動。

**加長** 우리가 **잠든 사이에도** 지구는 멈추지 않는다는 사실을 알고 시간을 헛되이 써서는 안 된다.
要知道在我們睡著時地球也不停轉動，不可以浪費時間。

④ 집을 잠깐 비우다 / 집에 불이 나다

**原句** 집을 잠깐 **비운 사이에** 집에 불이 났다.
只是出門一下家裡就著火了。

**加長** 마트에 가려고 집을 잠깐 **비운 사이에** 가스불을 안 끈 탓인지 집에 불이 났다.
為了去超市出門一下，可能是沒關瓦斯，家裡就著火了。

⑤ 서로 아이디를 주고받다 / 다른 친구도 끼어들다

**原句** 서로 아이디를 **주고받은 사이에** 다른 친구도 끼어들었다.
在互相交換ID的時候，其他朋友也插進來了。

**加長** 평소에 호감이 있는 친구와 서로 아이디를 **주고받은 사이에** 눈치 없기로 소문난 친구도 끼어들었다.
和平時有好感的朋友在互相交換ID的時候，以白目聞名的朋友也插進來了。

⑥　한눈을 팔다 / 도둑이 내 주머니에서 지갑을 빼 가다

**原句**　한눈을 **판 사이에** 도둑이 내 주머니에서 지갑을 빼 갔다.
一不留神小偷就從我口袋裡拿走了錢包。

**加長**　핸드폰에 한눈을 **판 사이에** 도둑이 내 주머니에서 지갑을 빼 갔지만 근처에 경찰이 있어 금방 잡을 수 있었다.
滑個手機一不留神時，小偷就從我口袋裡拿走了錢包，還好附近有警察局，很快就找回來了。

**限制**

▶ 不能與瞬間性動詞結合使用。

소파에 앉는 **사이에** 책을 봐요. (✕)

**補充**

▶ 可以將에省略。

내가 밥을 먹는 **사이** 친구에게 전화가 3통이나 와 있었다.
在我吃飯的時候多了三通朋友的未接來電。

▶ 눈 깜짝할 사이에、눈 깜빡할 사이에是用「-(으)ㄹ 사이에」，為固定慣用表現。

인터넷으로 식재료를 주문하려고 장바구니에 넣어 놨는데 **눈 깜빡할 사이에** 품절이 됐다.
在網路上為了買食材放到了購物車，結果一瞬間就售罄了。

**單字**
뭉그적거리다：磨蹭、拖延 ｜ 집다：夾 ｜ 헛되이：徒然、毫無意義地 ｜ 끼어들다：插入、介入

## 02 -는 동안에、-는 사이에、-는 중에、-는 도중에、-는 와중에

## [V-는 중에]

語法表現。**前句**：動作、行動；**後句**：在前句動作進行的期間，或是前句的狀態下做的動作。相當於中文的「在（做某事）的時候」。

| 應用<br>方式 | 動作、行動＋語法表現<br>＋在前句動作進行的期間，或是前句的狀態下做的動作 | | |
|---|---|---|---|
| 範例 | ① 한약을 먹다<br>② 눈치를 보다<br>③ 영어 교재를 찾다 | -는 중에 | 차가운 음식을 먹다<br>동생이 마지막 고기를 먹어 버리다<br>한국어 교재가 눈에 들어오다 |
| | ④ 몸을 만들다 | -는 중에 | 치킨이 눈에 밟히다 |

可用詞彙類型＆範例

| 詞性 | 詞彙類型 | 範例詞彙 |
|---|---|---|
| 動詞 | 無關 | ① 먹다<br>② 보다<br>③ 찾다 |
| | ㄹ脫落 | ④ 만들다 |

### 例句

① 한약을 먹다 / 차가운 음식을 먹으면 안 되다

**原句** 한약을 먹는 중에 차가운 음식을 먹으면 안 돼요.
在吃韓（中）藥的期間不能吃冷的食物。

**加長** 한약을 먹는 중에 차가운 음식을 먹으면 안 되니까 빙수를 먹자는 친구를 단호하게 거절했어요.
在吃韓（中）藥的期間不能吃冷的食物，所以果斷拒絕了說要吃冰的朋友。

② 형과 눈치를 보다 / 동생이 마지막 고기를 먹어 버리다

**原句** 형과 눈치를 보는 중에 동생이 마지막 고기를 먹어 버렸다.
和哥哥在互看眼色的時候，弟弟把最後一塊肉給吃掉了。

**加長** 마지막 하나 남은 고기를 먹으려고 형과 눈치를 보는 중에 동생이 눈치 없이 홀랑 먹어 버렸다.
為了吃剩下的最後一塊肉和哥哥在互看眼色的時候，弟弟白目地吃掉了。

③ 영어 교재를 찾다 / 한국어 교재가 눈에 들어오다

**原句** 영어 교재를 찾는 중에 한국어 교재가 눈에 들어왔다.
在找英文教材時看到了韓語教材。

**加長** 영어 교재를 찾는 중에 한국어 교재가 눈에 들어와 봤더니 재밌어서 한국의 문화, 언어 등 여러 가지에 관심이 생기기 시작했다.
在找英文教材時看到了韓語教材，看了覺得很有趣，便開始對韓國文化、語言等產生了興趣。

④ 몸을 만들다 / 치킨이 계속 눈에 밟히다

**原句** 몸을 만드는 중에 치킨이 계속 눈에 밟혔다.
在塑造身材的期間炸雞一直誘惑我。

**加長** 건강을 위해 몸을 만드는 중에 치킨과 곱창 등 야식이 계속 눈에 밟혀서 참기 힘들었다.
為了健康在塑造身材的期間，炸雞和烤腸等宵夜一直誘惑我，忍得很辛苦。


限制

▶ 不能與瞬間性動詞結合使用。

졸업하는 중에 꽃다발을 받았다. (×)

▶ 不能與否定表現結合使用。

컴퓨터를 안 하는 중에 TV를 봤다. (×)


單字
단호하다：果斷 ｜ 홀랑：消失、脫掉、陷入、完全露出來的樣子

# [V-는 도중에]

語法表現。**前句**：動作、行動；**後句**：
在前句動作進行的途中做的動作。相當
於中文的「在（做某事）的時候」。

| 應用方式 | 動作、行動＋語法表現＋在前句動作進行的途中做的動作 | | |
|---|---|---|---|
| 範例 | ① 대만 와서 중국어를 공부하다<br>② 실랑이를 벌이다<br>③ 절차를 밟다 | -는 도중에 | 좋은 기회가 생겨서 취직을 하다<br>다른 사람이 가로채 가다<br>서류상 문제가 생기다 |
| | ④ 김밥을 말다 | -는 도중에 | 주문을 변경하다 |

可用詞彙類型 & 範例

| 詞性 | 詞彙類型 | 範例詞彙 |
|---|---|---|
| 動詞 | 無關 | ① 공부하다<br>② 벌이다<br>③ 밟다 |
| | ㄹ脫落 | ④ 말다 |

**例句**

① 대만 와서 중국어를 공부하다 / 좋은 기회가 생겨서 취직을 하다

**原句** 대만 와서 중국어를 **공부하는 도중에** 좋은 기회가 생겨서 취직을 했다.
來台灣讀中文的時候遇到了好機會便就業了。

**加長** 가벼운 마음으로 대만에 유학을 와서 중국어를 **공부하는 도중에** 선생님의 소개로 좋은 기회가 생겨서 취직을 했다.
以輕鬆的心來台灣留學讀中文的途中，經由老師的介紹遇到了好機會便就業了。

② 친구와 서로 실랑이를 벌이다 / 다른 사람이 그 옷을 가로채 가다

**原句** 친구와 서로 실랑이를 **벌이는 도중에** 다른 사람이 그 옷을 가로채 갔다.
和朋友在爭論的時候，另外一個人把那件衣服搶走了。

**加長** 마지막 하나 남은 옷을 친구와 서로 사려고 실랑이를 **벌이는 도중에** 다른 사람이 가로채 가는 바람에 허탈한 마음으로 돌아왔다.
和朋友在爭論誰要買剩下那一件衣服的時候，另一個人搶走了，只好垂頭喪氣地回來了。

③ 대출을 받으려고 은행에서 절차를 밟다 / 서류상 문제가 생기다

**原句** 대출을 받으려고 은행에서 절차를 **밟는 도중에** 서류상 문제가 생겼다.
為了貸款正在走銀行程序的途中資料發生了問題。

**加長** 집을 사기 위해 대출을 받으려고 은행에서 절차를 **밟는 도중에** 서류상 문제가 생기는 바람에 대출 신청이 취소되고 말았다.
為了買房子要貸款，正在走銀行程序的途中資料發生了問題，貸款被取消了。

④ 김밥을 말다 / 손님이 주문을 변경하다

**原句** 김밥을 **마는 도중에** 손님이 주문을 변경했다.
在捲飯捲時客人改了餐點。

**加長** 아주머니가 일반 김밥을 **마는 도중에** 손님이 주문을 변경해서 표정이 약간 일그러졌다.
老闆正在捲原味飯捲時，客人改了餐點，讓老闆表情歪了一下。

**限制**

▶ 不能與瞬間性動詞結合使用。

서는 도중에 음악을 들어요. (×)

▶ 不能與否定表現結合使用。

약속 장소에 안 가는 도중에 취소됐다. (×)

**單字**
실랑이：折磨、糾纏 | 가로채다：搶奪、霸佔 | 절차를 밟다：遵循程序 | 일그러지다：歪斜

## 02 -는 동안에、-는 사이에、-는 중에、-는 도중에、-는 와중에

# [V-는 와중에]

語法表現。**前句**：吵鬧雜亂的動作、行動；**後句**：在前句動作進行的期間，或是前句的狀態下做的動作。相當於中文的「在（做某事）的時候」。

| 應用方式 | 吵鬧雜亂的動作、行動＋語法表現<br>＋在前句動作進行的期間，或是前句的狀態下做的動作 | | |
|---|---|---|---|
| 範例 | ① 정책에 대해 갑론을박하다<br>② 안경을 찾다 | -는 와중에 | 가격은 계속 오르고 있다<br>시력이 좋았으면 하는 생각이 들다 |
| | ③ 우리가 먹고살다 | | 크고 작은 일들이 많다 |
| | ④ 안개가 자욱하다 | -ㄴ 와중에 | 자전거를 타는 사람이 있다 |
| | ⑤ 행동이 시원찮다 | -은 와중에 | 실수까지 반복하다 |
| | ⑥ 자신도 힘들다 | -ㄴ 와중에 | 기부를 하다 |
| | ⑦ 이별로 혼란스럽다 | -(으)ㄴ 와중에 | 친구는 소개팅을 시켜주다 |

可用詞彙類型＆範例

| 詞性 | 詞彙類型 | 範例詞彙 |
|---|---|---|
| 動詞 | 無關 | ① 갑론을박하다<br>② 찾다 |
| | ㄹ脫落 | ③ 먹고살다 |
| 形容詞 | 無尾音 | ④ 자욱하다 |
| | 有尾音 | ⑤ 시원찮다 |
| | ㄹ脫落 | ⑥ 힘들다 |
| | 不規則 | ⑦ 혼란스럽다 |

**例句**

① 부동산 정책에 대해 갑론을박하다 / 부동산 가격은 계속 오르고 있다

**原句** 부동산 정책에 대해 **갑론을박하는 와중에** 부동산 가격은 계속 오르고
있다.
在爭辯不動產政策的同時，不動產的價格不斷上升。

**加長** 정부가 부동산 정책에 대해 정당과 **갑론을박하는 와중에** 부동산 가격은
날이 갈수록 뛰어올라 국민들의 원성은 높아만 가고 있다.
政府在和政黨爭辯不動產政策的同時，不動產的價格不斷上升，國民怨聲載道。

② 안경을 찾다 / 시력이 좋았으면 하는 생각이 들다

**原句** 안경을 **찾는 와중에** 시력이 좋았으면 하는 생각이 들었다.
在找眼鏡時產生了如果視力很好的話的想法。

**加長** 안경을 **찾는 와중에** 갑작스레 시력이 좋았으면 하는 생각이 들어서 라
식에 대해 찾아봤다.
在找眼鏡時突然產生了如果視力很好的話的想法，於是搜尋了關於近視雷射手術的東西。

③ 오늘도 우리가 먹고살다 / 크고 작은 일들이 많다

**原句** 오늘도 우리가 **먹고사는 와중에** 크고 작은 일들이 많았겠지.
今天也在我們討生活的同時，發生了大大小小很多事吧。

**加長** 오늘도 우리가 **먹고사는 와중에** 크고 작은 일들이 일어나며 누군가는
살아서 다행이다 하고 누군가는 사는 게 힘들다 하고 있을 거야.
今天也在我們討生活的同時發生了很多事，有人覺得活著真好，有人覺得活得好累吧。

④ 한강 공원에 안개가 자욱하다 / 자전거를 타는 사람이 있다

**原句** 한강 공원에 안개가 **자욱한 와중에도** 자전거를 타는 사람이 있다.
漢江公園充滿霧的同時還是有騎腳踏車的人。

**加長** 한강공원에 안개가 **자욱한 와중에도** 자전거를 타는 사람뿐만 아니라 조
깅하는 사람도 많다.
漢江公園充滿霧的同時不僅騎腳踏車的人，慢跑的人也很多。

⑤ 동생은 행동이 시원찮다 / 실수까지 반복하다

**原句** 동생은 행동이 **시원찮은 와중에** 실수까지 반복한다.
妹妹在行動不怎麼乾淨俐落時還一直失誤。

**加長** 동생은 행동이 **시원찮은 와중에** 유리잔을 깨트리고 먹고 남은 반찬을
냉장고에 안 넣는 등 온갖 실수를 반복한다.
妹妹在行動不怎麼乾淨俐落時先是打破了玻璃杯，還沒把吃剩的小菜放回冰箱，一直失
誤。

⑥　　친구는 자신도 힘들다 / 기부를 하다

原句　친구는 자신도 **힘든 와중에** 기부를 했다.
朋友在自己也很艱難的時刻捐了錢。

加長　친구는 자신도 살기 **힘든 와중에** 자신보다 더 힘든 사람을 생각하면서
기부를 했다.
朋友在自己也很艱難的時刻也想著比自己更艱苦的人，並且捐了錢。

⑦　　이별로 혼란스럽다 / 친구는 자꾸 소개팅을 시켜주다

原句　이별로 **혼란스러운 와중에** 친구는 자꾸 소개팅을 시켜주려 한다.
在我因為分手而混亂的時候朋友還一直叫我去聯誼。

加長　첫사랑과의 이별로 **혼란스러운 와중에** 친구는 위로해 준답시고 자꾸 소
개팅을 시켜 주려 한다.
在我因為和初戀分手而混亂的時候朋友說是要安慰我，一直想叫我去聯誼。

---

**單字**

갑론을박하다：爭辯｜원성：怨言｜갑작스레：意外地｜자욱하다：瀰漫、籠罩｜시원
찮다：心裡不如意、身體不太好

## • 比一比 •

這幾個表達「在前面的時間裡做後面動作」的用法都是「冠形詞型語尾＋時間區段名詞」的結構，所以差異就要從每一個名詞來看。

## V-는 동안에 與 V-는 사이에

동안和사이都是某一個時間點到另外一個時間點的長度，也就是兩個時間點之間的區段，不過동안給人的感覺是比較持續的，時間帶比較長，사이則是偏向瞬間的感覺，因此-는 동안에前面的動作如果是很快就能做完的就會不自然，而-는 사이에指的可以是某件事情中途的時間點，也可以是指很短的時間，所以前面動作沒有限制一定要是很快就能做完的。另外，依照這個差異，後句動作的性質也會不太一樣，大方向來說是동안에＋所需時間較長的動作，사이에＋所需時間較短的動作。

### Ex

여기에 있는 사이 맛있는 걸 많이 먹고 멋진 풍경도 많이 보려고요. (×)
여기에 있는 동안 맛있는 걸 많이 먹고 멋진 풍경도 많이 보려고요. (O)
停留在這裡的期間要吃很多很吃的，看很多美麗的風景。

▶ 「停留在這裡」一定是一段長時間，加上「吃美食看風景」也需要時間，不可能在
短時間內做完，所以用-는 동안에才通順。

정신 파는 동안에 소매치기에게 핸드폰을 뺏겼다. (×)
정신 파는 사이에 소매치기에게 핸드폰을 뺏겼다. (O)
在我一不留神的時候，手機被扒手給偷了。

▶ 「恍神」的時間通常很短，不會恍個三天三夜，加上「手機被搶走」也是一瞬間的
事，所以用-는 사이에，表示在恍神的那一小段時間內手機被搶走才通順。

밥을 하는 동안에 남편이 청소기를 돌리고 물걸레질까지 했다. (O)
밥을 하는 사이에 남편이 청소기를 돌리고 물걸레질까지 했다. (O)
在我做飯時老公吸了地板，還用濕抹布擦過了。

▶ 在這個情況下是兩種用法都通順，不過給人的感覺不太一樣。使用-는 동안에時，
老公打掃的時間與做飯的時間重疊的部分比較多，聽起來就是很一般的在做飯時打
掃；而-는 사이에表達的是很短的時間，前後句動作時間上重疊的部分比較少，也

就是「在做飯時中間的一小段時間打掃」，既然只有一小段時間，那打掃的動作就要快一點才做得完，所以相較於第一句，第二句有種「動作很快」、「我飯一下就做好了，老公居然在那麼短的時間內打掃完」的感覺。

## V-는 중에 與 V-는 도중에

중的意思是「做某件事情，或在某個狀態的期間」，도중是「某件正在進行中的事情的中途」，或是「去某個地方的路上」，所以相對於-는 중에，-는 도중에的感覺是比較動態的。

**Ex**

산후조리 도중에 찬바람을 쐬면 안 된다. (×)
산후조리 중에 찬바람을 쐬면 안 된다. (○)
在坐月子的期間不能吹冷風。

▶ 「在坐月子期間不能吹冷風」，指的是坐月子開始到結束這整段時間，所以用중比較自然。

공항으로 가는 중에 사고가 나서 비행기를 못 탔다. (○)
공항으로 가는 도중에 사고가 나서 비행기를 못 탔다. (○)
在去機場的路上發生事故，所以沒搭上飛機。

▶ 兩個用法都通順，但使用-는 중에時，指的是在那段時間裡發生某件事，意思偏向「我去機場的時候」，-는 도중에指的是在中途發生某件事，類似「我去機場的路上」。

# [V-자마자]

連結語尾。**前句**：動作、行動；**後句**：緊接在前句動作後做的行動。相當於中文的「一…就…。」

| 應用方式 | 動作、行動＋連結語尾＋緊接在前句動作後做的行動 | | |
|---|---|---|---|
| 範例 | ① 돈을 빌려 가다<br>② 눈이 쌓여 있는 걸 보다<br>③ 침대에 눕다 | -자마자 | 사라지다<br>눈에 몸을 던지다<br>초인종이 울리다 |

可用詞彙類型＆範例

| 詞性 | 詞彙類型 | 範例詞彙 |
|---|---|---|
| 動詞 | 無關 | ① 빌려 가다<br>② 보다<br>③ 눕다 |

## 例句

① 그 친구가 나한테 돈을 빌려 가다 / 사라지다

**原句** 그 친구가 나한테 돈을 빌려 **가자마자** 사라졌다.
那個朋友和我借錢後馬上就消失了。

**加長** 그 친구가 나한테 돈을 빌려 **가자마자** 온데간데없이 자취를 감췄다.
那個朋友和我借錢後馬上就消失得無影無蹤了。

② 눈이 쌓여 있는 걸 보다 / 눈에 몸을 던지다

**原句** 눈이 쌓여 있는 걸 **보자마자** 눈에 몸을 던졌다.
一看到積雪就馬上跳進去。

**加長** 눈이 쌓여 있는 걸 **보자마자** 환장하듯이 소리를 지르면서 눈에 몸을 던졌다.
一看到積雪就馬上像瘋了一樣邊尖叫邊跳進去。

③　침대에 눕다 / 초인종이 울리다

**原句**　침대에 눕자마자 초인종이 울렸다.
一躺下來門鈴就響了。

**加長**　식곤증으로 인해 졸음이 쏟아져서 잠깐 눈 좀 붙일까 했는데 침대에 눕자마자 초인종이 울렸다.
因為餐後嗜睡症很想睡覺，想說要稍微小睡一下，結果一躺下來門鈴就響了。

**限制**

▶ 不能與否定表現結合使用。

그는 내가 말을 하지 않자마자 아는 듯한 눈치였다. (×)
그 사실을 모르자마자 털석 주저앉았다. (×)

**補充**

▶ 常與바로、곧搭配使用。

나는 저녁밥을 다 먹자마자 바로 아이스크림을 먹었다.
我一吃完晚餐就馬上吃了冰淇淋。

※前面的動作做完後，後面的動作是在同一個位置上就能做，或是能觀察到的，바로、곧都可以用，如果是離開原本的位置做的，就只能用바로。

지하철을 타자마자 바로 문이 닫혔다. (O)
지하철을 타자마자 곧 문이 닫혔다. (O)
一搭上地鐵門就關起來了。

월급을 받자마자 곧 신상 가방을 사러 갔어요. (×)
월급을 받자마자 바로 신상 가방을 사러 갔어요. (O)
一拿到薪水就馬上去買新款包包。

**單字**
온데간데없이：無影無蹤、不知去向｜자취：痕跡、蹤影｜환장하다：發瘋、抓狂｜
식곤증：餐後嗜睡症

# [V-자]

連結語尾。**前句**：動作、行動；**後句**：緊接在前句動作後做的行動。相當於中文的「一…就…。」

| 應用方式 | 動作、行動＋連結語尾＋緊接在前句動作後做的行動 | | |
|---|---|---|---|
| 範例 | ① 계획이 허사가 **되다**<br>② 소식을 <u>접하다</u><br>③ 해가 <u>저물다</u> | -자 | 사업을 접다<br>병원으로 향하다<br>일루미네이션 축제장은 사람들로 가득하다 |

可用詞彙類型＆範例

| 詞性 | 詞彙類型 | 範例詞彙 |
|---|---|---|
| 動詞 | 無關 | ① 되다<br>② 접하다<br>③ 저물다 |

**例句**

① 바이어가 갑자기 손을 빼고 모든 계획이 허사가 되다 / 사업을 접다

**原句** 바이어가 갑자기 손을 빼고 모든 계획이 허사가 **되자** 사업을 접기로 했다.
客戶突然抽手，所有的計畫都告吹，便結束了生意。

**加長** 바이어가 갑자기 손을 빼고 야심 차게 준비한 모든 계획이 허사가 **되자** 어쩔 수 없이 사업을 접게 되었다.
客戶突然抽手，原本野心勃勃所準備的計畫都告吹了，沒辦法只好結束生意。

② 소식을 접하다 / 부랴부랴 병원으로 향하다

原句 소식을 접하자 부랴부랴 병원으로 향했다.
一聽到消息就急忙地去了醫院。

加長 아버지가 변고를 당한 소식을 접하자 하던 일을 내팽개치고 부랴부랴
병원으로 향했다.
一聽到爸爸發生事故的消息就馬上丟下手邊的工作，急忙去了醫院。

③ 해가 저물다 / 일루미네이션 축제장은 사람들로 가득하다

原句 해가 저물자 일루미네이션 축제장은 사람들로 가득했다.
太陽一下山，燈光慶典就充滿了人。

加長 해가 저물자 사람들이 기다렸다는 듯이 삼삼오오 모여들어 일루미네이션
축제장은 사람들로 가득했다.
太陽一下山，人們就馬上三三兩兩地進來，燈光慶典場地中滿了人。


限制

▶ 後句不能是勸誘或命令句型。

퇴근하자 전화 주세요. (×)

▶ 前後句的主詞須不同。

(내가) 커피숍에 앉자 (내가) 핸드폰을 꺼냈다. (×)
(내가) 커피숍에 앉자마자 (내가) 핸드폰을 꺼냈다. (○)
到咖啡廳一坐下來就拿出手機。

(새차가) 출시되자 (새차가) 불티나게 팔렸다. (×)
(새차가) 출시되자마자 (새차가) 불티나게 팔렸다. (○)
新車一上市馬上就賣光了。


單字
바이어：(buyer) 客戶｜허사：徒勞無功的事、白做的事｜부랴부랴：急忙｜내
팽개치다：丟下、拋棄、摔｜저물다：日暮、事情做到傍晚日落｜일루미네이션：
(illumination) 燈飾｜불티나다：商品暢銷

**-자마자、-자、-는 대로、**

**-기가 무섭게**

# [V-는 대로]

> 語法表現。**前句**：動作、行動；**後句**：
> 緊接在前句動作後做的行動。前句的行
> 動有持續、連貫到後句的感覺。相當於
> 中文的「一…就…。」

| 應用方式 | 動作、行動＋語法表現＋緊接在前句動作後做的行動 | | |
|---|---|---|---|
| 範例 | ① 재고가 들어오다<br>② 비가 그치다<br>③ 음식을 먹다 | -는 대로 | 신속하게 보내 드리다<br>우체국 가서 보내 드리다<br>살로 간다 |

可用詞彙類型＆範例

| 詞性 | 詞彙類型 | 範例詞彙 |
|---|---|---|
| 動詞 | 無關 | ① 들어오다<br>② 그치다<br>③ 먹다 |

**例句**

① 재고가 들어오다 / 신속하게 보내 드리다

**原句** 재고가 들어오는 대로 신속하게 보내 드리겠습니다.
庫存一進來會馬上迅速寄給您的。

**加長** 급격히 수요가 많아져서 현재 품절 상태고 재고가 들어오는 대로 신속
하게 보내 드리겠습니다.
因為需求突然增加，導致現在是售罄的狀態，庫存一進來會馬上迅速寄給您的。

② 비가 그치다 / 우체국 가서 보내 드리다

**原句** 비가 그치는 대로 우체국 가서 보내 드리겠습니다.
雨一停馬上就去郵局寄給您。

**加長** 갑자기 내린 폭우로 나가기 좀 힘드니 비가 그치는 대로 우체국 가서
보내 드리도록 하겠습니다.
因為突然下暴雨，要出門不太方便，等雨一停馬上就去郵局寄給您。

③ 나는 음식을 먹다 / 살로 간다

原句 나는 음식을 먹는 대로 살로 가는 거 같다.
我好像吃什麼都胖。

加長 나는 다른 사람과 비교하면 음식을 많이 먹지도 않는데 먹는 대로 살로 가는 것 같아서 너무 속상하다.
我和其他人比起來吃的算不多的，但好像吃什麼就胖什麼，真傷心。

限制

▶ 不能與否定表現結合使用。

오늘 집에 안 들어가는 대로 놀 예정이다. (×)

# [V-기(가) 무섭게]

語法表現。**前句**：動作、行動；**後句**：緊接在前句動作後做的行動。相當於中文的「一…就…。」

| 應用方式 | 動作、行動＋語法表現＋緊接在前句動作後做的行動 | | |
|---|---|---|---|
| 範例 | ① 집에 도착하다<br>② 말을 꺼내다<br>③ 월급을 받다 | -기가 무섭게 | 화장실로 들어가다<br>아들은 옷을 챙기다<br>탕진해 버리다 |

可用詞彙類型＆範例

| 詞性 | 詞彙類型 | 範例詞彙 |
|---|---|---|
| 動詞 | 無關 | ① 도착하다<br>② 꺼내다<br>③ 받다 |

### 例句

① 집에 도착하다 / 화장실로 들어가다

**原句** 집에 도착하기가 무섭게 화장실로 들어갔다.
一到家就馬上進廁所。

**加長** 집으로 돌아오는 중에 급하게 대변이 마려워서 뛰다시피 하면서 집에 도착하기가 무섭게 화장실로 들어갔다.
回家的路上突然很想大號所以趕快跑回家，一到家就馬上進了廁所。

② 말을 꺼내다 / 아들은 재빨리 옷을 챙기다

**原句** 말을 꺼내기가 무섭게 아들은 재빨리 옷을 챙겼다.
話一說完兒子就馬上拿了衣服。

**加長** 평소에는 내 말을 듣는 둥 마는 둥 하더니 놀러 나가자는 말을 꺼내기가 무섭게 아들은 재빨리 옷을 챙겼다.
平常對我的話老是愛聽不聽的，說要出去玩，兒子馬上就拿了衣服。

③　동생은 매번 월급을 받다 / 탕진해 버리다

**原句**　동생은 매번 월급을 **받기가 무섭게** 탕진해 버린다.
弟弟每次一拿到薪水就馬上花光光。

**加長**　동생은 저축은 못할망정 매번 월급을 **받기가 무섭게** 쇼핑이며 취미 생활이며 다 탕진해 버린다.
弟弟非但不儲蓄，還每次一拿到薪水就馬上購物、享樂，把錢都花光光。


**限制**

▶ 不能與否定表現結合使用。

나는 안 일어나기가 무섭게 깊이 잠들었다. (×)


**單字**
대변：大號、代為辯護 | 마렵다：想上廁所 | 탕진하다：揮霍、用盡

## • 比一比 •

## V-자마자 與 V-자

　　-자마자帶出的兩件事之間有沒有關聯性都無所謂，單純表達一件事情發生後馬上發生另一件事，但-자除了有「一…就…」的意思，也有表示「原因、動機」的意義在，所以前後句一定要有關聯性。也因為這個差異，-자마자兩件事情中間間隔的時間比-자更短，有更加立即、馬上的感覺。

### Ex

채광이 좋은 집이라 날이 밝자마자 집안 곳곳에 빛이 들어온다. (○)

채광이 좋은 집이라 날이 밝자 집안 곳곳에 빛이 들어온다. (○)
這是採光很棒的方子，所以天一亮，光線就會進到家裡各個角落。

▶ 「天亮」是「光線進來」的原因，兩者是有關聯性的，所以可以使用-자。

만나자 나이를 물었다. (×)

만나자마자 나이를 물었다. (○)
一見面就問年紀。

▶ 「見面」和「問年紀」是兩件互相沒有關聯的事，所以不能使用-자마자。

## V-자마자 與 V-기(가) 무섭게

　　무섭다是害怕的意思，所以-기가 무섭게多了一層「快到讓人感到害怕」的感覺，可以更誇張地去強調後句的動作是「立刻、馬上」做的。如果說前後句的動作相隔時間-자마자是1秒，那-기가 무섭게就是0.5秒。

### Ex

퇴근 시간이 되자마자 바로 짐 싸서 나갔어요. (○)

퇴근 시간이 되기가 무섭게 바로 짐 싸서 나갔어요. (○)
一到下班時間就馬上收好東西出去了。

▶ 同事下班時間一到就以迅雷不及掩耳的速度收好包包下班，上一秒還看到他在位子上，眨個眼睛再看位子就空了，人瞬間消失，這對旁觀者來說是一件「很可怕」的事。

# V-자마자 與 V-는 대로

　　-는 대로前句的動作是直接連貫到後句的，前句的動作一定要先做，當作後句的基底，後句的動作才能成立，也就是說-는 대로的「一…就…」包含了「（要怎麼樣）才（能怎麼樣）」的感覺，也因為如此，-는 대로通常都是用在還沒做的事情上。

**Ex**

버스에서 내리는 대로 지갑을 잃어버린 것을 알아차렸다. （×）

버스에서 내리자마자 지갑을 잃어버린 것을 알아차렸다. （○）
一下公車就發現丟了錢包。

▶ 「發現」錢包遺失，是已經做完的事情，不適合用-는 대로來說。

1. 我是吃完午餐後，身體就會變得無力發懶想睡覺，所以一定要喝咖啡的人。

**語彙**：잠, 꼭, 몸, 나른하다, 커피, 마시다, 점심, 오다, 먹다

**語法 / 助詞 / 表現**：을/를, 은/는, 이/가, 이/가, 을/를, -아/어서, -기 때문에, -는 편이다, -아/어지다, -아/어서, -(으)ㄴ 후, -(으)ㄴ, -다

✎ _____

2. 男友看書的期間我在旁邊做作業。

**語彙**：하다, 나, 과제, 남자 친구, 독서, 옆, 하다

**語法 / 助詞 / 表現**：이/가, 을/를, 은/는, 에서, 을/를, -는 도중에, -는 동안에, -았/었-, -다

✎ _____

3. 因為上課時我的手機響了，所以被老師指責了。

**語彙**：핸드폰, 선생님, 수업, 지적, 받다, 듣다, 울리다

**語法 / 助詞 / 表現**：을/를, 이/가, 께, 을/를, -는 바람에, -는 중에, -는 사이에, -았/었-, -다

✎ _____

4. 蠶蛹是一吃到一定會馬上吐出來的食物，所以不推薦給外國人。

**語彙**：외국인, 먹다, 뱉다, 추천하다, 번데기

**語法 / 助詞 / 表現**：을/를, 에게, 은/는, 들, -(으)ㄹ 게 뻔하다, -자, -지 않다, -자마자, -아/어서, -ㄴ/는다

✎ _____

5. 在電視上出現過的豬排店不僅一開門就爆滿，隊伍也排得很長。

**語彙**：나오다, 만석, 되다, 줄, 서다, TV 프로그램, 돈까스 집, 길다, 오픈, 하다

**語法 / 助詞 / 表現**：에, 은/는, 을/를, 이/가, 까지, -기(가) 무섭게, -(으)ㄹ 뿐만 아니라, -는 대로, -아/어 있다, -(으)ㄴ, -게, -다

✎ _____

6. 老闆一進到會議室，大家看起來就很緊張。

語彙：들어오다, 역력하다, 모습, 긴장하다, 회의실, 사장님, 다들

語法 / 助詞 / 表現：에, 이/가, 이/가, -(으)ㄴ, -는 대로, -자, -았/었-, -다

✎ _____

7. 在我做其他事的時候，我們家小狗攪亂了炸雞。

語彙：강아지, 나, 하다, 우리집, 휘젓다, 딴짓, 치킨

語法 / 助詞 / 表現：이/가, 을/를, 에, 이/가, 을/를, -는 중에, -는 사이에, -아/어 놓다, -았/었-, -다

✎ _____

8. 他在和我約會時，一接到電話就馬上出去，幾次之後我開始懷疑他是不是劈腿。

語彙：전화를 받다, 아니다, 나, 데이트, 바로, 몇 번, 보다, 나가다, 의심하다, 바람

語法 / 助詞 / 表現：과/와, 을/를, 이/가, -(으)ㄹ까, -기 시작하다, -고, -아/어서, -는 것, -는 중에, -(으)ㄴ 후, -았/었-, -다

✎ _____

9. 抵達飛行距離十小時的德國後，第一個吃的食物是德國豬腳。

語彙：비행 거리, 독일, 학세, 처음, 음식, 10시간, 도착하다, 먹다, 정도

語法 / 助詞 / 表現：의, 에, 은/는, -아/어서, -(으)ㄴ, -(으)ㄴ, 이다, -았/었-, -다

✎ _____

**01** -기、-(으)ㅁ、-(으)ㄴ/는 것
........................................

## [V/A-기]

名詞型轉成語尾。用來將動詞、形容詞轉成名詞型，以便當作主詞或受詞使用。通常會用在約定、計畫、決心等尚未行動的情況，也應用在語法表現裡，例如-기 힘들다、-기 어렵다、-기 시작하다、-기로 하다、-기 위해等等。

| 應用方式 | 要名詞化的動作或狀態＋轉成語尾 | |
|---|---|---|
| 範例 | ① 11시 전에 <u>자다</u><br>② 대만 음식을 <u>소개하다</u><br>③ TOPIK 6급에 <u>합격하다</u><br>④ 일주일에 3번 이상 <u>운동하다</u><br>⑤ 콘서트 올콘에 <u>도전하다</u> | -기 |

可用詞彙類型＆範例

| 詞性 | 詞彙類型 | 範例詞彙 |
|---|---|---|
| 動詞 /<br>形容詞 | 無關 | ① 자다<br>② 소개하다<br>③ 합격하다<br>④ 운동하다<br>⑤ 도전하다 |

**例句**　（※此文法一般都是以「短句」的型態應用在簡單寫個便條、列出要做的事等情況，因此例句不以長句或對話來呈現。）


20xx년 새해 목표:

1. 11시 전에 자기

2. 외국인 10명에게 대만 음식을 소개하기

3. TOPIK 6급에 합격하기

4. 일주일에 3번 이상 운동하기

5. 콘서트 올콘에 도전하기


20xx年新年目標：
1. 十一點前睡覺
2. 向十名外國人介紹台灣食物
3. 考過TOPIK六級
4. 一個星期運動三次以上
5. 挑戰演唱會all con（參加到全部的演唱會）



하루 일과:

아침 먹기, 운동하기, 책 읽기, 점심 먹기, 빨래 돌리기, 수업하기
一日作息：
吃早餐、運動、看書、吃午餐、洗衣服、上課

**01** -기、-(으)ㅁ、-(으)ㄴ/는 것

# [V/A-(으)ㅁ]

名詞型轉成語尾。用來將動詞、形容詞轉成名詞型，以便當作主詞或受詞使用。通常用來傳達已經知道、完結的事情。

| 應用方式 | 要名詞化的動作或狀態＋轉成語尾 | |
|---|---|---|
| 範例 | ① 황홀함에 젖다 | - ㅁ |
| | ② 겨울이 다가오고 있다 | - 음 |
| | ③ 하루의 힘들다 | - ㅁ |
| | ④ 덥다 | -(으)ㅁ |
| | ⑤ 가방을 줍다 | - 음 |
| | ⑥ 열심히 공부하다 | - 음 |

可用詞彙類型＆範例

| 詞性 | 詞彙類型 | 範例詞彙 |
|---|---|---|
| 動詞 /<br>形容詞 | 無尾音 | ① 황홀하다 |
| | 有尾音 | ② -고 있다 |
| | ㄹ尾音 | ③ 힘들다 |
| | 不規則 | ④ 덥다 |
| | -았/었- | ⑤ 줍다 |
| | -겠- | ⑥ 공부하다 |

**例句**

① 오로라를 구경하다 황홀함에 젖다 / 한동안 정신을 차리지 못하다

**原句** 오로라를 구경하다 **황홀함**에 젖어 한동안 정신을 차리지 못했다.
觀賞極光觀賞得十分入迷，好一陣子回不過神來。

**加長** 아이슬란드에서 오로라를 구경하다 **황홀함**에 젖어 귀국 후에도 한동안 그 감동에서 빠져나오지 못했다.
在冰島觀賞極光觀賞得十分入迷，好一陣子回不過神來，回國後好一陣子都無法從那份感動中出來。

② 떨어지는 단풍이 겨울이 다가오고 있다 / 말해 주다

**原句** 떨어지는 단풍이 겨울이 다가오고 **있음**을 말해 준다.
掉落的楓葉告知秋天正在到來。

**加長** 하나씩 떨어지는 단풍이 바람에 일렁이며 겨울이 다가오고 **있음**을 말해 준다.
一片片掉落的楓葉在風中搖晃，告知秋天正在到來。

③ 맥주 한 캔으로 하루의 힘들다 / 쓸어내리다

**原句** 맥주 한 캔으로 하루의 **힘듦**을 쓸어내린다.
用一瓶啤酒掃去一天的疲憊。

**加長** 맥주 한 캔으로 하루의 **힘듦**을 짝 쓸어내리는 것보다 더 시원한 것이 없다고 해도 과언이 아니다.
沒有什麼事情比用一瓶啤酒掃去一天的疲憊還舒暢了。

④ 덥다 / 지친 몸을 달래기 위해 근처에서 시원한 빙수를 사 먹다

**原句** **더움**에 지친 몸을 달래기 위해 근처에서 시원한 빙수를 사 먹었다.
為了撫慰被熱昏的身體，在附近買了冰來吃。

**加長** 오늘은 올여름 최고 온도인 만큼 갈거리에 사람조차 몇 명 보이지 않을 정도로 더운데 나 역시 **더움**에 지쳐 점심 먹고 나서 몸을 달래기 위해 회사 근처에서 시원한 빙수를 사 먹었다.
今天是今年夏天的最高溫，熱到路上沒幾個人，我也被熱昏，吃完午餐後為了撫慰身心，在公司附近買了冰涼的冰來吃。

⑤ 한 소년이 거금이 든 가방을 줍다 / 털어놓다

**原句** 한 소년이 거금이 든 가방을 **주웠음**을 털어놓았다.
某位少年表示撿到了裝有鉅額的包包。

**加長** 한 소년이 은행에서 도둑 맞은 것으로 추정되는 거금이 든 가방을 **주웠음**을 경찰에게 털어놓았다.
某位少年向警察表示撿到了疑似銀行遭竊裝有鉅額的包包。

**⑥** 열심히 공부하다 / 다짐하다

**原句** 열심히 **공부하겠음을** 다짐했다.
下定決心要認真讀書。

**加長** 요즘 내가 너무 논 탓에 엄마가 많이 속상해하는 모습을 보고 열심히 **공부하겠음을** 다짐했다.
最近因為我一直玩，讓媽媽很傷心，看到媽媽那個樣子我下定決心要認真讀書。

---

**單字**

오로라：（aurora）極光 ｜ 황홀하다：耀眼、迷惑 ｜ 일렁이다：晃動、搖動 ｜ 달래다：安慰、撫慰 ｜ 거금：鉅款 ｜ 추정되다：推定、判斷 ｜ 다짐하다：下定決心

# [V/A-(으)ㄴ/는 것]

語法表現。將動詞、形容詞透過冠形詞型語尾「-(으)ㄴ/는」轉成後面可以接名詞的型態，並將後面的名詞設定為것，讓那一小句話可以當主詞、受詞、敘述語用。

| 應用方式 | 要名詞化的動作或狀態＋語法表現 | |
|---|---|---|
| 範例 | ① 목적지에 빨리 가다<br>② 마음이 떠난 사람을 붙잡다 | -는 것 |
| | ③ 여행을 다니며 놀다 | -는 것 |
| | ④ 친구가 선물로 주다 | -ㄴ 것 |
| | ⑤ 오랫동안 갈고닦다 | -은 것 |
| | ⑥ 꾸중을 들어서 주눅들다 | -ㄴ 것 |
| | ⑦ 대충 흘려듣다 | -(으)ㄴ 것 |
| | ⑧ 눈이 게슴츠레하다 | -ㄴ 것 |
| | ⑨ 조금 생뚱맞다 | -은 것 |
| | ⑩ 유통 기한이 길다 | -ㄴ 것 |
| | ⑪ 맵다 | -(으)ㄴ 것 |
| | ⑫ 벅참과 뿌듯함이 몰아치다 | -ㄹ 것 |
| | ⑬ 케이팝을 주름잡다 | -을 것 |
| | ⑭ 이제 좀 살다 | -ㄹ 것 |
| | ⑮ 외투를 가지고 나오려니까 짐스럽다 | -(으)ㄹ 것 |
| | ⑯ 뒷북 | N인 것 |
| | ⑰ 둘이 한통속 | N일 것 |
| | ⑱ 별 것 아니다 | -ㄴ 것 |

可用詞彙類型＆範例

| 詞性 | 詞彙類型 | 範例詞彙 |
|---|---|---|
| 動詞<br>(現在) | 無關 | ① 가다<br>② 붙잡다 |
| | ㄹ脫落 | ③ 놀다 |
| 動詞<br>(過去) | 無尾音 | ④ 주다 |
| | 有尾音 | ⑤ 갈고닦다 |
| | ㄹ脫落 | ⑥ 주눅들다 |
| | 不規則 | ⑦ 흘려듣다 |
| 形容詞 | 無尾音 | ⑧ 게슴츠레하다 |
| | 有尾音 | ⑨ 생뚱맞다 |
| | ㄹ脫落 | ⑩ 길다 |
| | 不規則 | ⑪ 맵다 |
| 動詞 /<br>形容詞<br>(未來、推測) | 無尾音 | ⑫ 몰아치다 |
| | 有尾音 | ⑬ 주름잡다 |
| | ㄹ脫落 | ⑭ 살다 |
| | 不規則 | ⑮ 짐스럽다 |
| 名詞이다<br>(現在) | 無關 | ⑯ 뒷북 |
| 名詞이다<br>(未來、推測) | 無關 | ⑰ 한통속 |
| 아니다 | 無關 | ⑱ 별 것 아니다 |

① 목적지에 빨리 가다 / 기차를 타고 천천히 가는 게 더 운치가 있다

原句 목적지에 빨리 **가는** 것보다 기차를 타고 천천히 **가는** 게 더 운치가 있다.
比起快速抵達目的地，搭火車慢慢地前進更有意思。

加長 고속 전철을 타고 목적지에 빨리 **가는** 것보다 기차를 타고 바깥 정경에 취하며 천천히 **가는** 게 더 여행답고 운치가 있다.
比起搭高鐵快速抵達目的地，搭火車邊欣賞外頭的景色邊慢慢前進，才更有旅行的感覺、更有意思。

② 마음이 떠난 사람을 붙잡다 / 파국으로 가는 끈을 잡고 있는 것과 같다

原句 마음이 떠난 사람을 **붙잡는** 것은 파국으로 가는 끈을 잡고 있는 것과 같다.
抓住已經沒心的人，就如同抓著連接悲劇的繩子般。

加長 이미 마음이 떠난 사람을 억지로 **붙잡는** 것은 파국으로 가는 끈을 잡고 있는 것과 마찬가지니 잘못됐다는 걸 인지하고 얼른 정신 차리세요.
硬抓住已經沒心的人，就和抓著連接悲劇的繩子是一樣的，趕快認清事實清醒吧。

③ 여름휴가 때 여행을 다니며 놀다 / 달콤한 것도 없다

原句 여름휴가 때 여행을 다니며 **노는** 것만큼 달콤한 것도 없다.
沒有比夏季休假去旅行玩樂還棒的事情了。

加長 일상에서 지친 육체를 달래기 위해서는 여름휴가 때 여행을 다니며 **노는** 것만큼 달콤한 것도 없다.
沒有比夏季休假去旅行玩樂，充電日常疲憊的身軀還棒的事情了。

④ 이건 친구가 선물로 주다

原句 이건 친구가 선물로 **준** 거예요.
這是朋友送我的禮物。

加長 친구가 선물로 **준** 거지만 짐이 되고 있어서 버리자니 미안하고 가지고 있자니 딱히 쓸 데도 없어 참 계륵과 같네요.
雖然是朋友送我的禮物，但對我來說已成為種負擔，要丟掉又感到抱歉，不丟又沒地方可用，像是雞肋一樣。

⑤ 새것은 오랫동안 갈고닦다 / 능가하기 어렵다

原句 새것은 오랫동안 **갈고닦은** 것을 능가하기 어렵다.
新的東西很難凌駕於長時間磨練出來的東西之上。

加長 아무리 새것이라고 해도 오랫동안 **갈고닦은** 것을 능가하기 어렵듯이 경험이 중요하다.
就如同新的東西很難凌駕於長時間磨練出來的東西之上一般，經驗是很重要的。

⑥　부장님께 꾸중을 들어서 주눅들다 / 아니다

**原句**　부장님께 꾸중을 들어서 **주눅든 것**이 아니다.
我不是因為被部長罵而畏縮的。

**加長**　부장님께 꾸중을 들어서 **주눅든 것**이 아니라 내 실수에 자책을 하고 있어서 힘이 없는 거야.
我不是因為被部長罵而畏縮，而是對我的失誤感到自責所以才沒力的。

⑦　노래는 알지만 대충 흘려듣다 / 가사가 기억 안 나다

**原句**　노래는 알지만 대충 **흘려들은 거**라서 가사가 기억 안 나요.
雖然知道這首歌，但因為是大概聽過去，所以不記得歌詞。

**加長**　요즘 핫해서 노래는 알지만 직접 찾아서 들은 게 아니라 길에서 **흘려들은 거**라서 가사가 기억 안 나요.
這首歌最近很紅所以我知道，但不是刻意去找來聽，而是在路上大概聽過去，所以不記得歌詞。

⑧　눈이 게슴츠레하다 / 잠을 못 잔 듯하다

**原句**　눈이 **게슴츠레한 걸** 보면 잠을 못 잔 듯하다.
看那睡眼惺忪的樣子應該是沒睡覺。

**加長**　아침부터 기운이 없는 데다가 눈이 **게슴츠레한 걸** 보면 잠을 못 잔 듯하다.
從早上就沒有什麼活力，加上睡眼惺忪的樣子，看來應該是沒睡覺。

⑨　조금 생뚱맞다 / 점심 뭐 먹을 것이다

**原句**　조금 **생뚱맞은 건데** 점심 뭐 먹을 거야?
說這可能有點奇怪，我們中午要吃什麼？

**加長**　진지하게 토론하는 중에 조금 **생뚱맞은 건데** 점심 뭐 먹을 거야?
在認真討論時說這可能有點奇怪，但我們中午要吃什麼？

⑩　비상식량은 유통 기한이 길다 / 사야 하다

**原句**　비상식량은 유통 기한이 **긴 걸**로 사야 한다.
緊急糧食要買有效期限長的。

**加長**　비상식량은 보관하고 있다가 식량을 구하기 어려울 때 먹어야 하므로 유통 기한이 **긴 걸**로 사야 한다.
緊急食糧是放著等不好買到食物時吃的，所以要買有效期限長的。

⑪　그 남자 / 맵다 / 잘 안 먹다

原句　그 남자는 매운 건 잘 안 먹더라.
那個男生不怎麼吃辣的。

加長　그 남자는 입이 얼마나 짧던지 매운 것뿐만 아니라 음식을 다 조금씩밖에 안 먹더라.
那個男生有夠挑嘴，不但不吃辣的，東西也吃很少。

⑫　프로젝트가 완성되는 날에 벅참과 뿌듯함이 몰아치다

原句　프로젝트가 완성되는 날에 벅참과 뿌듯함이 몰아칠 것 같다.
計畫完成的那天應該會感到很感動充實。

加長　1년간 준비한 프로젝트가 완성되는 날에 벅참과 뿌듯함이 한 순간 몰아칠 것 같다.
準備一年的計畫完成的那天感動和充實應該會一次感受到。

⑬　한 기획사에서 올해 여름에 나올 신인 그룹이 케이팝을 주름잡다 / 큰소리 치다

原句　한 기획사에서 올해 여름에 나올 신인 그룹이 케이팝을 주름잡을 거라고 큰소리 쳤다.
某間經紀公司誇口表示今年夏天要出道的新人組合將席捲整個K-POP。

加長　한 기획사에서 올해 여름에 나올 신인 그룹이 케이팝을 주름잡을 거라고 큰소리 쳤지만 현실은 상상과 다르기에 난관이 예상된다.
某間經紀公司誇口表示今年夏天要出道的新人組合將席捲整個K-POP，不過現實和想像是不一樣的，預計會有很多難關。

⑭　배가 부르니 이제 좀 살다

原句　배가 부르니 이제 좀 살 것 같다.
吃飽了，有活過來的感覺。

加長　아까는 어찌나 배가 고프던지 쓰러지기 일보 직전이었는데 지금은 배가 부르니 이제 좀 살 것 같다.
剛剛餓到差點昏倒，現在吃飽了，有活過來的感覺。

⑮　외투를 막상 가지고 나오려니까 짐스럽다

原句　외투를 막상 가지고 나오려니까 짐스러울 것 같아요.
準備要帶著外套出門，覺得有點麻煩。

加長　아직 날씨가 쌀쌀한 것 같아 외투를 가지고 나오려 했더니 막상 가지고 나오려니까 짐스러울 것 같아서 안 가져오기로 했어요.
因為天氣還有點涼，所以想帶著外套出門，結果準備好後覺得有點麻煩，就決定不帶了。

⑯ 뒷북 / 그 유명한 드라마를 이제 보기 시작하다

**原句** 뒷북인 것 같지만 그 유명한 드라마를 이제 보기 시작했다.
雖然有點馬後炮，但我開始看那部有名的電視劇了。

**加長** 1년도 더 지난 드라마인데 뒷북인 것 같지만 워낙 유명한 거라 얼마나 재미있을까 하는 마음에 이제 보기 시작했다.
已經是一年前的電視劇了，雖然有點馬後炮，但因為很有名，所以我想知道有多好看，便開始看了。

⑰ 둘이 한통속 / 틀림없다

**原句** 둘이 한통속인 것이 틀림없다.
兩個人分明是一夥的。

**加長** 내 비밀을 규민이가 다 아는 걸 보면 둘이 한통속인 것이 틀림없다.
看规민都知道我的秘密，他們兩個一定是一夥的。

⑱ 왜 / 별 것 아니다 / 자꾸 꼬투리를 잡으시다

**原句** 왜 별 것 아닌 걸로 자꾸 꼬투리를 잡으세요?
幹嘛一直抓著小事找我麻煩。

**加長** 오늘 기분 나쁜 일이 있었으면 말을 하시지 왜 별 것 아닌 걸로 자꾸 꼬투리를 잡으세요?
你心情不好就說，幹嘛一直抓著小事找我麻煩。

---

**單字**

운치：韻味、雅致 | 계륵：雞肋 | 갈고닦다：苦難、磨練 | 능가하다：凌駕、超越 | 꾸중：批評 | 주눅들다：畏縮 | 흘려듣다：沒認真聽、當耳邊風 | 게슴츠레하다：睡眼惺忪 | 생뚱맞다：奇怪、荒唐、不著邊際 | 비상식량：緊急糧食 | 입이 짧다：挑食、胃口小 | 벅차다：吃力、喘不過氣、心情激動、振奮 | 주름잡다：縱橫 | 일보 직전：差一步、臨近 | 짐스럽다：負擔 | 뒷북：馬後炮 | 한통속：同夥 | 꼬투리：把柄、小事、線索、豌豆莢的單位

## ● 比一比 ●

## V/A-기 與 V/A-(으)ㅁ

　-기強調的是「過程」，適用在尚未行動、行動還沒結束的情況，或是將某件事情普遍化，變成一項不變的真理；-(으)ㅁ強調「結果」，用在告知已經知道或發生的事實的時候。依據這個差異，兩者適合搭配的單字、表現會有明顯的區別。

-기：-기 바라다、-기로 결심하다、-기 힘들다、-기 시작하다、-기 위해

-(으)ㅁ：-(으)ㅁ에 틀림없다、-(으)ㅁ에도 불구하고、-(으)ㅁ으로써

**Ex**

다이어트는 약 말고 운동으로 해야 하기를 깨달았다. （×）

다이어트는 약 말고 운동으로 해야 함을 깨달았다. （O）
覺悟到減肥不能靠藥物，要靠運動這件事。

▶ 必須是已經發生的事情才能「察覺」，所以깨닫다這個字適合跟-(으)ㅁ搭配。

비가 옴이 시작했다. （×）

비가 오기 시작했다. （O）
開始下雨了。

▶ 「開始」做某件事，才正開始而已，須要強調的是過程，不是結果，所以시작하다這個字適合跟-기搭配。

　　另外像「俗語」的情況，因為是把事情講成一件不變的事實、真理，所以適合和-기搭配，例如식은 죽 먹기（喝涼掉的粥＝易如反掌）、땅 짚고 헤엄치기（趴在地上游泳＝易如反掌）、하늘의 별 따기（摘天上的星星＝極為困難）等。

## V/A-기 與 V/A-(으)ㄴ/는 것

與強調過程的-기不同，-는 것單純把前面的單字名詞化，沒有過程的涵義在。

**Ex**

밥 하기 귀찮다.
不想做飯。

▶ 做飯的過程很麻煩、要去做「做飯」這件事很麻煩、不想做。

밥 하는 것이 귀찮다.
做飯是很麻煩的。

▶ 單純描述做飯這件事是很麻煩的。所以如果是要做飯的當下覺得很懶，不想動的時候，通常會使用第一句「밥 하기 귀찮다.」。

## V/A-(으)ㅁ 與 V/A-(으)ㄴ/는 것

這兩個用法意思上相通，沒有太大的差異，只是在同一個句子裡如果使用-(으)ㅁ，給人的感覺會更書面。

**Ex**

그 사람은 범인이 아님으로 밝혀졌다.
그 사람은 범인이 아닌 것으로 밝혀졌다.
查明了那個人不是犯人。

1.有不怎麼努力也能合格的人，相反地也有很努力還是不能合格的人。

**語彙：** 시험, 합격하다, 합격하다, 노력, 노력하다, 있다, 있다, 많이, 하다, 사람, 사람, 열심히

**語法 / 助詞 / 表現：** 을/를, 에, 이/가, 도, 안, -는, -는, -아/어도, -는 반면, -기, -지 못하다, -았/었-, -(으)ㅁ에도, -다

2.隨著年紀越大，比起建立人際關係，維持關係似乎更重要。

**語彙：** 유지하다, 맺다, 나이가 들다, 더, 인간관계, 중요하다

**語法 / 助詞 / 表現：** 을/를, 보다, 이/가, -(으)ㄹ수록, -는 것, -(으)ㅁ, -는 것, -(으)ㄴ 것 같다, -다

3.首爾地鐵人很多，而且有換乘站動線複雜的地方，對第一次搭的人來說，要找到路會有點困難。

**語彙：** 많다, 환승역, 복잡하다, 서울 지하철, 사람, 사람, 동선, 곳, 타다, 찾다, 처음, 길, 힘들다, 있다

**語法 / 助詞 / 表現：** 은/는, 이/가, 이/가, 도, 에게, 은/는, 을/를, 이/가, 도, -아/어, -(으)ㄴ, -고, -(으)ㅁ, -기, -는, -(으)ㄹ 수 있다, -다

# 日月文化集團 讀者服務部 收

10658 台北市信義路三段151號8樓

對折黏貼後，即可直接郵寄

日月文化網址：**www.heliopolis.com.tw**

## 最新消息、活動，請參考 FB 粉絲團

大量訂購，另有折扣優惠，請洽客服中心（詳見本頁上方所示連絡方式）。

日月文化

EZ TALK

EZ Japan

EZ Korea

日月文化集團
HELIOPOLIS
CULTURE GROUP

**感謝您購買** _____

為提供完整服務與快速資訊，請詳細填寫以下資料，傳真至02-2708-6157或免貼郵票寄回，我們將不定期提供您最新資訊及最新優惠。

1. 姓名：_____　　性別：□男　　□女

2. 生日：_____ 年 _____ 月 _____ 日　職業：_____

3. 電話：（請務必填寫一種聯絡方式）

　　（日）_____（夜）_____（手機）_____

4. 地址：□□□ _____

5. 電子信箱：_____

6. 您從何處購買此書？□ _____ 縣/市 _____ 書店/量販超商

　　□ _____ 網路書店　　□書展　　□郵購　　□其他

7. 您何時購買此書？　　年　　月　　日

8. 您購買此書的原因：（可複選）

　　□對書的主題有興趣　　□作者　　□出版社　　□工作所需　　□生活所需
　　□資訊豐富　　□價格合理（若不合理，您覺得合理價格應為 _____ ）
　　□封面/版面編排　　□其他 _____

9. 您從何處得知這本書的消息：　□書店　□網路／電子報　□量販超商　□報紙
　　□雜誌　□廣播　□電視　□他人推薦　□其他

10. 您對本書的評價：（1.非常滿意 2.滿意 3.普通 4.不滿意 5.非常不滿意）

　　書名 _____ 內容 _____ 封面設計 _____ 版面編排 _____ 文/譯筆 _____

11. 您通常以何種方式購書？□書店　　□網路　　□傳真訂購　□郵政劃撥　　□其他

12. 您最喜歡在何處買書？

　　□ _____ 縣/市 _____ 書店/量販超商　　□網路書店

13. 您希望我們未來出版何種主題的書？_____

14. 您認為本書還須改進的地方？提供我們的建議？

_____

_____

_____

_____

# 目次

# 解答篇

## 1. 모든 준비를 끝내고 출발할 날을 기다리고 있다.

名詞 : 준비、날

自動詞 : 출발하다

他動詞 : 끝내다、기다리다

形容詞 : X

副詞 : X

冠形詞 : 모든

助詞 : 를、을

## 2. 아침에 일찍 일어나서 조식을 이용했다.

名詞 : 아침、조식

自動詞 : 일어나다

他動詞 : 이용하다

形容詞 : X

副詞 : 일찍

冠形詞 : X

助詞 : 에、을

## 3. 너무 졸려서 커피 한 잔 하려고요.

名詞 : 커피、잔

自動詞 : X

他動詞 : 하다

形容詞 : 졸리다

副詞 : 너무

冠形詞 : 한

助詞 : (를)

1. 집에서 영화를 즐기려고 빔 프로젝터를 샀다.

2. 그 배우의 완벽한 연기가 대중들에게 호평을 얻었다.

3. 굳이 그렇게까지 할 필요가 있을까요?

4. 두 달 후에 이직해서 중산구로 출근하게 될 것 같아요.

5. 이런 작은 가게에서 소파마저 팔다니 정말 생각지도 못했다.

6. 내 이상형은 쌍꺼풀이 없고 목소리가 좋은 사람이다.

7. 비가 주적주적 내려서 집에 멀리 찾지 말고 가고 있어요.

8. 행복은 늘 옆에 있으니 멀리 찾지 말고 일상 속에서 잘 둘러봐.

1. 정치인으로서 제일 중요한 것은 국민의 이전에 귀를 기울여 들으려고 하는 자세다.

2. 조상묘에 벌초를 하러 갔다.

3. 이 사태가 빨리 가라앉을 수 있도록 모두 힘을 합쳐 할 수 있는 일을 다 하자.

4. 맞장구치려고 농담을 쳤더니 분위기가 순식간에 싸해졌다.

5. 우격다짐으로 하지 말고 잘 이해하고 받아들일 수 있게 설득해 봐.

6. 잠꾸러기인 동생도 새해 해돋이를 보기 위해 밤을 새우기로 했다.

1. 너무 동안이라서 인간이 맞나 싶을 정도예요.

2. 이 화장실은 처음부터 장고로 사용했기 때문에 새 것이나 다름없다.

3. 내 질문에 대충 얼버무리냐가 거짓말인 것 같다는 생각이 들 수밖에 없다.

4. 일교자가 심한 탓에 감기에 걸려 3일 동안 드러누워 있었다.

5. 오토바이가 느닷없이 튀어나오는 바람에 부딪칠 뻔했다.

6. 무슨 영문인지 몰라서 뚱하게 서 있기만 했다.

7. 버스가 8시라 급히 나오느라고 가방을 못 챙겼다.

8. 바이러스가 세계적으로 난리 난 통에 경제가 마비됐다.

9. 운동을 얼마나 많이 했길래 탈수까지 오는 거야?

10. 내일은 우리 오랜만에 하는 데이트 날이니까 늦지 않게 와야 돼.

1. 사업을 막 시작했을 때 친구가 도와주지 않았다면 나는 지금 평범한 사람이 있었을 것이다.

2. 장사가 잘되다 보니 욕심만 늘어가는 나를 발견하고는 다시 초심으로 돌아가려고 마음먹었다.

3. 몸이 천근만근이어도 밀린 빨래는 오늘 해야겠다.

4. 늘 하고 싶었던 일에 도전하는 거니까(것이니까) 실패하더라도 절대 주저앉지 않을게.

- 7 -

5. 아무리 어렸을 때 나를 버린 부모라도 한 번은 보고 싶다는 마음을 지울 수 없다.

6. 저렇게 일을 대충대충 할 거면(것이면) 차라리 초등학생을 앉혀 놓는 게(것이) 낫겠다.

7. 사람은 누구나 실수하기 마련이니까 한 번의 실수로 너무 몰아세우지 않았으면 좋겠다.

8. 남자 친구의 빈자리가 이렇게 클 줄 알았다면 절대 쉽게 떠나보내지 않았을 것이다.

9. 밤에 배가 고프도 고프지 않는 건강을 위해서는 오늘부터 아무것도 먹지 않을래.

10. 아직 쉽다고 하더라도 아무 계획 없이 무턱대고 도전만 하면 안 되니까 위긍 홀리데이에 대해서는 일함면서 천천히 준비할까 해요.

單元 6 書籍 P.257

1. 난 지금 요리에 집중하고 있으니까 이따가 말하자.

2. 면접에서 어떤 질문이 나오더라도 답할 수 있게 다 준비해 뒀어요.

3. 이번에 나온 드라마 OST가 얼마나 좋은지 한 번 들으면 계속 듣게 된다.

4. 나는 무슨 일이든 끝까지 해 보지 않으면 직성이 풀리지 않는다.

5. 연애 한 번도 해 본 적이 없는 숙에이지만 누구보다 로맨티스트가 될 준비가 되어 있다.

6. 누군가의 도움이 너무 익숙해진 나머지 혼자서는 아무것도 할 수 없게 되었다.

7. 동아리의 재미있는 선배를 보자마자 나도 모르게 웃음이 나오고 말았다.

8. 버르고 버르던 노트북을 드디어 큰맘 먹고 질러 버려서 기분이 좋다.

9. 영화가 끝난 후에도 여운이 진하게 남아 한참 멍하니 자리에 앉아 있었다.

10. 편하게 요리할 수 있게 오후에 재료들을 미리 손질해 봤어요.

**單元 7** 書籍P.283

1. 네가 먹던 음식을 누구보고 먹으라는 거야?

2. 오늘 콘서트 티켓을 사려고 계속 대기하고 있었는데 1분 만에 매진이 되더라고요.

3. 옛날 사진들을 훑어보니 행복했던 추억들이 스멀스멀 떠올랐다.

4. 점집에 가면 삶은 달걀과 식혜를 무조건 사 먹어야 점집방에 온 느낌이 든다.

5. 타박상에 바르면 좋은 약이라고 해서 구매했는데 저는 효과가 좋은지 잘 모르겠던데요.

6. 사회생활을 막 시작했을 때 맨날 상사에게 혼나서 속상했던 기억이 난다.

**單元 8** 書籍P.307

1. 나보다 야구 실력이 한참 뒤처진 친구였는데 매일 맹연습을 하더니 바로 나의 코앞까지 따라왔다.

2. 고비와 난관에 부딪힐지라도 늘 한결같은 조심을 붙잡고 버티어 낼 거야.

3. 양념 맛이 입안에 가득 퍼져 맴돌았는데 생선 본연의 맛도 중간중간 느낄 수 있어 맛있었다.

4. 비록 10살 차이가 나지만 둘이 비슷해 뭐 하는 짜맞춘 듯 잘 맞는다.

5. 내가 편애하는 것이 아니나는 의심을 거두더라도 잘한 건(것은) 맞으니까 1등을 그에게 주겠다.

6. 요즘 '모여라 동물의 숲' 게임에 빠져서 미쳤다고 해도 과언이 아닐 정도다.

1. 욕심을 내다가 사기를 당해 버리고 지금은 거의 거지가 되고 만 셈이다.

2. 친구가 매일 피부과 다니면서 관리를 받는다더니 정말 아기 피부처럼 깨끗해졌다.

3. 고기를 굽는 중 가족과 이야기를 잠깐 하려고 한눈을 팔았더니 고기가 타고 말았다.

4. 감정 표현이 서투른 그녀는 실짝 투덜대는 말투가 사랑 표현인 셈이다.

5. 마라톤 선수는 달리는 도중 페이스를 유지를 위해 중간중간 있는 음료를 얼굴에 붓다시피 마실 수밖에 없다.

6. 매일 컴퓨터 앞에 앉아서 편집 작업을 하다 보니 손목에 무리가 많이 가고 통증이 생겼어요.

7. 나는 아이를 그다지 좋아하지 않지만 내 아이를 낳고 보니까 이렇게 사랑스러울 수가 없다.

8. 다리 쪽에 갑자기 간지러움을 느끼는데 손으로 만져 보니 바퀴벌레가 붙어 있더라고요.

9. 동료들의 부주의로 부담함에 맞섰더니 임원들에게 찍혀서 매일매일 스트레스가 이만저만이 아니에요.

1. 맨날 방구석에서만 있지 말고 나가서 놀든지 일바를 하든지 해.

2. 용의자는 사건 당시 모자를 쓴 데다가 마스크도 하고 있어 얼굴을 제대로 알아보기가 힘듭니다.

3. 인생 짧다면 짧은 거 하고 싶으면 아무거나 닥치는 대로 한번 해 봐.

4. 우리는 항상 부산에 갈 때 시간 여유가 있는지 없는지에 따라 비행기를 타거나 고속버스를 탄다.

5. 회사에서 잘리거나 징계를 받거나 난(나는) 부당한 일이 있으면 무조건 따져야 한다고 생각해.

6. 연상이든지 연하든지 활발하고 말이 잘 통하면 다 괜찮다.

7. 반품하거나 교환하면 오래 걸리 것 같아서 그냥 쓰기로 했어요.

**單元11** 書籍P.407

1. 점심을 먹은 후에는 몸이 나른해져서 잠이 오기 때문에 꼭 커피를 마시는 편이다.

2. 남자친구가 독서를 하는 동안에 나는 옆에서 과제를 했다.

3. 수업을 듣는 중에 울리는 핸드폰이 울리는 바람에 선생님께 지적을 받았다.

4. 반대기를 먹자마자 뱉을 게 뻔해서 외국인들에게는 추천하지 않는다.

5. TV 프로그램에 나온 드카스 집은 오픈을 하기(가) 무섭게 만석이 될 뿐만 아니라 줄까지 길게 서 있다.

6. 회의실에 사장님이 들어오자 다들 긴장한 모습이 역력했다.

7. 내가 딴짓을 하는 사이에 우리집 강아지가 자리를 휘저어 놓았다.

8. 나와 데이트 중에 전화를 받고 바로 나가는 걸(것을) 몇 번 본 후 바람이 아닐까 의심하기 시작했다.

9. 10시간 정도의 비행 거리인 독일에 처음 도착해서 처음 먹은 음식은 하세있다.

- 11 -

1. 노력을 많이 안 해도 시험에 합격하는 사람이 있는 반면 열심히 노력했음에도 합격하지 못하는 사람도 있다.

2. 나이가 들수록 인간관계를 맺는 것보다 유지하는 것이 더 중요한 것 같다.

3. 서울 지하철은 사람이 많고 환승역 동선이 복잡한 곳도 있어 처음 타는 사람에게는 길을 찾기가 힘들 수도 있다.

# 2 文法句型與範例整理

## [N은/는]

| 詞性 | | 詞彙類型 | 詞彙 | 補助詞 | |
|---|---|---|---|---|---|
| 名詞 | | 無尾音 | ①101타워<br>②망고 | 는 | 101타워는 대만을 대표하는 건물이다<br>망고는 열대과일이다 |
| | | 有尾音 | ③꿈<br>④한국 | 은 | 나의 꿈은 어학연수를 가는 것이다<br>한국은 맛있는 음식이 많다 |

## [N이/가]

| 詞性 | | 詞彙類型 | 詞彙 | 主格助詞 | |
|---|---|---|---|---|---|
| 名詞 | | 無尾音 | ①배<br>②머리 | 가 | 배가 고프다<br>머리가 아프다 |
| | | 有尾音 | ③동생<br>④연필 | 이 | 동생이 울다<br>연필이 부러지다 |

**[N에①]**

| 詞性 | 詞彙類型 | 詞彙 | 格助詞 | |
|---|---|---|---|---|
| 名詞 | 無關 | ①위<br>②방송<br>③집<br>④공원 | 에 | 책상 위에 있다<br>방송에 나오다<br>집에 없다<br>공원에 앉아 있다 |

**[N에서]**

| 詞性 | 詞彙類型 | 詞彙 | 格助詞 | |
|---|---|---|---|---|
| 名詞 | 無關 | ①도서관<br>②레스토랑<br>③집<br>④커피숍 | 에서 | 도서관에서 책을 읽다<br>레스토랑에서 스테이크를 먹다<br>집에서 영화를 보다<br>커피숍에서 커피를 마시다 |

**[N에②]**

| 詞性 | 詞彙類型 | 詞彙 | 助詞 | |
|---|---|---|---|---|
| 名詞 | 無關 | ①해외<br>②병원<br>③편의점<br>④영화관 | 에 | 해외에 나가다<br>병원에 가다<br>편의점에 오다<br>영화관에 가려고 하다 |

## [N(으)로]

| 詞性 | | 詞彙類型 | 詞彙 | 助詞 | |
|---|---|---|---|---|---|
| 名詞 | 無尾音 | | ① 친구<br>② 제주도 | 로 | 친구로 가야 하다<br>제주도로 놀러 가다 |
| | 有尾音 | | ③ 안<br>④ 공항 | 으로 | 안으로 들어오다<br>공항으로 가려면 이 버스를 타야 되다 |

## [N에게]

| 詞性 | | 詞彙類型 | 詞彙 | 助詞 | |
|---|---|---|---|---|---|
| 名詞 | 無關 | | ① 친구<br>② 엄마<br>③ 팬<br>④ 강아지 | 에게 | 친구에게 선물을 주다<br>엄마에게 카네이션을 드리다<br>팬들에게 웃다<br>강아지에게 먹이를 사 주다 |

## [N에게서]

| 詞性 | | 詞彙類型 | 詞彙 | 助詞 | |
|---|---|---|---|---|---|
| 名詞 | 無關 | | ① 동료<br>② 시청자<br>③ 형<br>④ 경찰관 | 에게서 | 동료에게서 이야기를 듣다<br>시청자들에게서 큰 사랑을 받다<br>형에게서 돈을 빌리다<br>경찰관에게서 소식을 전하다 |

**[N도]**

| 詞性 | 詞彙類型 | 詞彙 | 補助詞 | |
|---|---|---|---|---|
| 名詞 | 無關 | ①나 ②언니 ③시간 ④대만 | 도 | 나도 한국어를 잘하고 싶다<br>언니도 취직할 수 있을 것이다<br>저녁 먹을 시간도 없다<br>대만도 한국과 물가가 차이 나지 않는 편이다 |

**[N까지]**

| 詞性 | 詞彙類型 | 詞彙 | 補助詞 | |
|---|---|---|---|---|
| 名詞 | 無關 | ①음식 ②어른 ③요리 ④굴 | 까지 | 이 음식까지 먹고 그만 먹어야겠다<br>어른까지 무단 횡단을 하다<br>요리까지 맛있다<br>굴까지 더 주셨다 |

**[N조차]**

| 詞性 | 詞彙類型 | 詞彙 | 補助詞 | |
|---|---|---|---|---|
| 名詞 | 無關 | ①하나 ②비교 ③기록 ④상상 | 조차 | 내 몸 하나조차 건사하지 못하다<br>비교조차 할 수 없을 정도로 널찍하다<br>기록조차 하기 힘들다<br>상상조차 하기 싫다 |

[N마저]

| 詞性 | 詞彙類型 | 詞彙 | 補助詞 | |
|---|---|---|---|---|
| 名詞 | 無關 | ①가격 ②날씨 ③자신감 ④동생 | 마저 | 가격마저 착하다<br>날씨마저 너무 좋다<br>자신감마저 떨어진다<br>동생마저 A형이다 |

單元3 目的類 書籍 P.119

[V-기 위해(서)]

| 詞性 | 詞彙類型 | 詞彙 | 目的 | 語法表現 | 為了達到該目的所做出的行動 |
|---|---|---|---|---|---|
| 動詞 | 無關 | ①이루다 ②살리다 ③찾다 | 꿈을 이루다<br>한자를 살리다<br>지갑을 찾다 | -기 위해(서) | 열심히 일을 하고 있다<br>노력하고 있다<br>지하철 분실센터에 오다 |

[V-(으)려고]

| 詞性 | 詞彙類型 | 詞彙 | 意圖 | 連結語尾 | 帶著前面的意圖去做的動作 |
|---|---|---|---|---|---|
| 動詞 | 無尾音 | ①되다 ②소통하다 | 훌륭한 가수가 되다<br>직원들과 소통하다 | -려고 | 노래 연습을 하다<br>건의함을 만들다 |
| | 有尾音 | ③찍다 ④-지 않다 | 한 후보자를 찍다<br>똑같은 실수를 하지 않다 | -(으)려고 | 마음이 바뀌다<br>꼼꼼히 확인하다 |
| | ㄹ尾音 | ⑤만들다 | 맛있는 음식을 만들다 | -려고 | 유학 길에 오르다 |
| | 不規則 | ⑥짓다 ⑦싣다 | 좋은 이름을 짓다<br>짐을 한꺼번에 싣다 | -(으)려고 | 작명소를 찾아가다<br>무리하게 포장하다 |

## [V-(으)러]

| 詞性 | 詞彙類型 | 詞彙 | 移動的目的 | 連結語尾 | 為了該目的而移動 |
|---|---|---|---|---|---|
| 動詞 | 無尾音 | ①사다<br>②돌리다 | 부침개를 사다<br>청첩장을 돌리다 | -러 | 시장에 오다<br>친구 집에 가다 |
| | 有尾音 | ③잡다<br>④씻다 | 볌인을 잡다<br>발을 씻다 | -(으)러 | 강남으로 출동하다<br>화장실에 가다 |
| | ㄹ尾音 | ⑤놀다 | 다음 달에 한국에 놀다 | -러 | 가다 |
| | 不規則 | ⑥듣다<br>⑦돕다 | 음악회를 듣다<br>이재민을 돕다 | -(으)러 | 문화회관에 가다<br>강원도로 향하다 |

## [V-게]

| 詞性 | 詞彙類型 | 詞彙 | 目的、基準 | 連結語尾 | 為了符合該目的、基準而做的動作 |
|---|---|---|---|---|---|
| 動詞/<br>形容詞 | 無關 | ①지나가다<br>②나눠 먹다<br>③들을 수 있다<br>④춥다 | 사람이 지나가다<br>와플을 나눠 먹다<br>모두가 들을 수 있다<br>아이가 춥지 않다 | -게 | 자리를 비키다<br>반으로 자르다<br>크게 얘기해 주다<br>웃음 입혀 주다 |

## [V-도록]

| 詞性 | 詞彙類型 | 詞彙 | 目的、基準 | 連結語尾 | 為了符合該目的、基準而做的動作 |
|---|---|---|---|---|---|
| 動詞/<br>形容詞 | 無關 | ①쉬다<br>②낭비하지 않다<br>③얻을 수 있다<br>④부족하지 않다 | 편히 쉬다<br>시간을 낭비하지 않다<br>좋은 성과를 얻을 수 있다<br>음식이 부족하지 않다 | -도록 | 우리는 나가 있다<br>바로 도움을 청하다<br>최선을 다하다<br>많이 준비해 놓다 |

## [V/A-아/어서]

| 詞性 | 詞彙類型 | 詞彙 | 原因 | 連結語尾 | 結果 |
|---|---|---|---|---|---|
| 動詞/形容詞 | 語幹最後音節母音為ㅏ,ㅗ | ①돌다<br>②팔다 | 군침이 돌다<br>지금은 안 팔다 | -아서 | 괴롭다<br>못 살다 |
| | 語幹最後音節母音非ㅏ,ㅗ | ③꺼지다<br>④먹다 | 컴퓨터가 갑자기 꺼지다<br>점심을 늦게 먹다 | -어서 | 내용이 다 날아가 버리다<br>아직 배가 안 고프다 |
| | 一脫落 | ⑤크다 | 머리가 너무 크다 | -아/어서 | 모자를 쓸 수 없다 |
| | 不規則 | ⑥듣다<br>⑦붓다 | 좋은 소식을 듣다<br>눈이 붓다 | -아/어서 | 기분이 좋아지다<br>선글라스를 쓰다 |
| | -하다 | ⑧잘하다 | 그 가수는 노래를 잘하다 | -여서 | 인기가 많다 |
| 名詞<br>이다 | 無尾音 | ⑨먹보 | 나는 먹보이다 | N여서 | 한 달 식비가 많이 들어가다 |
| | 有尾音 | ⑩할인 행사 기간 | 백화점이 할인 행사 기간이다 | N이어서 | 사람이 많다 |
| 아니다 | 無關 | ⑪큰 병이 아니다 | 큰 병이 아니다 | -어서 | 다행이다 |

**[V/A-(으)니까]**

| 詞性 | 詞彙類型 | 詞彙 | 理由 | 連接語尾 | 結果 |
|---|---|---|---|---|---|
| 動詞/形容詞 | 無尾音 | ①좋아하다<br>②바쁘다 | 좋아한다<br>일 때문에 지금 바쁘다 | -니까 | 사귀자고 한 것이다<br>받은 저녁에 같이 먹다 |
| | 有尾音 | ③넓다<br>④좋다 | 집이 넓다<br>어떤 모습이라도 좋다 | -(으)니까 | 가구 배치를 원하는 대로 할 수 있다<br>다이어트를 안 해도 되다 |
| | ㄹ脫落 | ⑤살다 | 우리 동생은 너 없이도 잘 살다 | -니까 | 신경을 끄다 |
| | 不規則 | ⑥춥다<br>⑦하얗다 | 많이 춥다<br>건물이 하얗다 | -(으)니까 | 나가지 말다<br>눈에 더 잘 띄다 |
| | -았/었- | ⑧늦다 | 시간이 늦었다 | -으니까 | 내일 다시 오다 |
| | -겠- | ⑨못하다 | 말로 설명 못하겠다 | -으니까 | 직접 찾아 보다 |
| 名詞이다 | 無尾音 | ⑩사이 | 친구 사이이다 | N니까 | 이렇게 도와주는 것이다 |
| | 有尾音 | ⑪편 | 편이다 | N이니까 | 가수의 1위를 위해 모든 걸 다 하다 |
| 아니다 | 無關 | ⑫그게 아니다 | 그게 아니다 | -니까 | 오해하지 말다 |

**[V/A-기 때문에]**

| 詞性 | 詞彙類型 | 詞彙 | 原因、理由 | 語法表現 | 結果、反應、事實 |
|---|---|---|---|---|---|
| 動詞/形容詞 | 無關 | ① 바쁘다 | 요즘 바쁘다 | -기 때문에 | 자주 만날 수 없다 |
| | | ② 알아듣고 싶다 | 자막 없이 알아듣고 싶다 | | 한국어를 배우기 시작하다 |
| | -았/었- | ③ 가다 | 거기 세 번이나 갔다 | | 이번에는 다른 곳으로 가고 싶다 |
| 名詞이다 | 無尾音 | ④ 혼자 | 혼자이다 | N기 때문에 | 좋은 점도 많다 |
| | 有尾音 | ⑤ 한국인 | 한국인이다 | N이기 때문에 | 매운 음식을 잘 먹는 것이다 |
| 아니다 | 無關 | ⑥ 전문가가 아니다 | 전문가가 아니다 | -기 때문에 | 더 많이 알아보고 결정해야 하다 |

**[V/A-길래]**

| 詞性 | 詞彙類型 | 詞彙 | 與個人意圖無關的理由 | 連結語尾 | 話者做出的行動 |
|---|---|---|---|---|---|
| 動詞/形容詞 | 無關 | ① 예쁘다 | 옷이 너무 예쁘다 | -길래 | 보자마자 사다 |
| | | ② 썩어 가다 | 딸기가 썩어 가다 | | 딸기잼으로 만들다 |
| | -았/었- | ③ 고장나다 | 핸드폰이 고장났다 | | 친구보고 대신 전화해 달라고 하다 |
| 名詞이다 | 無尾音 | ④ 어린이 | 아직 어린이이다 | N길래 | 잘 타일러서 돌려보내다 |
| | 有尾音 | ⑤ 사장님 | 사이트에서 봤던 사장님이다 | N이길래 | 더 긴장되다 |

**[V/A-기에]**

| 詞性 | 詞彙類型 | 詞彙 | 與個人意圖無關的理由 | 連結語尾 | 因為前面的理由而做出的行動，或是產生的情況 |
|---|---|---|---|---|---|
| 動詞/形容詞 | 無關 | ① 오다<br>② 춥다<br>③ 쉽다 | 비가 많이 오다<br>날씨가 춥다<br>비타민D가 부족해지기 쉽다 | -기에 | 우산을 챙겨 오다<br>배달을 시켜 먹다<br>보충제를 먹는 것이 좋다 |
| | -았/었- | ④ 졌다 | 삶이 너무 졌다 | | 다이어트를 하려고 하다 |
| | -겠- | ⑤ 살아가다 | 세상에 역병이 돌고 있어도 삶아 가겠다 | | 회사에 안 나갈 수가 없다 |
| 名詞 이다 | 無尾音 | ⑥ 전부 | 음악이 전부다 | N기에 | 포기할 수 없다 |
| | 有尾音 | ⑦ 공인 | 공인이다 | N이기에 | 말과 행동을 조심해야 하다 |
| 아니다 | 無關 | ⑧ 쉬운 문제가 아니다 | 쉬운 문제가 아니다 | -기에 | 내 마음대로 결정할 수 없다 |

**[V-는 바람에]**

| 詞性 | 詞彙類型 | 詞彙 | 突發的、沒有預想到的事件 | 語法表現 | 負面的結果 |
|---|---|---|---|---|---|
| 動詞 | 無關 | ① 불다<br>② 뛰어나오다<br>③ 넘어지다 | 태풍이 불다<br>산짐승이 갑자기 뛰어나오다<br>발이 걸려서 넘어지다 | -는 바람에 | 항공편이 결항되었다<br>사고가 나고 말다<br>무릎이 다 까지다 |

## [V/A-(으)ㄴ/는 탓에]

| 詞性 | 詞彙類型 | 詞彙 | 原因、理由 | 語法表現 | 負面的結果 |
|---|---|---|---|---|---|
| 動詞(現在) | 無關 | ①끼다 | 몸에 너무 끼다 | -는 탓에 | 다른 옷을 고를 수밖에 없다 |
| | | ②주다 | 먹이를 주다 | | 비만이 되다 |
| 動詞(過去) | 無尾音 | ③굶주리다 | 하루 종일 굶주리다 | -ㄴ 탓에 | 온몸에 힘이 없다 |
| | 有尾音 | ④받다 | 마음이 상처를 받다 | -은 탓에 | 성격이 소극적으로 변하다 |
| 形容詞(現在) | 無尾音 | ⑤바쁘다 | 공부하느라 바쁘다 | -ㄴ 탓에 | 친구를 만나지 못하다 |
| | 有尾音 | ⑥많다 | 실수가 많다 | -은 탓에 | 신뢰를 잃다 |
| 形容詞(過去) | 無關 | ⑦힘들다 | 경제적으로 힘들다 | -던 탓에<br>-았/었던 탓에 | 돈을 아껴 쓰다 |

## [V-는 통에]

| 詞性 | 詞彙類型 | 詞彙 | 複雜、混亂的狀況 | 語法表現 | 因為前面的狀況而產生的負面的結果 |
|---|---|---|---|---|---|
| 動詞 | 無關 | ①조르다 | 누워서 조르다 | -는 통에 | 장난감을 사 주다 |
| | | ②성질을 내다 | 갑자기 성질을 내다 | | 유리잔을 떨어뜨리다 |
| | | ③얼쩡거리다 | 가게 앞을 얼쩡거리다 | | 손님들이 들어오지 않다 |

## [V-느라고]

| 詞性 | 詞彙類型 | 詞彙 | 原因、理由 | 語法表現 | 在前句事情進行的過程中所產生的負面的結果 |
|---|---|---|---|---|---|
| 動詞 | 無關 | ①자다 | 늦잠을 자다 | -느라고 | 아침을 거르다 |
| | | ②보다 | 드라마를 보다 | | 밤을 새우다 |
| | | ③놀다 | 친구와 놀다 | | 시간 가는 줄 모르다 |

## [V-(으)ㄹ 것이다]

| 詞性 | 詞彙類型 | 詞彙 | 要做的事情 | 語法表現 |
|---|---|---|---|---|
| 動詞 | 無尾音 | ①성공하다<br>②저축하다 | 올해는 꼭 다이어트에 성공하다<br>로또에 당첨된다면 저축하다 | -ㄹ 것이다 |
| | 有尾音 | ③-지 않다<br>④받다 | 그녀의 손을 놓치지 않다<br>나는 꼭 보너스를 받다 | -을 것이다 |
| | ㄹ脱落 | ⑤팔다 | 벼룩시장에서 물건들을 팔다 | -ㄹ 것이다 |
| | 不規則 | ⑥걷다<br>⑦짓다 | 매일 5시간씩 걷다<br>이곳에 별장을 짓다 | -(으)ㄹ 것이다 |

## [V-(으)ㄹ게]

| 詞性 | 詞彙類型 | 詞彙 | 要做的事情 | 終結語尾 |
|---|---|---|---|---|
| 動詞 | 無尾音 | ①사다<br>②기다리다 | 오늘 월급 받았으니까 밥 사다<br>공부하면서 기다리다 | -ㄹ게 |
| | 有尾音 | ③읽다<br>④참다 | 이번 달까지 이 책을 읽다<br>내 잘못도 있으니까 한 번만 참다 | -을게 |
| | ㄹ尾音 | ⑤갈다 | 내가 갈다 | -ㄹ게 |
| | 不規則 | ⑥듣다<br>⑦돕다 | 수업 때 집중해서 듣다<br>무슨 일이든 다 도와주다 | -(으)ㄹ게 |

[V-(으)ㄹ래]

| 詞性 | 詞彙類型 | 詞彙 | 想做的事情 | 終結語尾 |
|---|---|---|---|---|
| 動詞 | 無尾音 | ①마시다<br>②-아/어 보다 | 나는 콜라 마시다<br>이참에 배워 보다 | -ㄹ래 |
| | 有尾音 | ③먹다<br>④찾다 | 이제 그만 먹다<br>나는 끝까지 찾다 | -을래 |
| | ㄹ尾音 | ⑤살다 | 그냥 여기서 살다 | -ㄹ래 |
| | 不規則 | ⑥걷다<br>⑦눕다 | 1시간 더 걷다<br>먼저 눕다 | -(으)ㄹ래 |

[V-겠-]

| 詞性 | 詞彙類型 | 詞彙 | 要做的事情 | 輔助語尾 |
|---|---|---|---|---|
| 動詞 | 無關 | ①먹다<br>②다녀오다<br>③받다<br>④도와드리다 | 잘 먹다<br>학교 다녀오다<br>주문 받다<br>이쪽에서 도와드리다 | -겠- |

**[V-(으)려고 하다]**

| 詞性 | 詞彙類型 | 詞彙 | 想做的事情 | 語法表現 |
|---|---|---|---|---|
| 動詞 | 無尾音 | ①벗어나다<br>②재현하다 | 한국어 초보자에서 벗어나다<br>명장면을 그대로 재현하다 | -려고 하다 |
| | 有尾音 | ③찍다<br>④씻다 | 웨딩 사진은 스냅으로 찍다<br>얼굴 박박 씻다 | -으려고 하다 |
| | ㄹ尾音 | ⑤허물다 | 마음이 벽을 허물다 | -려고 하다 |
| | 不規則 | ⑥돕다<br>⑦긋다 | 조금이나마 돕다<br>선을 긋다 | -(으)ㄹ려고 하다 |

**[V-(으)ㄹ까 하다]**

| 詞性 | 詞彙類型 | 詞彙 | 要做的事情 | 語法表現 |
|---|---|---|---|---|
| 動詞 | 無尾音 | ①주다<br>②가다 | 여자 친구한테 생일 선물로 사 주다<br>워터 파크에 놀러 가다 | -ㄹ까 하다 |
| | 有尾音 | ③입다<br>④받다 | 네이비색 원피스를 입다<br>다시 수술을 받다 | -을까 하다 |
| | ㄹ脫落 | ⑤만들다 | 반찬을 만들다 | -ㄹ까 하다 |
| | 不規則 | ⑥걷다<br>⑦짓다 | 밖에 나가 걷다<br>잠금을 넣어 받을 짓다 | -(으)ㄹ까 하다 |

**[V-고 싶다]**

| 詞性 | 詞彙類型 | 詞彙 | 要做的事情 | 語法表現 |
|---|---|---|---|---|
| 動詞 | 無關 | ①그만하다 ②갖다 ③알다 | 이런 사랑은 그만하다<br>딸이 인형을 갖다<br>무슨 생각을 하는지 알다 | -고 싶다 |

**[V/A-겠-]**

| 詞性 | 詞彙類型 | 詞彙 | 推測的事情 | 輔助語尾 |
|---|---|---|---|---|
| 動詞/<br>形容詞 | 無關 | ①행복하다 ②팔리다 ③속상하다 | 결혼해서 행복하다<br>마스크가 팔리다<br>대학 입시에서 떨어졌다니 속상해하다 | -겠- |
|  | -았/었- | ④도착하다 | 지금 막 도착하다 | -겠- |

**[V/A-(으)ㄹ 것이다]**

| 詞性 | 詞彙類型 | 詞彙 | 推測的事情 | 語法表現 |
|---|---|---|---|---|
| 動詞/<br>形容詞 | 無尾音 | ①성공하다 ②그만두다 | 언젠간 성공하다<br>곧 일을 그만두다 | -ㄹ 것이다 |
|  | 有尾音 | ③-고 있다 ④맞다 | 아마 밥을 먹고 있다<br>합격이 맞다 | -을 것이다 |
|  | ㄹ尾音 | ⑤팔다 | 지금쯤이면 횟집에서 팔다 | -ㄹ 것이다 |
|  | 不規則 | ⑥묻다 ⑦짓다 | 사람들에게 길을 묻다<br>자식들을 보면 미소를 짓다 | -(으)ㄹ 것이다 |
|  | -았/었- | ⑧재미있다 | 친구들이 다 왔다면 재미있었다 | -을 것이다 |

**[V/A-(으)면 좋겠다]**

| 詞性 | 詞彙類型 | 詞彙 | 希望的事情 | 語法表現 |
|---|---|---|---|---|
| 動詞/形容詞 | 無尾音 | ①합격하다 ②내리다 | 올해는 꼭 토픽 6급에 합격하다 / 비가 그만 내리다 | -면 좋겠다 |
| | 有尾音 | ③작다 ④없다 | 핸드폰이 작다 / 큰 피해가 없다 | -으면 좋겠다 |

**[V/A-았/었으면 좋겠다]**

| 詞性 | 詞彙類型 | 詞彙 | 希望的事情 | 語法表現 |
|---|---|---|---|---|
| 動詞/形容詞 | 語幹最後音節母音為ㅏ,ㅗ | ①돌아가다 ②속다 | 과거로 돌아가다 / 프로포즈를 준비했는데 속다 | -았으면 좋겠다 |
| | 語幹最後音節母音非ㅏ,ㅗ | ③즐기다 ④배우다 | 파티를 즐겁게 즐기다 / 인내심을 갖고 배우다 | -었으면 좋겠다 |
| | 一脫落 | ⑤쓰다 | 모두가 쓰다 | -았/었으면 좋겠다 |
| | 不規則 | ⑥눕다 ⑦싣다 | 조금 더 눕다 / 한 면에 싣다 | -았/었으면 좋겠다 |
| | -하다 | ⑧좋아하다 | 생일 선물을 좋아하다 | -았으면 좋겠다 |

## [V-고 있다①]

| 詞性 | 詞彙類型 | 詞彙 | 正在做的事情 | 語法表現 |
|---|---|---|---|---|
| 動詞 | 無關 | ①기다리다 ②엿보다 ③듣다 | 나는 항상 같은 자리에서 기다리다 / 옆에 앉은 사람이 우리의 대화를 엿보다 / 그 친구는 라디오를 듣다 | -고 있다 |

## [V-고 있다②]

| 詞性 | 詞彙類型 | 詞彙 | 正在做的事情 | 語法表現 |
|---|---|---|---|---|
| 動詞 | 無關 | ①입다 ②알다 ③가지다 | 옷을 두껍게 입다 / 그의 진심을 알다 / 나이키 한정품 신발을 가지다 | -고 있다 |

## [V-아/어 있다]

| 詞性 | 詞彙類型 | 詞彙 | 動作的完成狀態 | 語法表現 |
|---|---|---|---|---|
| 動詞 | 語幹最後音節母音為ㅏ,ㅗ | ①오다 ②살다 | 민수가 약속 시간에 맞춰 오다 / 별 문제없이 살다 | -아 있다 |
| | 語幹最後音節母音非ㅏ,ㅗ | ③떨어지다 ④열리다 | 이곳은 도심에서 떨어지다 / 방 창문이 열리다 | -어 있다 |
| | 不規則 | ⑤눕다 ⑥붓다 | 쥐 죽은 듯 눕다 / 발목을 접질러 가지고 붓다 | -아/어 있다 |
| | -하다 | ⑦위치하다 | 잠실에 위치하다 | -여 있다 |

## [V-아/어 놓다]

| 詞性 | 詞彙類型 | 詞彙 | 動作的完成狀態 | 語法表現 |
|---|---|---|---|---|
| 動詞 | 語幹最後音節母音為ㅏ,ㅗ | ①사다 | 출출할 걸 대비해 야식을 사다 | -아 놓다 |
| | | ②받다 | 단수 예정이라 물을 받다 | |
| | 語幹最後音節母音非ㅏ,ㅗ | ③걷다 | 가족사진을 걷다 | -어 놓다 |
| | | ④열다 | 냄새가 빠지도록 뚜껑을 열다 | |
| | 一脫落 | ⑤담그다 | 김치를 담그다 | -아/어 놓다 |
| | 不規則 | ⑥붓다 | 돌솥에 뜨거운 물을 붓다 | -아/어 놓다 |
| | | ⑦부르다 | 미리 택시를 부르다 | |
| | -하다 | ⑧준비하다 | 음식 재료를 준비하다 | -여 놓다 |

## [V-아/어 두다]

| 詞性 | 詞彙類型 | 詞彙 | 動作的完成狀態 | 語法表現 |
|---|---|---|---|---|
| 動詞 | 語幹最後音節母音為ㅏ,ㅗ | ①꽂다 | 쉽게 찾을 수 있도록 제자리에 꽂다 | -아 두다 |
| | | ②읽다 | 회사에 들어가려면 읽다 | |
| | 語幹最後音節母音非ㅏ,ㅗ | ③세우다 | 남의 집 앞에 차를 세우다 | -어 두다 |
| | 一脫落 | ④담그다 | 국수를 삶은 후 찬물에 담그다 | -아/어 두다 |
| | 不規則 | ⑤고르다 | 사야 할 것부터 먼저 고르다 | -아/어 두다 |
| | -하다 | ⑥점하다 | 예전부터 점하다 | -여 두다 |

**[V-아/어지다]**

| 詞性 | 詞彙類型 | 詞彙 | 焦點事物的狀況 | 語法表現 |
|---|---|---|---|---|
| 動詞 | 語幹最後音節母音為ㅏ,ㅗ | ①들어가다<br>②쓴다 | 사이트가 안 들어가다<br>날씨가 맑다가 갑자기 비가 쓴다 | -아지다 |
| | 語幹最後音節母音非ㅏ,ㅗ | ③늦추다<br>④꺾다 | 약속 시간이 늦추다<br>상대방의 태클로 인대가 꺾다 | -어지다 |
| | 一脫落 | ⑤쓰다 | 글씨가 잘 안 쓰다 | -아/어지다 |
| | 不規則 | ⑥신다<br>⑦짓다 | 한옥 감성이 그대로 사진에 신다<br>미소가 절로 짓다 | -아/어지다 |
| | -하다 | ⑧전하다 | 몸살기가 온몸에 전하다 | -여지다 |

**[A-아/어지다]**

| 詞性 | 詞彙類型 | 詞彙 | 狀態變成… | 語法表現 |
|---|---|---|---|---|
| 形容詞 | 語幹最後音節母音為ㅏ,ㅗ | ①좋다<br>②많다 | 맛있는 걸 먹고 기분이 좋다<br>결혼을 하고 나니 행복한 일이 많다 | -아지다 |
| | 語幹最後音節母音非ㅏ,ㅗ | ③멀다<br>④적다 | 친구와 사이가 멀다<br>승진할 기회가 적다 | -어지다 |
| | 一脫落 | ⑤예쁘다 | 연애를 하더니 예쁘다 | -아/어지다 |
| | 不規則 | ⑥다르다<br>⑦하얗다 | 열심히 노력하더니 사람이 다르다<br>1년간 관리를 받았더니 피부가 하얗다 | -아/어지다 |
| | -하다 | ⑧깨끗하다 | 마음이 깨끗하다 | -여지다 |

| 詞性 | 詞彙類型 | 詞彙 | 正在做的事情 | 語法表現 |
|---|---|---|---|---|
| 動詞/形容詞 | 無關 | ①좋아하다 ②괜찮다 ③사랑하다 | 얘기를 하다 보니 좋아하다<br>돈만 좇아 다니다가 가정을 잃다<br>그 여자를 사랑하다 | -게 되다 |

[V-아/어 버리다]

| 詞性 | 詞彙類型 | 詞彙 | 解決掉的事情、要解決的事情 | 語法表現 |
|---|---|---|---|---|
| 動詞 | 語幹最後音節母音為ㅏ,ㅗ | ①떠나다 ②놓다 | 너마저 떠나다<br>도움의 손길을 놓다 | -아 버리다 |
| | 語幹最後音節母音非ㅏ,ㅗ | ③차이다 ④쓸다 | 좋아하는 선배에게 고백했는데 차이다<br>그 그룹이 음원 차트를 쓸다 | -어 버리다 |
| | 一脫落 | ⑤쓰다 | 월급을 막 쓰다 | -아/어 버리다 |
| | 不規則 | ⑥매듭짓다 | 드디어 보고서를 매듭짓다 | -아/어 버리다 |
| | -하다 | ⑦설거지하다 | 음식이 너무 맛있어서 설거지하다 | -여 버리다 |

[V-고 말다]

| 詞性 | 詞彙類型 | 詞彙 | 感到遺憾的事情 | 語法表現 |
|---|---|---|---|---|
| 動詞 | 無關 | ①틀어지다 ②닳다 ③당하다 | 관계가 틀어지다<br>무릎이 다 닳다<br>지갑이 털렸는데 정말 눈 뜨고 당하다 | -고 말다 |

**[V-아/어 보다]**

| 詞性 | 詞彙類型 | 詞彙 | 嘗試做的事情 | 語法表現 |
|---|---|---|---|---|
| 動詞 | 語幹最後音節母音為ㅏ,ㅗ | ①만나다<br>②살다 | 운명적인 사람을 만나다<br>나도 여유 있는 삶을 살고 싶다 | -아 보다 |
| | 語幹最後音節母音非ㅏ,ㅗ | ③맡기다<br>④맞추다 | 짐을 맡기다<br>시험을 본 후 답을 맞추다 | -어 보다 |
| | ㅡ脫落 | ⑤쓰다 | 화장품을 쓰다 | -아/어 보다 |
| | 不規則 | ⑥눕다<br>⑦부르다 | 2시간 동안 눕다<br>친구와 비슷하게 생겨서 부르다 | -아/어 보다 |
| | -하다 | ⑧이야기하다 | 여자에게 이야기하다 | -여 보다 |

**[V-(으)ㄴ 적이 있다]**

| 詞性 | 詞彙類型 | 詞彙 | 經驗 | 語法表現 |
|---|---|---|---|---|
| 動詞 | 無尾音 | ①당하다<br>②보다 | 문전 박대를 당하다<br>이광수를 실제로 보다 | -ㄴ 적이 있다/없다 |
| | 有尾音 | ③찾다<br>④받다 | 물건을 잃어버려서 찾다<br>긴급 재난 문자를 받다 | -은 적이 있다/없다 |
| | ㄹ脫落 | ⑤만들다 | 설에서 음식을 만들다 | -ㄴ 적이 있다/없다 |
| | 不規則 | ⑥듣다<br>⑦줍다 | 부담스럽다는 말을 듣다<br>지갑을 줍다 | -(으)ㄴ 적이 있다/없다 |

## [V-(으)ㄴ]

| 詞性 | 詞彙類型 | | 詞彙 | 要轉換的動作、狀態 | 冠形詞型轉成語尾 |
|---|---|---|---|---|---|
| 動詞 | 無尾音 | ① | 보다 | 내가 보다 / 드라마 | -ㄴ |
| | | ② | 타고나다 | 프로가 되려면 타고나다 / 재능 | |
| | 有尾音 | ③ | 받다 | 고백을 받다 / 그때 | -은 |
| | | ④ | 식다 | 식다 / 땀 | |
| | ㄹ脫落 | ⑤ | 쪼그라들다 | 쪼그라들다 / 얼굴 | -ㄴ |
| | 不規則 | ⑥ | 깨닫다 | 공부를 하면서 깨닫다 / 것 | -(으)ㄴ |
| | | ⑦ | 춥다 | 분리수거장에서 춥다 / 물건 | |

## [V/A-던]

| 詞性 | 詞彙類型 | | 詞彙 | 要轉換的動作、狀態 | 冠形詞型轉成語尾 |
|---|---|---|---|---|---|
| 動詞/形容詞 | 無關 | ① | 입다 | 형이 입다 / 옷 | -던 |
| | | ② | 벼르다 | 꼭 먹겠다고 벼르다 / 피자 | |
| | | ③ | 용감하다 | 방금까지 용감하다 / 아들 | |
| | | ④ | 변덕스럽다 | 오락가락 변덕스럽다 / 날씨 | |
| 名詞 이다 | 無關 | ⑤ | 의사 | 의사이다 / 그 사람 | N이던 |

## [V/A-았/었던]

| 詞性 | 詞彙類型 | 詞彙 | 要轉換的動作・狀態 | 冠形詞型轉成語尾 |
|---|---|---|---|---|
| 動詞/形容詞 | 語幹最後音節母音為ㅏ, ㅗ | ①가다<br>②좋다 | 대만에 도착하자마자 가다 / 곳<br>여행에서 좋다 / 세 가지 | -았던 |
| | 語幹最後音節母音非ㅏ, ㅗ | ③마시다<br>④보잘것없다 | 주는 대로 술을 마시다 / 때<br>보잘것없다 / 머리빈 | -었던 |
| | 一脫落 | ⑤예쁘다 | 예쁘다 / 뒷모습 | -았/었던 |
| | 不規則 | ⑥서럽다<br>⑦간이 붓다 | 그동안 서럽다 / 마음<br>그때 간이 붓다 / 그것 | -았/었던 |
| | -하다 | ⑧갈음을 뻔하다 | 첫바퀴 갈음 뻔하다 / 고3 시절 | -었던 |
| 名詞<br>이다 | 無尾音 | ⑨이미지 | 부드러운 이미지이다 / 그녀 | N였던 |
| | 有尾音 | ⑩중심 | 회사에서 중심이다 / 나 | N이었던 |
| 아니다 | 無關 | ⑪장난이 아니다 | 우욱면 맛이 장난이 아니다 / 그 집 | N였던 |

## [V/A-다라고(요)]

| 詞性 | 詞彙類型 | 詞彙 | 回想的內容 | 終結語尾 |
|---|---|---|---|---|
| 動詞/形容詞 | 無關 | ①좋아하다<br>②뜨다<br>③적다 | 친구에게 누가크래커를 줬는데 아주 좋아하다<br>곁제를 하라고 하느데 자꾸 에러가 뜨다<br>그 식당은 비싼데 양이 적다 | -다라고(요) |
| 名詞<br>이다 | 無尾音 | ④가수 | 알고 보니 가수이다 | N다라고(요) |
| | 有尾音 | ⑤선생님 | 와이프가 영어 선생님이다 | N이다라고(요) |

# [V/A-던데(요)]

| 詞性 | 詞彙類型 | 詞彙 | 回想的內容 | 終結語尾 |
|---|---|---|---|---|
| 動詞/形容詞 | 無關 | ①맛있다 ②보이다 ③매진되다 | 그 남자분 멋있다<br>수업이 재미있어 보이다<br>열리자마자 매진되다 | -던데(요) |
| 名詞 이다 | 無尾音 | ④남매 | 재네 남매다 | N던데(요) |
| | 有尾音 | ⑤사탕 | 네가 준 거 사탕이다 | N이던데(요) |

**單元8 轉折、對照類** 書籍P.285

# [V/A-지[만]]

| 詞性 | 詞彙類型 | 詞彙 | 事情 | 連結語尾 | 與前面那件事情相反、對立的內容 |
|---|---|---|---|---|---|
| 動詞/形容詞 | 無關 | ①도래하다 ②작다 | 전자적의 시대가 도래하다<br>한국어는 자모 개수가 적다 | -지만 | 좋은 방침을 못 세우고 있다<br>문법이 맞다 |
| | -았/었- | ③잘생기다 | 그 남자는 잘생기다 | | 예의가 없다 |
| | -겠- | ④힘들다 | 이 순간 힘들다 | | 좋은 날이 오다 |
| 名詞 이다 | 無尾音 | ⑤세프 | 이 사람은 세프다 | N지만 | 노래도 잘하다 |
| | 有尾音 | ⑥맞성 | 미세 먼지가 맞성이다 | NO|지만 | 마스크 없자들에게 붐납이다 |
| 아니다 | 無關 | ⑦선물은 아니다 | 대단한 선물은 아니다 | -지만 | 정성이 담겨저 있다 |

**[V/A-(으)ㄴ/는데]**

| 詞性 | 詞彙類型 | 詞彙 | 事情、背景 | 連結語尾 | 與前面那件事情相反、對立的內容 |
|---|---|---|---|---|---|
| 動詞 | 無關 | ①믿다 <br> ②이해하다 | 나는 너를 믿다 <br> 무슨 말인지 이해하다 | -는데 | 나는 나를 안 믿는 것 같다 <br> 내가 도와 줄 수 있는 게 아니다 |
| 形容詞 | 無尾音 | ③예쁘다 | 윈피스가 예쁘다 | -ㄴ데 | 맞는 사이즈가 없다 |
| | 有尾音 | ④춥다 | 2월이 한국은 춥다 | -은데 | 대만은 따뜻하다 |
| 動詞/ 形容詞 | -았/었- | ⑤좋아하다 | 너무 좋아하다 | -는데 | 아무 감정도 안 든다 |
| | -겠- | ⑥죽다 | 넘어져서 아파 죽다 | -는데 | 안 아픈 척하다 |
| 名詞이다 | 無尾音 | ⑦아기 | 아직 아기이다 | N인데/N ㄴ데 | 말을 잘하다 |
| | 有尾音 | ⑧전문점 | 돈까스 전문점이다 | N인데 | 카레가 더 맛있다 |
| 아니다 | 無關 | ⑨아니다 | 배가 고픈 건 아니다 | -ㄴ데 | 입이 심심하다 |

[V/A-아/어도]

| 詞性 | 詞彙類型 | 詞彙 | 情況、假設 | 連結語尾 | 與前面的情況、假設無關，一定會發生的事 |
|---|---|---|---|---|---|
| 動詞/形容詞 | 語幹最後音音節母音為ㅏ,ㅗ | ①다가오다 / ②가라앉다 | 상대방이 먼저 다가오다 / 부기가 가라앉다 | -아도 | 매번 흐지부지해지다 / 자연스럽지 않다 |
| | 語幹最後音節母音非ㅏ,ㅗ | ③낙인찍히다 / ④접질리다 | 비겁한 사람으로 낙인찍히다 / 발목은 살짝만 접질리다 | -어도 | 이제 그만 빠지고 싶다 / 제대로 치료를 받아야 하다 |
| | 一脫落 | ⑤예쁘다 | 얼굴이 아무리 예쁘다 | -아/어도 | 성격이 안 맞으면 호감이 안 가다 |
| | 不規則 | ⑥깨닫다 / ⑦춥다 | 이 사실만 깨닫다 / 한국은 아무리 춥다 | -아/어도 | 인생이 달라질 수 있다 / 실내는 따뜻하다 |
| | -하다 | ⑧반복하다 | 같은 구간을 반복하다 | -여도 | 실수를 하다 |
| | -았/었- | ⑨머무르다 | 하루만 더 머무르다 | -어도 | 크리스마스 마켓을 즐길 수 있다 |
| 名詞 | 無尾音 | ⑩사이 | 친한 사이이다 | N여도 | 금전이 얽히면 틀어지기 쉽다 |
| 이다 | 有尾音 | ⑪연예인 | 연예인이다 | N이어도 | 사생활을 공개할 필요가 없다 |
| 아니다 | 無關 | ⑫부자가 아니다 | 부자가 아니다 | 어도 | 행복한 삶을 살다 |

**[V/A-더라도]**

| 詞性 | 詞彙類型 | 詞彙 | 假設或認可的事情 | 連結語尾 | 不受前面情況的影響，會發生或要做的事情 |
|---|---|---|---|---|---|
| 動詞/形容詞 | 無關 -앗/엇- | ①떨어지다 | 시험에 떨어지다 | -더라도 | 상심하지 말다 힘내다 |
| | | ②힘들다 | 공부하느라 힘들다 | | |
| | | ③먹다 | 마음을 먹다 | | 도중에 포기한 경우가 허다하다 |
| 名詞 이다 | 無尾音 | ④의사 | 실력이 좋은 의사다 | N더라도 | 살릴 수 없는 환자가 있다 |
| | 有尾音 | ⑤모습 | 네가 어떤 모습이다 | N이더라도 | 나는 상관없다 |
| 아니다 | 無關 | ⑥신발이 아니다 | 명품 신발이 아니다 | -더라도 | 오래 신을 수 있다 |

**[V/A-(으)ㄹ지라도]**

| 詞性 | 詞彙類型 | 詞彙 | 假設或認可的事情 | 連結語尾 | 不受前面情況的影響，會發生或要做的事情 |
|---|---|---|---|---|---|
| 動詞/形容詞 | 無尾音 | ①고프다 | 배가 고프다 | -ㄹ지라도 | 번데기를 못 먹다 |
| | | ②시시하다 | 시합이 시시하다 | | 설렁설렁해서는 안 되다 |
| | 有尾音 | ③없다 | 돈이 없다 | -을지라도 | 이 반지는 팔아먹을 수 없다 |
| | | ④삼다 | 제 말을 핑계로 삼다 | | 한 번만 믿어 주다 |
| | ㄹ脫落 | ⑤살다 | 백 년을 살다 | -ㄹ지라도 | 그녀의 마음을 얻을 수 없다 |
| | 不規則 | ⑥어렵다 | 검사가 되는 길이 어렵다 | -(으)ㄹ지라도 | 꼭 이루고야 말다 |
| | | ⑦듣다 | 혹평을 듣다 | | 마음에 담지 말다 |
| | -앗/엇- | ⑧선택하다 | 다른 선택을 하다 | -을지라도 | 지금과 별 차이가 없었을 것이다 |
| 名詞 이다 | 無尾音 | ⑨이야기 | 같은 이야기이다 | N일지라도 | 해석하는 방법에 따라 다르게 들리다 |
| | 有尾音 | ⑩옆 | 바로 집 옆이다 | | 배달로 시켜 먹을 수 있다 |
| 아니다 | 無關 | ⑪최고는 아니다 | 최고는 아니다 | -ㄹ지라도 | 최선을 다하다 |

## [V-아/어 보니까]

| 詞性 | 詞彙類型 | 詞彙 | 嘗試做的事情 | 語法表現 | 發現的事實 |
|---|---|---|---|---|---|
| 動詞 | 語幹最後音節母音為ㅏ,ㅗ | ① 타다<br>② 담다 | ① 스쿠터를 타다<br>② 사진들을 사진첩에 담다 | -아 보니까 | 괜찮다<br>추억이 새록새록 떠오르다 |
| | 語幹最後音節母音非ㅏ,ㅗ | ③ 입다<br>④ 들추다 | 두꺼운 패딩을 입다<br>이불을 들추다 | -어 보니까 | 따뜻하다<br>핸드폰이 사이에 껴 있다 |
| | 一脫落 | ⑤ 쓰다 | 고가 화장품을 쓰다 | -아/어 보니까 | 역시 싸구려와 다르다 |
| | 不規則 | ⑥ 듣다<br>⑦ 휘젓다 | 수현이의 입장을 듣다<br>커피가 써서 휘젓다 | -아/어 보니까 | 똑같이 잘못하다<br>설탕이 가라앉아 있다 |
| | -하다 | ⑧ 생각하다 | 뭔가 아직 남았는지 생각하다 | -여 보니까 | 준비할 것투성이다 |

## [V-고 보니까]

| 詞性 | 詞彙類型 | 詞彙 | 動作 | 語法表現 | 觀察後發現的事實 |
|---|---|---|---|---|---|
| 動詞 | 無關 | ① 정신을 차리다<br>② 먹다<br>③ 알다 | 일어나서 정신을 차리다<br>우적우적 먹다<br>소개팅 남자는 알다 | -고 보니까 | 길에 누워 있다<br>유통 기한이 지나다<br>사치쟁이이다 |

[V/A-다 보니까]

| 詞性 | 詞彙類型 | 詞彙 | 動作 | 語法表現 | 觀察後發現的事實 |
|---|---|---|---|---|---|
| 動詞 | 無關 | ①연습하다<br>②비위를 맞추다<br>③살다 | 매일 말하기 연습을 하다<br>상사의 비위를 맞추다<br>서울로 상경해서 살다 | -다 보니까 | 한국어 발음이 좋아지다<br>정신이 피폐해지다<br>집 근처에 쇼핑몰이 없으면 힘들다 |
| 形容詞 | 無關 | ④아프다<br>⑤드물다 | 어렸을 때부터 계속 아프다<br>히키밴 사례가 드물다 | | 누구보다 잘 알다<br>치료 방법에 대한 연구가 별로 없다 |
| 名詞<br>이다 | 無關 | ⑥공충파<br>⑦외국인 | 공중파이다<br>한국이 처음인 외국인이다 | | 특별한 이야기를 주제로 다룬 드라마가 잘 안 나오다<br>매운 음식에 혼쭐이 나다 |

[V/A-다니]

| 詞性 | 詞彙類型 | 詞彙 | 邊回想邊述說親自觀察、見到的事情 | 連結語尾 | 事情的變化或結果 |
|---|---|---|---|---|---|
| 動詞/<br>形容詞 | 無關 | ①어그러지다<br>②웃다<br>③흐려지다<br>④좋다 | 관계가 어그러지다<br>눈치 없이 웃다<br>하늘이 흐려지다<br>꿈이 좋다 | -다니 | 사이가 멀어지다<br>분위기가 싸늘해지다<br>비가 쏟아지다<br>면접 본 회사에 합격하다 |

| 名詞性 | 詞彙類型 | 邊回想邊說述個人做過的事情 | 連結語尾 | 發現的事實或結果 | 詞彙 |
|---|---|---|---|---|---|
| 名詞 이다 | 無尾音 | 교통카드를 안 갖고 나와서 난리다 | N다니 | 돈이 없어서 난리다 | ⑤난리 |
| | 有尾音 | 컨디션이 엉망이다 | N이다니 | 감기가 오다니 | ⑥엉망 |
| 아니다 | 無關 | 안개가 장난이 아니다 | 아니다니 | 비행기가 지연되다 | ⑦장난이 아니다 |

## [V-았/었다니]

| 詞彙性 | 詞彙類型 | 詞彙 | 邊回想邊說述個人做過的事情 | 連結語尾 | 發現的事實或結果 |
|---|---|---|---|---|---|
| 動詞 | 語幹最後音節母音為ㅏ,ㅗ | ①차다 | 남자 친구를 차다 | -았다니 | 금새 다른 여자를 만나다 |
| | | ②잡다 | 모기를 잡다 | | 피가 있다 |
| | 語幹最後音節母音非ㅏ,ㅗ | ③망설이다 | 가방을 살까 말까 망설이다 | -었다니 | 팔리고 말다 |
| | | ④넘겨짚다 | 여친과 싸웠냐고 하며 넘겨짚다 | | 진실 고백을 하다 |
| | 一脫落 | ⑤잠그다 | 문을 안 잠그다 | -았/었다니 | 도둑이 들다 |
| | 不規則 | ⑥싣다 | 영어에 힘을 싣다 | -았/었다니 | 지원할 수 있는 회사의 범위가 넓어지다 |
| | | ⑦들이붓다 | 음식을 들이붓다 | | 배탈이 나다 |
| | -하다 | ⑧요구하다 | 환불을 요구하다 | -었다니 | 이것저것 자료를 요청하다 |

# [V/A-(으)ㄴ/는 셈이다]

| 詞性 | 詞彙類型 | 詞彙 | 幾乎可以說… | 語法表現 |
|---|---|---|---|---|
| 動詞(現在) | 無關 | ①쉬다 | 거의 안 쉬다 | -는 셈이다 |
|  |  | ②먹다 | 하루에 한끼를 먹다 | -는 셈이다 |
|  | ㄹ脫落 | ③들다 | 명품 가방을 처음 들다 | -는 셈이다 |
| 動詞(過去) | 無尾音 | ④되다 | 부부가 되다 | -ㄴ 셈이다 |
|  | 有尾音 | ⑤받다 | 은혜를 받다 | -은 셈이다 |
|  | ㄹ脫落 | ⑥만들다 | 지금의 BTS를 만들다 | -ㄴ 셈이다 |
|  | 不規則 | ⑦듣다 | 9곡을 들었으니 다 듣다 | -(으)ㄴ 셈이다 |
| 形容詞 | 無尾音 | ⑧비싸다 | 공항 근처 주유소는 50원이나 더 비싸다 | -ㄴ 셈이다 |
|  | 有尾音 | ⑨넓다 | 이 정도 집 크기면 넓다 | -은 셈이다 |
|  | ㄹ脫落 | ⑩달다 | 설탕을 안 넣은 것치고는 달다 | -ㄴ 셈이다 |
|  | 不規則 | ⑪덥다 | 나한테는 덥다 | -(으)ㄴ 셈이다 |
| 名詞이다(現在) | 無關 | ⑫공짜 | 1000원에 파는 것은 공짜이다 | N인 셈이다 |
|  |  | ⑬터전 | 삶이 터전이다 | N인 셈이다 |
| 名詞이다(過去) | 無尾音 | ⑭문제 | 나의 성격이 문제이다 | N였던 셈이다 |
|  | 有尾音 | ⑮중독 | 5시간 게임을 하는 걸 봐서는 게임 중독이다 | N이었던 셈이다 |
| 아니다 | 無關 | ⑯우연이 아니다 | 알고 온 거니까 우연이 아니다 | -ㄴ 셈이다 |

**[V-다시피 V]**

| 詞性 | 詞彙類型 | 詞彙 | 沒有真的做，但已經接近有做的動作 | 連結語尾 | 用前面的方式去做的動作 |
|---|---|---|---|---|---|
| 動詞 | 無關 | ①미치다<br>②지내다<br>③고민하다<br>④삼다 | 다이어트에 미치다<br>요즘 울면서 지내다<br>나는 매분 매초 고민하다<br>녹음실에서 삼다 | -다시피 | 하다<br>하고 있다<br>하다<br>컴백 노래를 만들다 |

**單元10 添加、選擇類** 書籍P.340

**[V/A-(으)ㄹ 뿐만 아니라]**

| 詞性 | 詞彙類型 | 詞彙 | 原本就存在的狀況 | 語法表現 | 在前面的狀況下，另一個也存在的狀況 |
|---|---|---|---|---|---|
| 動詞/形容詞 | 無尾音 | ①널찍하다<br>②내세우다 | 이 게스트하우스는 방이 널찍하다<br>감정을 전면에 내세우다 | -ㄹ 뿐만 아니라 | 주방 도구도 완비되어 있다<br>남의 말도 듣지 않다 |
| | 有尾音 | ③-ㄹ 수 있다<br>④사로잡다 | 좋아하는 연예인을 볼 수 있다<br>내 시선을 사로잡다 | -을 뿐만 아니라 | 같은 팬들과 소통도 하다<br>식욕도 불러일으키다 |
| | ㄹ脫落 | ⑤들다 | 요리 실력이 들다 | -ㄹ 뿐만 아니라 | 식비까지 절감되다 |
| | 不規則 | ⑥곱다<br>⑦짓다 | 얼그레이 티백은 빛깔이 곱다<br>미소를 짓다 | -(으)ㄹ 뿐만 아니라 | 맛도 뛰어나다<br>살갑게 대해 주다 |
| | -았/었- | ⑧낡다 | 청바지가 많이 낡다 | -을 뿐만 아니라 | 구멍까지 나 있다 |
| 名詞이다 | 無關 | ⑨홍보<br>⑩행복 | 그 제품의 홍보이다<br>나의 행복이다 | N일 뿐만 아니라 | 자기 자신을 알리는 기회이다<br>내 가족들의 걱정도 덜어 줄 수 있다 |
| 아니다 | 無關 | ⑪매너가 아니다 | 지각하는 것은 매너가 아니다 | -ㄹ 뿐만 아니라 | 예의에도 어긋나다 |

**[V/A-(으)ㄴ/는 데다가]**

| 詞性 | 詞彙類型 | 詞彙 | 原本就存在的狀況 | 語法表現 | 在前面的狀況下，另一個也存在的狀況 |
|---|---|---|---|---|---|
| 動詞(現在) | 無關 | ①잡아떼다<br>②먹히다 | 사고가 나면 잡아떼다<br>이성에게 무조건 먹히다 | -는 데다가 | 죄를 뒤집어 씌우기까지 하다<br>먼저 다가올 것이다 |
| 動詞(過去) | 無尾音 | ③담 걸리다 | 누워서 핸드폰을 해서 담 걸리다 | -ㄴ 데다가 | 두통까지 오다 |
| 動詞(過去) | 有尾音 | ④뽑다 | 무한리필 고깃집에서 본전을 뽑다 | -은 데다가 | 할인 쿠폰도 받다 |
| 形容詞 | 無尾音 | ⑤저렴하다 | 내가 단골인 만둣집은 저렴하다 | -ㄴ 데다가 | 맛도 좋다 |
| 形容詞 | 有尾音 | ⑥쌀쌀맞다 | 내 여자 친구는 쌀쌀맞다 | -은 데다가 | 잘 웃지도 않다 |
| 形容詞 | 不規則 | ⑦춥다<br>⑧빨갛다 | 기온이 떨어져서 춥다<br>눈 주위가 빨갛다 | -(으)ㄴ 데다가 | 바람까지 불다<br>충혈도 되어 있다 |
| 名詞이다 | 無關 | ⑨낭비<br>⑩일반 사원 | 돈 낭비이다<br>일반 사원이다 | N인 데다가 | 시간도 버리는 셈이다<br>팀 막내이다 |
| 아니다 | 無關 | ⑪별 것도 아니다 | 나는 별 것도 아니다 | -ㄴ 데다가 | 특별하지도 않다 |

**[V/A-거나]**

| 詞性 | 詞彙類型 | 詞彙 | 狀況一 | 連結語尾 | 狀況二 |
|---|---|---|---|---|---|
| 動詞／形容詞 | 無關 | ①보다<br>②줄이다<br>③없다<br>④맵다 | 집에서 드라마를 보다<br>일회용품 사용을 줄이다<br>시간이 없다<br>맵다 | -거나 | 맛집을 찾아가다<br>대중교통을 많이 이용하는 게 좋다<br>버스 정류장까지 가기 귀찮다<br>짜다 |
| | -았/었- | ⑤쓰다 | 답안지를 잘못 쓰다 | -거나 | 선생님이 점수를 잘못 주다 |

| | 無尾音 | ⑥미술가 | 미술가이다 | | N거나 | | 음악을 하는 사람이다 |
|---|---|---|---|---|---|---|---|
| 名詞 이다 | 有尾音 | ⑦자존심 | 자기의 자존심이다 | | N이거나 | | 자괴감이다 |
| 아니다 | 無關 | ⑧준회원이 아니다 | 준회원이 아니다 | | -거나 | | 연회비를 연체하다 |

## [V/A-거나 ②]

| 詞性 | 詞彙類型 | 詞彙 | 狀況一 | 連結語尾 | 狀況二 | 連結語尾 | 都~ |
|---|---|---|---|---|---|---|---|
| 動詞/形容詞 | 無關 | ①하다<br>②때려치우다<br>③걷다<br>④붓다 | 남들이 뭐라고 하다<br>일을 때려치우다<br>걷다<br>얼굴이 붓다 | -거나 | 말다<br>계속 도전하다<br>뛰다<br>피부가 칙칙하다 | -거나 | 자신만의 소신을 갖고 당당하게 살다<br>그것은 내가 상관할 바가 아니다<br>운동 효과가 비슷하다<br>이 팩이면 다 해결할 수 있다 |
| 名詞 이다 | 無尾音 | ⑤과자 | 과자다 | N거나 | 음료다 | N거나 | 음식이란 음식은 다 사 오다 |
| | 有尾音 | ⑥커플 | 커플이다 | N이거나 | 아직 썸타는 중이다 | N이거나 | 활동에 참여할 수 있다 |

## [V/A-든지 ①]

| 詞性 | 詞彙類型 | 詞彙 | 狀況一 | 連結語尾 | 狀況二 | 連結語尾 | 狀況二 |
|---|---|---|---|---|---|---|---|
| 動詞/形容詞 | 無關 | ①쓰다<br>②미루다<br>③받다<br>④다름없다 | 마스크를 꼭 쓰다<br>약속을 미루다<br>물건은 직접 방문해서 받다<br>새집이나 다름없다 | -든지 | 밀폐된 공간에 가지 말다<br>취소해야 하다<br>택배비 3000원을 내고 저희가 보내다<br>3년 정도 된 집 | -든지 | 초대권을 가지고 있는 사람 |
| | -았/었- | ⑤예약하다 | 미리 예약하다 | | | | |

**[V/A-든지②]**

| 詞性 | 詞彙類型 | 詞彙 | 狀況一 | 連結語尾 | 狀況二 | 連結語尾 | 都~ |
|---|---|---|---|---|---|---|---|
| 動詞/形容詞 | 無關 | ①하다 ②오르다 ③믿다 ④있다 | 구물대다가 하다 / 집값이 오르다 / 내 말을 믿다 / 여유가 있다 | -든지 | 속전속절로 끝내다 / 내리다 / 말다 / 없다 | -든지 | 마음대로 하다 / 나와 상관없는 일이다 / 나는 손해 보는 건 없다 / 이번에 꼭 컴퓨터를 바꿔야겠다 |

**[N(이)든지]**

| 詞性 | 詞彙類型 | 詞彙 | 選擇一 | 助詞 | 選擇二 | 助詞 | (이)든지 | 都~ |
|---|---|---|---|---|---|---|---|---|
| 名詞 | 無尾音 | ①할부 ②연애 | 할부 / 연애 | 든지 | 일시불 / 일 | (이)든지 | | 혜택은 똑같다 / 정하는 게 없다 / 사람이 많은 곳은 싫다 / 멋지고 아름답다 |
| | 有尾音 | ③명동 ④낮 | 명동 / 낮 | 이든지 | 백하점 / 밤 | | | |

**[N(이)나]**

| 詞性 | 詞彙類型 | 詞彙 | 選擇一 | 助詞 | 選擇二 | 助詞 | (이)나 | 都~ |
|---|---|---|---|---|---|---|---|---|
| 名詞 | 無尾音 | ①판타지 ②급수지 | 판타지 / 급수지 | 나 | 스릴러 / 홍수지 | (이)나 | | 한국 드라마든 다 좋아하다 / 모두 사랑을 받을 자격이 있다 / 다 똑같다 / 다 폭발할 가능성이 있다 |
| | 有尾音 | ③한국 ④백두산 | 한국 / 백두산 | 이나 | 대만 / 한라선 | | | |

**[V-고]**

| 詞性 | 詞彙類型 | 詞彙 | 先做的動作 | 連結語尾 | 後做的動作 |
|---|---|---|---|---|---|
| 動詞 | 無關 | ①싸다<br>②하다<br>③넣다 | 짐을 싸다<br>확인을 안 하다<br>스프를 먼저 넣다 | -고 | 다른 도시로 향하다<br>그냥 가면 허탕을 칠 수 있다<br>면을 넣다 |

**[V-아/어서]**

| 詞性 | 詞彙類型 | 詞彙 | 先做的動作 | 連結語尾 | 後做的動作 |
|---|---|---|---|---|---|
| 動詞 | 語幹最後音節母音為ㅏ,ㅗ | ①가다<br>②못박다 | 근처 공원에 가다<br>마음대로 못을 박다 | -아서 | 산책을 하다<br>벽에 구멍을 내다 |
|  | 語幹最後音節母音非ㅏ,ㅗ | ③기울이다<br>④만들다 | 술잔을 기울이다<br>칵테일을 만들다 | -어서 | 맥주를 따르다<br>먹으려고 셰이커를 사다 |
|  | 一脫落 | ⑤담그다 | 옥수수와 달걀을 온천물에 담그다 | -아/어서 | 익혀 먹을 수 있다 |
|  | 不規則 | ⑥굽다 | 생으로 먹는 마늘은 맵지만 굽다 | -아/어서 | 먹다 |
|  | -하다 | ⑦피하다 | 일부러 성수기를 피하다 | -여서 | 여행을 다녀오다 |

**[V-(으)ㄴ 후에]**

| 詞性 | 詞彙類型 | 詞彙 | 先做的動作 | 語法表現 | 後做的動作 |
|---|---|---|---|---|---|
| 動詞 | 無尾音 | ①지나가다 ②다녀오다 | 그 시간이 지나가다 유학을 다녀오다 | -ㄴ 후에 | 모든 것이 뒤죽박죽되어 버리다 한국어 실력이 많이 늘다 |
| | 有尾音 | ③받다 ④씻다 | 라식 수술을 받다 손을 씻다 | -은 후에 | 안구 건조증이 생길 수 있다 물기를 잘 말려야 하다 |
| | ㄹ脫落 | ⑤만들다 | 친구를 만들다 | -ㄴ 후에 | 마음이 안정되다 |
| | 不規則 | ⑥낫다 ⑦굽다 | 감기가 낫다 고기를 굽다 | -(으)ㄴ 후에 | 아이스크림을 패밀리 사이즈로 먹을 터이다 소금을 뿌리면 완성되다 |

**[V-는 동안에]**

| 詞性 | 詞彙類型 | 詞彙 | 動作、行動 | 語法表現 | 在前面動作進行的期間所發生的事 |
|---|---|---|---|---|---|
| 動詞 | 無關 | ①보다 ②살아가다 ③있다 | 진료를 보다 잘 살아가다 대만에 있다 | -는 동안에 | 아기를 잠시 봐 주다 고생하는 사람이 있다는 것을 무시할 수 없다 발마사지를 받을 것이다 |
| | ㄹ脫落 | ④놀다 | 집에서 놀다 | | 드라마 하나를 정주행하다 |

## [V-는 사이에]

| 詞性 | 詞彙類型 | 詞彙 | 動作、行動 | 語法表現 | 取出前面動作進行期間的一小段時間去做的動作 |
|---|---|---|---|---|---|
| 動詞 (現在) | 無關 | ① 뭉그적거리다 | 침대에서 뭉그적거리다 | -는 사이에 | 조식 시간을 놓치다 |
| | | ② 집다 | 음식을 집다 | | 아이가 다치다 |
| | ㄹ脫落 | ③ 잠들다 | 우리가 잠들다 | | 지구는 멈추지 않다 |
| 動詞 (過去) | 無尾音 | ④ 비우다 | 집을 잠깐 비우다 | -ㄴ 사이에 | 집에 불이 나다 |
| | 有尾音 | ⑤ 주고받다 | 서로 아이디를 주고받다 | -은 사이에 | 다른 친구도 끼어들다 |
| | ㄹ脫落 | ⑥ 팔다 | 한눈을 팔다 | -ㄴ 사이에 | 도둑이 지갑을 빼 가다 |

## [V-는 중에]

| 詞性 | 詞彙類型 | 詞彙 | 動作、行動 | 語法表現 | 在前面動作進行的期間，或是前句的狀態下做的動作 |
|---|---|---|---|---|---|
| 動詞 | 無關 | ① 먹다 | 한약을 먹다 | -는 중에 | 차가운 음식을 먹다 |
| | | ② 보다 | 눈치를 보다 | | 동생이 마지막 고기를 먹어 버리다 |
| | | ③ 찾다 | 영어 교재를 찾다 | | 한국어 교재가 눈에 들어오다 |
| | ㄹ脫落 | ④ 만들다 | 몸을 만들다 | -는 중에 | 치킨이 눈에 밟히다 |

## [V-는 도중에]

| 詞性 | 詞彙類型 | 詞彙 | 動作、行動 | 語法表現 | 在前面動作進行的途中做的動作 |
|---|---|---|---|---|---|
| 動詞 | 無關 | ① 공부하다 | 대만 와서 중국어를 공부하다 | -는 도중에 | 좋은 기회가 생겨서 취직을 하다 |
| | | ② 벌이다 | 실랑이를 벌이다 | | 다른 사람이 가로채 가다 |
| | | ③ 밟다 | 절차를 밟다 | | 서류상 문제가 생기다 |
| | ㄹ脫落 | ④ 말다 | 김밥을 말다 | -는 도중에 | 주문을 변경하다 |

## [V-는 와중에]

| 詞性 | 詞彙類型 | 詞彙 | 吵鬧雜亂的動作、行動 | 語法表現 | 在前句動作進行的期間，或是前句的狀態下做的動作 |
|---|---|---|---|---|---|
| 動詞 | 無關 | ①값을윽박하다 | 정책에 대해 값을윽박하다 | -는 와중에 | 가격은 계속 오르고 있다 |
| | | ②찾다 | 안경을 찾다 | | 시력이 좋았으면 하는 생각이 든다 |
| | ㄹ脫落 | ③먹고살다 | 우리가 먹고살다 | | 크고 작은 일들이 많다 |
| 形容詞 | 無尾音 | ④자욱하다 | 안개가 자욱하다 | -ㄴ 와중에 | 자전거를 타는 사람이 있다 |
| | 有尾音 | ⑤시원찮다 | 행동이 시원찮다 | -은 와중에 | 실수까지 반복하다 |
| | ㄹ脫落 | ⑥힘들다 | 자신도 힘들다 | -ㄴ 와중에 | 기부를 하다 |
| | 不規則 | ⑦혼란스럽다 | 이별로 혼란스럽다 | -(으)ㄴ 와중에 | 친구는 소개팅을 시켜주다 |

## [V-자마자]

| 詞性 | 詞彙類型 | 詞彙 | 動作、行動 | 連結語尾 | 緊接在前句動作後做的行動 |
|---|---|---|---|---|---|
| 動詞 | 無關 | ①빌려 가다 | 돈을 빌려 가다 | -자마자 | 사라지다 |
| | | ②보다 | 눈이 쌓여 있는 걸 보다 | | 눈에 몸을 던지다 |
| | | ③눕다 | 침대에 눕다 | | 초인종이 울리다 |

## [V-자]

| 詞性 | 詞彙類型 | 詞彙 | 動作、行動 | 連結語尾 | 緊接在前句動作後做的行動 |
|---|---|---|---|---|---|
| 動詞 | 無關 | ①되다 | 계획이 허사가 되다 | -자 | 사업을 접다 |
| | | ②접하다 | 소식을 접하다 | | 병원으로 향하다 |
| | | ③저물다 | 해가 저물다 | | 일루미네이션 축제장은 사람들로 가득하다 |

## [V-는 대로]

| 詞性 | 詞彙類型 | 詞彙 | 動作、行動 | 語法表現 | 緊接在前句動作後做的行動 |
|---|---|---|---|---|---|
| 動詞 | 無關 | ①들어오다<br>②그치다<br>③먹다 | 재고가 들어오다<br>비가 그치다<br>음식을 먹다 | **-는 대로** | 신속하게 보내 드리다<br>우체국 가서 보내 드리다<br>집로 간다 |

## [V-기(가) 무섭게]

| 詞性 | 詞彙類型 | 詞彙 | 動作、行動 | 語法表現 | 緊接在前句動作後做的行動 |
|---|---|---|---|---|---|
| 動詞 | 無關 | ①도착하다<br>②꺼내다<br>③받다 | 집에 도착하다<br>말을 꺼내다<br>월급을 받다 | **-기가 무섭게** | 화장실로 들어가다<br>아들은 옷을 챙기다<br>탕진해 버리다 |

**單元12 型態差異類** 書籍 P.409

## [V/A-기]

| 詞性 | 詞彙類型 | 詞彙 | 要名詞化的動作或狀態 | 轉成語尾 |
|---|---|---|---|---|
| 動詞/<br>形容詞 | 無關 | ①자다<br>②소개하다<br>③합격하다<br>④운동하다<br>⑤도전하다 | 11시 전에 자다<br>대만 음식을 소개하다<br>TOPIK 6급에 합격하다<br>일주일에 3번 이상 운동하다<br>콘서트 올곧에 도전하다 | -기 |

## [V/A-(으)ㅁ]

| 詞性 | 詞彙類型 | 詞彙 | 要名詞化的動作或狀態 | 轉成語尾 |
|---|---|---|---|---|
| 動詞/形容詞 | 無尾音 | ①황홀하다 | 황홀함에 젖다 | -ㅁ |
| | 有尾音 | ②-고 있다 | 겨울이 다가오고 있다 | -음 |
| | ㄹ尾音 | ③힘들다 | 하루의 힘듦 | -ㅁ |
| | 不規則 | ④덥다 | 덞다 | -(으)ㅁ |
| | -았/었- | ⑤춥다 | 가벼움 춥다 | -음 |
| | -겠- | ⑥공부하다 | 열심히 공부하다 | -음 |

## [V/A-(으)ㄴ/는 것]

| 詞性 | 詞彙類型 | 詞彙 | 要名詞化的動作或狀態 | 語法表現 |
|---|---|---|---|---|
| 動詞(現在) | 無關 | ①가다 | 목적지에 빨리 가다 | -는 것 |
| | | ②붙잡다 | 마음이 떠난 사람을 붙잡다 | -는 것 |
| | ㄹ脫落 | ③놀다 | 여행을 다니며 놀다 | -ㄴ 것 |
| 動詞(過去) | 無尾音 | ④주다 | 친구가 선물로 주다 | -은 것 |
| | 有尾音 | ⑤감고닦다 | 오랫동안 감고닦다 | -은 것 |
| | ㄹ脫落 | ⑥주눅들다 | 무리중을 들어서 주눅들다 | -ㄴ 것 |
| | 不規則 | ⑦흘러듣다 | 대충 흘러듣다 | -(으)ㄴ 것 |

| | | | | |
|---|---|---|---|---|
| 形容詞 | 無尾音 | ⑧계슴츠레하다 | 눈이 계슴츠레하다 | -ㄴ 것 |
| | 有尾音 | ⑨생동맞다 | 조금 생동맞다 | -은 것 |
| | ㄹ脱落 | ⑩길다 | 유통 기한이 길다 | -ㄴ 것 |
| | 不規則 | ⑪맵다 | 맵다 | -(으)ㄴ 것 |
| 動詞/形容詞 (未來、推測) | 無尾音 | ⑫몰아치다 | 박참과 뿌듯함이 몰아치다 | -ㄹ 것 |
| | 有尾音 | ⑬주름잡다 | 케이팝을 주름잡다 | -을 것 |
| | ㄹ脱落 | ⑭섥다 | 이제 좀 섥다 | -ㄹ 것 |
| | 不規則 | ⑮짐스럽다 | 외투를 가지고 나오려니까 짐스럽다 | -(으)ㄹ 것 |
| 名詞이다 (現在) | 無關 | ⑯덧북 | 덧북 | N인 것 |
| 名詞이다 (未來、推測) | 無關 | ⑰한통속 | 둘이 한통속 | N일 것 |
| 아니다 | 無關 | ⑱별 것 아니다 | 별 것 아니다 | -ㄴ 것 |